Alexandra Fröhlich lebt als Autorin in Hamburg und arbeitet als freie Textchefin für verschiedene Frauenmagazine. Mit ihren Romanen »Meine russische Schwiegermutter und andere Katastrophen« und »Gestorben wird immer« stand sie monatelang auf der SPIEGEL-Bestsellerliste. Bei Penguin erschien zuletzt ihr Roman »Dreck am Stecken«, der wieder viele Leserinnen und Leser begeisterte.

Gestorben wird immer in der Presse:
»Eine erschütternde Familiengeschichte, die aus dem Königsberg der 30er-Jahre bis ins Hamburg von 2008 ihren dunklen Schatten wirft. Spannend und lesenswert!« *tina*

»Alexandra Fröhlich kann viel mehr als grandiose Komödien.« *Für Sie*

»Wer einmal anfängt, legt Alexandra Fröhlichs Buch nur ungern beiseite!« *Auf einen Blick*

Außerdem von Alexandra Fröhlich lieferbar:
Dreck am Stecken. Roman

ALEXANDRA FRÖHLICH

GESTORBEN WIRD IMMER

Roman

PENGUIN VERLAG

MIX
Papier aus verantwortungsvollen Quellen
FSC® C014496

Klimaneutral*
Druckprodukt
ClimatePartner.com/14044-1912-1001

Penguin Random House Verlagsgruppe FSC® N001967

1. Auflage 2021

Neumarkter Straße 28, 81673 München
Umschlaggestaltung: Bürosüd; unter Verwendung
eines Entwurfs von any.way, Heidi Sorg
unter Verwendung eines Motiv von Ullstein Bild
Satz: Greiner & Reichel, Köln
Druck und Bindung: GGP Media GmbH
Printed in Germany
ISBN 978-3-328-10756-9
www.penguin-verlag.de

»Recht als ein Palmenbaum über sich steigt,
hat ihn erst Regen und Sturmwind gebeugt,
so wird die Lieb' in uns mächtig und groß
durch Kreuz, durch Leiden und traurigem Los«
Ännchen von Tharau, ostpreußisches Volkslied

HAMBURG, MAI 2008

»Es wird auch langsam Zeit, dass du kommst.«

Begleitet wurden diese Worte durch ein dringliches *Pock-pock-pock*. Birte zuckte zusammen. Warum hatte sie nur geglaubt, dass sie an einem Sonntag ins Haus schlüpfen könne, ihre Unterlagen schnappen und schnell wieder raus, ohne von ihrer Großmutter bemerkt zu werden?

»Ich habe dir schon vorgestern auf den Anrufbeantworter gesprochen.«

Sie bemerkte, wie sich ihr Körper instinktiv anspannte, bereit zum Angriff. Oder zur Flucht. »Mailbox, das heißt Mailbox – Omi …«, antwortete sie.

»Es ist mir gleich, wie das heißt. Und nenne mich nicht *Omi*. Du weißt, wie sehr ich das hasse.«

»Ja, ich weiß«, sagte sie zufrieden und schaute die Treppe hinauf, auf deren oberem Absatz sie stand, Agnes, den schwarzen Gehstock mit dem Elfenbeinknauf fest umklammernd und noch einmal mit einem abschließenden *Pock* auf den Boden stoßend. Wofür sie dieses Ding seit zwei Jahrzehnten mit sich schleppte, war allen schleierhaft.

Für ihr Alter war sie beängstigend gut in Form, auch jetzt ragte sie über Birte auf, ihr Körper so gerade, als hätte sie ein Stahlrohr verschluckt. Auf ihre Haltung bildete sie sich viel ein, in ihrer Jugend war sie Leichtathletin gewesen, nicht ohne Erfolg, wie sie stets betonte. Eine Gehhilfe hatte sie nicht nötig. Birte vermutete, dass dieser Stock bloß eine Insignie war, mit der sie ihre majestätische Attitüde unterstrich und noch mehr Angst und Schrecken verbreitete.

Erst kürzlich hatte sie versucht, damit einen Nachbarsjungen zu verdreschen, der sich auf der Wiese hinter der Werkstatt herumtrieb und ein paar Steine aufklaubte, die sowieso für den Abfall bestimmt waren. Erst entwischte ihr der Knabe, schließlich war sie mit einundneunzig keine zwanzig mehr. Kurzerhand nutzte sie deshalb ihren Stock als Wurfgeschoss und traf das Kind damit direkt am Kopf. Wie sich nur wenig später herausstellte, war es der jüngste Spross der Jensens – ausgerechnet der Jensens, mit denen man seit Ewigkeiten im Clinch lag.

»Hat den Richtigen erwischt«, sagte Agnes knapp und lehnte es rundweg ab, sich bei den Eltern zu entschuldigen. »So weit kommt es noch! Dieses Pack hat auf meinem Grund und Boden nichts zu suchen. Gar nichts.«

Birte fiel die unschöne Aufgabe zu, bei den Jensens zu Kreuze zu kriechen, damit sie von einer Anzeige absahen, noch eine konnte Agnes nicht gebrauchen. Eine Dreiviertelstunde hörte sie sich das Gezeter an, was für eine abgrundtief böse Person ihre Großmutter doch sei und dass sie sich jetzt sogar schon an Kindern vergreife. Insgeheim gab sie den Aufgebrachten Recht, versuchte jedoch, den Vorfall auf Agnes fortgeschrittenes Alter zu schieben, sie werde halt langsam ein wenig wunderlich, auch ihre Augen seien nicht mehr die besten, nein, natürlich hätte sie den Jungen nicht verletzen, sondern ihm lediglich einen Schrecken einjagen wollen.

»Das glaubst du doch selbst nicht«, meinte Matthias Jensen, der Vater, trocken.

Nein, das glaubte sie selbst nicht, aber das konnte sie schlecht sagen. Deshalb ignorierte sie ihr inneres Widerstreben, entschuldigte sich wieder und wieder und sah Matthias dabei tief in die Augen, darauf hoffend, dass er sich an jene Jugendtage erinnerte, in denen sie so hoffnungslos für ihn geschwärmt hatte. Schließlich konnte sie ihn mit zwei Kisten Rotwein und einem großen Sack Marmorbruch für das Opfer besänftigen.

»Deine Familie ist wirklich die Pest«, gab ihr Matthias zum Abschied mit auf den Weg.

Auch damit lag er nicht falsch.

»Birte!« Agnes riss sie aus ihren Gedanken. »Was stehst du eigentlich da unten herum, wie zur Salzsäule erstarrt? Hilf mir endlich die Treppe hinunter.«

Als ob Agnes Hilfe brauchte! Sie ging betont langsam die Stufen hinauf und reichte ihrer Großmutter den Arm. Kurz malte Birte sich aus, wie es wäre, wenn sie ins Straucheln geriete, wenn sie ihren Fuß wie zufällig vor Agnes' stellte und sie zum Stolpern brächte. Für einen Oberschenkelhalsbruch müsste es mindestens reichen. Und wenn Menschen ihres Alters einmal im Krankenhaus waren, kamen sie so schnell nicht wieder heraus. Mit etwas Glück nur in der schwarzen Kiste.

»Birte, hörst du mir überhaupt zu? Wo bist du denn nur mit deinen Gedanken?«

»Das möchtest du nicht wirklich wissen«, entgegnete sie und lächelte dabei.

Agnes schüttelte unwirsch den Kopf. »Lass das dämliche Grinsen. Wie siehst du überhaupt aus? Es ist Sonntag. Kannst du dir da nicht etwas Anständiges anziehen?«

Birte strich sich eine verschwitzte Strähne hinter das Ohr, schaute an sich herunter und kam sich in ihrem teuren Laufdress plötzlich nackt vor. »Ich komme vom Joggen. Dafür fand ich das kleine Schwarze eher unpassend.«

»Du bist hierher gerannt? Warum hast du dir eigentlich gerade diesen teuren Sportwagen gekauft?« Agnes schüttelte erneut den Kopf. »Jetzt komm endlich. Ich habe etwas mit dir zu besprechen.«

Ihre Großmutter schritt voran durch den langen Flur, natürlich war sie tadellos gekleidet und frisiert. Auf ihr Äußeres legte sie viel Wert, immer noch, stets waren ihre pechschwarzen Haare ordentlich onduliert, stets trug sie Perlenohrringe und die dazugehörige Kette über ihren schwarzen Kleidern, die in ihrer Schlichtheit doch elegant wirkten. Birte konnte sich nicht erinnern, ihre Großmutter jemals in einer anderen Farbe als Schwarz gesehen zu haben. Schwarz wie ihre Seele. Schwarz wie der Tod. Eine angemessene Farbe, insbesondere in ihrer Branche.

Agnes öffnete die Tür zum Anbau, ging durch die Geschäftsküche und die sich anschließende Werkstatt, in der feiner Steinstaub durch die Luft flirrte und an deren Ende sich das Büro befand. Dort setzte sie sich hinter den schweren Eichenschreibtisch und deutete auf den kleinen Drehhocker davor, der so niedrig eingestellt war, dass man sich darauf vorkam wie ein Kind.

»Ich stehe lieber«, sagte Birte, lehnte sich abwartend an die Wand und strahlte dabei ein gewisses Desinteresse aus. Sie wusste doch schon, was jetzt passierte. Wahrscheinlich würde Agnes in der nächsten Sekunde die rechte Schreibtischschublade aufziehen und ihr kleines schwarzes Notizbuch herausholen. Jenes Büchlein, in das sie alles in zittrigem Sütterlin niederschrieb: Geschäftstermine, Telefonnummern von Lieferanten und Kunden, Preisabsprachen, Aktienkurse, aber auch wer ihr welches Geheimnis anvertraut und vor allem wem sie wie viel geliehen hatte.

Agnes würde das Büchlein öffnen, einen kurzen Blick hineinwerfen und ihre Forderung stellen. Sie würde sie keinesfalls als Bitte formulieren. Vielleicht würde ihr Gegenüber, je nach charakterlicher Disposition, anfänglich Widerworte geben – natürlich ohne Aussicht auf Erfolg, sondern allein um einen Rest Selbstachtung zu wahren. Am Ende einer kurzen fruchtlosen Diskussion jedoch würde man sich fügen. Agnes saß am längeren Hebel, immer.

Diesmal blieb die Schublade zu. Agnes sagte nur: »Ich habe eine Entscheidung gefällt, die unsere ganze Familie betrifft. Du wirst alle zusammenholen.«

»Alle? Wie meinst du das?«

»Mein Gott, wenn ich *alle* sage, meine ich auch *alle*. Meine Kinder. Meine Enkelkinder. Das dazugehörige angeheiratete Gesocks. Die Urenkel.«

Birte zog die Augenbrauen in die Höhe, soweit es ihre mit Spritzen lahmgelegte Stirn erlaubte. »Was soll denn der Quatsch? Deine Söhne reden seit Ewigkeiten kein Wort mehr miteinander ...«

»Das ist mir gleich«, unterbrach Agnes sie. »Sie sollen nicht miteinander reden, sie sollen sich hinsetzen und zuhören.«

Birte zuckte mit den Schultern. »Wenn du meinst. Ich kann's probieren. Aber warum fragst du sie nicht ...«

»Ich werde wohl meine Gründe haben«, fiel Agnes ihr erneut ins Wort. »Wie gesagt: alle meine Kinder. Das schließt auch Martha mit ein.«

Birte stieß sich von der Wand ab und registrierte, wie sie eine Gänsehaut bekam. »Vergiss es. Mit der Irren will ich nichts zu tun haben.«

»Rede nicht so von deiner Mutter.«

»Mutter? Diese Frau hat vor über dreißig Jahren aufgehört, Mutter zu sein!« Birte wurde lauter und stellte sich breitbeinig mitten in den Raum. »Das kannst du nicht von mir verlangen. Das kannst du einfach nicht.«

»Ich kann«, sagte Agnes.

Einen Moment lang maßen sie sich mit Blicken, zwei Alphatiere, kurz vor dem Sprung, kurz davor, die Kehle des Unterlegenen zu zerfleischen.

»Nein«, presste Birte schließlich mit zusammengebissenen Zähnen hervor. »Nein.«

»Meinst du nicht, dass es an der Zeit ist zu verzeihen?« Agnes' Stimme war unerwartet weich.

»Das sagt die Richtige!« Birte lachte auf. »Wenn du plötzlich Sehnsucht nach deiner verlorenen Tochter verspürst, dann such sie doch selber.«

Agnes schwieg, und als sie endlich antwortete, war alle Weichheit verschwunden. »Ich muss sie nicht suchen. Du wirst schon wissen, wo sie ist. Und du wirst sie davon überzeugen, nach Hause zu kommen.«

»Warum ich? Warum nicht Peter?«

»Dein Bruder, dieser Schwächling? Ausgeschlossen. Das ist eine Aufgabe für dich. Und du wirst sie erledigen.«

Birte verschränkte die Arme vor der Brust. »Nein«, wiederholte sie.

»Nein«, äffte Agnes sie mit hoher Stimme nach. »Du hörst dich an wie ein dummes, trotziges Kind. Es reicht jetzt. Muss ich dich etwa daran erinnern, wem du dein schönes Leben zu verdanken hast?«

Birte schaute aus dem Fenster.

»Dein schönes Penthouse? Deine schöne Firma? Deine schönen Reisen?«

»Ach, wieder die alte Leier?« Birte bemühte sich, möglichst gelangweilt zu klingen.

»Genau, die alte Leier. Weil ich damit Recht habe.«

»Einen Scheißdreck hast du! Aber das geht in deinen alten Schädel nicht mehr rein.«

Agnes schürzte süffisant die Lippen. »Das mag sein. Dafür versucht mein alter Schädel sich gerade vorzustellen, was geschieht, wenn ich dir deinen Kredit kündige. Oder beschließe, meine Häuser einer anderen Immobilienverwaltung anzuvertrauen als deiner. Und dann fragt mein alter Schädel sich, was noch übrig bleibt von deinem schönen, sorglosen Leben.«

»Das ist Erpressung«, zischte Birte. »Außerdem hast du versprochen …«

»Versprechen werden von Zeit zu Zeit gebrochen.«

Sie blickte in Agnes' klare blaue Augen und wusste, dass sie verloren hatte. Ihre Großmutter war genauso hart wie der Granit, den ihre Familie in der vierten Generation bearbeitete. Sie sparte sich eine erneute Erwiderung.

»Na also«, sagte Agnes mit einem kleinen Lächeln, das jeglichen Humor vermissen ließ. Sie erhob sich, offensichtlich war das Gespräch beendet. »Anstatt hier Wurzeln zu schlagen, solltest du dich in Bewegung setzen. Du hast zehn Tage Zeit.« *Pock-*

pock-pock. »Und nimm den hinteren Ausgang. Nicht, dass du den ganzen Schmutz durchs Haus trägst.« Dann ging sie, ohne ein weiteres Wort zu verlieren.

»Verdammtes Miststück«, murmelte Birte. Sie verließ das Gebäude wie angeordnet durch die Seitentür, knallte diese mit ordentlichem Krach zu, ging über den dreckigen Hof, auf dem sich in der linken Ecke die Marmor- und Granitplatten stapelten, in der rechten der Schutt türmte und mittig ausrangierte Maschinen vor sich hin rosteten. Müsste aufgeräumt werden, dachte sie. War die Auftragslage so gut, dass dafür keine Zeit blieb? Oder fehlte schlichtweg mal wieder eine Arbeitskraft?

Birte wusste, dass Agnes vor Kurzem einen der zwei Gesellen rausgeschmissen hatte. Hochkant. Angeblich war ihm bei der Bearbeitung des teuren Statuario-Marmors ein Fehler unterlaufen. Aber Birte wusste auch, dass das Unsinn war. Entweder hatte der arme Mann ihrer Großmutter nicht den gebotenen Respekt gezollt, oder sie fand, dass man gut und gern ein Gehalt einsparen und Onkel Klaus noch mehr arbeiten könne. Um Dinge wie Arbeitnehmerrechte scherte sie sich einen Dreck. Und auch darum, dass sie de facto und de jure gar nicht mehr berechtigt war, jemanden zu entlassen. Birtes Onkel war seit zig Jahren Geschäftsführer und Inhaber des Familienunternehmens. Zumindest auf dem Papier. Doch mit solchen Nebensächlichkeiten hatte sich Agnes noch nie aufgehalten.

Birte öffnete das große schmiedeeiserne Tor zur Straße hin und schloss es sorgfältig hinter sich. Einen Augenblick lang blieb sie noch stehen und betrachtete das Firmenschild, das über der Einfahrt hing: »Steinmetzbetrieb Weisgut & Söhne«. Dann machte sie sich langsam auf den Weg und fragte sich, was ihre Großmutter mit dieser Familienzusammenkunft bezweckte. Dass sie sich alle gegenseitig an die Gurgel gingen?

Martha, Martha, Martha, rauschte es durch ihren Kopf. Agnes hatte natürlich Recht. Birte wusste, wo ihre Mutter sich aufhielt, wenigstens hatte sie eine ungefähre Ahnung. Martha schrieb ihr Postkarten, die Birte nicht las, aber sorgfältig in einer schwarzen Kiste unter ihrem Bett verwahrte. Anhand der bunten Sightseeing-Motive hatte sie eine Vorstellung von dem scheinbar planlosen Zickzackkurs, den ihre Mutter durch Europa nahm. *Martha, Martha, Martha.*

Birte stellte das Rauschen ab und wandte sich gedanklich den anderen Familienmitgliedern zu. Dass Onkel Klaus sich mit seinem älteren Bruder Karl an einen Tisch setzte, war unvorstellbar. Ihr Streit schwelte, solange sie denken konnte, und nährte sich aus Eifersüchteleien, Zurückweisungen und Dominanzgehabe. Wirklich verstanden, was die beiden letztlich entzweite, hatte Birte nie. Vordergründig ging es um die Ausrichtung des Betriebs. Karl hätte gern das Geschäftsfeld erweitert; Gartenskulpturen, Marmorbäder, Treppen – was man nicht alles aus Steinen machen konnte! Klaus hielt dagegen. Alles nur vorübergehende Moden, zu unsicher, zu kostenintensiv, nur die Fertigung der Grabmäler sei im wahrsten Sinne des Wortes ein todsicheres Geschäft – ganz nach Agnes' Leitspruch: »Gestorben wird immer.«

Auch wenn Karl und Klaus seit nunmehr zwölf Jahren beruflich getrennte Wege gingen, hatte sich ihr Verhältnis nie entspannt. Im Gegenteil. Es war, als hätte ein steter Strom unausgesprochener Vorwürfe den Graben zwischen den Brüdern immer weiter vertieft.

Wie sollte Birte die Streithähne an einen Tisch bekommen? Sie brauchte eine Finesse, ein Druckmittel. Ganz hinten in ihrem Hirn regte sich etwas, eine vage Erinnerung, eine Begebenheit aus Kindertagen. Da war etwas. Etwas Unangenehmes.

Sie hatte schon die Kollaustraße am Niendorfer Marktplatz überquert, als sie spontan beschloss, nicht nach Hause zu joggen, sondern ihr strenges sonntägliches Sportprogramm zu verkürzen und zu ihrem Cousin Bosse zu laufen. Vielleicht hatte er eine Idee, wie man Klaus, seinem Vater, Agnes' Wunsch schmackhaft machen konnte. Außerdem brauchte sie jemanden zum Reden. Nicht irgendjemanden, sondern einen, der sich mit ihrer Familie auskannte. Der genauso unsäglich mit ihr verstrickt war wie sie selbst.

Agnes schob die Wohnzimmergardine ein wenig zur Seite und beobachtete, wie ihre Enkelin die Straße hinaufging, mit federnden, kraftvollen Schritten, unter ihrem knappen Trikot zeichnete sich die Rückenmuskulatur ab. Wiederholt fuhr sie sich durch die kurzen blondierten Haare – als könnte sie damit die Gedanken in ihrem Kopf ordnen.

Birte hatte nichts mehr gemein mit dem fetten Entlein, das sie in ihrer Kindheit einmal gewesen war. Heute, mit Anfang vierzig, glich sie einem stolzen, sehnigen Schwan, und Agnes wusste, dass dieses Ergebnis Blut, Schweiß und Tränen gekostet hatte. Ihre Enkelin war ein Mensch, der seine Ziele mit verzweifelter Hartnäckigkeit verfolgte und ein Scheitern schlichtweg ausschloss. Sie war ihr nicht unähnlich.

Agnes wusste, dass es eine Zumutung war, was sie von Birte verlangte. Insbesondere die Sache mit Martha. Sie lächelte in sich hinein. Natürlich hätte sie auch selbst alle einladen können. Aber das war unter ihrer Würde.

Und natürlich würden sie alle angerannt kommen, diese Memmen, dieser Haufen von Schmarotzern. So gut es ging, hielt sie sich die Bande vom Leib. Aber diesmal ging es nicht anders.

Sie zog die Gardine zu und geriet kurz ins Wanken. Da war er wieder, dieser leichte Schwindel, der sie in der vergangenen Zeit so oft überfallen hatte. Gestorben wird immer, dachte Agnes, bald bin ich dran. Doch vorher war es an der Zeit, die Dinge zu regeln. Es war Zeit für die Wahrheit.

HAMBURG, JULI 1978

Birte schwitzte wie ein Schwein. Die salzige Suppe lief ihr aus den Haaren Nacken und Rücken hinunter und sammelte sich in ihrer Poritze. Es juckte fürchterlich. Trotzdem duckte sie sich noch tiefer unter den Holzstapel im alten Schuppen hinter der Werkstatt und betete zu Gott, dass keine dieser schwarzen, haarigen Spinnen über ihre Füße krabbeln würde. Von draußen hörte sie ihn wieder rufen. »Komm endlich raus! Du hast auch gewonnen. Komm schon …« Er klang jetzt richtig sauer.

Sie hatte nicht vor, herauszukommen. Und wenn sie bis zum Ende der Sommerferien hier hocken musste, der kleine Pupser konnte sie suchen bis zum Sankt-Nimmerleins-Tag.

Was hatte sie sich auf die Ferien gefreut! Endlich raus aus der Schule, weg von Herrn Sturm, ihrem Klassenlehrer, der immer so missbilligend auf ihre abgekauten Fingernägel starrte und sie im Sportunterricht schikanierte. Noch in der letzten Stunde hatte er sie gezwungen, den Aufschwung am Reck zu üben, wieder und wieder. Und wieder und wieder hatte sie ihren Körper über die Stange gewuchtet, ohne jegliches Gelingen, bis ihr schwindlig wurde und sie wie ein nasser Sack auf den Boden klatschte und einfach liegen blieb. Herr Sturm hatte nur tief und theatralisch geseufzt und sich kopfschüttelnd abgewandt. Das war fast schlimmer als eine seiner gemeinen Bemerkungen, bedeutete es doch, dass er sie für eine hoffnungslose Versagerin hielt, an die jedes weitere Wort verschwendet war.

Dafür hatten die anderen nicht geschwiegen, natürlich nicht. Schon während Birtes demonstrativer Demütigung hatte sich das Gros der Mädchen zusammengerottet und einen Pulk gebildet. Mit kleinen, hämischen Kommentaren begleiteten sie ihre verzweifelten Anstrengungen. Allen voran Sybille, die schöne Sybille, zart und feingliedrig, das lange blonde Haar seidig glänzend, die blauen Kulleraugen weit aufgerissen. Birte wunderte sich, wie jemand so Hübsches so bösartig sein konnte. Und dass alle, sogar die Lehrer, sich von Sybilles äußerer Erscheinung blenden ließen.

Kaum war Herr Sturm zu den Jungs in den hinteren Teil der Turnhalle gegangen, um deren Fußballspiel zu unterbrechen, war Sybille an Birte herangetreten, hatte sich zu ihr gehockt und ihr mit einer scheinbar tröstenden Geste die Hand auf die Schulter gelegt. »Na, du hässlicher Fettklops«, hatte sie gezischt, »das war wohl wieder nix. Du wirst es nie lernen. Du bist einfach zu dumm und zu dick.«

In der Umkleidekabine waren die Gemeinheiten in die nächste Runde gegangen. Sybille hatte den Chor der ihr Ergebenen dirigiert, und es erklang der Singsang, der Birte in jeder Pause auf dem Schulhof begleitete: »Birte Babyspeck, da kommt Birte Babyspeck, Birte Babyspeck frisst ganz viel Dreck.« Birte hatte sich ihre Sachen geschnappt, auf dem Klo eingeschlossen und gewartet, bis die anderen weg waren.

Als sie sich heraustraute, sah sie, dass Peter auf sie wartete.

»Kommst du endlich«, sagte ihr Zwillingsbruder und sah ihr dabei nicht in die Augen.

Schweigend marschierten sie nach Hause, mit keinem Wort erwähnte Peter den Vorfall aus dem Sportunterricht. Und Birte fragte sich, warum ausgerechnet sie einen Bruder hatte, der ihr nie zur Seite stand und der immer so tat, als ginge ihn das alles nichts an.

Aber eigentlich war ihr das am letzten Schultag auch egal. Jetzt war es Sommer. Und das bedeutete sechs lange Wochen ohne Hänseleien und ohne Schikane. Sechs lange Wochen süßen Nichtstuns. Irgendwo im Schatten lümmeln, völlig unbehelligt, und abtauchen in die verheißungsvolle Welt der Bücher. Mark Twains *Die Abenteuer des Tom Sawyer* lag schon bereit, ebenso

Stevensons *Schatzinsel*, die sie zum dritten Mal lesen wollte. Und Tante Anna hatte ihr kürzlich die *Vorstadtkrokodile* geschenkt, weil sie wusste, wie sehr Birte den Film mochte.

Papa, und da war er sich mit Herrn Sturm einig, fand, dass derartige Lektüre nichts für ein Mädchen war und sie nur auf dumme Gedanken brachte. Als Birte ihn einmal fragte, was sie stattdessen lesen solle, kam er mit *Hanni und Nanni* um die Ecke. Doch diese blöden Internatsgeschichten interessierten Birte nicht. Sie wollte in Abenteuern versinken, in denen die Helden mutig, frei und unbeirrt waren. Ganz genau so, wie sie wünschte zu sein.

Vielleicht stand nun sogar ein echtes Abenteuer an. Eine Woche Ostsee hatte Papa in Aussicht gestellt, und das war ein wirklich dickes Ding, weil sie noch nie weggefahren waren. Immer gab es zu viel Arbeit in der Gärtnerei, und außerdem waren da Mamas »Zustände«, die eine Reise eigentlich unmöglich machten. Aber diesen Sommer wollten sie es wagen, echter Urlaub, wie ihn ganz normale Familien machten, am Meer.

Selbstverständlich kam wieder alles anders. »Eurer Mutter geht es nicht so gut«, hatte Papa ihr und Peter erklärt und mit den Augen gerollt. Sie hatten beide nur mit den Achseln gezuckt, denn ihrer Mutter ging es oft nicht so gut. »Die Nerven«, sagten die Erwachsenen und warfen einander bedeutungsvolle Blicke zu. Birte konnte sich nicht recht vorstellen, was für eine Krankheit das sein sollte – »die Nerven«. Aber es musste etwas Schlimmes sein, so viel war ihr klar. Denn immer, wenn es Mama nicht so gut ging, wurden sie und ihr Bruder zu den Verwandten geschickt.

Also hatten sie das Notwendigste in ihre kleinen Koffer gepackt, Peter ging rüber zu Onkel Karl; Birte wurde zu Onkel Klaus und Tante Anna geschafft. Erst fand sie, dass sie das bessere Los gezogen hatte, denn Tante Anna war immer richtig nett zu ihr, und außerdem gab es ihre Cousine Astrid, mit der sie spielen konnte. Doch Astrid war nicht da, sondern verschickt in ein Ferienlager mit dem Sportverein.

Birte musste mit ihrem Cousin Bosse vorliebnehmen. Und Bosse war ein echtes Problem. Er war erst neun, über zwei Jahre jünger als sie, quasi ein Kleinkind. Er las *Fix & Foxi*, spielte mit Plastik-Cowboys und sammelte tatsächlich noch Schlümpfe. Zwischen ihnen lagen Welten.

Nach den strengen Ermahnungen ihres Vaters, sie solle bloß artig sein und ihm keine Schande machen, hatte Birte sich fest vorgenommen, trotzdem nett zu ihrem Cousin zu sein. Doch gleich gestern, kurz nach ihrer Ankunft, hatten sie sich schon gestritten.

Bosse hatte sie wichtigtuerisch in sein Zimmer geführt, um ihr seine neuesten Schlümpfe zu präsentieren, die ordentlich aufgereiht auf der Fensterbank standen. Birte hatte pflichtschuldigst »Oh« und »Ah« gemacht und sich eine der Figuren gegriffen. »Nicht anfassen, hörst du, nicht anfassen!«, hatte ihr Cousin gebrüllt und ihr den blöden Schlumpf aus der Hand gerissen.

Daraufhin hatte Birte einen Schlumpf nach dem anderen von der Fensterbank geschnipst, denn von diesem kleinen Pupser ließ sie sich schon mal gar nichts sagen. Bosse hatte nach ihr getreten, sie hatte ihn geschubst, er hatte sie an den Haaren gezogen, und sie war heulend zu Tante Anna gelaufen, um zu petzen. Zur Strafe mussten sie die Werkstatt ausfegen.

Der Abend war nicht viel besser gelaufen. Tante Anna hatte ihnen erlaubt, Fernsehen zu schauen; es lief *Spiele ohne Grenzen*. Die Sendung hatte eben begonnen – Deutschland maß sich mit Italien, die Kontrahenten sollten versuchen, sich mit Schaumstoffrollen von schwimmenden Baumstämmen zu hauen –, und Tante Anna servierte ihnen einen Schnittchenteller mit Leberwurstbroten und sauren Gürkchen, dazu Milch mit Honig. Birte liebte heiße Milch mit Honig.

»Iiiih, Milchhaut!«, hatte Bosse gerufen, sie mit einem Teelöffel aus seiner Tasse gefischt und in Birtes Becher plumpsen lassen.

Birte ließ sich nicht lumpen und fing an, unauffällig Gürkchenscheiben in Bosses Richtung zu werfen, woraufhin er seine Leberwurstfinger in ihre Milch tunkte. Onkel Klaus haute auf den Tisch und brüllte: »Aufhören, alle beide, aber sofort!«

Tante Anna schaltete einfach den Fernseher ab und holte das *Malefiz*-Spiel heraus. »Ich glaube, es ist besser, wenn ihr eure Kräfte beim Würfeln messt«, sagte sie.

Natürlich hatte Bosse keine Chance gegen sie. Birte türmte Stein auf Stein vor seine Durchgänge und gewann haushoch. Ihr Cousin bekam einen Wutanfall, schmiss das Spielbrett durchs Wohnzimmer und stürzte sich auf sie. Tante Anna steckte sie beide kurzerhand ins Bett. Wenigstens durfte Birte in Astrids Zimmer schlafen und musste die Nacht nicht bei dem kleinen Pupser verbringen.

»Birteeeeee! Wenn du jetzt nicht rauskommst, geh ich zu Mama und sag, dass du mich wieder geschubst hast!«

Mach doch, dachte Birte, von mir aus feg ich die ganzen Ferien die Werkstatt. Dann muss ich wenigstens nicht mit dir spielen.

Gleich nach dem Frühstück hatte sie sich mit *Tom Sawyer* ins Bett gelegt und las gerade atemlos, wie er sich mit Becky in der McDouglas-Höhle verlief und auch noch Indianer-Joe begegnete, da stand Tante Anna in der Tür und schickte sie zu Bosse in den Garten. Kinder gehörten ihrer Meinung nach an die frische Luft.

Birte hörte, wie Bosse hinter dem Schuppen durch das hohe Gras raschelte und vor Wut keuchte. Er suchte sie jetzt schon über eine halbe Stunde lang, aber es war unwahrscheinlich, dass er in den Schuppen kam. Der war dunkel und muffig, und Bosse hatte Angst im Dunkeln.

Die Schuppentür öffnete sich plötzlich mit einem widerlichen Knarzen. Unwillkürlich hielt sie die Luft an. Sollte Bosse es doch wagen? Dann hörte sie die Stimme ihres Onkels. Er klang besorgt.

»Du musst dich beruhigen, Karl! Erst einmal sollten wir herausfinden, was der hier will.«

»Was wird der Bastard schon wollen? Geld, nehme ich an«, antwortete Onkel Karl.

»Das glaube ich nicht. So einfach werden wir den nicht los …«

Die Männer schwiegen einen Moment lang, und Birte versuchte, möglichst flach und geräuschlos zu atmen. Worüber sprachen die beiden?

»Dreißigtausend. Wir bieten ihm dreißigtausend, damit er verschwindet«, sagte Onkel Karl. »Das kriegen wir zusammen, bevor Mutter misstrauisch wird.«

Onkel Klaus lachte freudlos. »Warum soll er sich mit dreißigtausend zufriedengeben, wenn ihm viel mehr zusteht?«

»Dem steht gar nichts zu!« Onkel Karl schrie nun. »Wir schuften uns seit Jahren krumm und buckelig und ertragen Mutters Kapriolen. Und der kommt einfach und setzt sich ins gemachte Nest?«

»Hör auf zu brüllen, Karl. Es nützt ja nichts. Mutter hat ihn geholt, das müssen wir respektieren.«

»Respektieren? Du hast sie doch nicht mehr alle! Seit Ewigkeiten terrorisiert sie uns, immer tanzen wir nach ihrer Pfeife, nichts kann man ihr Recht machen. Und jetzt das!«

»Ja«, sagte Onkel Klaus schlicht. »Und jetzt das. Aber wir werden nichts daran ändern können.«

»Das wollen wir doch mal sehen! Den Bastard schlag ich tot, wenn es sein muss, das schwör ich dir …«

Onkel Karl drehte sich auf dem Absatz um und stürmte aus dem Schuppen. Sein Bruder blieb noch einen Augenblick lang stehen, reglos und in sich zusammengesunken. Dann straffte er sich und ging ihm hinterher.

Birte kroch unter dem Holzstapel hervor. Ihr Herz schlug wie nach einem Tausend-Meter-Lauf. »Den Bastard schlag ich tot.« Onkel Karl war dafür berüchtigt, dass er bei der kleinsten Kleinigkeit durch die Decke ging. Das war sonst nicht weiter schlimm, weil seine Ausbrüche keine Konsequenzen nach sich zogen. Solange er tobte, ging man einfach in Deckung. Und sobald er Dampf abgelassen hatte, war alles wieder gut. »Hunde, die bellen, beißen nicht«, sagte ihr Vater immer.

Aber mit Mord und Totschlag hatte Onkel Karl noch nie gedroht. Und wer war dieser »Bastard«, den er umbringen wollte? Was war überhaupt »ein Bastard«?

Es konnte sich nur um Großmutters Besuch handeln. Sie hatte ihn noch nicht zu Gesicht bekommen, nur gehört. Eine dunkle Stimme, die eindringlich, aber so leise, dass man kein Wort verstand, durch das Treppenhaus schwebte. Schwere Schritte, die im ersten Stock über ihr vibrierten. Eine mysteriöse Angelegenheit, denn Großmutter hatte sonst nie Besuch.

Birte beschloss, Tante Anna danach zu fragen, öffnete die Schuppentür und rannte los Richtung Haus.

»Hab ich dich!« Bosse sprang ihr in den Weg. Fast hätte sie ihn beiseitegeschubst, aber dann blieb sie einfach stehen.

»Kommste mit?«, fragte er.

»Wohin?«

»Nach oben, zu Großmutter.«

Sie starrte ihn mit offenem Mund an. Man ging nicht zu Großmutter, einfach so. Man wurde zu ihr zitiert, um sich eine Belehrung abzuholen, die Schulnoten vorzuzeigen oder Strafarbeiten zu bekommen. Ansonsten ging man ihr aus dem Weg.

»Hat sie uns gerufen? Müssen wir?«, wollte Birte wissen.

»Nee, müssen wir nicht. Aber da ist doch dieser Mann. Den wollt ich mir mal angucken. Also, kommste mit?«

Birte tippte sich nur an die Stirn.

»Traust dich nicht, oder was?«

»Pfff«, machte Birte.

»Angsthase, Pfeffernase, morgen kommt der Osterhase«, sang Bosse.

»Na gut«, meinte sie von oben herab. »Damit du aufhörst zu nerven. Aber nicht, dass Großmutter uns erwischt …«

»Quatsch, wir schleichen uns an wie die Indianer«, sagte Bosse leichthin. Aber sie sah ihm an, dass seine Zuversicht nur aufgesetzt war.

Geduckt flitzten sie zum Haus, und sofort fühlte Birte sich wie einer der Helden ihrer Bücher, auf dem Weg in ein großes Abenteuer. Sie huschten durch die Eingangstür der alten Jugendstilvilla, die im Sommer sperrangelweit offen stand, und kauerten sich unter den Absatz der Treppe, die zu der Wohnung im ersten Stock führte. Sie spähten hoch und sahen, dass auch die obere Tür nur angelehnt war.

Großmutter schloss diese Tür grundsätzlich nicht, angeblich weil sie sonst Beklemmungen bekam. Tante Anna jedoch sagte, Agnes sei mitnichten klaustrophobisch, sondern krankhaft misstrauisch.

Sie schlichen die Stufen hinauf, Bosse voran, mit einer Handbewegung bedeutete er ihr, möglichst in der Mitte zu bleiben, wo der dicke rote Treppenläufer lag, der das Knarren der Holzdielen einigermaßen schluckte. Oben angekommen, gab er der Tür einen winzigen Stups, sodass sie ein paar Zentimeter aufschwang. Der Flur empfing sie dunkel und leer, er roch nach den Lavendelsäckchen, die ihre Großmutter zwischen die Wäsche stopfte, und nach gekochten Kartoffeln. Es war sehr still.

Birte begann, auf dem Bauch zur Küche zu robben, darauf vertrauend, dass Bosse ihr folgte. Auch die Küchentür stand einen Spalt offen, sodass sie bequem hineinlinsen konnte. Der einzige Laut, den sie nun hörte, war das Ticken der alten goldenen Uhr auf dem schweren Küchenbuffet. Links davon, direkt vor dem Fenster, befand sich der runde Esstisch. Unter ihm stand ein brauner Koffer. Auf ihm lagen, umgekippt, zwei Wassergläser, eine Flasche unbekannten Inhalts mit merkwürdigen Schriftzeichen und ein Paar nackter Männerfüße.

Birte erstarrte. Das war unerhört. Erwachsene legten ihre Füße nicht auf den Tisch, niemals – und schon gar nicht bei Großmutter. Sie drehte sich zu Bosse um, der seinen Kopf schwer auf ihre

Schulter gelegt hatte, um diese Sensation besser betrachten zu können. Er zeigte nach hinten auf den Ausgang. Birte schüttelte den Kopf. »Angsthase, Pfeffernase.« Dem würde sie mal zeigen, wie mutig sie war. Außerdem musste sie erst sehen, wer zu diesen Füßen gehörte, bevor ein Rückzug infrage kam.

Dann sah sie ihn, den Mann, der am Küchentisch saß, ihr halb den Rücken zukehrte und aus dem Fenster schaute. Er war vielleicht so alt wie Onkel Klaus oder auch jünger, sehr groß und hager und hatte schwarzes Haar, das ihm wild und ungekämmt ins Gesicht fiel. Seine Haut war dunkel von der Sonne, seine Wangenknochen hoch, die Nase groß und gebogen. Er trug merkwürdige Kleidung, ein kobaltblaues Hemd aus grobem Leinen, ohne Kragen und mit weißen Ornamenten bestickt, dazu eine braune, weite Hose aus einem noch derberen Stoff, der aussah, als ob er fürchterlich kratzte.

Das war keiner aus dem Viertel, so viel war klar. Das war noch nicht einmal einer aus Hamburg, dachte Birte. Der Mann sah verwegen aus, wie ein Zigeuner oder wie einer der Artisten aus einem Wanderzirkus, und passte so gut in Großmutters Küche wie ein Wolf in einen Schafstall.

Plötzlich drehte der Mann seinen Kopf und schoss aus der Küche, packte mit der einen Hand Birte am Kragen und mit der anderen Bosse. Vollkommen mühelos hielt er sie in die Luft und schüttelte sie ein wenig. Dabei lachte er, Birte konnte kurz sehen, dass ihm ein Schneidezahn fehlte, und sagte etwas in einer fremden Sprache.

»Was habt ihr Blagen hier zu suchen?« Großmutter stand hinter ihnen im Flur, angelockt von dem Mordsradau. »Euch werd ich Beine machen! Ihr wisst doch, dass ihr nicht …«

»Schsch …«, machte der Mann und setzte Birte und Bosse sacht auf dem Boden ab.

Und dann geschah das, was an diesem erstaunlichen Tag das Erstaunlichste war. Ihre Großmutter lächelte. »Na, wo ihr schon mal da seid, könnt ihr Gregor auch anständig Guten Tag sagen.

Das haben euch eure Mütter hoffentlich beigebracht. Und mögt ihr ein Glas Zitronenlimonade?«

Birte und Bosse löcherten seine Eltern. Wer war dieser Gregor? Woher kam er? Wie lange blieb er? Und was wollte er bei Großmutter? »Besuch. Von früher«, war alles, was Onkel Klaus zu antworten bereit war.

Früher? Wie viel früher denn? Und was für ein Früher? »Gregor ist der Sohn von Bekannten, die Agnes kurz nach dem Krieg mal geholfen haben. Er ist auf der Durchreise und ruht sich hier nur ein wenig aus«, log Tante Anna ihnen unverfroren ins Gesicht.

Stundenlang hockten sie unter dem schattigen Kirschbaum auf der Wiese, und Birte erzählte Bosse im Flüsterton von dem Vorfall im Schuppen. »Den Bastard schlag ich tot.« Immer neue Geschichten sponnen sie um den geheimnisvollen Gregor. Birte war davon überzeugt, dass er ein verwunschener Kalif aus dem fernen Arabien war, auf der Suche nach einer entführten Haremsdame, die ihn um die halbe Welt führte.

Bosse fand zwar, dass ihre Theorie einiges für sich hatte – diese Kleidung, diese Sprache! Er glaubte jedoch, dass der Besuch ein amerikanischer Geheimagent war, der in direkter Linie von den Apachen abstammte – was erklärte, warum er barfuß lief. Hundertpro hatte Gregor den Auftrag, eine Geheimwaffe unschädlich zu machen, die die Menschheit vernichten konnte.

Auch wenn sie sich über Gregors Herkunft nicht einig werden konnten, stritten sie sich nicht darüber. Birte sah den Cousin auf einmal mit anderen Augen. Ihre Mutprobe hatte sie zusammengeschweißt, gemeinsam waren sie nur knapp dem Tod entronnen.

Außerdem wollten sie beide unbedingt mehr über den Besuch erfahren. Sie drückten sich in der Werkstatt herum, möglichst unauffällig, und belauschten die Erwachsenen, bis man sie hinausschmiss, immer dann, wenn es interessant wurde. Also hefteten sie sich an Gregors Fersen, sobald er das Haus verließ. Der entdeckte sie sofort, anscheinend war er im Besitz eines unsichtbaren Radargerätes, Bosse hatte vielleicht doch Recht.

Im Gegensatz zu den anderen, die sie verscheuchten wie lästige Fliegen, freute sich Gregor über ihre Gesellschaft. Er schien ein wenig einsam, außer Großmutter kümmerte sich keiner um ihn. Onkel Klaus begegnete dem Gast zwar mit ausgesuchter, aber ebenso kalter Höflichkeit; Onkel Karl sah bei Gregors Anblick so aus, als wolle er ihn gleich erschlagen, und stapfte, Zornesfalten auf der Stirn, davon.

Gregor sprach kaum Deutsch, wenigstens tat er so; wollten sie etwas von ihm wissen, lächelte er freundlich und zuckte mit den Schultern. Was ihm an Worten fehlte, machte er mit seinen Händen wett. Im Nu hatte er das morsche Schaukelgestell im Garten repariert; für Birte schnitzte er aus Ahornholz eine zierliche Flöte, die er ihr mit feierlicher Geste überreichte. Die Röte schoss ihr ins Gesicht, alles in allem, dachte sie, liefen die Ferien doch besser als angenommen.

Es braute sich etwas zusammen. An einem Dienstag hingen schwarze Gewitterwolken schwer am Himmel, im Radio sprachen sie von einem ausgewachsenen Unwetter. Birte und Bosse verzogen sich in die hinterste Ecke der Werkstatt und schauten den Männern bei der Arbeit zu. Die Luft war zum Schneiden. Onkel Karl fiel ein Marmorblock auf den Fuß, er hörte überhaupt nicht mehr auf zu fluchen und hüpfte wie das HB-Männchen auf und ab.

Die Tür zum Büro öffnete sich, und heraus kamen Gregor und Großmutter, mehrere eng beschriebene Zettel in der Hand. Onkel Karl hielt mit dem Fluchen inne, warf einen flüchtigen Blick auf die Papiere und pöbelte: »Das wagst du nicht …«

Agnes maß ihren Sohn mit einem eisigen Blick und entgegnete ruhig: »Karl, mäßige dich. Und vergiss nie, wem das hier alles gehört und wer es aufgebaut hat.«

Onkel Karl öffnete schon den Mund, um weiter zu brüllen, da trat Gregor hervor, machte »*Schsch*« und wollte ihm beruhigend die Hand auf den Arm legen. Das war zu viel.

»Du Drecksau, fass mich nicht an!«, schrie Onkel Karl und schwang die Fäuste. Bevor Onkel Klaus dazwischengehen konnte, war Gregor schon geschickt ausgewichen und hatte den Wütenden so in den Schwitzkasten genommen, dass der sich nicht mehr rühren konnte.

Großmutter blickte zu Birte und Bosse, die den Vorfall mit vor Schreck geweiteten Augen verfolgten, und herrschte sie an: »Raus mit euch. Aber dalli!«

Am Abend war das Gewitter anscheinend über die Stadt hinweggezogen, nur in der Ferne hörte man noch ein dumpfes Grollen. Mitten in der Nacht wurde Birte wach, weil es über ihr donnerte und rumpelte und krachte. Sie hörte Onkel Klaus' Stimme, sie hörte Onkel Karls Brüllen, dazwischen ein Scheppern und Knirschen, das sie nicht einordnen konnte. Plötzlich stand Bosse im Zimmer. »Ich hab Angst. Das ist so laut. Kann ich bei dir schlafen?«

Birte nickte. Sie hielten einander im Arm und horchten in die Dunkelheit. Nun war es wieder still. Aber es war eine Stille, die sie noch lange am Einschlafen hinderte.

Die Stille hielt sich am nächsten Tag. Bosses Eltern und Onkel Karl redeten nicht miteinander, schweigend gingen sie ihren Verrichtungen nach. Birte lauschte, ob sie Gregors Schritte auf der Treppe hörte, sie suchte nach ihm auf der Wiese, im Schuppen, in der Werkstatt. Als Tante Anna mit Bosse zum Einkaufen ging, schwindelte sie, dass sie jetzt endlich ihr Buch zu Ende lesen müsse. Als die beiden weg waren, nahm sie all ihren Mut zusammen, stieg die Stufen hoch und klopfte an Großmutters Tür. Sie bekam keine Antwort.

Dennoch trat sie ein. Ein Stuhl lag zertrümmert auf dem Küchenboden, eine Tür des Buffets hing schief in ihren Angeln, das

Linoleum war mit Scherben übersät. In der Ecke stand Gregors Koffer, aufgerissen, die Sachen verstreut.

Ihre Großmutter saß am Fenster und schaute reglos hinaus. Birte räusperte sich verlegen und fragte mit einer Stimme, die ihr selbst viel zu zittrig vorkam: »Wo ist denn Gregor?«

Agnes drehte sich um, über ihr Gesicht liefen Tränen. »Weg.«

Birte machte einen Schritt auf sie zu, doch ihre Großmutter hatte sich schon wieder dem Fenster zugewandt. »Geh jetzt«, sagte sie. »Und komm nicht mehr hoch.«

Birte rannte die Treppe hinunter und aus dem Haus hinaus, als wäre der Teufel hinter ihr her. »Den Bastard schlag ich tot.«

Später dachte sie oft, dass der Sommer von Anfang an unter keinen guten Vorzeichen gestanden hatte. Mamas Zustände. Gregors Besuch. Das Weinen ihrer Großmutter. Lauter Hinweise, lauter Omen. Sie hätte es merken müssen. Und dann hätte sie all das Fürchterliche, das in diesem Jahr noch geschehen sollte, abwenden können. Aber sie hatte nichts gemerkt.

GROSS HUBNICKEN, AUGUST 1935

»Nein, nein, nein!« Agnes stampfte mit dem Fuß auf. Am liebsten wäre sie aufgesprungen und hätte gegen die Frisierkommode getreten, vor der sie sitzend das Ziepen der Bürste ertrug, mit der ihre Mutter ihr ungeduldig durch die Haare fuhr.

»Ich werde nicht heiraten. Ich bin viel zu jung!«

»Kind, du bist achtzehn. Und Wilhelm ist ein guter Mann. Du wirst ein gutes Leben an seiner Seite haben.«

»Woher willst du das wissen, Mama? Du kennst ihn doch kaum.«

»Dein Vater hat es so entschieden. Und du wirst dich fügen.«

»Papa kennt ihn auch nicht. Und nur weil es in seine merkwürdigen Überlegungen passt, werde ich nicht mein Leben ruinieren!«

»Agnes, es reicht.« Ihre Mutter zog noch ein wenig mehr an ihren Haaren und begann behände, einen Zopf zu flechten, den sie sorgsam mit einem Seidenband schloss. »Gut, das sieht ordentlich aus«, sagte sie zufrieden, »komm jetzt, wir wollen die Herren nicht weiter warten lassen.«

Agnes stand widerwillig auf, strich sich ihr frisch gestärktes hellblaues Sommerkleid glatt und starrte wütend in den Ankleidespiegel. Wie sie aussah! Wie eine Landpomeranze. Ihre schwarzen Locken in diesen albernen Zopf gezwungen, das Kleid oben hochgeschlossen und unten sittsam weit unter den Knien endend. Immerhin betonte es ihre Taille. Aber Agnes hätte für diesen Anlass lieber ihren Hosenrock angezogen und dazu die cremefarbene Bluse. Doch dieses Ensemble hatte ihre Mutter als zu modern verworfen.

»Agnes, bitte komm!«

Sie streckte ihrem Spiegelbild die Zunge heraus und stapfte ihrer Mutter hinterher. Alle hatten sich gegen sie verschworen. Ihr Leben war tatsächlich ruiniert.

Zu Beginn des Sommers hatte dieses Leben noch funkelnd vor ihr gelegen. Gerade eben hatte sie ihr Abitur auf dem Oberlyzeum der Königin-Luise-Schule gemacht, gerade eben hatte sie bei einem Wettkampf des Akademischen Sportclubs Königsberg sowohl im Achtzig-Meter-Hürdenlauf als auch beim Speerwurf triumphiert. Gerade eben hatte ihr Vater in Aussicht gestellt, das alte Klavier durch einen echten Steinway zu ersetzen, wenn sie weiterhin so fleißig übte.

Agnes war durchaus bewusst, dass sie ein sorgenfreies Leben führte. Ihre Eltern waren nicht reich, nein, aber als leitender Ingenieur in der Staatlichen Bernsteinmanufaktur hatte ihr Vater es zu einigem Wohlstand gebracht. Und selbstverständlich, so sah es Agnes, las ihr Vater, ein ernster, aber auch nachgiebiger Mann, seinem einzigen Kind jeden Wunsch von den Augen ab.

Trotzdem war sie nicht traurig gewesen, als er entschied, dass die Familie dieses Jahr nicht in die Sommerfrische nach Rauschen fuhr. Königsberg bot genug Zerstreuung, zumal auch ihre beiden besten Freundinnen Gertrud und Hedwig in der Heimatstadt blieben. Im Neuen Schauspielhaus hatten sie Shakespeares *Kaufmann von Venedig* gesehen, sie hatten Tanzveranstaltungen auf der Klapperwiese besucht und sich von den Kerlen hofieren lassen. Tagsüber hatten sie träge am Strand gelegen und sich von den Avancen und Aufregungen der Nacht erholt. Und sie hatten Pläne für eine glänzende Zukunft geschmiedet.

Gertrud war fest entschlossen, demnächst reich zu heiraten.

»Aber warum hast du dich dann durchs Latinum und mit Algebra gequält?«, fragte Agnes. »Um zu heiraten, brauchst du kein Abitur.«

»Weil mein zukünftiger Mann Wert auf gepflegte Tischgespräche legen wird. Und weil ich an seiner Seite repräsentative Aufgaben übernehme. Dafür braucht es Bildung, meine Liebe«, hatte Gertrud geantwortet.

»Ach, hast du schon jemand Bestimmtes im Auge?«, wollte Agnes erstaunt wissen.

»Nein, nein, wo denkst du hin«, wich Gertrud aus, sprang auf und rannte kichernd ins Wasser.

Hedwigs weiterer Weg war vorgegeben. Sie sollte im Herbst die Handelshochschule besuchen und danach im Kontor ihres Vaters, eines Getreidehändlers, mithelfen – und vielleicht sogar, eines fernen Tages, aufgrund eines fehlenden männlichen Erbens das Geschäft übernehmen. Aber natürlich hoffte Hedwigs Vater darauf, dass die Tochter in absehbarer Zeit einen akzeptablen Schwiegersohn präsentierte, den er zum Nachfolger aufbauen konnte. Er war guter Dinge, dass Hedwig an der Handelshochschule einen derartigen Aspiranten kennenlernte, sonst hätte er sie kaum zum Studieren geschickt.

Hedwig war zufrieden mit ihren Aussichten, Agnes fand die Pläne unmöglich. »Und was ist mit deinem freien Willen?«, wollte sie von der Freundin wissen. »Vielleicht möchtest du die Welt bereisen?«

Die kleine, pausbäckige Hedwig stemmte ihre Hände in die Hüften. »Freier Wille, so ein Unsinn, Agnes. Und was soll ich denn in der Welt? Ich weiß, wo mein Platz ist.«

Heiraten! Im Kontor arbeiten! Agnes lachte Gertrud und Hedwig aus. Das waren Dinge, die für sie in ferner Zukunft lagen und nach erdrückender Verantwortung klangen. Doch manchmal beneidete sie ihre Freundinnen. Sie waren so sicher, so unerschütterlich in ihrem Glauben an das, was kommen sollte.

Agnes dagegen schwankte wie ein Fähnchen im Wind angesichts der Fülle an Möglichkeiten, die sich ihr bot. Sollte sie an die Kunstakademie gehen? Immerhin zeichnete sie sehr schön. Oder doch besser an die Albertina, um Philosophie zu studieren? Andererseits liebte sie die Literatur. Goethe, Schiller, Kleist, sie kannte alle Klassiker. Und kürzlich hatte sie atemlos unter der Bettdecke das verbotene *Kunstseidene Mädchen* von Irmgard Keun verschlungen und sich ins Berliner Lotterleben geträumt.

Mit ihrem Lotterleben sollte bald Schluss sein. »Agnes, du hast nur Flausen im Kopf«, hatte ihr Vater kürzlich beim Abendbrot festgestellt. »Aber die Zeiten sind nicht mehr nach Flausen.«

»Ach, Papa, was du nur immer mit deinen Zeiten hast!«, hatte Agnes gekichert. Sie wusste, dass ihr Vater der Regierung skeptisch gegenüberstand, bei Tisch hatte sie mit halbem Ohr die eine und andere Bemerkung aufgeschnappt. Sie fand, dass er übertrieb. Ja, ein paar Bücher waren verboten worden. Ja, es gab Aufmärsche in der Stadt. Ja, man sollte nicht mehr in jüdischen Geschäften einkaufen. Aber das waren doch auch Verbrecher, das konnte man allerorts lesen und hören. Und all das war doch eher nicht ernst zu nehmen oder gar bedrohlich. Das war eben Politik, eine sehr langweilige Angelegenheit.

»Wir ziehen um. In ein eigenes Haus.« Nervös hatte ihre Mutter die Hände bei dieser Eröffnung geknetet.

Agnes juchzte. Nicht, dass sie sich in der geräumigen Vier-Zimmer-Wohnung in der Gluckstraße nicht wohlfühlte. Aber ein eigenes Haus! »Wohin, Mama? Wohin genau? Hat es einen großen Garten? Habe ich ein eigenes Bad?«, bestürmte sie ihre Mutter mit Fragen und malte sich schon aus, dass es in Amalienau läge, einem der nobelsten Viertel der Stadt.

»Groß Hubnicken«, sagte ihre Mutter schlicht und seufzte.

»Wohin?« Agnes dachte, dass sie sich verhört hätte.

»Dein Vater hat eine neue Anstellung. Ein sehr verantwortungsvoller Posten mit großen Aufstiegsmöglichkeiten. Im Bernsteintagebau bei Palmnicken. Er wird direkt dem Werksdirektor unterstellt sein. Zu der Anstellung gehört auch das Haus im Nachbardorf. In drei Wochen ziehen wir um.«

»Dorf? Mama!«

»Kind, es ist wirklich sehr schön dort. Diese Natur! Und du gehst nur fünfzehn Minuten zur Ostsee, stell dir vor! Das Haus ist groß und hell, und du bekommst dein eigenes Bad, versprochen. Es wird dir gefallen, ganz bestimmt.« Ihre Mutter seufzte erneut.

Als sie wenige Tage nach dieser unglaublichen Ankündigung mit ihrer Mutter zu einer Stippvisite gen Groß Hubnicken aufbrach, wurden ihre Befürchtungen noch übertroffen. Mit dem Zug fuhren sie bis Fischhausen, dort mussten sie geraume Zeit warten, bis die nächste Eisenbahn sie nach Palmnicken brachte. Auf der Fahrt deutete ihre Mutter wiederholt aus dem Fenster und rief: »Schau doch mal!«

Doch Agnes hatte keine Augen für die Schönheiten der Landschaft, die sattgrünen Wälder, die winzigen Dörfer, das in der Sonne grüngolden schimmernde Haff. Sie sah lediglich, dass der Zug sie Kilometer um Kilometer von ihrem geliebten Königsberg in die tiefste Provinz entführte.

Am Bahnhof in Palmnicken wurden sie erwartet. Ein rotblonder Hüne, die kurzen Haare gescheitelt und mit Pomade in Form gebracht, schritt entschlossen auf sie zu. Sein Auftreten hatte etwas von einem Gutsherren, er trug hohe schwarze Reitstiefel zur engen Hose, unter den Hosenträgern blitzte das blütenweiße Hemd. Doch sein gewaltiges Kreuz, die breite Brust und die groben Hände verrieten, dass er schwere Arbeit gewohnt war.

Er knallte die Hacken zusammen, riss den rechten Arm in die Höhe und brüllte: »Heil Hitler!«

Agnes bemerkte, dass ihre Mutter unwillkürlich zusammenzuckte. Nun deutete der Riese eine Verbeugung an und fragte: »Frau und Fräulein Tharau nehme ich an, die Familie des Herrn Ingenieur?«

Sie nickten, und Agnes erwiderte kess: »Sie nehmen richtig an, außer uns ist ja weiter keiner ausgestiegen. Und mit wem haben wir das unerhörte Vergnügen?«

Ein kleines Lächeln stahl sich in das Gesicht des Mannes, er klappte sich erneut zu einem Diener zusammen. »Wilhelm Weisgut. Ihr Vater bat mich, Sie abzuholen. Und verzeihen Sie mir meine Frechheit, aber Sie sind noch schöner, als Ihr Herr Papa es angedeutet hat. Wenn Sie mir bitte folgen mögen.«

Auf dem Bahnhofsvorplatz wartete tatsächlich ein Pferdefuhrwerk auf sie. Agnes verdrehte die Augen, wie im vergangenen Jahrhundert. Wilhelm Weisgut reichte den Damen nacheinander seinen Arm, sie kletterten auf den Bock. Ihr Begleiter schnalzte mit der Zunge, und das Pferd setzte sich gemächlich in Bewegung.

Von Palmnicken fuhren sie etwa einen Kilometer durch einen dichten Wald, der sich plötzlich öffnete und den Blick frei gab auf Felder und eine schäbige Ansammlung kleiner Höfe.

»Ihr neues Zuhause«, sagte Wilhelm Weisgut mit einer großartigen Handbewegung.

Agnes merkte, wie ihr Blut vom Kopf in die Füße sackte. »Ist Ihnen nicht gut, Fräulein Tharau?«, fragte Wilhelm Weisgut. »Sie sehen auf einmal so blass aus.«

»Nein, nein«, stammelte sie. »Es ist nur so warm heute.«

Der Wagen rumpelte über das staubige Kopfsteinpflaster und hielt vor einem lang gestreckten, zweigeschossigen Haus aus rotem Backstein, das direkt hinter einem weißen Holzzaun an der Dorfstraße lag. Wilhelm Weisgut sprang vom Bock und betrachtete Agnes mit einer Mischung aus Besorgnis und Amüsement. »Nicht, dass uns das Fräulein Tharau gleich in Ohnmacht fällt. Möchten Sie sich für einen Augenblick in den Schatten setzen?«

»Es geht schon wieder«, sagte Agnes unwirsch, ignorierte seine helfend ausgestreckte Hand und warf nur ihrer Mutter einen bösen Blick zu. Das konnten ihre Eltern nicht ernst meinen – vom kapitalen Königsberg in dieses klägliche Kaff!

Entschieden, ohne die zornige Tochter weiter zu beachten, marschierte ihre Mutter auf das Haus zu, öffnete die große, weiß gestrichene Eingangstür und verschwand im Inneren.

Wilhelm Weisgut räusperte sich verlegen. »Nun, Sie möchten bestimmt in Ruhe Ihr zukünftiges Heim inspizieren. Wenn Sie Fragen haben oder meine Hilfe benötigen, kommen Sie einfach zu mir. Ich wohne nur zwei Häuser weiter.« Er deutete die Straße hinauf. »Wir werden also Nachbarn«, sagte er noch mit einem Augenzwinkern, nahm das Pferd am Halfter und schaute Agnes abwartend an.

»Danke«, sagte sie knapp und ging ihrer Mutter hinterher.

Das Haus war genau, wie ihre Mutter versprochen hatte – geräumig und hell, und wirklich gab es im oberen Stockwerk ein fantastisch großes Zimmer. »Das wird dein Reich«, sagte ihre Mutter, mied dabei aber Agnes' Blick.

»Mama, unter keinen Umständen, unter gar keinen Umständen, ziehe ich mit euch hierher. Du glaubst doch nicht, dass …«

»Natürlich wirst du mitkommen«, sagte ihre Mutter sanft und ließ sie einfach stehen.

Agnes ging zum Fenster und schaute hinaus. Das Zimmer lag nach hinten heraus, unten konnte sie die Terrasse sehen, einen riesigen Garten mit alten Obstbäumen, der einen leicht verwahrlosten Eindruck machte und an den sich die Felder anschlossen. Sie zog die Schultern hoch wie ein trotziges Kind. Dann ging sie mit großem Getöse die geschwungene Holztreppe hinunter, setzte sich in der fast leeren Küche auf einen Stuhl, verschränkte die Arme und weigerte sich, die Mutter bei ihrem Rundgang zu begleiten.

Eine Stunde später steckte Wilhelm Weisgut seinen Kopf zur Tür herein. »Hier sind Sie! Ich habe Sie schon gesucht. Und wie gefallen Ihnen das Haus und die Umgebung? Idyllisch, nicht wahr?«

»Wenn man es dörflich mag«, antwortete Agnes spitz. »Ich bin aus Königsberg allerdings anderes gewohnt.«

Wilhelm Weisgut lachte unbekümmert, als hätte er ihren Unterton nicht wahrgenommen. »Ach, Sie werden sich schnell eingewöhnen. Und wenn Sie Abwechslung brauchen, dann fahren Sie einfach mit dem Rad nach Palmnicken. Dort gibt es Geschäfte, ein Café, alles, was Ihr Herz begehrt. Es wird mir ein Vergnügen sein, Ihnen die Umgebung zu zeigen, wenn Sie erst umgezogen sind. Nun kommen Sie aber, Ihr Zug geht in einer Stunde.«

Schweigend setzte sich Agnes neben ihre Mutter aufs Fuhrwerk, schweigend zockelten sie nach Palmnicken zurück. Nach einem kurzen Adieu von ihrem Fahrer – Wilhelm Weisgut schien etwas gekränkt, dass Agnes sich so schroff verabschiedete – verlief auch die Rückfahrt nach Königsberg schweigend. Zuhause in der Gluckstraße rannte Agnes in ihr Zimmer und schmiss die Tür hinter sich zu.

Sie kam erst wieder heraus, als sie hörte, wie ihr Vater am Abend die Wohnung betrat, und fiel ihm weinend um den Hals. »Papa«, schluchzte sie theatralisch, »es ist ganz fürchterlich dort. Eine vollkommene Einöde! Dort gibt es nichts, gar nichts. Nur Dreck und Vieh und ungehobelte Bauern! Auf keinen Fall können wir dorthin ziehen. Lieber sterbe ich!«

Ihr Vater fasste sie sacht an den Schultern und schob sie ein kleines Stück von sich. »Mein Liebes, so schlimm ist Groß Hubnicken nun wirklich nicht. Wenn du dich dort eingelebt hast, wirst du es sehr schön finden.«

Agnes bat und bettelte, sie trotzte und jammerte, und als alles nichts half, verlegte sie sich aufs Argumentieren. »Schau, Papa, ich kann bestimmt bei Hedwig unterkommen. Und ich suche mir eine Arbeit, ich verdiene mein eigenes Geld. Und jedes Wochenende besuche ich euch.«

Doch ihr Vater schüttelte nur müde, aber bestimmt den Kopf. »Ausgeschlossen, Agnes. Was willst du auch arbeiten? Du kommst mit uns. In diesen Zeiten muss die Familie zusammenbleiben.«

Vom vielen Weinen erschöpft, zog sich Agnes in ihr Zimmer zurück und mochte auch nicht zum Abendessen herauskommen. Sie hörte ihre Eltern in der Küche, das Klappern des Geschirrs, das Rücken der Stühle, die gedämpften Stimmen, die von Zeit zu Zeit anschwollen und wieder leiser wurden. Stritten sich ihre Eltern? Sie huschte durch den Flur und presste ihr Ohr an die schwere Küchentür, verstand aber nur Satzfetzen, die für sie keinen Sinn ergaben.

»Die richtige Entscheidung.« – »Aus der Schusslinie gehen.« – »In Sicherheit.«

Und dann hörte sie unterdrückte Schluchzer. Weinte ihre Mutter? Das geschah ihr Recht, dachte Agnes.

Nur zwei Wochen später fand der Umzug statt. Arbeiter rückten an und verluden das Tharausche Hab und Gut auf Lastwagen. Agnes kam auch an diesem durchaus aufregenden Tag nicht aus ihrem Schmollwinkel heraus, in dem sie seit ihrem Besuch in Groß Hubnicken saß. Irgendwie hoffte sie immer noch, dass die Nichtbeachtung, mit der sie insbesondere ihren Vater strafte, etwas bewirken könne. Doch ihr Vater ignorierte sie mit einer Unnachgiebigkeit, die Agnes ihm nicht zugetraut hatte. Und ihre Mutter ging geschäftig in der Angelegenheit des Räumens und Packens auf, nur ihre dunklen Augenringe und ihre plötzliche Blässe verrieten, dass auch sie der Ortswechsel mehr beschäftigte, als sie zugab.

Voller Empörung hatte Agnes ihren Freundinnen von der Entscheidung der Eltern erzählt. Hedwig konnte Agnes' Zorn nicht nachvollziehen. »Du bist schließlich noch nicht volljährig«, sagte sie. »Du musst mit deinen Eltern gehen. Was willst du auch allein in Königsberg?«

»Aber was soll ich in Groß Hubnicken?«, jammerte Agnes.

»Das wird sich finden«, meinte Hedwig lapidar.

Gertrud dagegen erging sich in idiotischen Schwärmereien. »Wart's nur ab! In null Komma nichts hast du dort einen Baron kennengelernt oder vielleicht sogar einen Grafen! In den verliebst du dich, ihr heiratet, du ziehst auf sein Gestüt und züchtest Trakehner.«

In Groß Hubnicken warteten mitnichten Barone oder Grafen. Dafür wartete Wilhelm Weisgut mit seinem alten Klepper. Schon beim Einzug machte er sich unentbehrlich, scheuchte die Arbeiter im neuen Haus treppauf und treppab, war sich aber nicht zu schade, selbst mit anzupacken. Insbesondere Agnes' Habseligkeiten widmete er sich höchstpersönlich, schulterte ihre Frisierkommode, als wäre sie eine Feder, rückte ihre Möbel hin und rückte sie her, unablässig fragend: »Fräulein Tharau, ist es gut so? Oder doch lieber ein Stück weiter nach links?«

Eigentlich hatte Agnes beschlossen, auch und gerade an diesem Tag, der immerhin das Ende ihres Lebens markierte, mit niemandem ein Wort zu wechseln. Angesichts von Wilhelm Weisguts unbedingtem Willen, ihr zu gefallen, besserte sich ihre Laune jedoch, und sie ließ sich sogar dazu herab, gemeinsam mit ihren Eltern am Abendbrottisch Platz zu nehmen. »Was macht dieser Wilhelm Weisgut eigentlich?«, wollte sie wissen. »Ist er auch im Tagebau beschäftigt?«

»Nicht direkt«, antwortete ihr Vater und fuhr, erfreut, dass seine Tochter wieder mit ihm sprach, redselig fort: »Er führt den Steinmetzbetrieb seines kürzlich verstorbenen Vaters. Und seine Familie besitzt drüben in Kraxtepellen nicht wenig Grund und Boden, über dessen Verkauf er mit dem Bernsteinwerk gerade in Verhandlungen steht. Ein äußerst geschäftstüchtiger junger Mann, scheint es mir.«

»So, so, ein Steinmetz mit Grund und Boden«, entgegnete Agnes spöttisch. »Da will sich wohl jemand nach oben meißeln.«

»Ich sehe nichts Verwerfliches darin, wenn einer mit Fleiß und Verstand weiterkommen möchte«, sagte ihr Vater. »Besser, als nur in den Tag hineinzuleben.«

Diese Bemerkung bezog Agnes durchaus auf sich und entschied, sofort wieder eingeschnappt zu sein.

Der beleidigte Habitus ließ sich in Groß Hubnicken nicht lange durchhalten. Der Ort bestand tatsächlich nur aus der einen lang gezogenen Straße, die diesen Namen kaum verdiente. Entlang des holprigen Weges reihten sich wenige ärmliche Höfe und Wirtschaftsgebäude, einzig das Haus und die sich anschließende Werkstatt der Familie Weisgut machten einen besseren Eindruck. In Ermangelung anderer Abwechslungen ging Agnes ihrer Mutter zur Hand, packte Kisten aus, sortierte Bücher und räumte Geschirr ein. Und sie war jedes Mal froh, wenn Wilhelm Weisgut vor der Tür herumscharwenzelte.

»Wenn das Fräulein Tharau kurz Zeit hätte, dann könnten wir …«, begann er stets seine Aufwartung, und dann lud er sie zu Ausflügen ein, auf denen er die Schönheit des Samlands pries.

Agnes kam nicht umhin zuzugeben, dass die Umgebung sie beeindruckte. Die Wälder waren dunkel und wild und voller Geheimnisse. Auf einem ihrer Märsche brach plötzlich ein Elch durchs Unterholz und versperrte ihnen stolz den Weg. »Haben Sie keine Angst«, flüsterte Wilhelm Weisgut beruhigend und fasste nach ihrer Hand. »Er trollt sich sicher gleich.«

»Ich habe keine Angst«, wisperte Agnes, während sich die feinen Härchen in ihrem Nacken aufstellten, und bestaunte den imposanten Bullen, der sich langsam von ihnen abwandte und majestätisch im Dickicht verschwand.

Ihre Wanderungen führten sie an der ursprünglichen Steilküste Palmnickens entlang und an feinsandige Strände, die in der Sonne wie Gold leuchteten. Zu ihrer Verblüffung entpuppte sich ihr Begleiter als gewandter Gesprächspartner, der viel über Land und Leute zu erzählen wusste. Für einen Steinmetz, fand Agnes, war Wilhelm Weisgut ungewöhnlich gebildet. Er las viel, wie er ihr verriet, Ludwig Ganghofer, Hans Grimm und besonders Karl May zählten zu seiner Lieblingslektüre.

»Winnetou und Old Shatterhand?«, spottete Agnes. »Sind Sie dafür nicht ein wenig zu alt?«

»Für Abenteuer wird man nie zu alt. Auch der Führer liebt diese Geschichten, wussten Sie das?«

Nein, das wusste Agnes nicht. Überhaupt, so gab er ihr zu verstehen, wusste sie viel zu wenig über seinen Führer und dessen glorreiche Pläne, die Deutschland aus Schmach und Schande zu neuer Bedeutung führen würden. »Aber was sollen Sie sich Ihr hübsches Köpfchen auch über Politik zerbrechen!«, meinte Wilhelm Weisgut.

»Was hältst du eigentlich von unserem Nachbarn?«, fragte Agnes' Vater eines Abends unvermittelt. »Ihr verbringt ja viel Zeit zusammen. Er scheint dich jedenfalls sehr gern zu mögen, oder täusche ich mich da?«

»Ach, das bildest du dir ein …«, sagte Agnes gedehnt, starrte auf ihren Teller und stocherte verlegen in ihren Kartoffelkeilchen herum.

»Ich glaube kaum.« Ihr Vater lächelte sie nachsichtig an. »Ein ganz patenter Bursche ist das«, fuhr er zusammenhangslos fort. »Der wird es noch zu etwas bringen. Ja, ja, ganz sicher, eine gute Partie …«

Alarmiert sah Agnes auf. »Wie meinst du das, Papa?«

»Ich meine gar nichts. Ich stelle nur fest.«

Agnes konnte nicht genau sagen, was sie von Wilhelm Weisgut hielt. Es stimmte, in den Wochen seit ihrem Umzug hatte sie viel Zeit mit ihm verbracht. Er war aber auch der einzig interessante Mensch in Groß Hubnicken, und ohne ihn wäre sie vor lauter Langeweile eingegangen wie ein kränkelndes Pflänzchen. Und selbstverständlich war ihr nicht verborgen geblieben, dass er ihr den Hof machte. Das schmeichelte ihr, allerdings fehlte es im Umkreis an weiblicher Konkurrenz. Selbst die Damen aus Palmnicken waren doch eher von bäuerlichem Charme. Wilhelm Weisgut konnte sich in ihrer Gesellschaft nur glücklich schätzen. Sie war die weitaus bessere Partie für ihn als umgekehrt, so sah es Agnes.

Als Mann war Wilhelm Weisgut allenfalls Mittelmaß. Zugegeben, er war eine stattliche Erscheinung, ein Berg aus Muskeln und Tatkraft. Und dumm war er beileibe nicht. Aber wenn er in seinen schwarzen Reitstiefeln in der Haltung eines Großgrundbesitzers durch den Ort schritt und die armen Tagelöhner am Wegrand anherrschte, hatte er auch etwas Aufgesetztes und Albernes. Er ist eben nur ein Emporkömmling, dachte Agnes dann.

Und dieser Eifer, der ihn befiehl, sobald es um den Führer ging. Stolz hatte er ihr gleich zu Anfang ihrer Bekanntschaft erzählt, dass er in der Partei war und nicht ohne Einfluss in der Ortsgruppe Palmnicken. Agnes war das gleich, es schien ja mittlerweile jeder in der Partei zu sein, der etwas auf sich hielt, bis auf ihren Vater. Doch für Wilhelm Weisgut war diese Zugehörigkeit mehr als bloßes Kalkül, stets wurde sein ohnehin rotes Gesicht noch ein wenig röter, wenn er von der Überlegenheit des deutschen Volkes schwadronierte. Dann überschlug sich seine Stimme, und es war, als würde hinter der Fassade des bürgerlichen Handwerkers noch etwas anderes lauern. Etwas Wildes und Unberechenbares, das Agnes gleichzeitig abstieß und anzog.

Sie konnte es sich selbst kaum erklären, aber nach einem abendlichen Ausflug ins Waldhaus Munterbach, eine Gastwirtschaft, die malerisch in einem Kiefernwäldchen lag, ließ sie es zu, dass Wilhelm Weisgut sie im Dunkeln zum Abschied in seine Arme riss und küsste. Vielleicht lag es am Meschkinnes, dem starken Likör mit Honig und Gewürzen, den der Steinmetz ihr reichlich ausgegeben hatte, vielleicht auch an der lauen Luft der Sommernacht, es war nicht unangenehm. Es ist ja nur ein Kuss, dachte Agnes, als sie erhitzt ins Haus stürzte, es hat ja nichts zu bedeuten.

»Wilhelm Weisgut hat bei Vater um deine Hand angehalten«, erklärte ihre Mutter nur zwei Tage später beim Frühstück.

Agnes verschluckte sich an ihrer Hafergrütze. »Das kann nicht sein«, würgte sie hervor.

Ihre Mutter sah sie erstaunt an. »Nun, wir dachten, ihr seid euch einig. Zumindest hat Herr Weisgut diesen Eindruck vermittelt. Und ihr versteht euch doch so gut! Jede freie Minute verbringst du mit ihm …«

»Mama!« Agnes haute völlig undamenhaft mit der flachen Hand auf den Tisch. »Was soll ich denn hier auch anderes machen?«

»Nun, ich dachte …«

»Du denkst falsch, falsch, falsch!« Agnes schrie fast.

»Ja, magst du ihn denn gar nicht, den Herrn Weisgut?«

»Ach, Mama, wir haben uns gerade eben kennengelernt. Ich kann doch nicht den erstbesten, dahergelaufenen Handwerksburschen heiraten!«

»Kind, vielleicht ist es an der Zeit, dass du von deinem hohen Ross herunterkommst … Vater und ich finden, dass Wilhelm Weisgut ein respektabler Mann ist, der sicher gut für dich sorgen wird.«

Agnes schaute ihre Mutter fassungslos an. Es klang, als wäre alles schon beschlossene Sache. »Auf keinen Fall werde ich Wilhelm Weisgut heiraten. Basta!« Sie schob ihren noch halb vollen Teller von sich, stand auf, rannte nach oben in ihr Zimmer und schloss sich ein.

Den ganzen Tag sprangen die Gedanken durch ihren Kopf. Das konnten ihre Eltern ihr nicht antun! Einen Wildfremden ehelichen? Einen simplen Steineklopfer aus einem entlegenen Kuhkaff? Ihm als seine Frau etwa in der Werkstatt zur Hand gehen? Die Vorstellung war grotesk. Natürlich würde auch sie irgendwann heiraten. Aber dann doch wohl jemanden, der besser zu ihr passte – einen Ingenieur vielleicht, wie ihr Vater einer war. Einen Arzt. Einen höheren Beamten. Besser noch einen Schriftsteller. Aber mit Sicherheit niemanden, der Karl May las. Sie musste mit ihrem Vater reden. Er würde sie verstehen.

Ihr Vater verstand nicht. Als er am Abend mit ernster Miene an ihre Tür klopfte und sie zu einer Unterredung ins Wohnzimmer befahl, schwante Agnes, dass die Dinge längst ohne sie entschieden waren.

»Offensichtlich hast du Herrn Weisgut ermutigt und ihm berechtigte Hoffnungen gemacht«, eröffnete er kühl das Gespräch.

»Das habe ich nicht«, entgegnete sie und hoffte, dass sie genau so kühl klang. »Ich weiß nicht, wie Herr Weisgut auf diese absurde Idee kommt. Vielleicht hätte er vorher zuerst mich fragen sollen, dann wüsste er nämlich, dass sein Anliegen völlig abwegig, ja, geradezu unverschämt ist. Auf keinen Fall werde ich diesen ... diesen ... Kretin heiraten.«

»Agnes!«, donnerte ihr Vater, der nur selten seine Stimme erhob. »Wilhelm Weisgut ist ein ehrbares Mitglied dieser Gemeinde, zu der nun auch wir gehören. Er ist ein Mann mit Ambitionen, mit Plänen. Und er scheint ganz vernarrt in dich zu sein. Du täuschst dich, wenn du glaubst, dass du einem Mann aus einer Laune heraus den Kopf verdrehen kannst. Du wirst ihn heiraten. Er hat mein Wort drauf.«

»Papa, bitte, du kannst nicht ...« Agnes weinte nun.

»Ich kann. Mit deinen Tagträumereien und Sperenzien ist jetzt Schluss. In diesen Zeiten muss jeder Opfer bringen. Und Wilhelm Weisgut ist nun wirklich keine schlechte Wahl.«

Agnes verstand die Welt nicht mehr. Ihr Leben war ruiniert, bevor es richtig begonnen hatte.

»Kind, nun komm doch endlich.« Ihre Mutter strich ihr sanft über den Rücken und noch einmal glättend über das blaue Kleid und schob sie Richtung Treppe. Agnes seufzte schwer und straffte sich. Wenn schon, dann würde sie hoch erhobenen Hauptes in den Untergang gehen. Sie stolzierte die Stufen hinunter, ging durchs Wohnzimmer und trat an der Seite ihrer Mutter auf die Terrasse.

Der Gartentisch war festlich eingedeckt, das gute Geschirr glänzte in der Sonne. An der Tafel saß schon die alte Weisgut, sie war schlecht auf den Beinen, ein Hüftleiden. Trotz der Hitze war sie ganz in Schwarz gewandet, als Witwe hatte sie keine Wahl. Missmutig musterte sie Agnes von oben bis unten. Agnes erwiderte ihren Blick, ohne eine Miene zu verziehen.

Ihr Vater und Wilhelm Weisgut standen ein wenig abseits, ins Gespräch vertieft. Der Ingenieur wirkte neben dem Hünen sehr klein, fast zerbrechlich. Nun drehten sich die Herren zu ihnen um, und in den Augen des Steinmetzen blitzte bei ihrem Anblick Besitzerstolz. Begeistert schwenkte er seinen Arm gen Himmel und brüllte das unvermeidliche »Heil Hitler!«. Agnes presste ihre Lippen zusammen. Nein, ihre Verlobung hatte sie sich anders vorgestellt.

HAMBURG, MAI 2008

»Was'n los?« Verschlafen guckte Bosse sie durch den Türspalt an.

»Vielleicht wärst du so nett und lässt mich erst mal rein. Oder wollen wir uns im Treppenhaus unterhalten?«, gab Birte zurück, schnippischer, als beabsichtigt.

Sie war auf hundertachtzig. Geschlagene zwanzig Minuten hatte sie in der Rellinger Straße unten vor Bosses Haustür gestanden, völlig verschwitzt, und Sturm geläutet. Sie war sicher, dass ihr Cousin zuhause war. Wo sollte er an einem Sonntagmorgen auch sein?

Er öffnete nicht. Deshalb hatte sie ihre Handfläche auf alle Klingelknöpfe gelegt, in der Hoffnung, dass irgendein Nachbar schon den Summer drücken würde. Doch das Haus schien wie ausgestorben, niemand reagierte auf ihre morgendliche Ruhestörung. Fluchend hatte sie begonnen, auf und ab zu hüpfen, damit sie nicht völlig auskühlte. Nach weiteren fünfzehn Minuten war zum Glück jemand gekommen und hatte sie, wenn auch mit misstrauischem Blick, ins Haus gelassen. Birte war mit großen Sätzen die fünf Stockwerke hinaufgesprungen und musste eine ganze Zeit lautstark an Bosses Tür hämmern, bis er endlich aufmachte.

»Augenblick, Augenblick«, murmelte Bosse nun, nestelte an der Türkette herum und ließ sie herein. In seinem kleinen Flur schlug ihr eine Wolke abgestandener Luft entgegen, ein unangenehmes Gemisch aus kaltem Rauch, Alkohol und körperlichen Ausdünstungen. Birte rümpfte die Nase, ging ins Wohnzimmer, kickte auf ihrem Weg zur Balkontür Pizzakartons, leere Bierdosen und ein paar Boxershorts beiseite und ließ erst einmal Luft herein.

»Mensch Bosse, wie sieht's denn hier aus?«

»Sorry«, nuschelte er. »Konnte ja nicht ahnen, dass ich in aller Herrgottsfrühe Damenbesuch bekomme.«

»Es ist nach zehn!«

»Sag ich doch, völlig unchristliche Zeit. Außerdem war's gestern etwas später ...« Bosse grinste sie an, seine Augen waren glasig. »Kaffee?«

Birte nickte. Er schlurfte in die Küche, ein großer Schlaks mit zerstrubbelten Haaren und hängenden Schultern. »Und Wasser, bitte! Wenn's geht, Evian«, rief sie ihm hinterher.

»Hab ich nicht. Dafür gibt's Eau de Hahn ...«

Während Bosse in der Küche werkelte, fegte Birte ein paar Musikzeitschriften vom Sofa und legte auf dem alten Lederteil die Füße hoch. Sie schaute sich um und schüttelte den Kopf. Bosses Bude wirkte wie aus der Zeit gefallen, die Möbel waren wild zusammengewürfelt, an den Wänden hingen Plakate von Konzerten und Bands, deren Namen sie noch nie gehört hatte. Und es war unglaublich unordentlich, aber das passte zu Bosse. Der äußere Zustand seiner Wohnung spiegelte seinen inneren wider.

Mit Ende dreißig hatte ihr Cousin schon viel angefangen in seinem Leben und nichts so recht zu Ende gebracht. Seit einiger Zeit betrieb er mit einem Kumpel zusammen einen kleinen Plattenladen in der Schanze, finanziell großzügig unterstützt von Agnes, denn dieses Projekt lief mehr schlecht als recht. Auch die Wohnung gehörte Agnes, das ganze Haus gehörte ihr, und Bosse musste ihr nur ein geringes Entgelt zahlen.

Selbstredend erfolgte diese Zuwendung nicht nur aus großmütterlicher Fürsorge. Zum einen hielt sie Bosse so in schöner Abhängigkeit, zum anderen mussten die Mieter in der Rellinger Straße seit zwei Jahren ohne Hausmeister auskommen – der letzte hatte nach einem Disput mit Agnes gekündigt und sie diesen Posten als »überflüssige Ausgabe« ersatzlos gestrichen.

Schnell hatte es sich bei den anderen herumgesprochen, dass der Enkel der Eigentümerin auch im Hause wohnte. Kaum klemmte eine Tür oder ein Fenster, fühlte Bosse sich tatsächlich verantwortlich; das wusste Birte, weil Bosse sich jeden Schuh anzog, den man ihm vor die Füße warf.

Er kam nun aus der Küche, ein Tablett balancierend, das er auf den niedrigen gläsernen Couchtisch stellte. Er setzte sich neben Birte in den großen orangefarbenen Ohrensessel. Abwartend sah er sie an, und als sie nichts sagte, schob er ihr einen Becher Kaffee hinüber.

»Na, Cousinchen, wie laufen die Geschäfte?«, fragte er und grinste sie an.

»Kann nicht klagen. Alles gut so weit.«

»Und was macht die Liebe?«

»Liegt auf Eis.«

»Wieso? Was ist denn aus deinem jungen, unglaublich talentierten Künstler geworden – wie heißt er noch gleich, Miguel, Michelangelo?«

Birte winkte ab. »Zu jung, zu narzisstisch, zu anstrengend. Und letztlich zu kostenintensiv. Die Ausgaben, die er verursacht hat, standen in keinem Verhältnis zu den erbrachten Leistungen, wenn du verstehst, was ich meine.« Sie verzog nun auch ihre Mundwinkel nach oben.

»Ich verstehe.« Bosse lachte. »Und jetzt raus mit der Sprache – welche Laus ist dir über die Leber gelaufen, dass du am Sonntagmorgen hier auftauchst?«

Birte nahm ihren Becher, pustete über die ölig schwarze Plörre, nahm einen Schluck und stellte ihn angewidert wieder hin. »Eine Laus namens Agnes«, sagte sie knapp.

»Ach so, Großmutter. Hätte ich mir denken können. Was gibt's denn diesmal? Droht sie wieder mit Enterbung, weil du nicht spurst?«

»Schlimmer. Sie will, dass ich ein Familientreffen arrangiere.«

»Ein Familientreffen? Mit wem?«

»Na, mit der Familie, mit wem sonst? Alle Mann hoch – ›auch das angeheiratete Gesocks‹, wie sie sich ausdrückt.«

Bosse sog die Luft ein und stieß sie mit einem kleinen Pfiff wieder aus. »Und was bezweckt sie mit dieser Veranstaltung?«

»Keine Ahnung, hat sie nicht verraten. Nur, dass sie uns irgendetwas mitteilen will.«

»Vielleicht, dass wir uns alle zum Teufel scheren sollen?«

»Diese Möglichkeit besteht bei Agnes natürlich immer. Ich glaub's aber eher nicht. Es scheint was Ernstes zu sein, sonst würde sie nicht diese Show abziehen und mich als reitenden Boten losschicken.«

Bosse nickte nachdenklich und schwieg einen Augenblick lang. »Also alle«, meinte er dann zögerlich. »Schließt das etwa auch Martha mit ein?«

Augenblicklich verhärteten sich Birtes Gesichtszüge, unter Bosses forschendem Blick wandte sie den Kopf ab und starrte stumm auf den Balkon.

»Ach du Scheiße«, murmelte Bosse, fasste nach ihrer Hand und drückte sie fest.

Für einen Moment ließ sie diese körperliche Anteilnahme zu, dann sprang sie auf und begann durch das Wohnzimmer zu tigern.

»Zigarette?« Bosse fingerte eine zerdrückte Schachtel aus seiner Hosentasche.

»Ich hab vor drei Wochen aufgehört«, sagte Birte, griff aber trotzdem zu. Gierig saugte sie den Rauch ein und hustete. Ihr wurde schwindlig, und sie setzte sich wieder.

»Und was wirst du jetzt tun?«

»Ich werde mich wohl oder übel mit der Wahnsinnigen in Verbindung setzen. Großmutter will mir sonst meinen Kredit kündigen. Und ich glaube kaum, dass das eine leere Drohung ist.«

»Ach du Scheiße«, sagte Bosse wieder. »Brauchst du Hilfe dabei?«

Birte schüttelte den Kopf. »Nee, das schaff ich schon irgendwie. Aber du könntest dir Gedanken darüber machen, wie wir deinen Vater und Onkel Karl ins Boot holen, ohne dass sie sich gleich umbringen.«

»Okay, ich lass mir was einfallen«, meinte Bosse.

»Danke«, seufzte Birte. »Meinst du, es hat irgendetwas mit damals zu tun?«, fügte sie dann leise hinzu, schaute dabei auf den Boden und entdeckte, dass Bosse im rechten Socken ein großes Loch hatte.

»Damals?«, fragte er gedehnt. »Welches beschissene Damals meinst du denn jetzt genau? Das, als Gregor verschwunden ist? Als deine Mutter abgehauen ist? Als sich Papa und Onkel Karl zerstritten haben? Oder die Sache mit Astrid?« Er war lauter geworden.

Die Sache mit Astrid. Bis heute konnte er nicht über den Tod seiner Schwester sprechen. So viel Schmerz nach all den Jahren, dachte Birte, bei uns allen. Hört das denn nie auf?

»Ach, Kleiner«, sie strich ihrem Cousin über die Wange, »lass gut sein. Ist ja auch egal. Wir werden es früh genug erfahren.« Entschlossen drückte sie ihre Kippe am Rand einer leeren Bierdose aus und verbrannte sich dabei die Finger.

Nachdem Bosse ihr nochmals versichert hatte, er werde sich um seinen Vater und Onkel Karl kümmern, war Birte gen Heimat aufgebrochen. Im lockeren Trab lief sie zur Osterstraße, dann am Isebekkanal entlang und über Harvestehuder Weg und Sierichstraße bis zur Uhlenhorst. Als sie vor dem weißen, terrassenförmig gebauten Klotz, in dem sich ihr Penthouse befand, ankam, war sie völlig am Ende, stellte aber befriedigt fest, dass sie für die Strecke nur fünfunddreißig Minuten gebraucht hatte.

Sie tippte ihren Zugangscode an der Grundstückspforte ein und starrte dabei geistesabwesend auf ihr Klingelschild. »B. W.« Auf der Uhlenhorst blieb man gern unter sich, Initiale mussten als Hinweis auf die Bewohner reichen.

B. W. – Birte Weisgut. In jeder ihrer glücklosen Ehen hatte sie ihren Familiennamen behalten, so als ahnte sie, dass sie niemals lang genug verheiratet sein würde, um sich an eine neue Unterschrift zu gewöhnen. Heute allerdings wünschte sie sich, den Namen ablegen zu können, ein für alle Mal. Einmal ihrer Familie den Rücken kehren, einmal frei sein.

Als Kind hatte sie ihren Nachnamen wunderschön gefunden. Weisgut – das klang nach allwissend und dass man immer das Richtige tat. Dann kam sie eines Tages heulend aus der Schule, weil die schöne Sybille und zwei andere Mädchen sie so lange über den Schulhof gejagt hatten, bis sie hinfiel und sich die Nase aufschlug. Agnes fing sie an der Haustür ab, schob sie ins Bad und wusch mit eiskaltem Wasser das Blut aus ihrem Gesicht. »Hast du dich wenigstens gewehrt?«, fragte sie.

Wehren? Birte schüttelte kläglich den Kopf. Ihre Kontrahentinnen waren schließlich in der Überzahl gewesen. Sie war nicht lebensmüde.

»Das nächste Mal schlägst du zurück«, beschied Agnes. »Du bist eine Weisgut. Das verpflichtet.«

Dann erklärte sie ihr, dass ihr Familienname sich aus dem prußischen *wisse* und *kawat* zusammensetze – und das bedeute nichts anderes als Alles-Töter. Nach dieser Begebenheit mochte Birte ihren Nachnamen nicht mehr gar so gern.

Kaum hatte Birte ihre Wohnung betreten, zog sie ihre Joggingschuhe aus und stellte sie in den Schuhschrank. Sie hasste es, wenn die Sohlen diese unschönen Schlieren auf dem sauteuren Parkett hinterließen. Sie ging durch ihren großen, kahlen Flur in die offene Küche, an die sich das Wohnzimmer mit der Fensterfront zur Alster hin anschloss, und setzte ihren italienischen Kaffeevollautomaten in Gang. Birte hatte einen ausgeprägten Hang zum Luxus, für sie musste es immer das Beste, Neueste, Teuerste sein. Mit weniger gab sie sich nicht zufrieden, warum auch, als Immobilienmaklerin verdiente sie sich einen goldenen Arsch. Sie hätte nur niemals den Fehler machen dürfen, sich von Agnes Geld zu leihen, um dieses eigentlich unerschwingliche Penthouse zu kaufen. Wäre sie doch nur zur Bank gegangen! Aber dieses Kind, dachte Birte, war eindeutig in den Brunnen gefallen.

Sie kramte in den Küchenschubladen, fand die Zigaretten, die sie für Gäste und Notfälle verwahrt hatte, schnappte sich ihren Cappuccino und trat hinaus auf ihre Dachterrasse mit den obligatorischen Terrakottakübeln und Teakmöbeln. Penibel aufgeräumt und ordentlich. Kein Unkrauthalm traute sich aus den Ritzen zwischen den Marmorplatten hervor.

Bosse hatte sie schon öfter und nur halb im Scherz gefragt, ob sie unter einem Putzzwang litt. Nicht dass Birte selber putzte, sie ließ putzen. Doch Birte mochte es genau so. Penibel aufgeräumt. Einwandfrei sauber. Ordnung gab Sicherheit.

Nach zwei weiteren Zigaretten ging sie ins Schlafzimmer und zog die schwarze Schachtel unter dem Bett hervor. Sie öffnete sie und nahm die zuoberst liegende Postkarte heraus. Sie bemühte sich, nicht zu lesen, was Martha ihr geschrieben hatte, sondern nur auf die Telefonnummer zu achten, die stets am Ende der kurzen Texte stand.

Sie nahm ihr Handy und wählte. Nach einmaligem Tuten sprang sofort die Mailbox an, und eine Automatenstimme bat darum, eine Nachricht zu hinterlassen. Birte legte auf. Dann wählte sie erneut. »Hallo, hier ist Birte. Ruf mich an, es ist dringend.« Das muss reichen, dachte sie und bemerkte, dass ihr Herz raste.

Für den Rest des Tages lag sie auf ihrem cremefarbenen Ledersofa und schaute stundenlang dämliche amerikanische Fernsehserien, um sich abzulenken. Vom Lieferservice ließ sie sich irgendwann Sushi, Zigaretten und zwei Flaschen Chablis bringen. Gegen zweiundzwanzig Uhr hatte der Weißwein alle Gedanken in ihrem Kopf ausgeschaltet, und sie kroch ins Bett.

Mitten in der Nacht klingelte ihr Handy. Sie schreckte hoch und war sofort hellwach. Sofort setzte das Herzrasen ein. Kurz betrachtete sie ängstlich das blinkende Display, dann ging sie ran.

»Ja?«, fragte sie betont unfreundlich.

»Ich bin's, Martha«, sagte ihre Mutter.

»Ja.«

»Du hast angerufen.«

»Ja.«

»Warum?«

Birte merkte, wie sich ein heißer Ball aus Wut in ihrem Bauch bildete. Sie bemühte sich, ruhig zu atmen, und sagte: »Agnes will dich sehen. Du musst nach Hause kommen.«

»Das kann ich nicht. Dann bekomme ich wieder diese Kopfschmerzen.«

Birte wusste nicht, was sie erwartet hatte. Sicher kein *Bitte verzeih mir* oder *Ich komme natürlich. Und dann werde ich dir alles erklären.* Aber diese schlichte Weigerung war zu viel.

»Dann schmeißt du dir eben eine verdammte Kopfschmerztablette rein«, brüllte sie ins Telefon.

Am anderen Ende war Schweigen.

»Martha? Bist du noch dran?«

»Ja.«

»Du wirst kommen«, sagte Birte und setzte, einen Schuss ins Blaue wagend, hinzu: »Sonst dreht Agnes dir den Geldhahn zu. Und zwar sofort und für immer.«

»Das macht sie nicht.« Marthas Stimme klang unsicher.

Treffer, dachte Birte. Sie hatte immer gemutmaßt, dass ihre Großmutter Martha mit Geld versorgte. Wovon sollte die Wahnsinnige sonst auch leben? Zu irgendeiner Art von Erwerbstätigkeit war sie sicher nicht in der Lage.

»Das macht sie. Ohne mit der Wimper zu zucken. Lass es ruhig drauf ankommen. Aber an deiner Stelle würde ich meinen Arsch in Bewegung setzen …«

»Ich denke darüber nach.« *Klick*. Martha hatte aufgelegt.

Birte schaute auf die Uhr auf ihrem Nachttisch. Nach siebenunddreißig Minuten rief Martha wieder an.

»Ich komme. Aber ich schaffe es nicht allein. Kannst du mich abholen?«

»Bitte? Das ist nicht dein Ernst, oder?« Birte lachte fassungslos.

»Doch«, sagte Martha. »Sonst kann ich nicht kommen.«

Birte schwieg einen Moment lang, dann fragte sie: »Wo bist du gerade?«

»In Nida.«

»Wo verflucht ist das denn?«

»Litauen. Das findest du.«

Klick.

HAMBURG, AUGUST 1978

Den ganzen Tag über hatte Martha wieder ihre Kopfschmerzen gehabt. Es fing am Morgen mit einem kleinen harmlosen Pochen hinter der rechten Schläfe an, das langsam anschwoll und sich zur Stirn vorarbeitete. Gegen Mittag schon hatte sie das Gefühl, dass ihr Schädel in einer Schraubzwinge saß.

»Schatz, hast du schon deine Tabletten genommen?«, hatte Thomas gefragt.

Natürlich hatte sie ihre Tabletten genommen, was glaubte er denn, aber die Medikamente brachten nur wenig Linderung. »Vielleicht möchtest du dich ein bisschen hinlegen, Liebling. Das wird das Beste sein. Was meinst du?«, hatte ihr Mann mit seiner sanften, verständnisvollen und ihr Brechreiz verursachenden Stimme hinzugefügt.

Es war das Beste. Bloß raus aus der Gärtnerei, weg von dem süßlich feuchten Blumenduft, weg von den Kunden, weg von ihrem Mann. Als sie sich aus dem Laden ins Haus schleppte, sah sie, wie Frau Harms, die an diesem Tag aushalf, Thomas einen mitfühlenden Blick zuwarf. »Ich schau später nach dir, Schatz. Vielleicht möchtest du dann einen Tee«, rief er ihr hinterher.

Schatz. Liebling. Auch *mein Häschen.* Oder *mein Mäuschen.* Wie sie das hasste, diese nach außen, mit den immer gleichen Worthülsen demonstrierte Liebe. Thomas, der Gute. Martha, die Verrückte. Sie wusste, was die Nachbarn sich zuraunten, wenn sie ihr auf der Straße oder beim Edeka hinterherschauten. »Der arme Mann. Hat's wirklich nicht leicht. Immer so fleißig.« – »Und die armen Kinder! Mit so einer Mutter.« – »Ja, ja, die Nerven, sagt man. Aber wenn Sie mich fragen ...«

Sie ging nach oben ins Schlafzimmer, zog die Vorhänge zu und legte sich angezogen aufs Bett. Gern hätte sie die Tür abgeschlossen, damit Thomas sie nicht störte. Aber er hatte alle Schlüssel im Haus einkassiert. »Das ist nur zu deiner Sicherheit«, hatte er gesagt. »Stell dir vor, mein Häschen, du wirst ohnmächtig, und ich kann dir nicht helfen.«

Dabei ging es ihm um Kontrolle. Jeden ihrer Schritte beäugte er, immer wollte er wissen, wo sie gewesen war und wohin sie ging. Absolute Überwachung, verkleidet in klebrige Fürsorge. Auch jetzt hörte sie nur knapp zwanzig Minuten später, wie er die Treppe heraufschlich. Schnell drehte sie sich auf die Seite, schloss die Augen und bemühte sich, tief und gleichmäßig zu atmen. Er betrat leise das Zimmer, kam zum Bett, blieb kurz stehen und verschwand dann wieder.

Martha öffnete die Augen, sie durfte nicht einschlafen, denn dann würden die Träume kommen. Die Träume kamen immer, wenn sie Kopfschmerzen hatte. Sie starrte an die Decke, auf die die Sonne durch die Vorhänge zittrige Schatten malte. Sie musste raus hier. Endgültig.

Vor einer Ewigkeit hatte sie einmal etwas für Thomas empfunden – soweit sie überhaupt in der Lage war, etwas für andere Menschen zu empfinden. Schon immer war sie lieber für sich geblieben, die Nähe zu fremden Menschen war ihr geradezu körperlich unangenehm. Sie hatte keine Freundinnen, in der Schule galt sie als wunderlich, weil sie entweder gar nicht sprach oder in ihrem Wortschwall nicht zu stoppen war. Endlos reihte sie dann verschachtelte Sätze aneinander, denen niemand folgen konnte, die für sie aber eine innere Logik besaßen. Oft blieb sie dem Unterricht einfach fern, Mutter entschuldigte sie. Diese Kopfschmerzen!

Martha war es gleich, ob sie in der Klasse saß oder in der Werkstatt zu Hause. In ihren Gedanken war sie sowieso in einer anderen Welt, bevölkert von Gnomen, Trollen und magischen Wesen, an deren wirkliche Existenz sie fest glaubte. Auszustehen hatte sie in der Schule jedenfalls nichts, da passten Karl und

Klaus schon auf. Niemand legte sich freiwillig mit den Weisgut-Brüdern an, deren Fäuste so hart waren wie Kruppstahl.

Ihr Leiden begann nach Vaters unerklärlichem Tod, Mutter rannte widerwillig mit ihr von Arzt zu Arzt. Die Herren Doktoren waren sich einig: Etwas stimmte nicht mit dem Kind. Doch was es war, konnte keiner sagen. Einer riet dazu, das Mädchen in eine Anstalt zu geben. Wutentbrannt verließ Agnes die Praxis und zerrte Martha an ihrer Hand nach Hause, dort setzte sie sie auf den Küchentisch und schaute sie ernst an. »Martha, du hast eine Macke«, sagte sie. »Aber das macht nichts. Du bist eine Weisgut. Ich werde einen Platz im Leben für dich finden.«

Nach der Schule schickte sie Martha in die Lehre zu einem Gärtner, dessen Gewächshäuser und Baumschule im dörflichen Schnelsen lagen. Über drei Jahre fuhr Martha täglich mit der Straßenbahn zu dem schrulligen Alten, auch sonntags. Er sprach nicht viel, das kam ihr entgegen. Und wenn sie mit ihren Händen in der schwarzen Erde wühlte, war sie bei sich.

Nachdem der Alte Martha alles über Pflanzen beigebracht hatte, was man über Pflanzen wissen musste, kaufte Agnes kurz entschlossen die marode Friedhofsgärtnerei, die nur vier Häuser neben Werkstatt und Elternhaus lag. Martha gefiel der Gedanke, dass das Sterben in Niendorf nun fast ausschließlich in Weisgutscher Hand lag.

»Das ist Thomas. Er wird sich um alles kümmern«, stellte ihr Mutter mit aufforderndem Blick den jungen Mann vor, den sie als Gärtner einstellte. Martha wusste, was Agnes von ihr erwartete. Also verliebte sie sich in Thomas und war dankbar, dass er sie heiratete. Wer sonst hätte sie genommen?

Außerdem, so glaubte sie damals, musste Thomas sie abgöttisch lieben. Sogar eine Namensänderung auf dem Amt hatte er vor der Hochzeit beantragt, um so heißen zu können wie sie. Erst bei der Trauung schnappte sie eine Bemerkung von Agnes auf, die ihren Glauben ins Wanken brachte. »So weit kommt's noch, dass eine von uns Fick heißt …«

Am späten Nachmittag ließen die Kopfschmerzen nach. Martha richtete sich vorsichtig auf und lauschte in die Stille hinein. Thomas war sicher noch im Geschäft, auch die Kinder würden erst am Abend heimkommen. Es war Zeit, im Keller noch einmal alles zu überprüfen.

Sie huschte nach unten, ging in den hinteren Heizungsraum und räumte vorsichtig die alten Holzpaletten und Kisten beiseite, die unordentlich übereinandergeworfen in einer Ecke lagen. Dahinter standen ein schäbiger Koffer und eine altmodische Handtasche, die sie schon vor Monaten vom Dachboden ihrer Mutter entwendet hatte. Genau wie sie damit begonnen hatte, Sachen beiseitezuschaffen. Ein Stück Seife hier. Ein altes Kleid dort. Ein Paar Strümpfe. Ein Handtuch. Nach und nach füllte sich der Koffer.

Sie kontrollierte die Handtasche, in deren Seitenfach das Geld klimperte. Immer wieder hatte sie kleinere Beträge aus Haushalts- und Geschäftskasse entnommen. Mal fünfzig Pfennig, mal zwei Mark, mal einen Heiermann. Nur so wenig, dass es Thomas nicht auffiel. Immerhin dreihundertachtunddreißig Mark zwanzig hatte sie so zusammenbekommen. Und heute Nacht würde sie sich aus dem Safe der Weisgutschen Werkstatt noch ein paar Scheine mehr nehmen. Natürlich kannte sie die Kombination. Sie mochte verrückt sein, aber sie war nicht dumm. Schon vor langer Zeit hatte sie sich die Zahlen eingeprägt, wenn sie mit abwesendem Blick neben ihrer Mutter stand, die den Tresor öffnete.

Sorgfältig schob sie das Holz wieder vor ihre Schätze, ging hinauf in die Küche und begann das Abendbrot für die Familie zu richten. Es musste alles sein wie immer.

Als sie ihrer Mutter vor zwei Jahren sagte, dass sie sich scheiden lassen wolle, hatte Agnes sie nur kalt angesehen. »Das kommt überhaupt nicht infrage, Martha«, hatte sie gesagt. »Wer soll sich ums Geschäft kümmern? Und vor allem um die Kinder? Du doch ganz sicher nicht. Warte, bis Birte und Peter älter sind, dann können wir noch einmal darüber reden.«

Offenbar hatte Agnes nach diesem Gespräch Thomas zu sich zitiert, um ihm deutlich zu machen, unter welchen Tisch er seine Füße steckte und wie er seine Frau zu behandeln habe. Jedenfalls hatte Thomas Martha nur wenige Tage später am Arm ins Wohnzimmer gezerrt, sie auf das Sofa gedrückt und sich drohend vor ihr aufgebaut. »So ist das also!«, hatte er sie angeschnauzt, ohne die übliche aufgesetzte Sanftheit in der Stimme. »Madame hat eigene Pläne? Dir wer ich's zeigen!« Und dann hatte er weit ausgeholt und ihr eine Ohrfeige verpasst, dass sie schwarze Blitze vor den Augen sah.

Eigentlich schlug er sie nicht mehr. Das war nur zu Beginn ihrer Ehe geschehen. Bis Karl sich seines Schwagers annahm.

»Ich habe dich nicht jahrelang ertragen, damit du mir alles kaputt machst. Bevor du dich scheiden lässt, lasse ich dich entmündigen und einsperren«, hatte Thomas lächelnd nach der unerwarteten körperlichen Züchtigung gesagt. »Dann kann dir deine Familie auch nicht mehr helfen. Ich habe genug Zeugen, die bestätigen werden, dass du komplett geistesgestört bist. Und eine Gefahr für die Kinder. Sieh dich bloß vor.«

Martha stellte Brot, Butter, Käse und eine Dose Sardinen auf den Tisch. Dann ging sie ins Bad, um sich das Fischöl von den Fingern zu waschen, schaute in den Spiegel und strich sich durch ihre kurzen schwarzen Locken. Sie schnitt sie stets selbst mit einer der Gartenscheren, ihr Aussehen hatte sie nie interessiert. Aber ab morgen würde sie ihre Haare wachsen lassen, nahm Martha sich vor. Sich vielleicht sogar die Augenbrauen zupfen und bunte Kleider tragen.

»Wenn du nicht deine Macke hättest, wärst du eine echte Schönheit«, sagte Agnes immer.

Martha sah ihrer Mutter sehr ähnlich. Der gleiche Körperbau, die gleichen Haare, die gleiche Gesichtsform. Nur ihre Augen waren anders und ganz besonders. Nicht blau, sondern grün wie die ihres Vaters, mit bernsteinfarbenen Sprenkeln. »Die Augen einer Hexe«, hatte Thomas einmal gesagt.

Sie hörte, wie die Haustür klappte, die Zwillinge kamen hereingestürmt, gefolgt von Thomas. »Erst Hände waschen, dann hinsetzen«, blaffte er die Kinder an. Sie taten, wie ihnen befohlen, und stürzten sich danach aufs Abendessen.

»Wie war es bei Hagenbeck? Hattet ihr Spaß?«, fragte Martha.

»Oh ja, gansch viel!«, nuschelte Peter mit vollem Mund.

»Erst essen, dann reden«, sagte Thomas.

Peter kaute aufgeregt, schluckte und fuhr dann mit sich überschlagender Stimme fort: »Die Elefanten haben ein Baby bekommen. Und wir haben zwei Eis gekriegt von Tante Anna. Und ganz viele Würstchen. Und Zuckerwatte! Und dann musste Bosse kotzen. Es war toll!«

Martha lächelte automatisch. »Hat es dir auch gefallen?«, wandte sie sich an ihre Tochter.

Birte nickte nur, sie war viel zu beschäftigt damit, die Sardinen in sich hineinzustopfen.

Die dicke Birte. Der dicke Peter. Wie so oft fragte sich Martha, warum sie zwei so dicke, so hässliche Kinder hatte.

Sie hatte nie Kinder gewollt. Martha wusste genau, dass sie nichts dazu befähigte, eine Mutter zu sein, dass es völlig außerhalb ihrer Möglichkeiten lag, sich um jemanden zu kümmern. Sie hatte es stets ertragen, wenn Thomas seine »ehelichen Rechte« einforderte, das schien dazuzugehören, sich aber heimlich ein Diaphragma besorgt und nach jedem Akt ihre Scheide sorgfältig mit Essigwasser ausgespült.

Doch einmal war sie wohl nicht sorgfältig genug gewesen. Anfänglich hatte sie die Veränderungen ihres Körpers nicht wahrgenommen, und als die Schwangerschaft selbst von ihr nicht mehr übersehen werden konnte, war es längst zu spät, etwas dagegen zu unternehmen. Thomas hingegen war überglücklich, festigte eigener Nachwuchs doch seine Position innerhalb der Familie.

»Ich habe mit einem Arzt gesprochen«, hatte Agnes zu ihr gesagt. »Es ist unwahrscheinlich, dass das Kind deine Macke bekommt. Also mach dir keine Sorgen.«

Martha machte sich keine Sorgen. Es war ihr völlig gleich, ob dieses Ding in ihr gesund war oder nicht. Als sie Stunden über Stunden im Kreißsaal lag und sich die Seele aus dem Leib schrie, war sie am Ende nur ehrlich verblüfft darüber, dass sie nicht einen, sondern zwei käsig verschmierte Säuglinge herauspresste.

Thomas barst vor Stolz. »Ein Schuss, zwei Treffer«, wurde er nicht müde herumzuerzählen. Und dann zum Glück ein Junge dabei. Darüber verlor er jedoch weiter kein Wort, unter Agnes' Herrschaft war das nicht angemessen.

Solange Birte und Peter klein waren, machten sie Martha keine Mühe. Sie ließ sich von ihrer Mutter zeigen, wie man einen Säugling versorgt, und fand, dass dieser Vorgang im Grunde der Aufzucht von Pflanzen glich. Säen, gießen, düngen. Wärme, Licht. Gebären, füttern, wickeln. Wärme, Licht.

Als die Kinder älter wurden, begannen die Probleme. Die Kleinen wollten mit ihrer Mutter sprechen, je mehr sie wuchsen, desto größer wurde ihr Bedürfnis nach Kommunikation, nach Austausch, auch nach Lob. Das alles waren Dinge, die Martha nicht leisten konnte.

Wenn die beiden auf ihren Stummelbeinen angerannt kamen, Martha ihre mit Buntstiften verunstalteten Malbücher unter die Nase hielten und sie erwartungsvoll anschauten, runzelte sie nur die Stirn. Was, um Himmels willen, sollte das sein?

»Ein Perd, ein Perd!«, krähte Peter aufgeregt.

»Erstens heißt es Pferd, und zweitens ist das kein Pferd. Es hat ja gar keine Beine«, sagte Martha.

Rein theoretisch begriff sie, dass das nicht die Antwort war, die ihr Sohn von ihr erwartete. Rein praktisch musste sie ihm aber doch die Wahrheit sagen. Ein Pferd hatte vier Beine, da konnte Peter noch so weinen.

Eines Tages nahm Agnes sie beiseite und erklärte ihr, dass Kinder Zuspruch und Liebe brauchten, um zu gedeihen. Auch wenn Martha sich wunderte, dass gerade ihre Mutter von Liebe sprach, sah sie es ein, sie liebte ihre Kinder ja, im Rahmen dessen, was ihr möglich war. Also lernte sie, besser zu funktionieren. Fortan stopfte sie Birte und Peter Schokolade in die kleinen Münder, wenn die beiden glaubten, sie hätten etwas besonders gut gemacht, oder sonst wie nach Nähe gierten.

In den ersten Jahren überließ Thomas ihr die Versorgung der Brut nahezu vollständig. Erst als sie in die Schule kamen, fand er, dass es an der Zeit war, den Nachwuchs nun auch zu erziehen. Und eine anständige Tracht Prügel hatte noch niemandem geschadet, ganz im Gegenteil. Zu dieser Zeit wurden Marthas Kopfschmerzen schlimmer, und auch die Träume suchten sie in immer kürzer werdenden Abständen heim. Wenigstens schaffte sie es, Agnes einen Wink zu geben, die daraufhin erneut Karl in Bewegung setzte. Außerdem traf ihre Familie die stillschweigende Übereinkunft, Birte und Peter in der Verwandtschaft aufzuteilen, wenn Martha von ihren »Zuständen« geplagt wurde.

Sie sind doch aus dem Gröbsten raus, sagte sich Martha, als sie mechanisch das Abendbrot abräumte und Peters Geplapper über den Zoobesuch ausblendete. Sie schickte die Kinder nach oben in ihre Zimmer, versprach, ihnen vor dem Schlafengehen noch eine heiße Schokolade zu bringen, wischte den Tisch ab und machte den Abwasch.

Dann ging sie wie jeden Abend in den Keller, um für Thomas Bier zu holen, er trank es immer pünktlich zur *Tagesschau*. Er hatte sich schon breitbeinig aufs Sofa geflätzt und wartete auf sie. In der Küche öffnete sie die Flasche, goss ein wenig Pils in ein Glas und löste unter Rühren vier Tabletten in der hellen Flüssigkeit auf.

»Martha, wo bleibt verdammt noch mal mein Bier?«, bellte es aus dem Wohnzimmer.

Vorsichtig füllte sie das Glas auf, achtete darauf, dass es eine schöne Blume gab, darauf legte Thomas Wert, und trug es zum Couchtisch. Ihr Mann nahm einen Schluck, verzog kurz das Gesicht, lenkte seine Aufmerksamkeit aber wieder auf den Fernseher. Martha ging erneut in die Küche und bereitete den Kakao für die Kinder, eine Tablette pro Becher, zwei Extralöffel Zucker. Sie zögerte kurz und gab dann jedem noch eine zweite Tablette dazu. Morgen war Sonntag und das Geschäft geschlossen. Wie schön, dass alle ausschlafen konnten.

Sie brachte die Kinder ins Bett, setzte sich neben Thomas auf die Couch und wartete. »Lass uns schlafen gehen«, murmelte er nach zwei Stunden verwaschen. »War ein harter Tag heute.«

Martha nickte, zog sich aus, schlüpfte in ihr Nachthemd und legte sich hin. Eine Stunde lang lauschte sie Thomas' Atemzügen, dann stand sie auf, kleidete sich an, schaute kurz nach Birte und Peter, die beide bewegungslos unter ihren Federbetten schnarchten. Jedem der Kinder steckte sie eine kleine Karte unters Kopfkissen. Geräuschlos glitt sie die Treppe hinunter und ins Arbeitszimmer, hebelte mit einem Brieföffner die verschlossene Schublade des Sekretärs auf und nahm ihren Pass heraus. Dann holte sie Koffer und Handtasche aus dem Keller, setzte sich in die dunkle Küche und wartete eine weitere Stunde.

Gegen Mitternacht zog sie ihren Mantel an, band sich noch ein Kopftuch um, nahm ihre Habseligkeiten und ging hinüber zum Haus ihrer Mutter. Sie schritt über den Hof und holte den Ersatzschlüssel aus dem Blumenkübel neben der Werkstatttür.

Sie öffnete den Safe und stieß mit einem winzigen Quieken die Luft aus. Sie hatte erwartet, ein paar Hundert Mark zu finden. Nun lagen etliche, säuberlich gestapelte, dicke Notenbündel vor ihr. Ohne nachzuzählen, stopfte sie so viel Geld in ihre Tasche, wie hineinpasste. Hinten, in der rechten Ecke des Tresors, stand ein Turm aus Agnes' schwarzen Notizbüchern. Ohne nachzudenken, öffnete Martha ihren Koffer und legte die Bücher hinein.

Ordentlich verschloss sie den Tresor, ebenso die Werkstatt, und machte sich auf den Weg. Nach etwa zwei Stunden hatte sie den Hauptbahnhof erreicht, setzte sich an Gleis vierzehn auf eine Bank und wartete. Um zwei Uhr vierundvierzig stieg sie in den Nord-Express Richtung Kopenhagen, suchte sich ein leeres Abteil, verstaute ihren Koffer, nahm das Kopftuch ab und warf es in den Müll. Als der Zug sich in Bewegung setzte, stand Martha auf und ging zur Toilette. Sie schaute in den Spiegel und lächelte. Verrückt, aber nicht dumm. Sie nahm die Pinzette aus ihrer Handtasche, zupfte sich die Augenbrauen und begann zu summen. Von Kopenhagen aus würde ihre Reise weitergehen bis nach Reykjavík, der Hauptstadt der Gnome und Trolle. Dort würden ihre Kopfschmerzen der Vergangenheit angehören. Und ihre Träume auch.

GROSS HUBNICKEN, JULI 1937

»Verfluchte Judenbrut.« Blind vor Zorn stapfte Agnes durch die Felder, die Tränen liefen ihr über das Gesicht, sie machte sich nicht die Mühe, sie wegzuwischen. An ihrer Brust quäkte Hermann, den sie sich mit einem breiten Tuch an den Leib gebunden hatte. Mechanisch strich sie über den Kopf des Kleinen, um ihn zu beruhigen.

Sie ging weiter und weiter, durch den Wald hindurch, bis sie schließlich zur Ostsee gelangte. Dort ließ sie sich in den Sand fallen und schrie ihre Wut in den Wind, bis sie keine Luft mehr hatte. Das Baby war nun still geworden.

Früh am Morgen hatte der Streit begonnen. Wilhelm war schon aufgebrochen nach Kraxtepellen. »Geschäfte, Geschäfte«, hatte er wichtig erklärt und sich mit der Reitgerte auf den Stiefelschaft geschlagen. »Vor dem Abend werde ich kaum zurück sein.«

Agnes hatte nur müde genickt, die Nacht war unruhig gewesen, Hermann bekam wieder einen Zahn und hatte Stunde um Stunde geschrien. Sie nahm den Kleinen aus der Stubenwiege und ging mit ihm die Treppe hoch, um sich noch einmal hinzulegen.

»Was machst du?«

Sie fuhr zusammen und drehte sich um. Am Fuße der Treppe stand Herta und schlug mit der Hand mehrmals auffordernd auf das Geländer. Agnes starrte in das verkniffene Gesicht ihrer Schwiegermutter und sagte leise: »Ich gehe schlafen. Kurz.«

»So, so, das feine Frollein möchte schlafen gehen. Als ob es hier nichts zu tun gäbe!«

»Ich helfe dir später.«

Agnes schloss die Tür fest hinter sich und hoffte, dass Herta ihr nicht nachkommen würde, mit ihrer kranken Hüfte vermied sie das Treppensteigen.

Doch kaum lag sie im Bett, hörte sie, wie die Alte sich ächzend hochwuchtete und einfach die Tür aufriss. »Los, steh auf. Der Hühnerstall muss ausgemistet werden. Und danach wirst du dich um die Wäsche kümmern.«

Hermann fing an zu weinen. Agnes drückte ihren Sohn fest an sich, drehte den Kopf zur Wand und begann leise zu summen.

»Steh auf, du faules Stück.« Herta klopfte mit ihrer Hand rhythmisch gegen den Bettpfosten.

Agnes wusste, dass die Alte nicht damit aufhören würde. Sie spürte, wie sich ihr Magen zusammenzog und heiße, bittere Wut wie Galle in ihr hochkroch. Sie schlug die Bettdecke zurück und richtete sich auf. »Geh raus, damit ich mich ankleiden kann.«

Herta nickte zufrieden und ging.

Agnes legte ihren Morgenmantel ab und streifte sich eine von Wilhelms derben Arbeitshosen über, die sie unten so umgenäht hatte, dass sie ihr in der Länge passte. Nach wie vor sah sie nicht ein, dass sie eines ihrer Kleider bei der groben Stallarbeit ruinieren sollte – auch das ein ständiger Stein des Anstoßes für Herta. Eine Frau in Arbeitshosen! Das geziemte sich nicht, wie sich so vieles im Hause Weisgut nicht geziemte.

Agnes zog sich ein einfaches Hemd über den Kopf, schlang sich einen breiten Gürtel um die Taille und band ihre Haare zusammen. Sie nahm Hermann auf den Arm, ging die Treppe hinunter und durch die Küche nach draußen auf den gepflasterten Hof, ohne die Alte, die auf ihrem Schemel saß, eines Blickes zu würdigen.

»Lass das Kind gefälligst bei mir«, rief Herta hinter ihr her.

Agnes ignorierte sie und begab sich zum Hühnerstall. Sie schichtete ein wenig sauberes Stroh zu einem Haufen, bettete ihren Sohn darauf, nahm die Schaufel, schob den Mist zusammen und dann in die bereitstehenden Kübel. Als sie mit dieser Arbeit fertig war, legte sie neues Streu aus, sammelte die frischen Eier aus den Legekisten in einen Korb und strich jedem einzelnen Huhn über das Gefieder.

Sie mochte die Hühner, sie mochte ihren Geruch und ihr beruhigendes, eintöniges Gegackere, und sie mochte die körperliche Arbeit im Stall, bei der sie ihren Gedanken freien Lauf lassen und sich wegträumen konnte. Etwa in die Stadt, nach Königsberg. Was ihre Freundinnen wohl sagten, wenn sie sie so sehen könnten? Unwillkürlich verzog Agnes das Gesicht zu einem schiefen Grinsen.

In jeder Hand einen Kübel, trat sie wieder aus dem Stall, als Herta um die Ecke humpelte und sich ihr in den Weg stellte. »Warum hat das denn so lange gedauert? Hat das feine Frollein wieder nur Löcher in die Luft gestarrt?«, giftete die Alte.

Die Wut regte sich erneut in Agnes, aber sie beherrschte sich und starrte Herta nur an. Sie wusste, dass ihre Schwiegermutter sie zu einer Reaktion provozieren wollte, damit sie sich am Abend bei ihrem Sohn lautstark beschweren konnte, wie wenig das »feine Frollein« doch taugte und dass Agnes eine Last und keine Hilfe sei.

»Und wo ist Hermann? Hast du das arme Kind wieder in den Dreck gelegt? Warte nur, das werde ich Wilhelm erzählen!«

»Tu, was du nicht lassen kannst«, entgegnete Agnes kühl.

»Ach, und nun wirst du auch noch frech! Glaubst wohl, du kannst dir alles erlauben! Glaubst wohl, du bist was Besseres!«

»Das glaube ich nicht nur«, murmelte Agnes leise.

»Was war das? Auch noch Widerworte geben, du undankbares Stück!«

Das war genug, fand Agnes. »Undankbar? Wofür soll ich denn auch dankbar sein? Für das etwa?« Mit einer ausholenden Handbewegung zeigte Agnes spöttisch lächelnd über den schmutzigen Hof. Dann stemmte sie mit beiden Händen einen der Kübel hoch und kippte seinen Inhalt der Alten auf die Füße. »Bring deinen Mist doch selber weg!«

Nein, Herta und Agnes konnten sich nicht leiden. Von Anfang an nicht. Die Aversion ging von der alten Weisgut aus und wurde nach kürzester Zeit von der jungen Königsbergerin erwidert. Schon als Wilhelm seine Zukünftige der Mutter vorstellte, reagierte die mit schlecht verhohlenem Widerwillen.

Zur Kaffeestunde wurde Agnes da in die dunkle Stube geführt, in deren einer Ecke eine große Wanduhr unheilvoll tickte und in deren anderer die Alte in ihren schwarzen Kleidern auf einem Ohrensessel thronte. Wilhelm wies Agnes an, auf dem Sofa Platz zu nehmen, setzte sich neben sie und nahm ihre Hand. Da er keine Anstalten machte, etwas zu sagen, ergriff Agnes das Wort, um die unbequeme Stille zu unterbrechen.

»Guten Tag, Frau Weisgut. Ich freue mich sehr über Ihre Einladung und dass wir nun die Gelegenheit haben, uns besser kennenzulernen«, sagte sie förmlich.

Die Alte musterte sie eine Zeit lang schweigend, um sich dann an ihren Sohn zu wenden. »Das ist sie?«, fragte sie kurz.

»Ja, Mama, das ist sie.« Wilhelms Finger drückten Agnes' noch fester, und sie bemerkte, dass seine Handfläche feucht wurde.

»Ist ein recht junges Ding«, bemerkte die Alte.

Wilhelm nickte nur. Agnes räusperte sich und meinte: »Ich bin schon fast achtzehn.«

»So, fast achtzehn also. Und hast du etwas gelernt mit deinen fast achtzehn Jahren?«

Agnes schaute die Alte verwirrt an.

»Ob du etwas gelernt hast, will ich wissen. Kannst du kochen? Nähen? Einen Haushalt führen?«

»Ich habe Abitur«, entgegnete Agnes selbstbewusst.

»So, Abitur. Nichts Vernünftiges gelernt also.« Die Alte seufzte tief und erhob sich schwerfällig aus ihrem Sessel.

Wilhelm sprang auf, durchquerte mit zwei Sätzen den Raum und reichte seiner Mutter eilfertig den Arm. Die ließ sich von ihm zum Sofa führen, wo sie sich vor Agnes aufbaute. »Sei's drum«, sagte sie. »Wenn Wilhelm dich ausgesucht hat, muss es mir Recht sein. Ich bin nicht mehr die Jüngste und, wie du siehst, nicht allzu gut zu Fuß. Hilfe kann ich gebrauchen. Wenn du bereit bist, ordentlich mit anzufassen und zu tun, was man dir aufträgt, bist du willkommen. Wenn nicht … Nun gut, wir werden sehen.« Die Alte schnalzte mit der Zunge und ließ sich von ihrem Sohn hinausgeleiten.

Agnes blieb auf dem Sofa sitzen, kerzengerade und starr. Sie wusste nicht, was sie sich von diesem Treffen erwartet hatte. Aber dass Herta Weisgut sie so rüde abfertigte, sicherlich nicht.

Später, zuhause, beschwerte sie sich bei ihren Eltern über das Verhalten der zukünftigen Schwiegermutter. Ihr Vater wiegelte ab. »Ach, Kind, vielleicht hast du das auch nur in den falschen Hals bekommen. Und du darfst nicht vergessen, dass Frau Weisgut vor nicht langer Zeit ihren Mann verloren hat. Trauer kann einen Menschen auch ungewollt bitter machen. Bestimmt hat sie es nicht so gemeint.«

»Wenn du bereit bist, mit anzufassen … Wenn du tust, was man dir aufträgt …«, äffte Agnes die Alte nach. »Ich bin doch kein Arbeitspferd, das auf dem Markt verschachert werden soll!«

»Ehrliche Arbeit hat noch niemandem geschadet«, sagte ihr Vater bloß.

Ihre Mutter tätschelte beruhigend ihre Hand. »Liebes«, meinte sie, »Wilhelm ist ihr einziger Sohn. Natürlich macht es ihr auch Sorgen, wenn nun bald so eine junge, fremde Frau ins Haus kommt.«

Agnes schüttelte nur den Kopf. Ihre Eltern wollten sie wohl nicht verstehen.

Auch von Wilhelm war sie enttäuscht. So forsch er sonst auftrat, der Mutter gegenüber hatte sein Verhalten etwas nahezu Devotes. Sie redete sich ein, dass seine Haltung ein Zeichen des Respekts war, doch sie ahnte schon, wer im Hause Weisgut die Hosen anhatte.

In der kommenden Zeit ging sie Herta erst einmal aus dem Weg. War eine Begegnung unausweichlich, rettete sie sich in ausgesuchte Höflichkeit. Die Antworten, die sie erhielt, waren jedes Mal knapp und unfreundlich. Agnes tat es mit einem Achselzucken ab, sie hatte andere Dinge im Kopf.

Nach der trübsinnigen Verlobungsfeier im Garten ihrer Eltern bestellte Wilhelm flugs das Aufgebot. Agnes war diese Eile suspekt. Insgeheim hatte sie gehofft, die Verlobungszeit möglichst in die Länge ziehen zu können. Vielleicht würde Wilhelm es sich noch einmal anders überlegen. Oder sie, wenn sie ihn nur erst besser kannte, würde in plötzlicher Liebe entflammen.

Nach wie vor war sich Agnes nicht sicher, was sie für Wilhelm empfand. Außerdem nahm sie es ihm übel, dass er ihren Vater um ihre Hand gebeten hatte, ohne sich vorher ihres Einverständnisses zu versichern. Als sie ihn kurz nach seinem unerhörten Vorstoß mit ihrem Vorwurf konfrontierte, wand er sich verlegen und gab unumwunden zu, dass er Angst gehabt hätte.

»Angst wovor?«, wunderte sich Agnes.

»Davor, dass du mir eine Abfuhr erteilen könntest«, sagte Wilhelm und guckte sie treuherzig an. Dann sank er auf die Knie, umschloss ihre Hände mit seinen Pranken und fragte feierlich: »Verehrtes Fräulein Tharau, Agnes, möchtest du denn überhaupt meine Frau werden?«

Das rührte sie, so sehr, dass sie stumm nickte. Wilhelm sprang auf die Füße, riss sie in die Luft und wirbelte sie umher, bis ihr schwindlig wurde. Und da glaubte sie, auch etwas zu spüren, ein leichtes Flattern in ihrer Brust, das sie als aufkeimende Liebe deutete.

Ihr Vater hatte doch Recht. Wilhelm war nicht die schlechteste Wahl. Weit und breit gab es keinen Mann, der stattlicher und imposanter war, aufstrebender und ambitionierter, mit dem unbedingten Willen, vorwärtszukommen im Leben. Zugegeben, weit und breit gab es gar keinen Mann, der für Agnes infrage gekommen wäre. In der Nachbarschaft fanden sich nur Bauern und Tagelöhner. Aber sie redete sich ein, dass Wilhelm auch für Königsberger Verhältnisse eine passable Erscheinung war.

In dieser Hoffnung wurde sie bestätigt, als ihre Freundinnen für ein Wochenende anreisten. Natürlich ließ Wilhelm es sich nicht nehmen, die Damen mit dem Fuhrwerk vom Bahnhof abzuholen; Agnes hatte den alten Gaul vorher fast zwei Stunden gestriegelt, bis er glänzte, und ihm obendrein noch ein rotes Schleifenband in die braune Mähne geflochten.

Wilhelm fuhr allein nach Palmnicken. Zum einen war auf dem Kutschbock nicht ausreichend Platz für vier Personen. Zum Zweiten fürchtete Agnes sich ein wenig vor der Begegnung mit den Freundinnen, vor allem fürchtete sie, Belustigung oder gar Entsetzen in den Augen der beiden lesen zu müssen, wenn sie das erste Mal auf Wilhelm trafen.

Nervös half sie ihrer Mutter beim Herrichten des Gästezimmers; beim Eindecken der Kaffeetafel zerbrach sie fahrig einen der guten Teller und trat die Scherben, wütend auf die eigene Ungeschicklichkeit, quer über die Terrasse.

»Kind, was ist denn los mit dir?«, fragte ihre Mutter.

»Nichts!«, fauchte Agnes und gab auch noch einem der Gartenstühle einen Tritt. Dann ließ sie die Schultern hängen und seufzte.

»Ich dachte, du freust dich, dass Gertrud und Hedwig kommen. Ihr habt euch doch sicherlich eine Menge zu erzählen«, meinte ihre Mutter vorsichtig.

»Tu ich doch auch. Aber …« Agnes zögerte. »Aber was werden sie nur sagen, zu alldem hier?«

Ihre Mutter verstand sofort. »All das hier ist nichts, für das du dich schämen musst. Groß Hubnicken ist abgeschieden, das stimmt wohl, aber es ist idyllisch und das Haus mehr als respektabel, viel großzügiger als unsere Wohnung in Königsberg. Wirklich, mein Liebes, du kannst den beiden hoch erhobenen Hauptes entgegentreten.«

Agnes beschloss, genau das zu tun. Sie kleidete sich sorgfältig an, wählte eine frisch gestärkte, weiße Hemdbluse zur braunen Reithose und schlüpfte in die Stiefel; die Haare band sie zu einem lockeren, absichtlich nachlässigen Zopf. Als sie die Pferdehufe auf der Straße hörte, trat sie vors Haus.

Das Fuhrwerk näherte sich, Wilhelm saß mittig auf dem Bock, rechts und links flankiert vom Besuch aus der Stadt. Die drei waren in ein angeregtes Gespräch vertieft, Hedwig lachte laut, ein wenig zu laut vielleicht. Mit einem beherzten Ruck am Zügel brachte Wilhelm den Gaul zum Stehen, sprang über Gertrud hinweg auf die Straße und reichte, ganz Kavalier, den Frauen beim Absteigen seine Hand.

Hedwig fiel Agnes sofort um den Hals, Gertrud betrachtete kurz und misstrauisch das Kopfsteinpflaster, bevor auch sie schnell zur Freundin stöckelte, um sie in den Arm zu nehmen.

»Gut siehst du aus!«, sagte Hedwig und hielt Agnes nun eine Armlänge von sich entfernt. »So frisch und so gesund. Das Landleben bekommt dir!«

Gertrud lief schon auf das Haus zu und rief: »Kommt endlich! Ich bin so neugierig. Du musst mir gleich alles zeigen, vom Dachboden bis zum Keller.«

Die Freundinnen gingen hinein, während Wilhelm sich mit dem Gepäck abmühte. Agnes führte die beiden überall herum, zeigte ihnen auch das Gästezimmer und ihr eigenes Reich, das mit vielen »Ahs« und »Ohs« quittiert wurde. Hedwig lehnte sich ans Fenster. »Diese Aussicht, fantastisch! Diese Ruhe. Du bist zu beneiden.«

»Ein wenig zu ruhig vielleicht. Was macht man hier den lieben langen Tag?«, fragte Gertrud mit leichtem Spott. »Sag nichts, ich weiß es schon! Den Nachbarssohn um den Verstand bringen. Da hast du dir aber ein formidables Mannsbild geschnappt!«

Agnes wurde verlegen und ließ die Bemerkung lieber unkommentiert. »Kommt, lasst uns nach unten gehen«, meinte sie nur.

»Mama hat Kuchen gebacken und ist bestimmt beleidigt, wenn ihr ihn nicht gleich probiert.«

In der guten Stube wartete schon das formidable Mannsbild, aufbruchsbereit. »Ich muss mich gleich entschuldigen. Ich habe noch zu tun. Aber es wäre mir ein großes Vergnügen, wenn ich die Damen am Abend ausführen dürfte.«

»Das Vergnügen ist ganz auf unserer Seite«, antwortete Gertrud kokett.

Hedwig nickte nur, aber ihre Pausbäckchen leuchteten noch ein wenig röter als sonst. Agnes war erstaunt, dass Wilhelm eine derartige Wirkung auf ihre Freundinnen hatte, und wieder regte sich etwas in ihrer Brust – ein Anflug von Stolz.

Die drei verbrachten einen vergnüglichen Nachmittag mit langem Spaziergang am Meer bis nach Palmnicken. Der Ort mit seinen Geschäften, vor denen die Hakenkreuzfahnen im Ostseewind flatterten, und dem Treiben auf dem Marktplatz fand sogar vor Gertruds Augen Gnade. »Ach«, sagte sie erstaunt, »hier gibt es ja wirklich alles, sogar ein Schloss. Wer wohnt denn da?«

»Niemand. Jedenfalls kein adliger Gutsherr, den du um den Verstand bringen kannst«, entgegnete Agnes lachend. »Das ist ein Hotel.«

»Ach, es ist aber auch zu schön hier. Was hast du es gut getroffen«, sagte Hedwig schwärmerisch.

Agnes nickte. So hatte sie es bisher zwar noch nicht gesehen, aber das Lob und die Komplimente der Freundinnen ließen sie ihre Umgebung mit anderen Augen betrachten.

Auch Wilhelm erschien ihr in einem neuen Licht. Er kehrte am Abend den charmanten Galan heraus, führte sie ins Waldhaus Munterbach und unterhielt Gertrud und Hedwig mit amüsanten Anekdoten über den Alltag in der Provinz. Dabei ließ er reichlich Likör und Bier ausschenken, die Stimmung war gelöst. Auch als er begann, von seiner Arbeit für die Partei und den Führer zu schwadronieren, vom Wiedererstarken des deutschen Vaterlandes bis hin zur Schande von Versailles, tat das der guten Laune keinen Abbruch. Im Gegenteil. Gertrud pflichtete Wilhelm mit Feuereifer bei, verstieg sich sogar zu dem Ausruf »Das Memelland holen wir uns zurück!«, und Agnes wunderte sich im Stillen, woher dieses plötzliche politische Interesse der Freundin rührte.

Spät in der Nacht brachte Wilhelm die drei Frauen nach Groß Hubnicken zurück, kichernd liefen sie ins Haus. Agnes nahm sich ihr Bettzeug und schlüpfte zu den Freundinnen in das große Gästebett.

»Ich hätte nie gedacht, dass du die Erste von uns bist, die heiratet«, flüsterte Hedwig in die Dunkelheit.

»Ich auch nicht«, gab Agnes zurück und unterdrückte ein Lachen.

»Du musst doch nicht heiraten, oder?«, fragte Gertrud.

»Wo denkst du hin?«, empörte sich Agnes. »Natürlich nicht!«

Gertrud und Hedwig kicherten erneut. »Aber ihr wollt doch bestimmt Kinder haben«, sagte Hedwig dann. »Wie ist es denn so, das Liebemachen mit Wilhelm?«

»Wir haben noch nicht …«

»Ihr habt noch nicht? Ach was!«, rief Gertrud.

»Pssst, nicht so laut!«, fuhr Agnes die Freundin an. »Hast du denn schon?«

»Natürlich«, sagte Gertrud. »Ich habe da so jemanden kennengelernt …«

»Das hast du mir gar nicht erzählt«, mokierte sich Hedwig.

»Nun, es ist ja auch noch ganz am Anfang, es muss sich doch erst entwickeln …«

»Und dann hast du schon …?« In Hedwigs Stimme klang jetzt atemlose Entrüstung mit.

»Was ist das denn für einer?«, fragte Agnes schnell.

»Ein ganz schneidiger. Er arbeitet für die Regierung.«

»Ein Beamter?«

»Nein, nein, kein Beamter. Aber wartet mal ab, wenn es weiter so gut läuft mit uns, dann werdet ihr ihn bald kennenlernen. Mehr verrate ich euch nicht.«

»Aber wie ist es denn nun so ... das Liebemachen?«, insistierte Hedwig.

»Einfach wunderbar«, seufzte Gertrud.

»So, Schluss jetzt. Es ist spät. Gute Nacht«, beendete Agnes die Unterhaltung. Sie drehte sich unbehaglich auf die Seite. Das angesprochene Thema verursachte bei ihr einen gewissen Widerwillen. Was ihr in dieser Hinsicht bevorstand, das mochte sie sich überhaupt nicht vorstellen.

Das Wochenende mit den Freundinnen verging viel zu schnell. Agnes traten die Tränen in die Augen, als sich die beiden am Sonntagabend mit dem Versprechen, spätestens zur Hochzeit im August wiederzukommen, verabschiedeten. Sie stand auf der Straße und winkte dem Fuhrwerk hinterher, all die Komplimente über ihr neues, schönes Leben schossen ihr durch den Kopf. Das Beste draus machen, ich werde das Beste draus machen, sagte sich Agnes und beschloss, sogleich damit anzufangen.

Ihre Hochzeit, die wollte sie nun planen. Nichts weniger als eine elegante Kutsche, die sie zur Kirche in Palmnicken brachte, erschien vor ihrem geistigen Auge. Oder mindestens ein offener Sportwagen von Mercedes-Benz. Und die Feier verortete sie natürlich im Schloss-Hotel, sie sah es schon vor sich, eine lange Reihe von Tischen, festlich geschmückt mit roten Rosen, im Hintergrund eine Kapelle, die zum Tanz aufforderte.

Der Brautvater indes schüttelte nur den Kopf angesichts dieser Pläne. »Wer soll denn das bezahlen?«, fragte er stirnrunzelnd. »Wir feiern im kleinen Kreise. Nichts Auffälliges und schön bescheiden.«

Agnes war kurz sprachlos, dann rief sie empört: »Bescheiden? Ich heirate doch nur einmal im Leben! Papa, das kannst du mir nicht antun! Jetzt heirate ich schon Wilhelm, wie du es wünschst, da musst du mir nicht auch noch diesen Tag verderben.«

»Ich verderbe dir gar nichts. Die Zeiten sind nun mal nicht nach pompösen Festen.«

»Was du nur immer hast! Die Zeiten sind doch wunderbar. Das ganze Land ist im Aufschwung, allen geht es gut, nur du unkst immer herum und redest alles schlecht.«

»Ach, Kind«, ihr Vater schnäuzte sich umständlich, »ich wünschte, du hättest recht. Aber ich befürchte, dem ist nicht so.« Damit war für ihn das Gespräch beendet, er stand auf und ging.

Bitterlich beschwerte Agnes sich bei Wilhelm und erfuhr, dass auch diese Sache schon längst über ihren Kopf hinweg entschieden war. Er räusperte sich und erklärte: »Nun, dein Vater richtet die Hochzeit aus, so wie es Tradition ist. Deshalb richten wir uns nach seinen Wünschen. Und auf diesen ganzen christlichen Humbug können wie getrost verzichten. Wir sind Deutsche und fest in unserem Glauben ans Vaterland und an den Führer, seinen Segen brauchen wir, mehr braucht es nicht.«

Agnes pfiff auf den Segen des Führers, eigentlich pfiff sie auch auf den Segen der Kirche. Doch wenn sie schon gezwungen war, den Bund der Ehe zu schließen, dann wünschte sie sich zumindest angemessene Feierlichkeiten.

Ihrer Mutter gelang es, sie ein wenig mit ihrem Schicksal zu versöhnen. »Agnes, reg dich bitte nicht auf«, sagte sie. »Natürlich wird dieser besondere Tag gebührend begangen. Wir werden Personal bestellen, Köchin und Kellner, bestimmt auch Musiker. Es wird an nichts fehlen, du kannst beruhigt sein.« Und dann zauberte sie ein Bild hervor und drückte es der Tochter in die Hand. »Aus Frankreich, le dernier cri.«

Agnes stieß ein verzücktes Quietschen aus. »Mama, das ist … das ist … unglaublich schön!« Das Kleid auf dem Foto war aus einem glänzenden, elfenbeinfarbenen Stoff, das ärmellose Oberteil vorne hochgeschlossen und mit einem Hemdkragen, dafür am Rücken offen; das Unterteil lag über Po, Hüfte und Oberschenkeln eng an, um dann in Kniehöhe in fließenden Falten meerjungfrauenartig auseinanderzugehen.

Ihre Mutter faltete das dabeiliegende Schnittmuster auseinander und erklärte: »Ich habe schon mit einer Schneiderin in Palmnicken gesprochen. Die Dame versteht ihr Handwerk. Wenn es dir gefällt, bestelle ich den Seidensatin, und du kannst zur Anprobe gehen.«

Agnes saß schon bald mehrmals in der Woche bei der Schneiderin. Kurz vor der Vollendung verlangte Herta plötzlich, auch einen Blick auf das Werk zu werfen. Also wurde die Alte mit dem Fuhrwerk nach Palmnicken zur Schneiderin geschafft, übellaunig warf sie nur einen kurzen Blick auf Agnes und Kleid und zischte: »Viel zu modern.«

»Es ist ein französisches Modell«, erklärte Agnes mit hochgezogenen Augenbrauen.

»Vom Erzfeind? Das hat gerade noch gefehlt«, sagte die Alte und humpelte nach draußen.

Die Schneiderin sah betroffen zu Boden. »Wir könnten noch Änderungen vornehmen, den Rücken schließen, Ärmel annähen«, schlug sie leise vor.

»Das Kleid bleibt, wie es ist«, meinte die Braut erbost.

Agnes hatte zum Glück keine Zeit, sich weiter über Herta aufzuregen oder darüber zu sorgen, wie sich das zukünftige Zusammenleben im Weisgutschen Haushalt wohl gestalten sollte. Es gab so viel zu erledigen – der Blumenschmuck musste ausgesucht, die Menüfolge zusammengestellt, die Einladungen geschrieben werden und Tausend andere Kleinigkeiten mehr.

Zudem hatte Wilhelm ihr versichert, dass seine Mutter spätestens zum Winter in ihr eigenes Reich zöge. Von der großen Wohnküche führte nämlich eine Tür zu einem geräumigen Anbau, der bis dato nur allerlei Gerümpel beherbergte, aber über Wasseranschlüsse verfügte und bequem zu einer kleinen Wohnung ausgebaut werden konnte. Nur die Küche sollte man weiterhin gemeinsam nutzen. Das, fand Agnes, war doch auszuhalten.

Auf einmal war es schon da, das große Ereignis. An einem Freitagmorgen traf sich die Hochzeitsgesellschaft von etwa dreißig Personen vor dem Palmnicker Standesamt. Aufgrund der beengten räumlichen Verhältnisse wohnte der eigentlichen Zeremonie nur die denkbar kleinste Besetzung bei – das Brautpaar, Agnes' Eltern, die alte Weisgut und die Trauzeugen; Wilhelm hatte sich für seinen Parteifreund, den Ortsgruppenleiter Helmut Burdin, entschieden, Agnes ihre Freundin Hedwig gewählt. Die übrigen Gäste warteten draußen.

Agnes' Herz stolperte, in ihren Ohren hörte sie das Blut rauschen, kaum konnte sie sich auf die Worte des Beamten konzentrieren. Gleich in der Früh nach dem Aufstehen hatte sie sich erbrochen und ihrer Mutter versichert, sie sei zu krank zum Heiraten. Die hatte nur angespannt gelächelt.

Nun, in dem kleinen Raum, schoss Agnes all das durch den Kopf, was sie die Monate vorher beiseitegeschoben hatte. Dass sie mitnichten freiwillig heiratete. Dass ihre Eltern sie zwangen, unglücklich zu werden. Dass sie Wilhelm keinesfalls liebte, dass sie ihn allenfalls mochte, so wie man einen guten, aber manchmal auch lästigen Gefährten mochte. Und nun war es zu spät.

Als der Beamte seine Rede mit dem obligatorischen Hitlergruß beendete, ihnen zum Abschied baldigen, erbgesunden Nachwuchs wünschte und Wilhelm fordernd seine Lippen auf ihre presste, brach sie in Tränen aus. »Ich weiß, ich weiß«, sagte ihr frischgebackener Ehemann mitfühlend, auch seine Augen glänzten. »Die Ansprache war wirklich ergreifend. Und diese Freude! Es ist, als ob es einen schier zerreißt …«

Auf dem Vorplatz des Amtes drängelten sich die Gratulanten um die Vermählten, und in der allgemeinen Euphorie fiel es außer Agnes keinem auf, dass Herta sich abseits hielt und offensichtlich gar nicht daran dachte, irgendjemanden zu beglückwünschen. Nach kurzer Zeit setzten sich alle in Bewegung und in die bereitstehenden Fahrzeuge. Agnes' Vater hatte tatsächlich für das Brautpaar ein schickes Auto organisiert, kein Sportwagen zwar, aber eine schwarz glänzende Limousine. Unter ordentlichem Gehupe ging es nach Groß Hubnicken. »Du siehst wunderschön aus«, flüsterte Wilhelm Agnes ins Ohr. »Aber …«, mahnend erhob er seinen Zeigefinger, »… für eine deutsche Frau ist dein Kleid ein wenig offenherzig. Du hättest auf Mutti hören sollen. Nun ja, in Zukunft wirst du solche Extravaganzen mit mir absprechen.«

Das anschließende Fest im Tharauschen Haus und Garten war rauschend. Livrierte Kellner liefen draußen zwischen den Tischen umher und ließen es den Gästen an nichts fehlen; drinnen im Wohnzimmer wurden Zigarren, Cognac und Kaffee für die Herren gereicht; im hinteren Teil des Gartens stand ein Tanzpodest, auf dem ein Duo, bestehend aus Akkordeon und Gesang, fidel aufspielte.

An Wilhelms Arm wanderte Agnes zwischen den Grüppchen von Menschen umher. Natürlich tat sie so, als wäre alles in allerbester Ordnung, sie plauderte hier mit alten Schulkameraden aus Königsberg, begrüßte dort Arbeitskollegen ihres Vaters. Tante Irmi aus Berlin, die Schwester ihrer Mutter, war gekommen, an ihrer Seite Onkel Hubert, ihr zweiter Mann. Und auch zwei Cousins ihres Vaters sprachen reichlich dem Cognac zu. Irgendwann fiel Agnes auf, dass sie Herta schon seit geraumer Zeit nicht mehr gesehen hatte. »Mutti hat sich zurückgezogen«, erklärte Wilhelm. »Ihre Hüfte schmerzt, und der ganze Trubel ist ein wenig viel für sie.«

Der Gast allerdings, der die größte Aufmerksamkeit erregte, war Gertruds Begleiter, ein gewisser Obersturmbannführer Hans Wuschke, ein hoch aufgeschossener, blonder Kerl mit einem weichen Kindergesicht, das in merkwürdigem Gegensatz zu seiner schwarzen Ausgehuniform stand, deren rechten Kragenspiegel ein Totenkopf schmückte. Er teilte die Festgesellschaft in zwei Lager. Das eine, zu dem auch Agnes' Eltern zählten, ging ihm geflissentlich aus dem Weg; das andere, zu dem Wilhelm und Helmut Burdin gehörten, scharwenzelte eifrig um den SS-Mann herum.

Schon bald saß der Herr Obersturmbannführer im Wohnzimmer, ließ sich bedienen, hielt Hof und große Reden. Gertrud hakte sich bei Agnes unter und zog sie in den Garten. »Na, was sagst du zu Hans?«, flüsterte sie ihr ins Ohr.

»Nun, wir haben ja erst ein paar Worte miteinander gewechselt. Aber auf den ersten Eindruck scheint er nett zu sein«, log Agnes, die diesen Hans nicht schneidig, sondern nur aufschneiderisch fand.

Gertrud nickte zufrieden.

Das Fest nahm seinen Lauf, es wurde dunkel, bunte Lampions, die in Bäumen und Sträuchern hingen, verbreiteten eine durchaus romantische Stimmung. Wilhelm, der dank des Alkohols schon seit einer geraumen Weile in seinen kleinen Zudringlichkeiten immer frecher geworden war, entschied, dass es für seine Frau und ihn an der Zeit war zu gehen. Entschlossen hob er Agnes hoch und trug sie, unter den Hurra-Rufen der Gäste, siegessicher fort.

Kein Licht brannte in den umliegenden Häusern, er stolperte auf dem Kopfsteinpflaster, und Agnes, die Angst hatte, dass er sie fallen lassen könne, klammerte sich fest an ihn. Die Umarmung missverstand er als Zeichen einer aufkeimenden Leidenschaft, er stürmte mit ihr die Treppe des Weisgutschen Hauses hinauf ins Schlafzimmer, warf sie aufs Bett und riss ihr ungeschickt das schöne Kleid vom Leib.

Nach einem kurzen Blick in Wilhelms blutunterlaufene Augen drehte Agnes den Kopf zur Seite und hoffte, dass es schnell vorüberginge. Während Wilhelm keuchte und grunzte wie ein aufgeregtes Schwein und sich auf ihr abmühte, wartete sie dennoch darauf, dass etwas einfach Wunderbares geschähe, ganz so, wie Gertrud es annonciert hatte.

Stattdessen hörte sie auf einmal ein leises Kratzen und Rascheln und Stöhnen hinter der Wand. Sie überlegte, ob es Mäuse sein könnten, da fiel ihr ein, dass Hertas Schlafraum genau nebenan lag. Lauschte die Alte etwa? Gerade wollte sie Wilhelm auf das Geräusch aufmerksam machen, da durchfuhr sie ein gewaltiger Schmerz, ihr Mann zuckte ein paar Mal, bäumte sich kurz brüllend auf und brach über ihr zusammen. Dann war es ganz still.

Das Leben im Hause Weisgut gestaltete sich schwierig. Wilhelm war meist den ganzen Tag über weg und in »Geschäften« unterwegs, die er nicht näher bezeichnete. Die Arbeit in der Werkstatt überließ er hauptsächlich seinem Gesellen, einem alten, knorrigen und wortkargen Mann, den Agnes kaum zu Gesicht bekam. Es war nicht so, dass sie ihren Mann vermisste, aber immerhin bot seine Gesellschaft ein wenig Schutz vor Herta.

Der Alten konnte sie es nicht Recht machen, ganz gleich, was sie tat. Kochte sie, dann war ihr Essen entweder versalzen oder zu fad. Besserte sie die Hemden aus, war ihre Arbeit zu nachlässig ausgeführt, oder sie brauchte zu viel Zeit dafür. Überhaupt, so beklagte sich Herta andauernd bei ihrem Sohn, mangelte es Agnes an Respekt. Darauf angesprochen, meinte Agnes allerdings, dass Respekt auch etwas sei, das man sich verdienen müsse. Wilhelm schüttelte den Kopf. »Sei doch nicht immer so starrköpfig. So bringst du Mutti nur weiter gegen dich auf. Was ist denn so schlimm daran, dich ein wenig unterzuordnen?«

»Wann zieht deine Mutter eigentlich endlich nach unten?«, antwortete Agnes trotzig mit einer Gegenfrage.

Sobald Agnes dieses Thema aufs Tapet brachte, schob Wilhelm ein gestiegenes Arbeitsaufkommen vor, das es ihm unmöglich machte, sich der Sache zu widmen.

»Warum bestellen wir nicht einfach ein paar Handwerker?«, fragte Agnes.

»Ach, das schöne Geld! Wär doch schade drum«, rief Wilhelm. »Nein, nein, das mache ich selbst. Bald habe ich mehr Zeit, dann kümmere ich mich.«

Aber so weit sollte es nie kommen.

Überhaupt hatte Agnes den Eindruck, dass ihr Mann sich zu wenig um sie kümmerte. Es war, als ob er fast das Interesse an ihr verloren hätte – nun, da er besaß, was er so unbedingt gewollt hatte. Er behandelte sie nicht schlecht, das nicht. Aber seine Galanterien hielten sich in Grenzen, ins Waldhaus Munterbach führte er sie gar nicht mehr. Nur wenn er alle paar Tage seine ehelichen Rechte einforderte, schenkte er ihr vorher ein paar Minuten Aufmerksamkeit, sodass Agnes jedes Mal wusste, was ihr gleich bevorstand. Die Schmerzen ließen mit der Zeit nach, nur das Kratzen an der Wand blieb.

Zum Glück wurde sie schon wenige Monate nach der Hochzeit schwanger, und dank ihres wachsenden Leibesumfangs erlahmte Wilhelms Lust. Agnes hatte gehofft, dass Herta ihr nun auch gnädiger gestimmt wäre. Aber die blieb ganz die Alte und schikanierte ihre Schwiegertochter, wo sie konnte.

Agnes verbrachte, wenn möglich, ihre Zeit im Haus der Eltern. Anfänglich beschwerte sie sich noch bei ihnen über die Behandlung, die Herta ihr angedeihen ließ. Als sie aber merkte, dass die beiden ob ihrer Berichte immer schweigsamer und – insbesondere die Mutter – immer trauriger wurden, ließ sie es sein.

Das Kleine kam schließlich einen Monat zu früh. Agnes' Fruchtblase platzte, als sie im Gemüsegarten arbeitete. »Du dummes Ding«, brüllte Herta. »Jetzt ist die ganze Aussaat verdorben!«

Agnes schleppte sich über die Straße zu ihren Eltern, eilig wurde die Hebamme aus Groß Dirschkeim herbeigeschafft. Nach sechzehn Stunden erblickte ihr Kind das Licht der Welt. Wilhelm platzte fast vor Stolz. Ein Sohn, ein Stammhalter! Hermann wollte er das Kind nennen – nach Hermann Göring, diesem Hasardeur der Lüfte, den er ebenso glühend verehrte wie seinen Adolf. Auch Agnes spürte nach langer Zeit wieder das Glück. Sie konnte sich nicht sattsehen an ihrem kleinen Menschen, war er nicht perfekt?

Zur Geburt schenkte Herta der Schwiegertochter ein Buch – *Die deutsche Mutter und ihr erstes Kind* von Johanna Haarer – mit dem Hinweis: »Damit du nicht wieder alles falsch machst.«

Agnes überflog ein paar Seiten, las vom »Kind als Feind«, las »Schreien lassen! Jeder Säugling soll von Anfang an nachts allein sein« und warf das Buch zum Abfall. Sie achtete penibel darauf, Hermann keine Sekunde mit der Alten allein zu lassen. Wenn es nicht anders ging, überließ sie ihn der Obhut ihrer Mutter, ansonsten band sie ihn sich mit Tüchern an ihren Körper und schleppte ihn überall mit hin.

»Wie eine Zigeunerin!«, schimpfte Herta. »Was sollen die Nachbarn nur denken?«

»Du verzärtelst den Jungen«, beschwerte sich auch Wilhelm. »So kann doch kein richtiger Mann aus ihm werden.«

Agnes focht das alles nicht an, sie pochte auf ihr Mutterrecht und darauf, dass sie das Kind erzöge – und nicht die Alte. »Dein Führer verlangt doch, dass wir viele Kinder bekommen. Wenn du also noch einen zweiten Hermann willst, dann lass mich«, drohte sie Wilhelm. Er ließ sie gewähren. Dafür nahmen die Schikanen der Alten zu.

An jenem Tag nun, als sie ihre Schwiegermutter mit dem Hühnermist besudelte, fühlte Agnes eine tiefe Befriedigung. Herta schnappte noch nach Luft, Agnes aber hatte sich schon umgedreht, um den Kleinen zu holen. Als sie aus dem Stall kam, stellte sich ihr die Alte erneut in den Weg und erhob die Hand.

»Wage es nicht«, sagte Agnes kalt. »Wenn dir dein Leben lieb ist, wage es nicht.«

Herta ließ die Hand sinken. Und dann lachte sie ein hässliches Lachen. »Du hast Recht«, meinte sie tückisch. »An dir minderwertigem Stück vergreif ich mich nicht. Du verfluchte Judenbrut.«

Agnes dachte nicht nach in diesem Moment, sie schlug einfach zu, mit der flachen Hand mitten in Hertas Gesicht. Dann rannte sie davon.

Nach zwei Stunden an der See legte sich ihr Zorn ein wenig. Sie ging zurück ins Dorf und schnurstracks zum Haus der Eltern. Sie fand ihre Mutter in der Küche.

»Jetzt reicht es«, verkündete Agnes ohne Begrüßung. »Jetzt hat sie den Bogen überspannt!«

»Herta?«, fragte ihre Mutter nur und warf ihr einen Blick über die Schulter zu.

»Wer sonst. Aber jetzt ist Schluss. Ich werde mich bei Helmut Burdin über sie beschweren, anzeigen werde ich sie. Mich in einem Atemzug mit Verbrechern zu nennen, das ist hetzerisch, das wird ihr leidtun!«

Ihre Mutter fuhr herum. »Kind, was ist denn schon wieder? Was für Verbrecher?«

»›Judenbrut‹, hat sie mich genannt, stell dir das einmal vor! Mich!«

Ihre Mutter wurde bleich, tat einen zittrigen Schritt zum Tisch und sackte auf den Stuhl. Dann schlug sie die Hände vors Gesicht und begann zu weinen. Agnes erschrak. »Mama, nun beruhige dich. Sie wird sich dafür entschuldigen müssen. Das lässt auch Wilhelm ihr nicht durchgehen, dafür sorge ich.«

Und da begann ihre Mutter, die noch nie im Leben laut geworden war, zu schreien. »Du wirst für gar nichts sorgen!«, schrie sie. »Du wirst auf keinen Fall zu Burdin gehen, du wirst uns nicht alle ins Unglück stürzen!«

»Aber Mama ..., warum ...?«, stammelte Agnes.

»Weil Herta Recht hat«, schrie ihre Mutter. »Weil sie verdammt noch mal Recht hat.«

DANZIG, MAI 2008

»Birte, halloho, alles klar bei dir?« Bosses Stimme klang dumpf durch die geschlossene Tür.

Ruckartig fuhr sie hoch und bereute im selben Moment die schnelle Bewegung. Ihr Kopf hämmerte und pochte, verwirrt versuchte sie, herauszufinden, wo sie eigentlich war. Sie kniff die Augen zusammen, ganz offensichtlich befand sie sich in einem Hotelzimmer. Ihr verkatertes Gehirn brauchte ein paar Sekunden, um diese Information zu verarbeiten, dann wusste sie es wieder – sie war im Danziger Hotel Hanza.

Sie schwang die Beine über die Bettkante, auch diese Bewegung verursachte ein unangenehmes Nachbeben im Schädel, schlich zur Tür und ließ Bosse herein. Bei ihrem Anblick feixte er. »Na, Cousinchen, noch nicht ganz fit? Wir wollten vor über einer Stunde losfahren. Ich dachte, ich schau mal nach dir …«

»Mist«, entfuhr es ihr. »Hab den Wecker wohl nicht gehört. Ich spring schnell unter die Dusche, dann können wir los.«

»Das Frühstücksbuffet ist ziemlich gut, das würde ich mir an deiner Stelle nicht entgehen lassen«, meinte Bosse.

Birte merkte, wie ihr bei dem Gedanken an Essen übel wurde. »Nein«, lehnte sie ab. »Ich krieg noch keinen Bissen runter. Duschen, packen, abfahren.«

Bosse lachte wieder. »Ganz wie's der Dame beliebt. Ich warte unten in der Lobby auf dich. Und vielleicht lässt du heute Abend mal die Finger von den alkoholischen Kaltgetränken.«

Nach ihrem nächtlichen Telefonat mit Martha hatte Birte es für völlig ausgeschlossen gehalten, auch nur zehn Kilometer weit zu fahren, um ihre wahnsinnige Mutter irgendwo einzusammeln. Gleich am Morgen aber, nach dem Aufstehen, hatte sie sich an ihren Laptop gesetzt und nach diesem ominösen litauischen Ort gesucht. Sie fand ihn an der Ostsee. Auf der Kurischen Nehrung. »Am Arsch der Heide«, murmelte Birte. Laut Google Maps betrug die Entfernung zwischen Hamburg und Nida knapp eintausendfünfhundert Kilometer beziehungsweise zwanzig Stunden Fahrzeit. Birte schätzte, dass sie es mit ihrem Ford Mustang Shelby in fünfzehn Stunden schaffen sollte.

Es hatte sie nicht viel Überredungskunst gekostet, Bosse zum Mitkommen zu bewegen. Am Mittwochmorgen waren sie in aller Herrgottsfrühe aufgebrochen, und Bosse überraschte sie damit, dass er aus seinem Rucksack umfangreiches Kartenmaterial sowie zwei Reiseführer über Polen und Litauen zog. »Schau mal«, meinte er, während er umständlich die erste Karte entfaltete. »Wenn wir hier oben an der Küste langfahren, ist die Strecke viel kürzer.«

»Mein Navi sagt, wir sollen über Warschau. Wahrscheinlich sind die Straßen da besser.«

»Mag sein, aber das ist der totale Umweg. Und außerdem ist es oben an der Ostsee lang landschaftlich viel interessanter.«

»Mensch, Bosse, wir fahren doch nicht in den Urlaub!« Birte schüttelte genervt den Kopf.

»Och komm, nun sei doch nicht so. Bitte!«, bettelte er und schaute sie mit seinem dämlichen Hundeblick an.

»Na gut.« Sie seufzte. »Und jetzt nimm endlich deine blöde Karte vom Schaltknüppel.«

Bis zur polnischen Grenze wechselten sie kaum ein Wort, Birte genoss es, ihren Mustang einmal auszufahren, und pfiff auf alle Geschwindigkeitsbegrenzungen; Bosse war schon kurz hinter der Hamburger Stadtgrenze eingeschlafen und schreckte zwischendurch nur hoch, wenn seine Cousine eines ihrer waghalsigen Überholmanöver durch entschlossenes Bremsen abbrechen musste. Kurz hinter Swinemünde machte die Straße einen langen Bogen und endete abrupt am Wasser.

»Scheiße!«, fluchte Birte. »Was ist das denn?«

Bosse rieb sich verschlafen die Augen. »Ach so«, nuschelte er, »hab ich das nicht erwähnt? Hier müssen wir die Fähre nehmen.«

»Ich seh hier aber weit und breit keine Fähre …«

»Die kommt bestimmt gleich«, versicherte Bosse.

Tatsächlich tauchte nach zwanzig Minuten eine kleine Fähre auf, mit wenigen anderen Autos, die mittlerweile hinter ihnen standen, fuhren sie auf das Schiff und setzten über. Sie stiegen aus und stellten sich schweigend an die Reling.

»Schön hier, nicht?«, sagte Bosse nach einer Weile.

»Hmmm.«

»Wie geht's dir eigentlich?«, fragte er, wandte seinen Blick dabei aber nicht vom Wasser.

»Gut, danke der Nachfrage«, antwortete Birte.

»Und in echt?«, hakte Bosse nach.

»Alles klar so weit. Mach dir mal keine Sorgen.«

»Ich mein ja nur. Wenn du vielleicht reden willst …«

»Danke, will ich nicht.« Sie stieß sich von der Reling ab, setzte sich ins Auto und kippte den Rückspiegel so, dass sie ihre dunklen Augenringe betrachten konnte. Die vergangenen beiden Nächte hatte sie kaum geschlafen. Unablässig waren ihre Gedanken um die Wahnsinnige gekreist. Was hatte sie all die Jahre nur gemacht? Warum war sie nicht zurückgekommen? Hatte sie ihre Familie denn nie vermisst? Und wie Martha jetzt wohl aussah? Würde sie ihre Mutter überhaupt wiedererkennen?

In Birtes Erinnerung war sie eine schmale Frau mit kurzen dunklen Haaren, nachlässig gekleidet, in Pullis und Röcke, die stets wirkten, als müsste sie die Sachen einer älteren Schwester auftragen. Seltsamerweise war dieses Bild, das sie vor ihrem inneren Auge hatte, in Sepia, so als betrachtete sie eine alte Fotografie aus den 1920er-Jahren.

Besser erinnerte sie sich an den Geruch ihrer Mutter, sie roch immer ein wenig nach Pflanzerde und nach den Blumen, denen sie sich so selbstvergessen widmete. Und dann war da noch eine ganz eigene Note gewesen, nicht zu beschreiben, einfach nur Martha eben. Sie wusste noch genau, dass sie in den seltenen Momenten, in denen ihre Mutter sie einmal in den Arm nahm, die Nase fest an ihren Körper gepresst und diesen Duft eingesogen hatte, der ihr das trügerische Gefühl der Geborgenheit vermittelte.

Birte griff nach dem Handschuhfach und zog eine Packung Taschentücher heraus. Sie schnäuzte sich mehrmals und resolut, um diese merkwürdige Regung zu unterdrücken, die seit dem Telefonat mit der Wahnsinnigen immer wieder in ihr aufwallte. Hatte sie in den vergangenen Jahren an ihre Mutter gedacht, und sie zwang sich, so gut wie nie an Martha zu denken, dann hatte sie immer nur eines gefühlt: heiße, ohnmächtige Wut. Ein Feuerball in ihrer Körpermitte, der größer und größer wurde und sich in ihre Eingeweide fraß. Seit Montag hatte sich noch etwas anderes dazugesellt, eine Art Kribbeln, das ihr Gänsehaut verursachte, eine Mischung aus Vorfreude und Sehnen. Das aber konnte nicht sein. Lieber wollte sie das Brennen spüren.

Als die Fähre anlegte, stieg Bosse zu ihr in den Wagen, warf ihr einen schnellen Blick zu und fragte hoffnungsvoll: »Soll ich jetzt mal fahren?«

»Nee, lass mal. Ein paar Kilometer schaffe ich noch«, antwortete Birte und gab Gas.

Sie kamen nur noch langsam vorwärts. Auf den engen, kurvenreichen Landstraßen reihte sich Lkw an Lkw, keiner ließ Birte vorbei. Ihre Laune wurde immer schlechter. Bosse versuchte erst, sie mit einer gerappten Version von *Ick heff mol en Hamborger Veermaster sehn* aufzuheitern, das hatten sie als Kinder gern zusammen gegrölt, dann wühlte er in seinem Rucksack und förderte mehrere CDs zutage.

»Oh, bitte nicht dein komisches Elektro-Gedudel!«

»Keine Angst«, sagte Bosse. »Ich hab extra was für die Fahrt aufgenommen. Sozusagen der Soundtrack unserer Vergangenheit.« Er schob die erste Scheibe in den Player, und kurz darauf wippten beide zum *Beast of Burden* von den Stones im Takt.

Gegen Abend erreichten sie Danzig. »Super Idee, diese Küstenstrecke!«, schimpfte Birte. »Knapp elf Stunden für siebenhundert Kilometer, echt super. Wir suchen uns jetzt ein Hotel. Ich kann kaum noch aus den Augen gucken.«

»Ich könnte doch weiterfahren«, bot Bosse an.

»Ach, halt die Klappe!«

Die ersten drei Hotels, an denen sie vorbeikamen, waren angeblich belegt. Erst im Hanza ergatterten sie eine Junior Suite und ein Doppelzimmer, nachdem Birte wütend ihre Hermès-Tasche auf den Empfangstresen geknallt und mit der Kreditkarte gewedelt hatte.

»Ein Zimmer für uns beide hätte gereicht«, meinte Bosse. »Das ist doch rausgeschmissenes Geld.«

»Erstens ist es mein Geld. Zweitens brauch ich meine Ruhe. Und drittens schnarchst du bestimmt«, sagte Birte und griff nach dem Schlüssel. »Ich nehm die Suite. Tschüss.«

Eine Stunde später war ihre Stimmung dank eines heißen Bades wieder etwas gestiegen. Sie klopfte an Bosses Tür. »Los, Kleiner, lass uns was essen gehen. Ich hab Hunger wie ein Wolf.«

Sie schlenderten durch die Danziger Altstadt und landeten in einem Lokal namens Kresowa. Nachdem sie sich beide in schweigsamer Eintracht den Bauch mit Piroggen und Bergen von Fleisch vollgeschlagen hatten, stellte ihnen der Kellner mit einem Augenzwinkern eine Flasche *Danziger Goldwasser* auf den Tisch. Nach dem dritten Likör breitete sich eine wohlige Wärme in Birte aus. Sie hätte auf der Stelle einschlafen können. Stattdessen griff sie ein weiteres Mal zur Flasche. Bosse zündete sich eine Zigarette an und blies genüsslich einen Kringel in die Luft. »Herrlich, dass man hier noch rauchen darf«, seufzte er zufrieden.

»Zum Glück rauch ich nicht mehr«, meinte Birte und nahm seine Schachtel in die Hand. »Sag mal, hast du eigentlich schon mit deinem Vater oder Onkel Karl gesprochen?«

Bosse nickte. »Also, Vattern hat erst geflucht wie ein Bierkutscher, dann hat er seinen Bruder verwünscht, anschließend

Großmutter, und am Ende hat er gesagt, dass er nur kommt, um Karl zu sagen, was er von ihm hält, nämlich nichts.«

Birte grinste. Etwas Ähnliches hatte sie von Onkel Klaus erwartet.

»Onkel Karl habe ich angerufen«, fuhr Bosse fort. »Der ist die härtere Nuss. Als ich ihm erzählt habe, worum's geht, hat er einfach aufgelegt. Beim zweiten Anruf hat er mich angeschrien, dass ich mich zum Teufel scheren soll. Beim dritten ist er nicht mehr rangegangen. Wenn wir zurück in Hamburg sind, geh ich bei ihm vorbei. Hast du denn mit deinem Bruder gesprochen?«

Birte schüttelte den Kopf. »Noch nicht. Aber Peter ist weiter kein Problem, der wird sich schon fügen, wie immer.« Sie lachte bitter. »Bin gespannt, was er sagt, wenn ich plötzlich mit unserer geliebten *Mami* vor der Tür stehe …«

Bosse musterte sie eindringlich. »Das steht dir bevor, was?«

Birte schwieg und schenkte die Gläser erneut randvoll.

»Mensch, friss das doch nicht so in dich rein. Red doch endlich mal drüber …«

»Was glaubst du, wie oft ich darüber schon geredet habe? Drei Therapeuten habe ich verschlissen, um über dieses verschissene Kindheitstrauma hinwegzukommen. Und weißt du, was es genützt hat, weißt du's?« Birte fuchtelte mit ihrer Zigarette direkt vor Bosses Nase herum. »Gar nichts hat's genützt, absolut gar nichts. Weil ich bis heute keine Erklärung bekommen habe, warum meine Mutter abgehauen ist. Welche Erklärung soll es auch dafür geben, dass eine Mutter einfach ihre Kinder im Stich lässt und sich verpisst? Welche?«

»Ich weiß es nicht«, sagte Bosse leise. »Aber vielleicht bekommst du jetzt endlich eine Antwort. Und es ist völlig okay, wenn dir das gerade eine Riesenangst macht.«

Birte starrte ihn an. Und dann beschloss sie, dass es genau der richtige Zeitpunkt war, um sich komplett volllaufen zu lassen.

Nachdem Bosse sie geweckt hatte, wankte Birte ins Bad. Sie schenkte sich die Dusche, dafür war ihr viel zu schwindlig, und schaufelte sich am Waschbecken eiskaltes Wasser ins Gesicht. Vom Geschmack der Zahnpasta wurde ihr derart übel, dass sie weißen Schaum erbrach. Danach fühlte sie sich ein wenig besser, zog sich schnell an und warf ihre drei Habseligkeiten in das Rollköfferchen. Unten in der Lobby drückte sie Bosse den Autoschlüssel in die Hand. »Du fährst heute.«

Er begann zu strahlen, schritt federnd davon und rief: »Okay, Harry holt schon mal den Wagen.«

Nach wenigen Minuten fuhr er röhrend vor, und mit quietschenden Reifen setzten sie ihre Fahrt fort. Ein paar Kilometer später tippte er auf den Bildschirm des Navis. »Guck mal, warum sagt dieses blöde Gerät, dass wir einen Bogen machen sollen? Gerade durch ist doch viel kürzer.«

»Gerade durch ist Russland«, sagte Birte. »Um da durchzufahren, bräuchten wir Visa. Und die haben wir nicht.«

»Russland, echt?«

»Echt. Im Gegensatz zu dir habe ich zwar keine Straßenkarten gekauft, mich aber mal ein bisschen schlaugemacht, wohin die Reise geht. Da vor uns liegt der Teil der Kurischen Nehrung, der heute zu Russland gehört. Von Kaliningrad hast du schon mal was gehört, oder?«, fragte Birte spöttisch.

»Kaliningrad, klar, das ehemalige Königsberg. Da kommen wir schließlich her.«

»Ich weiß nicht, woher du kommst. Aber ich komme aus Hamburg«, sagte Birte trocken.

»Mensch, ich meine unsere Vorfahren ...«

»Welche Vorfahren? Es gibt doch nur Agnes.«

»Hat sie dir eigentlich mal irgendwas erzählt, von früher? Vom alten Ostpreußen, vom Krieg oder wie sie nach Hamburg gekommen ist?«

»Nein, nie. Großes Tabuthema. Als wir damals in der Schule die NS-Zeit durchgenommen haben, hab ich sie gefragt, wie es damals so war und ob sie noch Fotos aus der Zeit hat, von ihren Eltern zum Beispiel.«

»Und?«

»Sie hat nur den Kopf geschüttelt und mich dann einfach zur Tür rausgeschoben – mit dem Hinweis, ich solle nicht immer so viel fragen, denn wer zu viele dumme Fragen stelle, bekäme Antworten, die er nicht hören wolle.«

Bosse lachte leise.

»Und dein Vater?«, fragte Birte.

»Kein Wort über früher. Der war noch ganz klein, als sie da weg sind, der kann gar nichts wissen. Papa hat ja noch nicht mal seinen Vater kennengelernt, Opa ist doch kurz nach seiner Geburt im Krieg gefallen, irgendwo in Russland.«

Eine Weile schwiegen die beiden. Schließlich sagte Birte: »Großmutter hat's wirklich nicht leicht gehabt. Erst der Krieg, und dann hat sie sich ganz allein mit ihren Kindern durchgeschlagen. Können wir uns heute gar nicht mehr vorstellen, wie das war.«

»Will ich auch nicht«, meinte Bosse.

An diesem Tag kamen sie noch schlechter vorwärts als am vorherigen. Die Straßen, die sie quer durch Masuren führten, waren klein, schadhaft und zum Teil noch aus Kopfsteinpflaster. »Mein schöner Wagen«, jammerte Birte jedes Mal, wenn der Mustang bei einer Bodenwelle fast aufsetzte. »Fahr bloß nicht so schnell!«

Sie überholten Pferdefuhrwerke, fuhren durch kleine Dörfer von morbidem Charme, und Bosse erging sich in Schwärmereien über die Schönheit der Umgebung. Birte hatte keine Augen für die Wälder und Seen, ihr war immer noch übel. Am frühen Nachmittag überquerten sie die litauische Grenze. Ein müde aussehender Beamter winkte sie nach einem kurzen Blick auf ihr Kennzeichen einfach durch.

Sie brauchten weitere vier Stunden, die sie durch eine stark an Schleswig-Holstein erinnernde Landschaft führten – flach und ereignislos –, dann erreichten sie eine größere Stadt namens Klaipeda. Hier mussten sie abermals auf eine Fähre fahren, die sie hinüber auf die Nehrung brachte. Nach weiteren neunzig Minuten waren sie endlich in Nida. Bosse ließ den blubbernden Mustang kreuz und quer durch das Dorf rollen. Bunt gestrichene Holzhäuser und rote Backsteinbauten reihten sich ordentlich an die Straßenränder, insgesamt wirkte alles sehr aufgeräumt und wie das Modell eines Badeortes am Meer.

»Und jetzt?«, fragte er. »Wo müssen wir hin?«

»Keine Ahnung.« Birte zuckte die Achseln und holte ihr Handy aus der Handtasche, während ihr Cousin den Wagen auf einen Parkplatz an der akkurat gepflasterten Seepromenade stellte. Sie zögerte einen Augenblick lang, dann straffte sie sich und wählte Marthas Nummer. Diesmal ging die Wahnsinnige sofort ran.

»Ja?«

»Wir sind da.«

»Oh. Schon.« Martha verstummte kurz, Birte hörte nur ihre angestrengten Atemzüge. »Wer ist wir?« Da war jetzt ein Anflug von Panik in ihrer Stimme.

»Ich habe Bosse mitgebracht.«

»Wer ist das?«

»Dein Neffe«, sagte Birte entnervt.

»Oh.« Pause. »Wo seid ihr?«

»Irgendwo an der Promenade. Auf einem Parkplatz, da steht ein …«

»Ich weiß«, fiel Martha Birte ins Wort. »Ich komme. In einer Stunde. Zu den Wimpeln. Da steht eine Bank. Ihr setzt euch auf die Bank. Ihr wartet.« Martha legte auf.

Birte starrte auf das Handy in ihrer Hand. »Total verrückt«, flüsterte sie. »Die ist echt total verrückt.«

»Was hat sie gesagt?«, wollte Bosse wissen.

»Dass wir uns in einer Stunde treffen, bei irgendwelchen Wimpeln. Wir sollen uns dort auf eine Bank setzen und auf sie warten.«

»Na, dann komm.« Bosse öffnete die Autotür, stieg aus und streckte sich. »Tut uns auch sicher gut, ein paar Schritte zu laufen nach der langen Fahrerei.«

Langsam schritten sie die Promenade entlang und hielten nach irgendwelchen Wimpeln Ausschau. Bosse zeigte über das Wasser. »Ganz schön flach. Sieht gar nicht wie ein Meer aus.«

»Mensch, das ist nur das Haff. Die Ostsee ist auf der anderen Seite.«

»Haff, Haff, Haff«, bellte Bosse wie ein Hund und grinste sie schräg von der Seite an.

»Drehst du jetzt auch durch?«, fragte Birte ihn belustigt.

»Sollte nur der Versuch sein, dich etwas aufzuheitern. Wie fühlst du dich?«

»Frag nicht.«

Sie gingen weiter, der Weg war fast menschenleer, nur vereinzelte Spaziergänger kamen ihnen entgegen. Die Saison hatte wohl noch nicht begonnen.

»Da!«, rief Bosse und zeigte auf ein paar Masten, die auf dem Rasen neben der Promenade standen.

»Das sind keine Wimpel, das sind Wetterfahnen«, sagte Birte.

»Ja, aber es steht eine Bank davor. Außerdem gibt es sonst weit und breit nichts, was auch nur ansatzweise Wimpeln ähnelt.«

Sie marschierten trotzdem noch ein Stückchen und schauten umher, dann kehrten sie um und setzten sich auf die Bank unter den Wetterfahnen. Birtes Magen gab ein ungutes Knurren von sich.

»Hunger?«, fragte Bosse.

»Ein bisschen vielleicht. Aber nicht wirklich.«

»Du musst trotzdem mal was essen«, insistierte er. »Wollen wir uns schnell was besorgen? Hier gibt's doch bestimmt irgendwo einen Imbiss oder so. Wir haben ja auch noch jede Menge Zeit.«

»Geh du«, meinte Birte. »Ich bleib lieber hier und warte. Nicht, dass wir die Irre verpassen. Und bring was zu trinken mit. Ich habe immer noch einen Mörderbrand.«

»Kann ich dich denn allein lassen?«

»Warum nicht? Was soll mir hier schon passieren?« Birte schnaubte verächtlich.

»Na gut. Ich bin in null Komma nix wieder da«, sagte er und verschwand in der langsam einsetzenden Dämmerung.

Birte saß auf der Bank und schaute ins Haff. Mittlerweile war niemand mehr auf der Promenade unterwegs. Mit einem leisen Surren sprang eine Laterne direkt über ihr an und tauchte die Umgebung in ein merkwürdig milchiges Licht. Sie merkte, wie ihre Haut zu kribbeln begann. Schaudernd rieb sie sich die Arme und registrierte erstaunt, dass sie Angst bekam. Eine ganz kindliche Angst, so als könnten in den Schatten der Büsche und Bäume Ungeheuer lauern. Aus den Augenwinkeln nahm sie eine Bewegung wahr. Sie zwang sich, den Kopf zu drehen, und sah, noch in einiger Entfernung, jemanden auf sich zukommen.

Die Person näherte sich rasch und stoppte abrupt vor der Bank. Birte blickte in das Gesicht einer alterslosen Frau. Ihre Haut war von einem gesunden Braun, wie es Menschen haben, die an der See leben, und von vielen kleinen, hellen Fältchen durchzogen. Die Augen waren irritierend grün, die Nase war fein und leicht gebogen, der Mund voll und sinnlich. Ihre Haare waren lang und dunkel und fielen in Wellen fast bis zu ihrer Hüfte herab. In ihrer Jugend musste diese Frau eine Schönheit gewesen sein, und sie war es immer noch.

Birte erkannte augenblicklich die Ähnlichkeit zu Agnes. Sie versuchte, diese Person, die nach wie vor regungslos vor ihr stand, mit dem Bild aus ihrer Erinnerung abzugleichen. Doch ihr Kopf war vollkommen leer.

»M-m-martha?«, krächzte sie. »M-m-mami?«

Die Frau kam noch einen Schritt näher. Birte spürte, wie etwas von ganz unten in ihr aufstieg, sie öffnete erneut den Mund, um etwas zu sagen, heraus kam nur ein trockenes Keuchen. Ihr wurde schwarz vor Augen, eine neue Woge der Übelkeit spülte durch ihren Körper, und sie kotzte direkt zwischen ihre Füße.

Während sie mit geschlossenen Augen hustete und würgte, merkte sie, dass sich die Frau neben sie setzte und ihre warme Hand auf ihren Kopf legte.

»Das ist nicht schlimm«, sagte ihre Mutter. »Das geht vorüber. Martha hat dich lieb.«

HAMBURG, DEZEMBER 1978

»Du blöde, dicke Kuh«, zischte die schöne Sybille und drängte Birte gegen die Mauer in der hintersten Ecke des Schulhofs. »Jetzt kannst du was erleben!«

Schon in der ersten großen Pause hatten sich ihre Klassenkameradinnen zusammengerottet und sie mit ihrem gemeinen Sprechgesang verfolgt. Birte war weggerannt und hatte sich hilfesuchend neben Peter gestellt. Ihr Bruder wandte sich stumm ab und ging schnell zu den anderen Jungs auf den Bolzplatz.

Sie war mit hängendem Kopf stehen geblieben und wollte sich gerade in das, was auch immer folgen mochte, fügen, da schoss von links mit einem Kampfschrei Bosse heran, der seit dem Sommer auch auf ihr Gymnasium ging. Mit kleinen harten Matschklumpen, die er in Windeseile formte, bewarf er die Mädchen. Birte, ermutigt durch die Verstärkung, tat es ihm nach, und zu zweit trieben sie ihre Widersacherinnen in die Flucht. Noch bevor die zum Gegenangriff blasen konnten, läutete die Schulglocke, und Birte rannte erleichtert in das Gebäude, nicht ohne der schönen Sybille noch eine lange Nase zu zeigen.

Je näher die zweite große Pause rückte, desto mulmiger wurde ihr allerdings, ahnte sie doch, dass ihre Gegenwehr wahrscheinlich Folgen nach sich zöge. Als es erneut schellte, drückte sie sich unauffällig im Klassenzimmer herum, bis Herr Sturm sie anschnauzte, sie möge endlich nach draußen verschwinden. »Gerade du hast Bewegung nötig!«

Die anderen hatten ihr natürlich schon aufgelauert, sieben oder acht waren es. Nun stand sie da, ergeben und im wahrsten Sinne des Wortes mit dem Rücken an der Wand, und wartete auf weitere Demütigungen.

»Du blöde, dicke Kuh«, sagte die schöne Sybille erneut.

»Weißt du, warum keiner was mit dir zu tun haben will? Weil du stinkst und weil du so unglaublich dumm und hässlich bist.«

Die anderen Mädchen lachten beifällig. Angestachelt fuhr die schöne Sybille fort: »Du bist ja so dumm, dass sogar deine eigene Mutter nichts mit dir zu tun haben will und einfach weggelaufen ist!«

Plötzlich war Birtes lähmende Angst verschwunden. »Meine Mama ist nicht abgehauen, die kommt bald wieder!«, schrie sie, umgriff mit beiden Händen fest ihren Turnbeutel, schwenkte ihn einmal in der Luft und haute ihn der schönen Sybille an den Kopf. Die ging, völlig überrumpelt, zu Boden. Birte stürzte sich auf sie, fixierte Sybilles Arme mit ihren Knien am Boden und begann wie entfesselt wieder und wieder in ihr Gesicht zu schlagen.

Sie hörte erst auf, als jemand sie am Ohr nach oben zog. »Ja, bist du denn komplett verrückt geworden?«, schrie die Pausenaufsicht und versuchte, sie fortzuziehen. Birte gelang es, noch einmal mit ihrem schweren Winterstiefel nach der Gegnerin zu treten. Es gab einen hässlichen Knacks, das Blut strömte nur so aus dem feinen Näschen. Die schöne Sybille sah auf einmal gar nicht mehr schön aus.

Birte fand sich im Zimmer des Direktors wieder. »Unglaublich!«, brüllte er. »Was hast du dir dabei nur gedacht?«

Sie wollte etwas sagen, er jedoch herrschte sie an: »Kein Wort will ich von dir hören, kein Wort! Du bleibst da sitzen, bis du abgeholt wirst. Ich habe schon bei dir zuhause angerufen.«

Nach einer halben Stunde flog ohne Anklopfen die Tür auf, und ihre Großmutter stand im Raum.

»Was ist hier los?«, fragte sie in schneidendem Ton.

Der Direktor blinzelte irritiert. »Nun, ihre Enkelin hat eine Klassenkameradin verprügelt. Sie hat dem Mädchen sogar die Nase gebrochen und sie …«

»Dafür wird sie wohl ihre Gründe gehabt haben«, unterbrach Agnes den Direktor.

»Bitte was?« Der Direktor riss ungläubig die Augen auf.

»Es gibt Zeugen«, bellte Agnes. »Meine Enkelin ist bedroht und angegriffen worden. Und das war nicht das erste Mal. Sie hat sich lediglich gewehrt.«

Birte horchte auf. Woher wusste ihre Großmutter …? Hatte Bosse etwa …?

»Sie können froh sein, wenn ich diese Sache nicht vor den Schulrat bringe!«, polterte Agnes weiter. »Sie sollten sich schämen angesichts der Verhältnisse, die an ihrer Schule herrschen. Das ist ja schlimmer als Sodom und Gomorra!«

Dem Direktor traten Schweißperlen auf die Stirn. »Aber …«, stammelte er, »so hören Sie doch, Frau Weisgut. Ich wusste nicht … Birte hat doch …«

»Es reicht. Ich habe jetzt wirklich genug von Ihnen gehört«, sagte Agnes kalt zu dem Direktor, der noch gar nicht richtig zu Wort gekommen war. »Und Sie hören noch von mir.« Dann wandte sie sich an Birte. »Los, komm endlich.«

Birte sprang auf und rannte ihrer Großmutter nach, die das Zimmer schon grußlos verlassen hatte.

Auf dem Nachhauseweg gingen sie erst schweigend nebeneinander her, dann sagte Agnes plötzlich, ohne Birte dabei anzusehen: »Das wurde auch langsam Zeit. Gut gemacht.«

Birte nickte, zog die Nase hoch und griff vorsichtig nach der Hand der Großmutter. »Mama kommt wieder, oder?«, fragte sie.

Agnes blieb abrupt stehen und tat einen kleinen Schnaufer. »Sicher«, sagte sie. »Eines Tages. Und bis dahin kümmere ich mich um euch.«

Birte nickte wieder. Sie hatte es doch gewusst! Zuversichtlich begann sie, an Agnes' Hand zu hüpfen.

Keine Sekunde hatte sie daran geglaubt, dass ihre Mutter abgehauen war. Das konnte nicht sein. Mütter verschwanden nicht einfach so in der Nacht. Sie lösten sich auch nicht in Luft auf. Mütter kamen wieder. Das war sozusagen Gesetz.

Da konnte ihr Vater auch noch so toben und schreien und fluchen und auf das »verdammte Luder« schimpfen, an dem Morgen, als er feststellte, dass Martha nicht mehr da war. Peter fing gleich an zu weinen und hörte den halben Tag nicht wieder auf damit, wohl auch, weil er sich vor Papa fürchtete, der in seiner Raserei das Geschirr kaputt schlug.

Birte aber blieb ruhig. Sie zog sich leise an, schlüpfte unbemerkt aus dem Haus und lief hinüber zur Werkstatt. Im Büro fand sie ihre Großmutter, die regungslos vor dem offenen Tresor saß. »Was willst du?«, knurrte sie die Enkelin an. »Du weißt doch, dass ihr Kinder hier nichts zu suchen habt, wenn kein Erwachsener da ist.«

»Du bist doch da«, sagte Birte.

»Also, was willst du?«

»Mama ist weg.«

»Ich weiß«, meinte Agnes ohne jedes Erstaunen.

Birte triumphierte innerlich. Wenn ihre Großmutter es wusste, dann hatte Mama ihr erzählt, was sie vorhatte und wohin sie gegangen war. Dann war alles nur halb so schlimm. »Papa ist ziemlich böse deswegen«, sagte sie nun.

»Ich kann's mir denken.«

»Und Peter weint.«

Agnes stand auf und schloss den Tresor. »Geh nach Hause«, meinte sie zu Birte, »und sag deinem Vater, dass er sich beruhigen soll. Ich komme nachher rüber zu euch.«

Birte nickte und rannte zurück. Sie flitzte direkt in ihr Zimmer, ohne ihrem Vater irgendetwas zu sagen. Das konnte Großmutter später schön allein erledigen.

Peter hatte sich mit einer Tafel Schokolade in seinem Bett verkrochen. Immerhin hatte er mit dem Flennen aufgehört. »Wo warst du?«, flüsterte er.

»Bei Oma«, sagte Birte. »Mach dir mal keine Sorgen. Mama ist bald wieder da.«

»Sagt Oma das?«

»Klar«, trompetete Birte, auch wenn ihre Großmutter nichts dergleichen gesagt hatte. Aber gemeint hatte sie es bestimmt.

»Guck mal!« Peter hielt ihr ein kleines Kärtchen hin. »Hab ich unter meinem Kopfkissen gefunden.«

Birte griff nach der Karte. »Martha denkt an Dich«, stand darauf, in der Handschrift ihrer Mutter. Sie stürzte zu ihrem Bett, griff unter das Kissen und wurde ebenso fündig. »Martha hat Dich lieb«, las sie. »Siehst du«, sagte sie zu ihrem Bruder. »Es kommt alles wieder in Ordnung. Vielleicht musste Mama schnell jemanden besuchen und hatte keine Zeit, uns Bescheid zu sagen.«

»Besuchen?« Peter sah sie mit großen Augen an. »Wen denn?«

»Ach, irgendeine Freundin oder so.«

»Aber Mama hat keine Freundin.«

»Natürlich hat sie Freundinnen«, fuhr Birte ihn an. »Du kennst die bloß nicht.«

»Aber du!«

»Klar«, log Birte. »Und jetzt gib mir sofort was von der Schokolade ab, sonst box ich dich.«

Am Nachmittag schellte es an der Tür, und Birte und Peter rannten nach unten, um zu öffnen. Großmutter und Onkel Karl traten ein. »Wo ist euer Vater?«, wollte Agnes wissen.

Peter zeigte stumm auf das Wohnzimmer. Als sie sich vor zwei Stunden in die Küche getraut hatten, um nach etwas Essbarem zu suchen, hatten sie nur kurz um die Ecke gelugt und gesehen, dass ihr Vater mit einer Flasche Bier auf dem Sofa saß. Mittlerweile war der Couchtisch von diversen leeren Flaschen übersät und Vater, mit dem Kopf auf der Brust, im Sitzen eingenickt.

»Wach auf!«, sagte Onkel Karl laut und rüttelte Thomas an der Schulter.

Birte und Peter drängten sich hinter Agnes' Rücken, die sich nun zu ihnen umdrehte. »Ihr geht jetzt sofort nach oben«, sagte sie resolut. »Aber zackig! Und dann packt ihr ein paar Sachen für die Nacht zusammen. Los!«

Peter lief los, Birte ihm hinterher, aber auf halber Treppe hielt sie inne und schlich wieder nach unten. Sie kauerte sich in der Hocke an die Tür und presste ihr Ohr auf das Holz. Erst verstand sie nichts, nur ein leises Murmeln der verschiedenen Stimmen. Dann wurde Onkel Karl zum Glück laut. »Wehe, wenn du sie angefasst hast und sie deshalb …«, rief er.

»Ich habe gar nichts gemacht«, schrie ihr Vater zurück. »Gar nichts. Alles war wie immer. Deine Schwester hat wahrscheinlich einfach das letzte bisschen Verstand, das sie noch hatte, verloren. Das war ja auch nur eine Frage der Zeit!«

»Rede weiter so über Martha, und ich hau dir gleich …«

»Ruhe. Alle beide«, konnte Birte nun ihre Großmutter vernehmen. »Karl und ich nehmen die Kinder mit, und du schläfst deinen Rausch aus.«

»Meine Kinder bleiben bei mir!«, brüllte ihr Vater.

»Die Kinder kommen mit, basta«, sagte Agnes. »Du musst dich schließlich morgen wieder um die Gärtnerei kümmern, die Arbeit macht sich ja nicht allein, und dein Schuldenberg wird auch nicht von allein kleiner. Und falls einer von den Kunden nach Martha fragt, sagst du, sie ist zur Kur gefahren.«

Die Tür ging so plötzlich auf, dass Birte keine Zeit mehr hatte, in Deckung zu gehen. Agnes zog sie an ihrem Kragen auf die Füße und schaute sie streng an. »Hast du etwa gelauscht?«

Birte schüttelte vehement den Kopf.

»Hast du deine Sachen gepackt?«

Erneutes Kopfschütteln.

»Jetzt aber dalli, sonst setzt es was!«

Die nächste Woche verbrachten sie bei Onkel Klaus und Tante Anna. Und Tante Anna, die immer so lieb war, war diesmal besonders lieb zu ihnen. Sie kochte Unmengen von Schokopudding, und abends vorm Einschlafen las sie ihnen vor. Morgens durften sie so lange schlafen, wie sie wollten. Großmutter hatte in der Schule angerufen und gesagt, sie hätten sich den Magen verdorben.

Das Allerbeste aber war, dass sogar Astrid von ihrem Olymp hinunterstieg und sich um sie kümmerte. Bosses Schwester war all das, was Birte so sehr sein wollte. Sie war groß und hübsch und klug und schlank und sportlich. Sie war der *Sonnenschein* der ganzen Familie – und die Einzige, der es ab und an gelang, ein Lächeln auf das Gesicht ihrer Großmutter zu zaubern. Und normalerweise bewegte sie sich in Sphären, zu denen kleine Hosenscheißer wie Birte, Peter oder Bosse keinen Zutritt hatten. Immerhin war Astrid schon dreizehn, also fast erwachsen, und hatte Besseres zu tun, als Zeit mit ihnen zu verbringen. Und normalerweise tat sie das auch nicht.

Aber jetzt war das anders. Kam sie aus der Schule, spielte sie *Mensch ärgere dich nicht* mit ihnen oder begleitete sie sogar auf ihre Abenteuerexpeditionen ins Niendorfer Gehege. Sie buk einen Kuchen für Birte, sie bürstete ihr das Haar, und sie schenkte ihr sogar eine rote Bluse, aus der sie herausgewachsen war. Birte war sprachlos vor Glück. Nicht, dass ihr die Bluse gepasst hätte, die Ärmel waren viel zu lang, und die Knöpfe gingen über dem Bauch nicht zu, trotzdem hütete sie das Kleidungsstück fortan wie einen kostbaren Schatz.

Alles in allem war es ein bisschen wie Ferien, gar nicht so übel, dachte Birte und fand, dass ihre Mutter unter diesen Bedingungen ruhig noch eine kleine Weile fortbleiben könne.

Nur ihr Bruder nervte. Er stritt sich mit Bosse, er stritt sich mit Astrid und jammerte ständig rum, dass er wieder nach Hause wolle. Und am Abend, wenn er dachte, sie schliefe schon, heulte er leise in sein Kissen. Einmal stand Birte auf und setzte sich an sein Bett. »Was weinst du denn immer?«, fragte sie. »Musst du nicht. Mama kommt doch bald zurück.«

»Glaub ich nicht«, schniefte er unter seiner Decke. In einem Anflug geschwisterlicher Liebe wollte sie ihm über den Kopf streicheln. »Geh weg«, sagte Peter nur und drehte sich zur Seite.

Da ihr Bruder als Gesprächspartner so gar nichts taugte, beriet sie sich mit Bosse, was wohl passiert sein mochte. Der war, genau wie sie, nicht im Mindesten beunruhigt über das Verschwinden ihrer Mutter und meinte, dafür werde es schon eine logische Erklärung geben. »Wahrscheinlich ist sie entführt worden«, sagte er. »Und jetzt muss dein Papa erst mal ganz viel arbeiten, um das Lösegeld zu verdienen, und dann kommt sie wieder.«

Nachdenklich wog Birte den Kopf hin und her. »Kann schon sein«, meinte sie. »Aber Oma hat gesagt, sie ist zur Kur gefahren.«

»Was ist das denn, Kur?«

»Das ist so ein Haus, da fährt man hin, wenn man krank ist. Um sich zu erholen.«

»Aber deine Mama ist doch gar nicht krank …«

Das stimmte allerdings. Ja, Mama hatte manchmal ihre »Zustände«. Aber Birte fand ihre Mutter völlig normal. Als sie allerdings nach den Tagen des Müßiggangs nach Hause zurückkehrten, fing sie an, am Verstand ihres Vaters zu zweifeln. Er hatte sich die ganze Woche nicht ein Mal bei Onkel Klaus und Tante Anna blicken lassen. Birte war viel zu beschäftigt gewesen, um sich weiter darüber Gedanken zu machen. Nun, als er ihnen die Tür öffnete, erschrak sie. Ihr Vater sah aus, als hätte er sich die ganze Zeit über nicht gewaschen oder die Kleidung gewechselt. Rasiert hatte er sich auch nicht, wilde, dunkle Stoppeln und schwarze Schatten zogen sich über sein Gesicht. Außerdem stank er fürchterlich nach Bier und Schnaps.

Großmutter, die sie und Peter hinüberbegleitet hatte, maß ihn mit einem verächtlichen Blick. »Du lässt dich gehen«, sagte sie zu ihm. »Das ist nicht gut fürs Geschäft. Ab sofort wirst du dich zusammenreißen. Du hast die Gärtnerei zu führen und dich um die Kinder zu kümmern.«

Ihr Vater grunzte nur, schickte Birte und Peter nach oben in ihr Zimmer und schlug Agnes die Tür vor der Nase zu. Immerhin begann er am nächsten Tag, das Haus aufzuräumen.

Die Wochen und Monate verstrichen, und Birte begann sich einzurichten in einem Leben ohne Mutter. Das fiel ihr erstaunlich leicht. Aber nach wie vor war sie auch unerschütterlich in ihrem Glauben daran, dass Martha eines Tages wieder vor der Tür stünde. Nach der Schule ging sie meist mit zu Bosse, um dort zu Mittag zu essen. Am Küchentisch erledigte sie ihre Hausaufgaben, manchmal auch im Büro der Werkstatt, wenn Tante Anna nicht zu Hause war. Dann stand sie unter der strengen Aufsicht ihrer Großmutter, die ihr gern mit einem Lineal auf die Finger schlug, wenn sie gedankenverloren an ihrem Stift kaute.

Nachmittags spielte sie mit Bosse oder einer ihrer wenigen Freundinnen. Außerdem fing Astrid an, sie einmal in der Woche mit zum Turnen zu schleppen. Anfangs saß Birte nur auf der Bank, wippte verlegen mit den Beinen und schaute zu, wie die anderen Mädchen ihre Körper in erstaunlichen Verrenkungen verbogen.

»Na komm, mach mit«, sagte ihre Cousine nach dem vierten Mal zu ihr. »Ist doch langweilig, immer nur zuzugucken, oder?«

»Ich trau mich nicht«, flüsterte Birte beschämt. »Ich bin doch viel zu dick und ungelenkig für Sport. Das sagt Herr Sturm auch immer.«

»Quatsch!«, meinte Astrid. »So dick bist du gar nicht. Außerdem kann man dick sein und trotzdem gelenkig.«

Da turnte Birte mit und stellte zu ihrer Verblüffung fest, dass es ihr nach einer Weile richtig Spaß machte. Außerdem bildete sie sich nach kurzer Zeit ein, dass sie wohl schon abgenommen hatte. Nach jeder Turnstunde schlüpfte sie vorm Schlafengehen in die rote Bluse und war sich sicher, demnächst die Knöpfe schließen zu können.

Abends flitzte sie pünktlich nach Hause und setzte sich zu ihrem Vater und Peter an den Abendbrottisch. Nur selten wurde sie gefragt, wie es ihr ergangen oder was in der Schule passiert war. Seit Marthas Verschwinden hatte ihr Vater seine Aufmerksamkeit auf Peter konzentriert. Oft warf er ihrem Bruder verschwörerische Blicke zu, raufte ihm durchs Haar und sagte »Mein Sohn!« oder »Ganz der Vater!« Peter erwiderte die Zuneigungsbekundungen mit hündischer Begeisterung, folgte ihm überall hin und verbrachte fast seine ganze Freizeit in der Gärtnerei, um zu helfen.

Birte war froh, dass dieser Kelch an ihr vorüberging. Nur manchmal versetzte es ihr einen kleinen Stich, wenn sie sah, wie eng das Verhältnis der beiden geworden war.

Über das Verschwinden seiner Frau verlor der Vater kein einziges Wort, so als wäre weiter nichts passiert. Er trank nur mehr Bier als früher, viel mehr. Ansonsten arbeitete er stur in der Gärtnerei, tagaus, tagein. Nach zwei Monaten schleppte er eine neue Aushilfe an, Sabine, ein hübsches, junges Ding in flottem kurzem Lederrock.

Als Birte kurz darauf einmal mit Karacho ins Gewächshaus stürmte, weil sie Peter suchte, sah sie, dass ihr Vater seine Hand unter Sabines Rock steckte, die dabei dämlich kicherte und halbherzig nach seinen Fingern schlug. Ein paar Wochen später erschien sie an einem Samstagmorgen verheult und mit blauem Auge bei der Arbeit. Großmutter zog nur eine Augenbraue hoch. »Jeder so, wie er's verdient hat«, sagte sie.

Am Montag darauf kam Sabine nicht mehr. Und Großmutter stellte Frau Poetsch ein, eine resolute Mittfünfzigerin.

Langsam wurden das Getuschel und die mitleidigen Blicke von Kunden und Nachbarn weniger, immer seltener strich jemand Birte im Vorübergehen über den Kopf. Sie war nicht traurig drum. Auf diese Anteilnahme konnte sie gut verzichten, bedeutete sie doch nichts anderes, als dass sie unter einem Makel litt. Aber Birte hatte keinen Makel.

Nur selten, wenn sie spätabends noch wach lag, bröckelte ihre Zuversicht, und sie spürte eine jähe, schreckliche Angst. Dann holte sie das Kärtchen hervor, das schon ganz fleckig war. *Martha hat Dich lieb. Martha hat Dich lieb. Martha hat Dich lieb.* In ihren Gedanken wiederholte sie den Satz so lange, bis sie einschlief.

Der »kleine Zwischenfall«, wie Großmutter ihn nannte, besserte die Situation in der Schule erheblich. Nach Agnes' Auftritt beim Direktor wurde Birte am nächsten Tag lediglich von Herrn Sturm dazu verdonnert, die Pausen eine Woche lang allein im Klassenzimmer zu verbringen. Das empfand sie nicht als Strafe. Draußen regnete es die ganze Zeit in Strömen.

Die Eltern des Opfers forderten natürlich weitreichendere Konsequenzen, immerhin lag ihre Tochter mehrere Tage im Krankenhaus, das Nasenbein war zertrümmert. Großmutter traf sich mit ihnen, danach kehrte Ruhe ein und die schöne Sybille – mit einem dicken Pflaster quer über dem Gesicht – wieder in die Schule zurück.

Birte begegnete ihr zufällig vor der ersten Stunde auf der Mädchentoilette. Stumm starrten sich die beiden an, endlich öffnete die schöne Sybille den Mund, um etwas zu sagen. Da machte Birte einfach zwei schnelle Schritte auf sie zu und knurrte sie an: »Ich brech dir alle Knochen im Leib!« Diesen Satz hatte sie in einem blöden Kung-Fu-Film gehört, zu dessen Besuch Bosse sie überredet hatte. Birte war ein klein wenig überrascht und auch stolz, wie überzeugend sie sich anhörte. Wie ein echter Gangster. Das fand wohl auch die schöne Sybille, die ängstlich vor ihr zurückwich. Fortan hatte Birte nichts mehr auszustehen.

Weihnachten feierten sie alle zusammen bei Onkel Klaus und Tante Anna. Draußen regnete es in Strömen, und es war so mild, als stünde das Frühjahr vor der Tür. Drinnen bollerte der Kachelofen und verbreitete eine unglaubliche Wärme. Und alle taten so, als wäre alles wie immer, als würde keiner fehlen.

Insgeheim hatte Birte sich ausgemalt, dass ihre Mutter am Heiligabend vor der Tür stünde. Stattdessen stand nur Onkel Karl vor der Tür, verkleidet als Weihnachtsmann, der schnaufend schwere Geschenke ins Wohnzimmer schleppte. Birte und Peter bekamen neue Fahrräder, Birte noch dazu schicke selbst gestrickte Fäustlinge und einen ganzen Berg Bücher. Die Rute blieb erstaunlicherweise im Sack.

Bei Tisch herrschte eine eigentümlich aufgesetzte Stimmung. Die Erwachsenen redeten betont munter drauflos, nur ihr Vater sagte die ganze Zeit kaum ein Wort, aß wenig und trank lieber Unmengen von Punsch. Nach zwei Stunden erhob er sich schwankend und lallte: »Ab nach Hause!«

Sie folgten ihrem torkelnden Vater und legten sich daheim schweigend ins Bett. Birte hörte, dass Peter sich nach langer Zeit wieder einmal in den Schlaf weinte. Sie presste das Kärtchen auf ihr Herz und schloss die Augen.

Wenige Tage später kam der Winter zurück, mit einer Urgewalt, die alles Leben lähmte. Ungläubig saßen sie abends vor der *Tagesschau* und sahen, dass Norddeutschland von einem Orkan gebeutelt wurde und im Schnee erstickte. Innerhalb weniger Stunden waren die Temperaturen um zwanzig Grad gefallen. Ganze Dörfer in Schleswig-Holstein waren ohne Strom und von der Außenwelt abgeschnitten, Panzer der Bundeswehr versuchten, die Straßen zu räumen, mit mäßigem Erfolg. Hamburg hatte es nicht so schwer getroffen, aber auch hier knickte der Sturm Masten, deckte Dächer ab und türmte den Schnee zu meterhohen Verwehungen.

Großmutter war seltsam unruhig, blass stand sie in Tante Annas Küche, immer wieder schob sie die Gardine beiseite und schaute in das tobende Chaos. Unter Androhung fürchterlichster Strafen hatte sie allen Kindern verboten, ohne Aufsicht nach draußen zu gehen. Onkel Klaus hatte mit den Augen gerollt und sich angeboten, ihnen ein echtes Iglu zu bauen. Am Ende standen sie staunend vor dem Ding, das sogar eine kleine Öffnung hatte, durch die man hinein- und hinauskriechen konnte.

Am Silvesterabend heulte der Orkan immer noch unverdrossen um die Häuser. Und wieder knackte und knisterte es im Kachelofen. Diesmal jedoch war die Wärme behaglich, das Thermometer am Haus zeigte eisige minus fünfzehn Grad. Peter und

Bosse waren maulig, weil sie ihre Piepmanscher nicht zünden durften. Die Stadt hatte wegen des Wetters ein Böllerverbot verhängt. Zudem schnauzte Großmutter wiederholt: »Alle bleiben drin! Sonst zieh ich euch die Hammelbeine lang.«

Stattdessen knallten sie mit dem Tischfeuerwerk, gossen Blei und überfraßen sich an Tante Annas Fondue. Die Laune der Erwachsenen war viel besser als zu Weihnachten, sogar Großmutter trank Sekt, Onkel Karl wagte mit seiner Mutter ein Tänzchen, und es störte niemanden, dass Birtes Vater weit vor Mitternacht ziemlich blau war.

Aus den Augenwinkeln beobachtete Birte, dass ihr Bruder wiederholt und heimlich an den Sektgläsern nippte. Er zwinkerte ihr grinsend zu, und weil er das erste Mal seit Monaten lächelte, beschloss sie generös, ihn nicht zu verpetzen. Das erledigte Astrid, die ihn ebenso dabei ertappte und ihm daraufhin seine Piepmanscher wegnahm, um sie in der Küchenspüle zu ersäufen. Peter stürzte sich mit Wutgeheul auf seine große Cousine, die ihn auslachte und mit stählernem Griff eine Armlänge von sich entfernt hielt.

Kurz vor Mitternacht traten sie durch die Werkstatt in den Hof und steckten ihre Nasen in den brausenden Wind. Kaum konnte man im Schneegestöber die Hand vor Augen sehen, Onkel Karl zählte von zehn rückwärts, schnell gab es ein paar Umarmungen und Küsse, schnell ging man wieder in die warme Stube. Onkel Klaus schmiss den Plattenspieler an, und gleich darauf schmetterten Helga Feddersen und Didi Hallervorden *Du, die Wanne ist voll.*

Nur Birte fiel auf, dass Peter eine ganze Weile nach den anderen ins Wohnzimmer schlüpfte und sich bleich und stumm an den Kachelofen setzte. Sie ging zu ihrem Bruder und bemerkte, dass er nasse Haare hatte. »Warst du etwa noch draußen?«, fragte sie.

»Nö«, sagte er und mied ihren Blick.

»Wo steckt eigentlich Astrid?«, wollte Großmutter irgendwann wissen.

»Wahrscheinlich oben in ihrem Zimmer. Unsere Musik ist der jungen Dame bestimmt nicht recht«, lachte Tante Anna.

Agnes stand auf und verließ den Raum. Kurz darauf kam sie wieder und sagte schneidend: »Astrid ist nicht in ihrem Zimmer. Wo ist das Mädchen?«

»Ach, irgendwo wird sie schon sein«, sagte Onkel Klaus leichthin.

»Sucht sie. Sofort!«, befahl Großmutter.

Nachdem man sie im ganzen Haus nicht gefunden hatte, zogen die Männer sich ihre Mäntel über und gingen hinaus in den Sturm. Sie klapperten die umliegenden Straßen ab, sie klingelten bei allen Nachbarn. Astrid war nirgends. Tante Anna weinte nun, Onkel Karl rief die Polizei.

Bosse, Birte und Peter saßen bang am Kachelofen. Peter blickte die ganze Zeit stumm zu Boden.

Es dauerte fast eine Stunde, bis Polizei und Feuerwehr da waren, und drei Stunden später entdeckte ein Feuerwehrmann das Iglu auf der Wiese, das fast bis zur Unkenntlichkeit von einer Wehe bedeckt war. Unter der Last des frischen Schnees hatten sich die Quader verschoben und den Eingang versperrt.

Onkel Klaus brüllte wie ein Tier, als die Feuerwehrleute versuchten, den leblosen, festgefrorenen Körper seiner Tochter vom Boden zu lösen. Tante Anna brach draußen zusammen, Onkel Karl trug sie ins Haus.

Birte hielt den zitternden, schluchzenden Bosse im Arm und bemerkte, dass ihr kleiner Cousin sich eingenässt hatte. Sie sah ihre Großmutter, die abseits stand mit Peter an der Hand, aufrecht und starr wie eine Statue. Sie zerrte Bosse mit sich, lief zu Agnes und vergrub ihr Gesicht in deren Mantel.

Sie spürte, wie sich ein Arm um sie legte. »Nicht noch ein Kind. Nicht noch ein Kind …«, sagte ihre Großmutter tonlos.

Als Birte um sechs Uhr morgens endlich in ihrem Bett lag, holte sie das Kärtchen unter dem Kopfkissen hervor und zerriss es.

Sie wusste jetzt, dass es keine Hoffnung mehr gab. Wenn etwas so Schreckliches passieren konnte, wenn ihre Cousine einfach sterben konnte, dann konnten auch Mütter verschwinden. Und dann kamen sie auch nicht wieder.

GROSS HUBNICKEN, SEPTEMBER 1941

Lieber Wilhelm,

uns geht es allen gut, habe Dank für Deine Nachfrage. Hermann ist ein tapferes Kerlchen und hilft mir, wo er kann. Stell Dir vor, er versucht sogar schon, das Pferd zu striegeln. Natürlich ist er noch viel zu klein dafür, aber er weiß sich zu behelfen und stapelt Kisten im Stall, auf die er klettert.

Auch Karl gedeiht prächtig, er ist ein ganz kräftiger Bursche und kommt wohl nach Dir. Seit er nun richtig laufen kann, muss ich ordentlich auf ihn aufpassen, denn er ist sehr neugierig und hat allerlei Schabernack im Sinn.

Um den Betrieb musst Du Dir keine Sorgen machen. Helmut Burdin hat uns einen Polen zugewiesen, der tüchtig mit anpackt, sodass die Auftragslage gut zu bewältigen ist. Um das Geschäftliche kümmere ich mich nun, es geht ja nicht anders, die Gesundheit Deiner Mutter lässt doch arg zu wünschen übrig.

Nach Deinem letzten Brief habe ich mir sofort den Atlas genommen, um zu schauen, wohin genau es Dich verschlagen hat, und habe es gefunden, dieses ferne Dnepropetrowsk. Natürlich ist Euer Vormarsch unaufhaltbar, und wenn Dich meine Zeilen erreichen, stehst Du wahrscheinlich schon kurz vor Moskau.

Bitte schreibe doch, wenn Du kannst, recht bald wieder, damit ich weiß, dass es Dir gut geht. Und habe acht auf Dich, dass Dir nichts geschieht.

Es grüßt Dich von Herzen
Deine Agnes

Nachdenklich schraubte Agnes den Füllfederhalter zu und dann wieder auf. Sollte sie besser schreiben »Deine Dich liebende Agnes«? Nein, so musste es reichen. Noch ein letztes Mal überflog sie die Zeilen, ob sie auch wirklich unverfänglich waren und nicht zu viel oder zu wenig verrieten. Dann faltete sie das Blatt und schob es in den Umschlag.

Sie schaute aus dem Fenster und sah, dass das Fuhrwerk auf der Straße bereitstand. Mit Karl auf der Hüfte ging sie durch die Küche nach draußen und sagte im Vorübergehen beiläufig: »Ich fahre nach Palmnicken. Hast du auch Feldpost für Wilhelm?«

Die Alte, die am Herd stand und in einem Topf rührte, drehte sich misstrauisch um und musterte Agnes. Dann holte sie aus ihrer Schürze einen Brief hervor, den sie ihr reichte. »Warum antwortet er mir nicht? Warum nur dir?«, fragte Herta meckernd.

»Mach dir doch keine Sorgen«, erwiderte sie so liebenswürdig wie möglich. »Wilhelm kämpft immerhin an vorderster Front, da wird er nicht allzu viel Zeit haben zum Schreiben. Und nach allem, was ich gehört habe, gehen auch Briefe verloren oder kommen verspätet an.«

Agnes hatte nichts dergleichen gehört. Die Alte aber gab sich zufrieden mit dieser Auskunft.

Auf dem Hof rief Agnes Hermann herbei, der freudig auf den Bock kletterte. »Mama, darf ich die Zügel halten?«

»Du darfst, mein kleiner Mann.«

Als sie die Kuppe kurz vor Palmnicken erreichten, griff sie ins Geschirr und brachten den Gaul zum Stehen. Sie zog Hertas Brief heraus und betrachtete ihn. Sie konnte sich denken, was darin stand. Die üblichen Tiraden über das Unvermögen und den Ungehorsam der ungeliebten Schwiegertochter. Agnes zerriss den Brief in kleine Schnipsel, die sie in den Wind warf. Hermann schaute sie mit großen Augen an. Sie wandte sich ihrem Ältesten zu und sagte streng: »Kein Wort, Hermann, kein einziges Wort. Zu niemandem. Hast du das verstanden?«

Der Junge nickte ernst. »Kein Wort, Mama. Ich schwöre!«

Lächelnd zauste sie ihrem Sohn durchs dunkle Haar und schnalzte mit der Zunge. Der Gaul setzte sich wieder in Bewegung.

Ja, im Westen und im Osten tobte der Krieg, in Groß Hubnicken führte Agnes ihren ganz eigenen Feldzug.

Ums Überleben ging es. Um nichts weniger als das nackte Überleben. Und nicht nur um ihr eigenes, vielmehr galt es, die Familie zu schützen – insbesondere den Vater. Denn der Vater war »verfluchte Judenbrut«.

An ihre Großeltern hatte Agnes kaum Erinnerungen. Sowohl die Eltern ihres Vaters als auch die der Mutter waren gestorben, als sie noch ein kleines Kind war. Sie kannte sie nur aus Geschichten und von wenigen, verblassten Fotografien. Sie wusste, dass es in der Familie ihrer Mutter einige Gelehrte und sogar Wissenschaftler gegeben hatte. Und sie wusste, dass ihr Vater, der Ingenieur, in die Fußstapfen seines Großvaters und Vaters getreten war.

Agnes wusste nicht, dass ihre Urgroßmutter väterlicherseits Jüdin gewesen war, die anlässlich ihrer Heirat mit einem Protestanten konvertierte. Sie war nie besonders gläubig gewesen oder verwurzelt in der jüdischen Gemeinde, daher war ihr dieser Schritt nicht schwergefallen.

Der Glaube oder die Abstammung hatten in beiden Familien nie eine Rolle gespielt. Sie waren ein Umstand, dem man lange Zeit keine Bedeutung zumaß. Man sprach nicht weiter darüber. Nicht weil man etwas zu verschweigen hatte, sondern weil es nicht wichtig schien.

»Ich glaube es nicht«, sagte Agnes stur, als sie nach dem fürchterlichen Streit mit Herta bei ihrer Mutter in der Küche saß und der Erzählung lauschte. »Es kann nicht wahr sein.«

»Warum sollte ich dich anlügen?«

»Und warum weiß Herta es und ich nicht?«, erwiderte Agnes wütend.

»Lass uns auf deinen Vater warten. Er wird es dir erklären«, sagte ihre Mutter.

Lange saßen sie nahezu schweigend in der Küche, die Dämmerung brach herein, und sie machten sich nicht einmal die Mühe, das Licht anzuschalten. Nach Stunden betrat ihr Vater das Haus und erschrak, als er die beiden Frauen im Dunkeln erblickte. »Ist etwas passiert?«, fragte er.

»Nichts weiter«, entgegnete Agnes böse. »Nur, dass wir Juden sind.«

Ruhig setzte sich ihr Vater zu ihr, fasste nach ihrer Hand und räusperte sich. »Nun, mein Kind, das stimmt zwar nicht. Aber selbst wenn es zuträfe, wäre es doch eigentlich kein Grund, sich zu schämen. Wofür denn auch?«

Ihr Vater drückte ihre Hand, und endlich begann er zu erzählen. Dass sie sich nie Gedanken gemacht hätten über Agnes' Urgroßmutter. Dass sie es fast vergessen hatten, wer sie einmal war und woher sie stammte. Dann aber kamen die Nationalsozialisten an die Macht.

Und plötzlich war es überlebenswichtig, welchen Blutes man war. Denn jetzt galten neue Regeln und Gesetze, die bestimmten, wer dazugehörte und wer nicht, wer ein achtbarer Bürger war und wer nur rechtloses Gesindel. Schon bald konnte man es überall lesen und hören. »Deutsche, wehrt euch – kauft nicht bei Juden.« – »Juden sind hier nicht erwünscht.« – »Meidet jüdische Ärzte und Rechtsanwälte.« – »Juden werden hier nicht bedient.« – »Jude, du bist erkannt.«

Auch Agnes' Vater wurde erkannt. Als leitender Angestellter eines Staatsbetriebs in Königsberg oblag es ihm, seinen Ariernachweis zu erbringen. Und so hatte er es schriftlich, mit blauer Tinte auf weißem Papier, mit amtlichem Stempel: Er war ein Vierteljude, angeblich nicht in Gefahr, offensichtlich nicht wohlgelitten.

Als sich die ersten Kollegen verlegen von ihm abwandten, als sein Vorgesetzter ihm den Handschlag verweigerte, da hatte er sich umgetan und die neue Anstellung gefunden, dank dieses alten Studienkameraden, der nun Werksdirektor des Tagebaus war und den die Herkunft des Freundes nicht scherte. Der Umzug nach Groß Hubnicken – nichts als eine Flucht aus Königsberg, wo schon zu viele wussten, was für einer er war. So lebte ihr Vater nun weiter, in größtmöglicher Unauffälligkeit, in der Hoffnung, es werde schon gut gehen und eines Tages werde auch alles wieder gut werden.

Und Agnes verstand. Die Bemerkungen des Vaters über die Zeiten. Das merkwürdige Verhalten der Mutter. Sie verstand auch, warum sie Wilhelm heiraten musste, diesen strammen, arischen Vorzeigedeutschen. Nur eines verstand sie nicht. »Warum habt ihr es mir nie erzählt?«, fragte sie.

»Wir wollten nicht, dass du dich sorgst oder gar Angst bekommst«, erklärte ihr Vater. »Nach dem Umzug schien sich alles so vorteilhaft zu fügen. Du hast Wilhelm kennengelernt, und ich hatte den Eindruck, dass du ihn wirklich sehr, sehr gerne magst. Und als er um deine Hand bat, musste ich es ihm sagen, es steht ja auch in deinen Papieren.«

»Es hat ihn gar nicht gestört?«

»Nein, nach einer kurzen Bedenkzeit hat er keine Sekunde mehr gezögert, Agnes. Ich denke, er liebt dich aus tiefstem Herzen. Du hast ihn doch auch lieb, oder?«

Agnes antwortete nicht darauf. Insgeheim bezweifelte sie, dass Wilhelms Motive so hehr waren, wie ihr Vater hoffte. Sie glaubte vielmehr, dass ihr Gatte seine Chance genutzt hatte. Ihre Eltern waren nicht unvermögend und sie eine Partie, die deutlich über Wilhelms Niveau lag.

Sie seufzte und stand auf. »Ich gehe jetzt wieder hinüber«, sagte sie und umarmte Vater und Mutter zum Abschied. Ihre Eltern blieben still in der dunklen Küche sitzen.

Wilhelm wartete schon in der guten Stube auf sie. Betrübt sah er sie an. »Was ist denn geschehen?«, fragte er. »Was hast du getan? So aufgebracht habe ich Mutti noch nie gesehen! Sie musste sich sogar hinlegen, euer Streit ist ihr wohl aufs Herz gegangen.«

»Ach, sie hat dir nichts erzählt?« Agnes lächelte bitter. »›Judenbrut‹, hat sie mich genannt, deine feine Frau Mutter. ›Judenbrut!‹«

Wilhelm schwieg betroffen und sah zu Boden.

»Ja, ich weiß es. Ich habe mit meinem Vater gesprochen«, fuhr Agnes fort. »Sag deiner Mutter, dass ich wohl oder übel zur Familie gehöre. Ich bin mit ihrem Sohn verheiratet und habe ihren Enkelsohn geboren. Sie sollte in Zukunft besser aufpassen, was sie in die Welt herausposaunt. Es könnte leicht auf sie zurückfallen.«

Wilhelm nickte, erhob sich und trat zu ihr. Vorsichtig legte er eine Hand auf ihre Schulter. »Ich rede mit Mutti«, sagte er. »Und du, mach dir keine Sorgen. Ich habe mich selbstverständlich erkundigt. Wir haben nichts zu befürchten. Unser arisches Blut ist stark. Und es wird diesen minderwertigen jüdischen Anteil in dir besiegen.«

Agnes versteifte sich unter seiner Berührung. Sie streifte seine Hand von ihrer Schulter. »Ich gehe schlafen«, sagte sie.

Fortan gab Herta ein wenig Ruhe, zumindest nannte sie Agnes nicht mehr »Judenbrut«. Die beiden Frauen gingen sich, so gut es in dem gemeinsamen Haushalt möglich war, aus dem Weg. Doch Agnes bemerkte, dass die Alte sie unablässig belauerte, so als wartete sie nur auf einen Fehler, den sie ihr zum Vorwurf machen konnte.

Agnes aber machte keinen Fehler, sie fügte sich in das Leben im Weisgutschen Hause, sie gab auch weniger Widerworte. Die Angst hatte sich um ihr Herz gelegt. Oft lag sie nun nachts wach und bekam schier keine Luft mehr, so drückte es auf ihren Brustkorb.

Oft stand sie nun vor dem Spiegel und betrachtete ihr Gesicht. Sah man es ihr an? Erkannte man den »minderwertigen jüdischen Anteil« in ihr? War ihre Nase nicht doch leicht gebogen? Sie horchte in sich hinein. Fühlte sie sich anders, nun, da sie es wusste? Spürte sie die Jüdin in sich? Doch Agnes spürte nichts.

Noch mehr Angst hatte sie um ihren Vater. Deshalb begann auch sie, heimlich Erkundigungen einzuziehen, und las die Nürnberger Gesetze. Ihr Vater war demnach nur ein Mischling zweiten Grades, ihre Mutter galt zwar als »jüdisch versippt«, aber sie behielten alle Bürgerrechte, Vater durfte arbeiten, nicht mehr im Staatsdienst zwar, aber immerhin. Und er musste auch nicht diese sogenannte Judensteuer entrichten. Die Herkunft war trotzdem etwas, mit dem man nicht hausieren gehen sollte.

Agnes lief mit einem anderen Blick durch die Welt. Wenn sie die Zeitungen las, die Propagandaplakate in Palmnicken sah oder die Reden im Radio hörte, denen Wilhelm so andächtig lauschte, stellte sie erstaunt fest, dass sie all das früher nicht interessiert, sie es aber gleichwohl geglaubt hatte. Jetzt jedoch begann sie an der allgemeinen Meinung zu zweifeln.

Bald brannten überall im Reich die Synagogen, auch in Königsberg. »Geht es dem dreckigen Judenpack endlich an den Kragen!«, stellte Herta mit einem Seitenblick auf die Schwiegertochter befriedigt fest.

Agnes biss die Zähne zusammen und ignorierte die Alte. Am Abend ging sie zu ihren Eltern. »Ihr müsst das Land verlassen«, sagte sie. »So schnell wie möglich.«

Ihre Mutter schaute sie traurig an. »Wo sollen wir denn hin?«, fragte sie. »Hier ist doch unsere Heimat.«

Auch der Vater schüttelte nur den Kopf. »Mach dir nicht so viele Gedanken, Agnes. Wir sind sicher, uns wird nichts passieren.«

»Und wenn doch?«, rief sie.

Die Eltern blieben stur. Aus ihrem geliebten Ostpreußen würde sie keiner vertreiben, niemals.

Knapp drei Jahre nach Hermanns Geburt gelang es Wilhelm endlich, seine Frau erneut zu schwängern. »Das wurde auch Zeit«, sagte die Alte mit einem Unterton, so als hätte Agnes ihre Daseinsberechtigung schon fast verwirkt gehabt.

Nicht nur der zu erwartende Nachwuchs stimmte Wilhelm euphorisch. Mit den Worten »Diese polnische Saubande hat gewagt, uns anzugreifen« stürmte er eines Mittags das Haus. »Seit fünf Uhr fünfundvierzig wird jetzt zurückgeschossen«, zitierte er sodann glücklich seinen Führer.

Im Handumdrehen nahm Hitler den Nachbarn ein. »Böhmen und Mähren, das Memelland und Polen! Die deutsche Wehrmacht ist unbesiegbar. Unbesiegbar!«, schwadronierte Wilhelm und war völlig aus dem Häuschen. Im Zuge der Mobilmachung rasselte er fortwährend mit dem Säbel, wenn auch nur verbal. »Es muss deutsche Männer geben, die ihren Dienst an der Heimatfront verrichten«, erklärte er. »Leider bin ich hier ja unabkömmlich.«

Auch Herta war natürlich davor, dass ihr Sohn zur Waffe griff. Und Agnes, der davor graute, ihre Schwangerschaft allein mit der Schwiegermutter im Haus verbringen zu müssen, bestärkte ihren tapferen Gatten in seiner Ansicht, unabkömmlich zu sein.

Als Karl jedoch gesund und kräftig zur Welt kam und sich Agnes schnell von der wenig strapaziösen Geburt erholte, fing sie an, die eine und andere Bemerkung fallen zu lassen – gern, wenn Ortsleiter Helmut Burdin zu Gast war und die Herren fachmännisch die weltpolitische Lage erörterten. »Der Kampf fürs Vaterland ist doch die vornehmste Pflicht«, meinte sie etwa, wenn sie den Kaffee servierte. Oder sie sagte, nur so im Vorübergehen: »Wo wären wir denn ohne unsere Soldaten!« »Liebling, ich Dummerchen habe es schon wieder vergessen! Was ist noch einmal dein Rang?«, fragte sie auch manchmal, freundlich lächelnd.

»Stabsfeldwebel der Reserve«, erklärte Wilhelm stets mit einem nervösen Augenzucken.

Dank des Westfeldzugs war es dann mit dem schönen Reservistenleben vorbei. Wilhelm Weisgut wurde einberufen. Warum auch nicht, dachte Agnes ohne Bedauern, warum sollen nur die anderen kämpfen?

Die Alte war untröstlich und seit Wilhelms Einzug von Kummer zerfressen. Außerdem war sie jetzt in allem auf die Schwiegertochter angewiesen – auch in den betrieblichen Belangen. »Es wird Zeit, dass du endlich mehr Verantwortung übernimmst«, sagte sie und schob die Geschäftsbücher über den Tisch. »Lies!«

Agnes versuchte, sich ihre Freude nicht anmerken zu lassen, und las eifrig all die Dinge, die ihr bislang verwehrt worden waren. Sie stellte fest, dass der Betrieb gut dastand. Seit Beginn des Kriegs hatten sich die Aufträge naturgemäß beinahe verdoppelt. Und dank einer Verordnung des Innenministeriums über Grabmäler, die sie sorgfältig abgeheftet fand, hatte sich die Gestaltung der Steine vereinfacht. Nicht nur der deutsche Mensch sollte linientreu sein, auch das deutsche Grab – ergreifend schlicht und schnörkellos, möglichst einheitlich in Form und Größe.

Selbst bei der Wahl des Materials wollten die Nazis mitreden. Ausländischer Schnickschnack, etwa Marmor, war mittlerweile verpönt, heimische Steine wie Basalt, Diabas oder Dolomit sollten bevorzugt verwendet werden. Agnes entdeckte auch einen Vertrag neueren Datums mit einem Steinbruch in einem Ort namens Libiaz, der die Weisguts zu einem außerordentlich guten Preis mit Dolomit belieferte.

Sie verbrachte mehr Zeit in der Werkstatt und schaute dem alten Gesellen und einem Tagelöhner, den die Alte neu angestellt hatte, über die Schulter. Sie lernte viel über die Beschaffenheit der verschiedenen Gesteinsarten, dass Basalt feinporig ist und nur langsam verwittert und dass Dolomit härter, aber auch spröder ist als Kalkgestein. Sie lernte die verschiedenen Werkzeuge kennen, den Bossier- und den Setzhammer, das Scharriereisen, den Zweispitz, den Fäustel und den Knüpfel. Und Agnes fühlte sich wohl in der Werkstatt, zwischen all den stillen Steinen und den Männern, die ruhig vor sich hin arbeiteten.

Auch am Umgang mit der Kundschaft fand Agnes Gefallen. Anfänglich wusste sie nicht recht, wie sie mit den Trauernden, die da vor ihr saßen, umgehen sollte, einige in Tränen aufgelöst, andere erstarrt in ihrem Leid. Doch bald fand sie für jeden die richtigen Worte, mitfühlend und tröstend für die einen, sachlich und geschäftsmäßig für die anderen. Sie griff hier eine Hand, drückte dort eine Schulter, und oft hörte sie einfach zu, wenn man ihr aus dem Leben der Verstorbenen berichtete. Sie war erstaunt, wie wenig ihr dieser Schmerz ausmachte, dass er sie kaum berührte und einfach an ihr abglitt. Und wenn Mütter und Ehefrauen kamen, die einen Gefallenen zu beklagen hatten, dachte sie nur: Wieder einer weniger, der für Hitler schießen kann.

Die Alte sah mit Unmut, dass die Schwiegertochter ihre Sache gut machte und dass ihr daraus ein neues Selbstbewusstsein erwuchs. Langsam, ganz langsam, verschob sich das Kräfteverhältnis im Weisgutschen Hause zu Hertas Nachteil. »Glaub bloß nicht, dass du jetzt hier die Herrin bist und schalten und walten kannst, wie es dir beliebt«, blaffte sie Agnes an. »Denk immer daran, dass ich das Sagen habe.«

»Und denk du immer daran, was du wohl ohne mich machen würdest«, antwortete Agnes. »Wer weiß, wann und ob dein Wilhelm wiederkommt …«

Der Stabsfeldwebel schrieb eifrig aus dem Felde, berichtete von glorreichen Vorstößen, von großartiger Kameradschaft und hatte wohl Gefallen gefunden an seinem Leben als Soldat. Als er jedoch nach einigen Monaten für einen Fronturlaub nach Hause zurückkehrte, fand Agnes ihn verändert. Er war blass und hohlwangig und schien an Gewicht verloren zu haben. Nachts plagten ihn Albträume, tagsüber war er schweigsam und in sich gekehrt. Wenig war von seiner dröhnenden Zuversicht übrig geblieben.

Agnes hatte erwartet, dass ihr Mann sich freute, wie gut sie zurechtkam. Das Gegenteil war der Fall. Misstrauisch hockte Wilhelm über ihrer Buchführung, beklagte Fehler und seufzte ein ums andere Mal: »Ach, es fehlt eben einfach der Mann im Haus!«

Interessiert fragte sie ihn nach dem Vertrag mit dem Steinbruch und wie er es geschafft habe, diese günstigen Konditionen zu bekommen. »Das ist nichts, was dich zu beschäftigen hat«, beschied er ihr brüsk.

Als sie wissen wollte, wie weit denn der Verkauf der Grundstücke in Kraxtepellen fortgeschritten sei und ob sie sich in seiner Abwesenheit auch darum kümmern solle, lachte er sie aus. »So weit kommt es noch!«, rief er. »Das lass mal meine Sorge sein.«

»Aber wer weiß, wie der Krieg noch verlaufen wird«, sagte Agnes. »Wir sollten besser jetzt verkaufen. Später hat vielleicht keiner mehr Geld …«

»Zweifelst du etwa am Sieg?«, brüllte Wilhelm sie an. »Wann verkauft wird, bestimme ich und sonst keiner!«

Eines Nachts richtete er sich urplötzlich auf und starrte sie an. »Mutti hat mir alles geschrieben und erzählt«, wisperte er. »Wie schlecht du sie behandelst. Wie du die Nachbarschaft gegen sie aufhetzt. Wie du dir hier alles unter den Nagel reißen willst. Das ist dein jüdisches Blut, sagt Mutti. Agnes, sieh mich an. Mutti irrt sich doch, oder?«

»Glaub, was du willst«, antwortete sie.

Nach vierzehn Tagen war der Heimaturlaub beendet, Wilhelm musste nach Frankreich zurück. Agnes war deshalb nicht traurig. Fortan achtete sie nur darauf, dass Hertas Briefe den Adressaten nicht mehr erreichten, und sortierte auch die Schreiben des Sohnes an die Mutter aus.

Jedes Mal, wenn sie nun nach Palmnicken fuhr, schaute sie auf eine kleine Plauderei bei den Burdins vorbei. Gemütlich saß sie mit Frau Burdin in der Küche und trank einen Kaffee, sie redeten über dies und das, und immer erkundigte sich die Gastgeberin nach dem Befinden der Schwiegermutter. »Ach«, seufzte Agnes dann, »es wird und wird nicht besser. Die Hüfte macht ihr so zu schaffen, der Ärmsten!«

»Der Arzt hat ihr endlich starke Medikamente verschrieben«, erzählte sie ein anderes Mal. »Die Schmerzen sind ein wenig besser. Aber sie verträgt die Arznei nicht gut. In letzter Zeit macht sie doch einen recht verwirrten Eindruck.«

»Es ist ganz fürchterlich«, berichtete sie sorgenvoll wenig später. »Stellt euch vor, vor zwei Tagen habe ich sie nachts auf dem Hof gefunden, im Nachthemd. Sie hat mich überhaupt nicht erkannt! Und am nächsten Morgen hat sie sogar Karl mit Hermann verwechselt.«

Frau Burdin lauschte stets gespannt und war voller Mitleid und Verständnis.

Die wieder zunehmenden Bösartigkeiten der Alten ertrug Agnes mit stoischer Gelassenheit. Rede du nur, dachte sie, ich habe weiß Gott anderes zu tun.

Der Betrieb florierte, Grabstein um Grabstein verließ den Hof, sie kamen kaum noch nach mit der Fertigung. Die Einnahmen brachte Agnes artig zur Bank. Bevor Herta das Geld jedoch nachzählen konnte, zweigte sie jedes Mal ein Fünftel ab. Erst bewahrte sie die Scheine unter ihrer Matratze auf, dann erschien es ihr zu unsicher, und sie stopfte sie in kleine Kisten, die sie im Garten ihrer Eltern vergrub, hinten am Feldrand.

»Was machst du da, Kind?«, wollte ihr Vater wissen.

»Papa, die Zeiten sind schlecht«, sagte sie. »Das ist unsere Versicherung, falls es noch schlechter kommt.«

Abends saß sie lange an Wilhelms Sekretär über den Büchern, schrieb Rechnungen, korrespondierte mit Lieferanten, erteilte Aufträge. Und immer wieder rüttelte sie vorsichtig an der untersten Schublade des Tisches, die ihr Mann sorgfältig verschlossen hielt. Eines Tages, beim Kalkulieren, schweifte ihr Blick gedankenverloren durch den Raum und blieb am Adolf hängen.

Sie ging zum Bild des Führers und kippte es ein wenig von der Wand. An der Rückseite hing, befestigt mit einem winzigen Nagel, der Schlüssel.

Schnell schloss sie die Tür und stellte noch einen Stuhl davor. Sie öffnete den Sekretär und begann konzentriert die Unterlagen zu studieren, die sie dort fand. Wie sie gehofft hatte, waren es die Papiere über Grund und Boden in Kraxtepellen. Sie sah, dass es ein ansehnliches Areal war. Sie ersah nicht, warum ihr Mann es immer noch nicht veräußert hatte.

»Weißt du, warum Wilhelm doch nicht ans Werk verkauft hat?«, fragte sie ihren Vater danach.

»Nun«, er lächelte süffisant, »nach allem, was ich gehört habe, war er wohl zu gierig und hat schamlos versucht, den Preis in die Höhe zu treiben. Deshalb sind wir aus dem Geschäft ausgestiegen.«

»Besteht denn noch Interesse, zu einem angemessenen Preis?«

»Das weiß ich nicht. Jedoch glaube ich kaum, dass dein Gatte von seinem hohen Ross heruntersteigen wird.«

»Er vielleicht nicht. Aber ich«, entgegnete Agnes.

»Du?« Ihr Vater sah staunend auf. »Hat Wilhelm dir denn eine Vollmacht gegeben?«

»Noch nicht«, sagte sie.

Agnes hatte sich angewöhnt, einmal im Monat nach Königsberg zu fahren, da konnte die Alte auch noch so wettern über ihren nutzlosen Müßiggang und dass die Arbeit liegen bleibe. Sie kleidete sich schön, packte das Nötigste für eine Nacht in eine Tasche und brachte die Kinder zu ihrer Mutter. Sie war stets bei Hedwigs Familie zu Gast, die sie mit offenen Armen empfing.

Hedwig offenbarte sie auch die wahren Gründe für ihren Umzug nach Groß Hubnicken. Sie musste einfach mit jemandem darüber reden, und der Freundin traute sie. Die sah sie nach ihrem Bericht erschrocken an. »Das wusste ich ja nicht«, rief sie.

»Es ist auch nichts, was man herumerzählen möchte«, sagte Agnes. »Und es wäre mir lieb, wenn du es für dich behältst.«

»Natürlich«, versprach Hedwig. »Und an unserer Freundschaft ändert das nichts, rein gar nichts.«

Gertrud weihte Agnes nicht ein. Denn Gertrud hatte ihre tiefe Liebe für das Vaterland und ihren Führer entdeckt, eine Entwicklung, die im ursächlichen Zusammenhang mit ihrem nun schon Verlobten Hans Wuschke stand. Stolz zeigte sie Agnes den Brillanten, der an ihrer Hand funkelte. »Und bald wird geheiratet«, sagte sie. »Aber vorher geht's sechs Wochen nach Berlin-Schwanenwerder!«

»Wohin geht es?«, wollte Agnes neugierig wissen.

»Auf die Reichsbräuteschule«, wiederholte Gertrud. »Immerhin ist Hans Obersturmbannführer der Schutzstaffel, da kommt natürlich nicht jede für ihn infrage. Da bedarf es schon einer besonderen Qualifikation. Von einer durch und durch arischen Abstammung und der richtigen Gesinnung einmal abgesehen, aber das versteht sich ja von selbst.«

»Und was machst du da, auf dieser Schule?«, fragte Agnes schnell.

»Nun, ich werde auf die Ehe vorbereitet, also auf diese besondere Ehe. Denn an Hans' Seite muss ich ja nicht nur den Haushalt führen und für ein behagliches Heim sorgen, ich werde auch viele gesellschaftliche Verpflichtungen haben, bei denen ich mich bewähren muss«, erläuterte Gertrud, ihr Tonfall bekam dabei etwas belehrend Überhebliches.

Agnes enthielt sich jeglichen Kommentars dazu, merkte aber, dass sie begann, die Freundin ein wenig zu verachten. Eines interessierte sie aber noch. »Womit genau beschäftigt sich dein Hans eigentlich? Er ist ja nicht an der Front oder in den besetzten Gebieten?«

»Doch, doch«, widersprach Gertrud und senkte dramatisch die Stimme. »Erst kürzlich ist er aus Polen zurückgekehrt. Ein kriegsentscheidender, geheimer Auftrag. Direkte Order vom Führer.«

»Aber in Polen ist doch schon alles entschieden«, wunderte Agnes sich.

»Nun, du verstehst sicherlich, dass ich darüber nicht weiter sprechen darf …«

Begegnungen mit dem Herrn Obersturmbannführer vermied Agnes. Wenn Gertrud sie zu ihm einlud oder eine gemeinsame Verabredung im Café vorschlug, erfand sie Ausreden.

»Langsam glaube ich, dass du Hans nicht magst«, sagte die Freundin eines Tages enttäuscht. »Er wundert sich schon, warum du dich so rarmachst, wenn du in Königsberg bist.«

»Ach was, bisher ist einfach immer etwas dazwischengekommen«, meinte Agnes bestimmt. »Grüß ihn doch bitte sehr herzlich von mir. Beim nächsten Mal sehen wir uns, abgemacht!«

Beim nächsten Mal fand sie sich zu einem Abendessen bei Hans Wuschke ein, zu ihrer Beruhigung zusammen mit Hedwig. Erstaunt sah sie, wie geschmackvoll die Wohnung eingerichtet war, mit teuren Möbeln und kostbaren Gemälden. »Sie haben aber ein schönes Zuhause«, sagte sie und meinte es ehrlich. »Diese wunderbaren Bilder! Sie sammeln also Kunst?«

»So könnte man es sagen«, antwortete Hans Wuschke ausweichend.

Außer ihnen bestand die Gesellschaft noch aus sechs weiteren Personen, vier Herren, allesamt höhere SS-Dienstgrade, und zwei Damen. Das Tischgespräch bewegte sich auf hohem Niveau, es wurde verständig über Kunst und Literatur parliert und kaum über Politik. Fast genoss Agnes diese Kultiviertheit, mangelte es ihr doch in Groß Hubnicken an geistigem Austausch.

Als sich nach dem Diner die Sitzordnung auflöste, nahm Hans Wuschke neben ihr Platz und beugte sich vertraulich zu ihr. »Wie geht es Ihrem Mann?«, fragte er. »Wann haben Sie denn das letzte Mal von Wilhelm gehört?«

»Vor drei Tagen kam ein Brief von ihm«, sagte Agnes. Ihr wurde unbehaglich zumute, auch weil Hans Wuschke ihren Mann so vertraulich beim Vornamen nannte. »Es geht ihm den Umständen entsprechend recht gut. Wir vermissen ihn natürlich sehr. Aber in zwei Monaten soll er wieder für kurze Zeit nach Hause dürfen, zum Glück.«

»Ja, ja, und bis dahin halten Sie daheim die Fahne hoch und alles am Laufen …«

»Sie sind aber gut informiert«, bemerkte Agnes. Ihr Unbehagen wuchs.

»Natürlich«, sagte der Herr Obersturmbannführer gedehnt. »Ich sollte doch wissen, wie es um die Geschäfte eines Geschäftsfreundes steht.«

»Oh, ich wusste gar nicht, dass Sie mit Wilhelm geschäftlich verbunden sind«, erwiderte Agnes vorsichtig.

Hans Wuschke blickte auf. Seine wässrigen blauen Augen waren unergründlich. »Der Dolomit. Aus Libiaz«, sagte er unvermittelt. »Ich habe den Vertrag mit Ihrem Mann ausgehandelt.«

»Sie arbeiten für einen Steinbruch?«, platzte es ungläubig aus Agnes heraus.

Hans Wuschke lachte amüsiert. »Für einen Steinbruch! Das ist gut!« Wieder warf er ihr diesen Blick zu. »Nein, meine Verehrteste, ich arbeite selbstverständlich nicht in einem Steinbruch. Aber man könnte sagen, ich lasse dort arbeiten …«

Agnes schwieg. Der Herr Obersturmbannführer nahm in aller Ruhe einen Schluck Wein und rückte noch ein Stück näher an sie heran. »Sie haben davon gehört, was mit den Juden passiert?«, fragte er leise.

Selbstverständlich hatte Agnes davon gehört. Jeder hatte davon gehört. Es war ja gar nicht möglich, die Augen davor zu verschließen, dass über Nacht plötzlich ganze Familien verschwanden. Hinter vorgehaltener Hand erzählte man sich so einiges.

»Lange haben diese Blutegel an den Adern des deutschen Volkes gehangen, um uns auszusaugen und die Kraft zu rauben«, fuhr der Herr Obersturmbannführer ungerührt fort. »Das ist diesen Tieren nicht gelungen. Und jetzt werden diese Tiere ihre

Schuld abarbeiten, bis wir sie ihrer endgültigen Bestimmung zuführen.«

»Es fragt sich nur, wer hier Tier ist und wer Mensch«, entfuhr es Agnes zornig.

»Ja, das könnte man sich fragen, liebe Agnes. Man könnte seine Worte auch mit mehr Bedacht wählen. Wer im Glashaus sitzt, sollte nicht mit Steinen werfen«, sagte Hans Wuschke und stand auf.

Agnes war übel geworden. Nach kurzer Zeit verließ sie mit einer Entschuldigung vorzeitig die Gesellschaft.

Am nächsten Morgen packte sie früh ihre Sachen und fuhr nach Hause zurück. Sie lief in die Werkstatt, griff nach dem Bossierhammer und schlug wie von Sinnen auf die Steine ein. Danach setzte sie sich in die Küche ihrer Eltern und weinte.

Wilhelm kam erneut für eine kurze Woche in die Heimat und war in aufgeräumter Stimmung. Schließlich war die Schlacht in Frankreich geschlagen, und er hatte die vergangenen Wochen in Paris bei der deutschen Militärverwaltung verbracht. »Das muss man den Franzosen lassen«, meinte er anerkennend. »Lebensart haben sie.«

Er berichtete ausschweifend von den Sehenswürdigkeiten der Stadt, von den Champs-Élysées, von Montmartre und Eiffelturm. »Und diese schicken Mademoiselles!«, lachte Wilhelm. »Oh lala ...«

»Ich dachte, es ist Krieg«, sagte Agnes. »Du klingst, als kämest du aus dem Urlaub.«

Die Alte hatte natürlich nichts Besseres zu tun, als ihrem Sohn umgehend von Agnes' Ausflügen nach Königsberg und von den zerstörten Steinen zu erzählen.

»Ich habe mich lediglich mit deinem Geschäftsfreund getroffen«, erklärte Agnes. »Die Steine aus Libiaz sind von minderer Qualität. Wir sollten den Vertrag kündigen.«

Das lehnte Wilhelm rundweg ab. »Unmöglich!«, sagte er.

»Derart gute Konditionen bekommen wir sonst nirgends. Da bin ich dem guten Hans wirklich zu Dank verpflichtet.«

»Du weißt schon, was genau dein guter Hans in Polen macht?«, fragte Agnes. »An den Steinen klebt Blut.«

Davon wollte ihr Mann nichts wissen. »Papperlapapp«, meinte er. »Das kannst du nun wirklich nicht beurteilen, mein Schatz. Und die Entscheidungen treffe hier immer noch ich.«

Deshalb ließ er sich auch gleich die Bücher und die Bankunterlagen bringen, um alles zu kontrollieren. Selbstredend hatte Agnes die Rechnungen manipuliert, damit ihm nicht das fehlende Fünftel auffiele. Ihr Mann stutzte auch nur kurz und fragte, warum sie für einige der Grabmäler weniger als üblich verlangt habe.

»Den Hinterbliebenen der Soldaten gewähre ich einen Nachlass«, sagte sie. »Immerhin sind sie für unser Vaterland gefallen. Das ist das Mindeste, was wir tun können.«

Ihr Mann nickte verständnisvoll und war alles in allem zufrieden mit ihrer Arbeit. »Das hast du gut gemacht, für eine Frau.«

Zufrieden war er auch mit Karl, der ihm jetzt schon einigermaßen ähnlich sah. »Wirklich, ein strammer Bursche«, sagte er ein ums andere Mal, wenn er dem Kleinen über den Kopf strich. »Aus dem wird einmal etwas werden.«

Agnes gab sich Mühe, besonders im ehelichen Bett, damit Wilhelm bei guter Laune blieb. Nachdem sie ihm eines Nachts sogar zweimal zu Diensten gewesen war, das Kratzen an der Wand klang dabei nahezu empört, strich sie ihm hinterher zärtlich über die Wange. »Ach, Wilhelm«, seufzte sie, »nun musst du schon bald wieder fort. Was soll nur mit uns werden, ohne dich?«

Gerührt nahm er sie in den Arm. »Ihr werdet schon zurechtkommen. Und außerdem hast du Mutti an deiner Seite.«

»Ja, zum Glück«, flüsterte Agnes. »Obwohl … in letzter Zeit mache ich mir Gedanken um sie …«

»Ja? Warum?«

»Sie scheint ein bisschen verwirrt. Und plötzlich so vergesslich. Wenn ich sie nach Dingen aus dem Betrieb frage, kennt sie sich nicht mehr so richtig aus.«

»Nun, sie ist nicht mehr die Jüngste. Das hat nichts zu bedeuten.«

»Du hast sicher Recht. Ich sollte mir nicht unnötig den Kopf zerbrechen«, meinte Agnes leichthin und gab ihrem Mann einen Kuss. »Aber vielleicht solltest du mir eine geschäftliche Vollmacht geben, nur zur Vorsicht.«

»Ich denke darüber nach«, sagte ihr Mann.

Einen Tag vor seiner geplanten Rückkehr nach Paris bekam Wilhelm den Befehl, nicht nach Frankreich zu fahren, sondern sich mit seiner Kompanie bei der Heeresgruppe Süd in Polen einzufinden.

Eine geschäftliche Vollmacht hinterließ er Agnes nicht. Dafür aber, wie sie die Zeichen ihres Körpers nach kurzer Zeit richtig deutete, ein weiteres Kind.

Nicht nur Wilhelm zog's gen Osten, auch der alte Geselle und der Tagelöhner sollten bald marschieren. Agnes sattelte voller Wut das Pferd und ritt nach Palmnicken. »Wie sollen wir denn weitermachen?«, fragte sie Helmut Burdin. »Wie stellt der Führer sich das denn vor?«

»In diesen Zeiten muss jeder Opfer bringen«, entgegnete der Ortsgruppenleiter.

»Das erzähl einmal den Müttern, die ihre Söhne verloren haben und sie jetzt nicht anständig unter die Erde bringen können!«, rief Agnes.

Helmut Burdin seufzte. »Ich werde sehen, was ich für euch ausrichten kann.«

Acht Tage später kam er mit einem Polen auf den Hof. »Es hat etwas Zeit gebraucht«, sagte er. »Aber dafür kennt er sich mit eurem Handwerk aus.«

Herta wies dem Zwangsarbeiter im letzten Winkel der baufälligen Scheune ein Plätzchen zu. Dort durfte sich der Mann namens Franciszek ein notdürftiges Nachtlager aus Stroh bauen. »Der Polacke kommt mir nicht ins Haus«, giftete die Alte.

»Aber eine warme Decke wirst du ihm wohl geben müssen«, sagte Agnes. »Wenn er krank wird, nützt er uns nichts.«

Franciszek war fleißig und freundlich, seine Arbeit machte er gut, Hertas Anfeindungen ertrug er mit einem gesunden Phlegma. Er sprach etliche Brocken Deutsch, sodass Agnes sich passabel mit ihm unterhalten konnte. Sie erfuhr, dass er aus einem kleinen Ort in der Nähe von Warschau stammte und dass sein Großvater und Vater Steinmetze gewesen waren, er selbst war Lehrer geworden, hatte aber viel von ihnen gelernt. Sie erfuhr auch, dass er verheiratet war und eine kleine Tochter hatte und er nicht wusste, wo Frau und Kind in den Wirren des Kriegs abgeblieben waren.

»Was redest du denn nur mit dem?«, fragte die Alte, wenn sie Schwiegertochter und Franciszek in der Werkstatt beobachtet hatte. »Verbrüderst du dich etwa mit dem Feind?«

»Wollen wir nur hoffen, dass dein Sohn nicht in Kriegsgefangenschaft gerät und dann bei jemandem wie dir schuften muss«, entgegnete Agnes. »Und jetzt koch etwas Anständiges für ihn, nicht immer diese Wassersuppe. Woher soll er denn die Kraft nehmen zum Arbeiten?«

»Wir müssen sparen«, sagte die Alte mit verkniffenem Gesicht.

»Schlachte ein Kaninchen!«, beschied Agnes ihr. »Wir haben es reichlich.«

Und das stimmte. Überall im Deutschen Reich wurden die Städte von den Briten bombardiert, die Lebensmittel waren längst rationiert, und die Bevölkerung begann Not zu leiden. In Ostpreußen ging das Leben dagegen seinen gewohnten Gang, es gab von allem genug, und wären nicht die Männer weg gewesen, so hätte man glauben können, dass man auf der letzten Insel der Glückseligen lebte.

Der dritte Kriegswinter brach an. Wilhelm schrieb seltener von der Front, aber immerhin wusste Agnes, dass er in Rostow am Don lag und es den Bolschewiken seiner Ansicht nach kräftig an den Kragen ging.

Die erneute Schwangerschaft machte ihr diesmal zu schaffen, anfänglich war ihr oft schlecht, und ständig spürte sie ein unangenehmes Ziehen im Rücken. Außerdem litt sie seit ihrem letzten Besuch in Königsberg unter Schlafstörungen und lag nachts oft stundenlang wach. Doch Agnes biss die Zähne zusammen und ließ sich vor der Alten nichts anmerken.

Dann erkrankte ihre Mutter. Es begann mit einem harmlosen Husten, der sich schnell verschlimmerte und zu dem sich hohes Fieber gesellte. Der Arzt diagnostizierte eine Lungenentzündung, beruhigte die Familie aber, dass alles in Ordnung käme und es nur Zeit brauchte. Er verschrieb strenge Bettruhe und untersagte jegliche Aufregung.

So war überhaupt nicht mehr daran zu denken, dass ihre Mutter Karl und Hermann beaufsichtigte, wenn Agnes tagsüber beschäftigt war. Sie musste die Kinder der Alten überlassen. Innerlich widerstrebte ihr das, doch sie hatte keine Wahl und redete sich ein, dass in Herta etwas wie ein Funken großmütterlicher Liebe aufglühen könnte.

Jeden Abend beschwerte sich die Alte nun darüber, wie wild und unberechenbar die Jungen seien. »Es mangelt ihnen an Gehorsam«, sagte sie.

»Ach Herta, Karl ist noch so klein, der kann mit deinem Gehorsam überhaupt nichts anfangen«, entgegnete Agnes.

»Aber Hermann muss mir gehorchen, der ist alt genug. Doch er kommt wohl nach dir. Na, das werde ich ihm schon noch austreiben«, drohte die Alte.

Vor dem Zubettgehen nahm sich Agnes ihren Ältesten vor. »Du musst auf deine Großmutter hören und machen, was sie dir sagt.«

»Das will ich doch auch, Mama.« Hörbar zog Hermann die

Nase hoch und schniefte. »Aber sie ist immer so böse. Und egal, was ich tue, immer ist alles falsch. Und gestern hat sie beinah Karl von der Leiter fallen lassen. Und da hab ich gesagt, dass sie besser aufpassen soll mit ihm. Und da wollte sie mich schlagen. Aber ich bin weggerannt.«

Agnes nahm ihren Sohn in die Arme und drückte ihn fest. »Das hast du gut gemacht«, sagte sie. »Du musst nur noch ein kleines bisschen tapfer sein. Bald ist die Omi ja wieder gesund.«

Dann ging sie nach unten in die Küche, wo Herta hockte. »Rühr mein Kind nicht an«, zischte Agnes. »Sonst rühre ich dich an.«

Die Alte blickte unbewegt aus dem Fenster und sagte kein Wort.

Ihre Mutter erholte sich nur langsam. Agnes rannte hin und her zwischen Hof, Werkstatt und dem Haus der Eltern, um auch dort die nötigsten Dinge zu erledigen. Kaum hatte sie noch Zeit, sich um die Söhne zu kümmern.

Eines Abends, als sie die beiden entkleidete und für das Bett fertig machen wollte, entdeckte sie, dass Hermanns Körper mit blauen Flecken übersät war. Auch Karl hatte eine Stelle am Oberschenkel, so als hätte ihn dort jemand gekniffen. »Wie ist das denn passiert?«, rief Agnes entsetzt.

Hermann sah zu Boden und begann mit seiner Fußspitze Kreise zu malen.

»Hermann, raus mit der Sprache!«, forderte Agnes.

»Ich darf nichts sagen. Sonst tut es beim nächsten Mal noch mehr weh, auch beim Karlchen.« Hermann begann zu schluchzen.

Agnes stürmte in die Küche, riss die Alte von ihrem Hocker in die Höhe und schüttelte sie. »Du Abschaum!«, schrie sie. »Wie kannst du nur! Wie kannst du es wagen, dich an den Kindern zu vergehen! Ich drehe dir den Hals um, du Miststück …«

In diesem Moment kam Franciszek hereingelaufen, er hatte sich wohl auf dem Hof an der Pumpe gewaschen und war von dem Geschrei angelockt worden. »Nicht gut«, sagte er, »nicht gut für dich. Hör auf. Bitte.«

Agnes ließ von der Alten ab, die noch keinen einzigen Laut von sich gegeben hatte, und verließ wortlos die Küche.

Fortan ließ sie Hermann und Karl keine Sekunde mehr unbeobachtet. Sie nahm die Kinder überall mit hin, auch wenn sie Agnes von der Arbeit abhielten, es nützte ja nichts.

An einem Abend aber, als sie noch die Werkstatt aufräumte, schickte sie Hermann ins Haus, um ihre Strickjacke zu holen. Es war empfindlich kalt geworden. Als er nicht gleich zurückkam, setzte sie sich Karl auf die Hüfte und ging ihm nach. Sobald sie die Küche betrat, hörte sie sein Geheul. Sie lief los und die Treppe hinauf und sah, dass die Alte oben ihren Sohn festhielt und gerade zum Schlag ausholte.

Agnes schubste Hermann beherzt zur Seite, dabei gab sie auch der Alten, eher unabsichtlich, einen Stoß. Herta taumelte auf dem obersten Treppenabsatz, für einen winzigen Augenblick schien es fast, als schwebte sie in der Luft. Dann fiel sie mit einem gehörigen Krachen die Stufen hinunter.

Ein paar Sekunden lang lag sie nur so da und rührte sich nicht. Dann zuckte sie kurz. Agnes schaute auf ihre Schwiegermutter hinab. Blut sickerte aus einer Wunde an Hertas Kopf. Sie nahm Hermann an die Hand, ging in ihr Schlafzimmer und schloss die Tür hinter sich. Sie legte sich angezogen zu ihren Kindern ins Bett und sang ihnen leise ein Nachtlied vor. Schon bald dämmerten beide weg.

Als sie am nächsten Morgen erwachte, stellte sie fest, dass sie so gut wie schon lange nicht mehr geschlafen hatte. Sie stand auf, strich ihre zerdrückte Kleidung glatt und betrachtete liebevoll ihre Kinder, die leise auf dem Boden gespielt hatten, um die Mutter nicht zu wecken. »Ich bringe euch eine heiße Schokolade. Spielt ihr schön weiter«, sagte sie.

Sie ging die Treppe hinunter, stieg über den Leichnam der Alten und lief durch Küche und Hof zu Franciszek. »Hol den

Arzt«, sagte sie ruhig zu ihm. »Es ist ein Unfall passiert. Herta muss heute Nacht auf der Treppe gestürzt sein.«

Der Pole erwiderte ebenso ruhig ihren Blick und nickte. Agnes ging in die Küche zurück und setzte die Milch auf den Herd. Leise summte sie dabei das *Ännchen von Tharau* vor sich hin. Dann nahm sie eine Zwiebel, zerschnitt sie und rieb sich die Hälften über die Augen. Sofort kamen die Tränen. Sie lächelte zufrieden, setzte sich an den Tisch und wartete auf den Arzt.

NIDA, MAI 2008

»Nein, da setze ich mich nicht rein. Das ist viel zu klein.« Schon drei Mal hatte Martha misstrauisch den Mustang umrundet. Das Auto sah gefährlich aus, fand sie. »Warum fahren wir nicht mit der Bahn? Ich fahre immer mit der Bahn.«

Diese merkwürdige Frau mit den kurzen Haaren, die ihre Tochter war, tippte sich an die Stirn. »Du spinnst doch«, sagte sie. »Und den Wagen lass ich hier in Litauen stehen, oder was? Los, einsteigen!«

Martha schüttelte den Kopf und verschränkte die Arme vor der Brust.

»Die hat doch nicht mehr alle Tassen im Schrank«, sagte die Frau jetzt zu diesem merkwürdigen Mann mit den hängenden Schultern, der ihr Neffe war.

»Ja, aber das wusstest du schon. Lass mich mal«, meinte der und legte ihrer Tochter beruhigend eine Hand auf die Schulter. Nun kam er auf sie zu. »Das haben wir doch besprochen«, sagte er sanft. »Wir fahren jetzt mit dir nach Hamburg. Wir bringen dich nach Hause, zu Agnes.«

»Nein. Mein Zuhause ist da.« Martha zeigte mit dem Finger in eine unbestimmte Richtung.

»Okay, okay, dein Zuhause ist dahinten. Das mag ja sein. Aber wir müssen jetzt nach Hamburg. Mit dir. Deshalb sind wir extra hergekommen. Um dich abzuholen. Und das ist ein ganz toller Sportwagen. Du darfst auch vorne sitzen, Tante Martha. Es wird dir bestimmt Spaß machen.«

Er sprach mit ihr, als wäre sie ein kleines Kind. Oder dumm. Aber sie war nur verrückt. Doch Martha gefiel es, dass er sie »Tante« nannte. Das gab ihr ein Gefühl der Zugehörigkeit zu diesen beiden Menschen. Also nickte sie.

Der Mann faltete sich zusammen und zwängte sich auf die Rückbank, die eigentlich keine war. Martha setzte sich auf den Beifahrersitz und schnallte sich schnell an. Man wusste nie. Sie betrachtete das schwarz glänzende Armaturenbrett mit all den Anzeigen, deren Funktionen sich ihr nicht erschlossen. Es war lange her, dass sie Auto gefahren war.

Auch die Frau stieg ein, startete den Motor und fuhr los. »Du musst jetzt links«, sagte Martha.

»Falsche Richtung. Das Navi zeigt rechts an«, entgegnete die Frau.

»Links. Es ist eine Abkürzung. Ich kenne mich hier aus.«

Die Frau fuhr links. Das war gut, Töchter sollten auf ihre Mütter hören. Martha wippte zufrieden mit den Knien.

Nach einigen Kilometern stoppte der Wagen abrupt, vor ihnen tauchten die großen Zäune und die Gebäude aus Beton auf. »Das ist die Grenze«, meinte die Frau entgeistert. »Da kommen wir doch nicht weiter.«

»Ich weiß«, sagte Martha. »Aber wir haben doch Zeit. Und ich wollte es euch zeigen.«

»Was?«

»Dahinten. Da ist unser Zuhause, von dort kommen wir.«

Nachdem die Frau sich auf die Promenade erbrochen und Martha ihr den Kopf gestreichelt hatte, war plötzlich aus der Dunkelheit der Mann aufgetaucht.

»Wer bist du?«, hatte Martha ihn gefragt.

»Bosse, ich bin Bosse. Also dein Neffe, der Sohn von deinem Bruder Klaus. Und du musst Martha sein, stimmt's?« Er hatte ihr seine Hand hingestreckt, etwas ungelenk und verlegen, und sie hatte sie genommen. Er machte einen so verwirrten Eindruck. Vielleicht hatte er Angst.

Sie hatte auch ein wenig Angst. Bis zu dem Moment, in dem sie die Frau auf der Bank sitzen sah, hatte sie nicht geglaubt, dass sie tatsächlich käme. Sie hatte die Möglichkeit erwogen.

Sie hatte sich darauf vorbereitet. Das schon. Man musste vorbereitet sein.

Und nun war sie da, ihre Tochter, und dazu noch ihr Neffe. Wenn sie sich richtig erinnerte, hatte er eine Schwester. »Guten Abend, Bosse«, sagte sie. »Wie geht es deiner Schwester?«

Der Mann schien ein wenig in sich zusammenzufallen und entzog ihr seine Hand. »Sie ist tot«, erwiderte er.

Martha wollte sich eigentlich auch nach ihrem Sohn, nach Peter, erkundigen. Jetzt ließ sie es besser bleiben.

Als die Frau neben ihr endlich nicht mehr spuckte, sagte sie: »Wenn ihr wollt, zeige ich euch mein Haus.« Sie ging voran, die beiden folgten ihr durch den Ort bis zum Waldrand, wo sie den kleinen Trampelpfad nahm, der bis zu ihrem Grundstück führte. Es war stockdunkel, aber Martha machte das nichts aus. Sie kannte jeden Stein und jede Kuhle. Sie hörte, wie die Frau hinter ihr stolperte und fluchte wie ein Bierkutscher. Sie ist genau wie ihre Großmutter, dachte Martha.

Nach zehn Minuten, in denen die Frau immer wieder gefragt hatte, wie weit es denn »verdammt noch mal« sei und warum man »zur Hölle« nicht mit dem Auto gefahren sei, erreichten sie den Holzzaun zu Marthas Garten. Sie öffnete die Pforte und bat sie einzutreten. »Hier wohne ich«, sagte sie.

Es war nichts Besonderes, ihr Haus aus Holz, aber sie mochte es. Die rote Farbe verblasste langsam, und auch die weiße Eingangstür mit den blauen Streifen ringsum hätte gestrichen werden können.

»Mann, ist das düster hier«, meinte die Frau. »Ich seh überhaupt nichts.«

Martha entzündete mehrere Petroleumlampen. »Setzt euch«, sagte sie und deutete auf das schiefe Sofa mit der bunten Patchworkdecke. »Ich mache Feuer. Wollt ihr essen?«

Die Frau schüttelte den Kopf, aber der Mann nickte. »Etwas zwischen die Zähne wäre echt prima, Martha. Ich hab Hunger wie ein Wolf.«

Martha lächelte. Sie fand diesen Vergleich lustig, denn nun, bei Lichte betrachtet, hatte der Mann etwas von einem Schaf. Sie schichtete Holz in den alten Ofen und brachte es zum Brennen. Dann ging sie in ihre Speisekammer und holte etwas von der guten Wurst und dem würzigen Brot. Sie stellte noch den Kümmelkäse dazu, öffnete ein Glas ihrer eingemachten Gurken und deckte den Tisch.

Der Mann begann zu essen, gierig. »Mensch, Birte, probier wenigstens mal. Das ist lecker!«, rief er.

Diese Birte schüttelte wieder nur den Kopf. Da fiel Martha etwas ein. »Möchtest du Sardinenfilets? In Öl?«

»Ich esse keinen Fisch«, sagte die Frau.

»Doch. Früher hast du gerne Fisch gegessen.«

»Früher …« Die Frau betonte das Wort ganz eigenartig. »Tja, früher war alles anders, wie man so schön sagt. Früher hatte ich auch mal eine Mutter …« Die Frau starrte sie an.

Und Martha begriff. Ihre Tochter war böse auf sie. Sie überlegte, was sie darauf erwidern könnte. »Ich habe auch Schokolade«, sagte sie dann.

Die Tochter verzog nur das Gesicht und griff nach einem Stück Brot. »Hast du was zum Runterspülen?«

Martha nahm ein Glas, füllte es mit Wasser und reichte es ihr. »Gibt's etwas anderes außer Wasser? Vielleicht etwas mit ein paar mehr Umdrehungen?«, fragte die Frau.

Martha verstand nicht. »Du solltest nicht schon wieder Alkohol trinken«, schaltete sich der Mann ein. »Wir wollen schließlich morgen zurückfahren. Und es ist verdammt weit.«

»Ja, weit ist es«, sagte Martha. »Manchmal braucht es Jahre, um anzukommen.« Sie ging in die Kammer und holte die Flasche Wodka. »Und morgen zeige ich euch die Dünen.«

Sie lag wach und lauschte dem Geflüster, das von unten zu ihr in den ersten Stock drang. Nach dem Abendbrot hatte sie das Sofa ausgeklappt und Decken bereitgelegt. »Hier könnt ihr schlafen.

Und waschen könnt ihr euch an der Spüle. Die Toilette ist draußen, am Haus. Gute Nacht.«

Nun versuchte sie zu verstehen, was die Frau und der Mann redeten. Leise stand sie auf und schlich zur offenen Stiege, an der sie sich zusammenkauerte.

»Das ist doch komisch«, murmelte ihre Tochter. »Sie hat nicht ein einziges Mal nach Peter gefragt.«

»Sie hat überhaupt nicht viel gefragt oder gesagt«, flüsterte der Mann. »Vielleicht hat sie sich nicht getraut.«

»Vielleicht ist sie aber auch so bekloppt, dass sie ihn einfach vergessen hat …«

»Dich hat sie ja auch nicht vergessen.«

Martha hörte darauf ein Gluckern und dann die Flasche, die auf dem Boden abgestellt wurde.

»Was weiß ich«, sagte die Frau. »Ich bin hundemüde. Klappe jetzt!«

Martha schlich zurück ins Bett und schloss die Augen. Ihre Mundwinkel zuckten ein wenig beim Einschlafen. Ihre Tochter war ein merkwürdiger Mensch. Aber irgendwie gefiel sie ihr.

Der nächste Tag war strahlend blau. Nur in Marthas Hütte zogen dunkle Wolken auf. Sie war früh erwacht, leise die Stufen hinuntergestiegen und hatte Kaffee aufgesetzt. Der Mann und die Frau schliefen noch, Hintern an Hintern. Sie räumte auf, fand auch die Wodkaflasche, die unter den Tisch gerollt war, nur noch halb voll.

Sie setzte sich still neben das Sofa und betrachtete die Frau. Sie hatte gedacht, dass Birte viel älter aussähe. Aber ihre Haut war so glatt, und jetzt, im Schlaf, waren ihre Gesichtszüge weich. Ein hübsches Kind, ohne Zweifel. Das hatte man früher nicht gesehen, bei all dem Babyspeck. Vorsichtig strich Martha ihr eine der kurzen blonden Strähnen aus dem Gesicht. Die Frau gab einen knurrenden Laut von sich und schlug die Augen auf. Schnell zog sie ihre Hand zurück.

»Wie spät ist es?«, fragte ihre Tochter.

»Sehr früh. Und gleich gibt es Kaffee. Du trinkst doch Kaffee, oder?«

»Ja.«

»Gut. Und nach dem Frühstück machen wir einen Ausflug. Zu den Dünen.«

Ihre Tochter richtete sich auf. »Wir machen sicher alles, aber keinen Ausflug. Du wirst ein paar Sachen zusammenpacken, und dann fahren wir los.«

Martha schwieg. Es machte keinen Sinn, der Frau zu widersprechen. Sie würde mit diesem Bosse reden müssen. Der wurde nun auch langsam wach, wühlte sich aus der Decke heraus und blickte verwirrt um sich.

»Guten Morgen«, sagte Martha. »Du bist in Marthas Haus.«

Der Mann grinste sie verschlafen an. »Ich weiß. Guten Morgen, Martha.«

Sie bereitete das Frühstück und sah den beiden beim Essen zu.

»Gibt's hier irgendwo ne Dusche?«, fragte ihre Tochter, während sie am Marmeladenbrot kaute.

»Draußen im Garten. Und mit vollem Mund spricht man nicht.« Dieser Bosse grinste schon wieder. Er schien eine Frohnatur zu sein. Martha lächelte zurück und sagte, ermutigt: »Nach dem Frühstück machen wir einen Ausflug. Zu den Dünen.«

Ihre Tochter stellte den Kaffeebecher mit einem Knallen auf den Tisch zurück. »Langsam reicht es. Ich bin nicht tausendfünfhundert Kilometer gefahren, um mir irgendwelche beknackten Sandhaufen anzugucken. Hier ist gleich Abfahrt. Haben wir uns jetzt endlich verstanden?«

»Wir schauen uns die Dünen an«, sagte sie ruhig. »Oder ich fahre nirgendwohin.«

Die Frau guckte sie wütend an und wollte etwas sicherlich Gemeines sagen, da schaltete sich der Mann ein. »Also ich würde die Dünen wahnsinnig gern sehen. Es ist doch auch egal, ob wir eine Stunde früher oder später losfahren. Na komm, Birte, nun sei mal nicht so«, meinte er besänftigend.

Eine Stunde später stapften sie durch das Gras die Hohe Düne hinauf und ließen sich die Ostseebrise um die Nase wehen. Oben angekommen, blieben sie stehen und blickten aufs Haff. »Ist ja ganz schön hier«, rief ihr Neffe gegen den Wind. »Ein bisschen wie auf dem Mond. Irgendwie unwirklich.«

»Alles ist weglos, nur Sand, Sand und Himmel«, meinte Martha.

Der Mann sah sie erstaunt von der Seite an. »Was?«

»Das hat Thomas Mann gesagt«, sagte sie.

»Der war auch hier. In den Ferien.«

»Tatsächlich? Wann denn?« Der Mann klang interessiert.

»Boah!« Ihre Tochter schnaufte. »Ich unterbrech euer bildungsbürgerliches Geplänkel nur ungern. Aber die scheiß Dünen haben wir ja jetzt gesehen. Also können wir endlich ...«

»Kommt!«, rief Martha und lief schnell voraus. »Ich zeige euch, wo er gewohnt hat.«

Sie zeigte ihnen nicht nur das Thomas-Mann-Haus auf dem Schwiegermutterberg, sie zeigte ihnen auch das Bernsteinmuseum, den Alten Friedhof und den Jachthafen. Und jedes Mal, wenn ihre Tochter meinte, dass nun aber endgültig Schluss sei mit dem »Scheiß«, drohte sie, nicht mitzufahren. Es war einfacher, als sie gedacht hatte. Wie zwei Kinder gingen die zwei hinter ihr her, so artig, dass Martha fand, sie hätten sich eine Belohnung verdient. »Und jetzt wollen wir essen gehen!«, rief sie und klatschte vor Freude in die Hände.

Sie führte die beiden ins Sena Sodyba, eine Wirtschaft mit Gärtchen, in der man draußen sitzen konnte. Schließlich war es warm. Martha konnte sich nicht daran erinnern, wann sie das letzte Mal in einem Restaurant essen gewesen war, und sie spürte eine gewisse Aufregung, ja, sogar etwas wie Freude. Sie setzte sich an einen der braunen Holztische unter einen grünen Sonnenschirm und begann mit den Beinen zu wippen.

Die Frau blieb jedoch stehen. »No way«, sagte sie. »Seit Stunden latschen wir hinter dir her. Du hattest deinen Willen. Entweder du kommst jetzt mit oder …«

»Birte, jetzt lass uns noch schnell einen Happen essen. Ich hab auch echt Kohldampf von der ganzen Rennerei«, meinte Bosse und ließ sich auf einen Stuhl fallen. »Und dann fahren wir. Stimmt's, Martha?« Er zwinkerte ihr zu.

Sie nickte vergnügt. »Das stimmt. Und das war ein sehr schöner Ausflug«, sagte sie.

Nachdem Martha das Haus sorgfältig verschlossen und sich überwunden hatte, in das Auto ihrer Tochter zu steigen, waren sie tatsächlich losgefahren. Und natürlich musste sie ihnen noch die Grenze zeigen und sie auf das aufmerksam machen, was dahinter lag. Birte und auch Bosse mussten wissen, woher sie stammten, wo ihre Wurzeln lagen. Wurzeln waren wichtig. Wurzeln erklärten alles.

Ihre Tochter fuhr sehr schnell. Anfänglich machte Martha das Angst. Und auch ihr Neffe schien sich zu fürchten, denn irgendwann fragte er: »Musst du eigentlich so rasen?«

»Jep, muss ich. Ihr wolltet ja unbedingt wie blöde Touris durch die Gegend eiern. Und jetzt ist es schon nach zwei. In einem Rutsch werden wir's sowieso nicht mehr schaffen, aber ich will heute noch Strecke machen. Ist ja nicht so, dass ich in Hamburg nichts zu tun hätte«, erwiderte Birte und drückte noch mehr aufs Gas.

Nach einer Weile entspannte Martha sich und begann zu summen.

»Was trällerst du da eigentlich die ganze Zeit?« Ihre Tochter guckte sie scheel von der Seite an. »Kommt mir irgendwie bekannt vor.«

»*Ännchen von Tharau*«, sagte Martha. »*So wird die Lieb' in uns mächtig und groß durch Kreuz, durch Leiden und traurigem Los*. Das hat mir Mama früher vorgesungen.«

»Echt?«, kam es von hinten. »Agnes hat dir vorgesungen? Das kann ich mir bei Großmutter gar nicht vorstellen.«

»Natürlich.« Martha drehte sich zu diesem Bosse um. »Das machen Mütter so.«

Ihre Tochter lachte, aber es war kein fröhliches Lachen. »So, machen Mütter das? Ich kenn zumindest eine, die hat das nie gemacht. Die hat sich dafür einfach verpisst.«

Martha sah nun Birte an. »Ich habe dir immer vorgesungen. Und Peter auch. Als ihr noch klein wart. Deshalb kennst du das Lied«, erklärte sie. »Und ich habe dir immer geschrieben.«

»Immer!« Birte lachte schon wieder, diesmal klang es gefährlich. »Das erste Lebenszeichen von dir habe ich bekommen, als ich schon über zwanzig war. Eine popelige Ansichtskarte mit drei Zeilen. Das nennst du also immer!«

»Ich habe dir immer geschrieben«, beharrte Martha. »Jedes Jahr. Und am Anfang öfter. Auch Briefe. Du hast nie zurückgeschrieben.«

»Na klar. Wer's glaubt …« Diese Birte war nun wieder böse, das konnte Martha hören. »Das hast du dir vielleicht in deinem wirren Hirn zurechtgelegt, damit du nicht so ein schlechtes Gewissen hast. Weißt du überhaupt, was das ist – ein Gewissen?«

Martha zuckte mit den Achseln. Sie war sich nicht sicher, was *ein Gewissen* war. Ihre Tochter drückte ein paar Knöpfe am Armaturenbrett, und ohrenbetäubende Musik füllte das Innere des Wagens.

Trotz des Lärms musste Martha irgendwann eingeschlafen sein. Als sie hochschreckte, wurde es draußen langsam dunkel. Von der Rückbank hörte sie ein Schnarchen. »Ich habe geschlafen«, sagte sie.

»Das war nicht zu übersehen.«

»Bist du auch müde?«

»Nein«, meinte ihre Tochter und rieb sich über die Augen.

»Soll ich den Sportwagen fahren?«

»Du?« Die Frau wandte ihr verblüfft den Kopf zu. »Du hast einen Führerschein?«

Martha dachte einen Augenblick lang nach. »Nein, ich glaube nicht. Aber fahren kann ich. Das habe ich mir selbst beigebracht«, erzählte sie. »Mit einem Traktor. Auf dem Feld.«

Ihre Tochter lachte, und nun klang es endlich echt. »Mit einem Traktor! Alles klar. Also, nimm's mir nicht übel, du fährst bestimmt prima, aber für die Straße braucht man einen Führerschein.«

»Ach so.« Martha nickte verständnisvoll. »Und wo kann ich mir einen Führerschein kaufen?«

»Den kauft man sich nicht. Dafür muss man eine Prüfung machen, verstehst du? Theoretisch und praktisch. Und wenn man beide Tests besteht, dann bekommt man den Führerschein.«

»Ach so.« Martha war ein wenig enttäuscht. Eine Prüfung, nein, das war nichts für sie. »Aber vielleicht kann ich doch einmal fahren. Wenn keiner guckt. Was meinst du?«

»Vielleicht.« Ihre Tochter lächelte. »Wo bist du denn Traktor gefahren? In Nida?«

»Nein.« Martha schüttelte energisch den Kopf. »Woanders.«

»Erinnerst du dich noch, wo das war?«

Martha überlegte angestrengt. »Vielleicht in Norwegen. Oder in Finnland. Ich war in vielen Ländern.«

»Ich weiß«, sagte Birte leise. »Ich habe mir alle Briefmarken auf deinen Postkarten angekuckt. Woher hattest du eigentlich immer meine Adresse?«

»Von Mama.«

Ihre Tochter zuckte ein wenig zusammen. »Von Agnes? Ihr hattet all die Jahre Kontakt?«

»Natürlich.«

»Wusste sie auch, wo du dich aufhältst?«

»Natürlich. Eine Mutter muss wissen, wo ihr Kind ist.«

»Das kann doch nicht wahr sein!« Ihre Tochter schlug auf das Lenkrad, plötzlich wieder wütend. »Dieses alte Biest! Da schickt sie mich in die Wallachei und behauptet, sie hätte keine Ahnung …« Abrupt brach sie ab und holte mehrmals tief Luft. »Egal. Wie lange lebst du schon in Nida?«

»Lange.«

»Aha. Genauer geht's nicht?«

Martha überlegte wieder. »Nein. Die Zeit ist ein Kreis«, erklärte sie dann. »Irgendwann schließt er sich. Mein Kreis ist noch nicht geschlossen. Die Träume haben noch nicht aufgehört.«

»Aha. Was träumst du denn so?«

»Ich weiß es nicht genau. Schlimme Dinge. Deshalb muss ich auch weiter reisen. Damit die Träume aufhören.«

»Oooo-kay. Und wohin musst du reisen?«

»Nach Hause natürlich. Wohin denn sonst?«

»Na, dann ist deine Reise ja morgen vorbei. Wir fahren schließlich nach Hause.«

Martha schüttelte unwillig den Kopf und schnaufte. Ihre Tochter hatte es immer noch nicht begriffen. »Nein, nicht das Zuhause. Ich meine das richtige Zuhause.«

Die Frau fing an zu kichern. »Sei mir nicht böse, Mama, du bist wirklich ganz schön verrückt …«

Martha nickte fröhlich. *Mama.* So sollten Töchter ihre Mütter nennen.

Im Wagen breitete sich wieder Schweigen aus, aber diesmal war es ein angenehmes Schweigen, fand Martha. Gerade wollte sie erneut die Augen schließen, da gab es draußen ein lautes Geräusch, fast wie ein Knall. Das Auto geriet ins Schlingern, ihre Tochter umkrampfte das Lenkrad und brachte den *Sportwagen* irgendwie am Straßenrand zum Stehen. »Alter Schwede!«, keuchte sie. »Das war knapp.«

»Was passiert?« Verschlafen setzte sich dieser Bosse auf.

»Keine Ahnung. Vielleicht lag ein Stein auf der Straße. Ich schau mal nach.« Ihre Tochter stieg schon aus und ging um das Auto herum. »Scheiße, scheiße, scheiße!«, brüllte sie.

»Was denn?« Ihr Neffe krabbelte nun auch heraus.

»Ein Reifen ist geplatzt. Was für eine Scheiße!«, schrie ihre Tochter wieder.

»Reg dich ab. Kann man doch wechseln«, sagte dieser Bosse. »Hast du Bordwerkzeug dabei?«

»Was für ein Zeug?«

»Wagenheber, Radschlüssel. So was.«

»Herrgott, keinen blassen Schimmer. Ich fahr die Karre doch nur!«

Ihr Neffe grinste. »Na, dann mach mal Kofferraum und Motorhaube auf. Ich find die Sachen schon irgendwo.«

Während er draußen werkelte und ihre Tochter ihm zur Hand ging, blieb Martha lieber angeschnallt sitzen. Sicher war sicher. Auf der Mittelkonsole begann ein Handy zu leuchten und zu vibrieren.

»Ein Telefon klingelt«, rief Martha durch die offene Tür.

»Das ist meins. Geh mal ran. Ich kann grad nicht«, antwortete ihre Tochter.

Mit spitzen Fingern nahm Martha das Mobiltelefon. »Hallo«, sagte sie, »hier ist Martha. Wer ist da?«

»Martha, Mädchen«, hörte sie die Stimme ihrer Mutter. »Hat Birte dich gefunden?«

»Ja.«

»Gut, das ist gut. Wo ist sie denn?«

»Sie repariert das Auto.«

»Das kann sie gar nicht. Gib sie mir.«

»Doch, das kann sie. Und Bosse hilft ihr.«

»So, so, Bosse ist also dabei … Gut. Und jetzt gib sie mir.«

Martha öffnete ihre Tür und hielt das Handy mit ausgestrecktem Arm nach draußen. »Für dich«, rief sie.

»Für wen sonst«, sagte ihre Tochter. »Ist schließlich mein Handy. Wer ist es denn?« Birte nahm das Telefon. »Ja, hallo?«

»Nee, nur eine kleine Panne, alles gut so weit. Morgen sind wir …«

»Was?«

»Was? Du hast doch nicht alle Tassen …«

»Ich rede mit dir, wie es mir passt …«

»Kommt überhaupt nicht infrage. Ich bin doch kein Reisebus …«

»Nein, vergiss es. Mein Wagen ist viel zu klein. Da passt keiner mehr …«

»Agnes!« Ihre Tochter schrie nun in das kleine, dunkle Gerät. Offensichtlich bekam sie keine Antwort mehr. Sie ging zum Auto zurück und setzte sich stöhnend auf den Fahrersitz.

»War das etwa Großmutter?«, kam eine Stimme dumpf von irgendwo unten herauf.

»Ja, das war Großmutter«, sagte ihre Tochter.

»Und?« Dieser Bosse kam aus seiner Hocke hoch und wischte sich die schmutzigen Hände an der Hose ab. »Wollte sie wissen, wo wir bleiben? Dauert ihr bestimmt wieder alles viel zu lang.«

»Nein. Wir sollen in irgendeinen unaussprechlichen polnischen Ort fahren und jemanden abholen. Morgen früh. Ein absoluter Irrsinn.«

»Bitte? Wen denn?«

»Keine Ahnung. Das hat sie nicht gesagt. Nur gemeint, er würde uns schon finden …«

»Klingt abenteuerlich.«

»Klingt völlig bekloppt«, sagte ihre Tochter.

»Na, dann mal los!« Er tätschelte die Motorhaube. »Die Rakete ist wieder startklar.«

»Ich weiß doch gar nicht, wohin! Ich hab diesen verschissenen Ortsnamen nicht verstanden. Irgendwas mit dreißig Konsonanten hintereinander.« Ihre Tochter stöhnte. »Grzo …, Grza …, Grzsch …«

»Grzechotki«, sagte Martha in einwandfreiem Polnisch.

»Du kennst das?« Ihre Tochter riss die Augen auf.

Martha nickte. Sie kannte alle Wege, die nach Hause führten.

Sie brauchten drei Stunden bis nach Grzechotki. »Und nun?«, fragte Birte.

»Du musst zurück auf die große Straße«, sagte Martha.

»Das nennt sich Autobahn.«

Ihre Tochter lenkte den Wagen auf die große Straße, und als die großen Schilder kamen, rollte sie auf den Seitenstreifen und hielt an. »Das kann doch nicht wahr sein«, jammerte sie. »Wir sind ja schon wieder an der Grenze.«

»Das ist nicht schlimm«, meinte Martha. »Wir warten hier.«

»Super Idee«, fauchte ihre Tochter. »Wir können nicht mitten in der Nacht vor der Grenze rumstehen. Die verhaften uns doch gleich.«

»Nein, nein«, sagte Martha. »Und du musst keine Angst haben. Ich bin bei dir.«

»Ich hab keine Angst. Es ist bloß total bescheuert, was wir machen.«

»Es ist spät«, sagte Martha. »Du musst jetzt schlafen.«

»Schlafen klingt gut«, murmelte dieser Bosse von hinten.

Und auch ihre Tochter hörte auf sie und schloss die Augen.

Martha aber blieb wach. Als es langsam hell wurde, rieb sich ihr Neffe stöhnend sein Kreuz und streckte sich. »Na, Tante Martha, irgendwas Aufregendes passiert?«, fragte er.

»Nein«, sagte sie und zeigte mit dem Finger nach vorn. »Aber jetzt ist da einer.«

In der Ferne sah man einen Punkt, der schnell größer wurde. Der Punkt war ein Mann mit schwarzen Haaren und federnden Schritten. In der Hand trug er eine Reisetasche. Er kam direkt auf den Wagen zu.

»Oh Gott!«, flüsterte Bosse. »Das ist unmöglich ... Der ist doch ...«

Martha strahlte. Auch sie hatte ihn sofort erkannt, ihren Bruder. Aber was noch viel wichtiger war: Er kam von Zuhause.

HAMBURG, APRIL 1981

Birte rümpfte die Nase. Im ganzen Haus stank es nach Alkohol. Mal wieder. Und dreckig war es auch. Sie schleuderte ihren Ranzen auf das Garderobenschränkchen im Flur, ging in die Küche, riss das Fenster auf und begann die leeren Bierflaschen einzusammeln. Unter den Tisch war eine Asbachbuddel gekullert, die in einer braunen Schnapslache lag. Wütend kickte sie die Flasche heraus, nahm einen Lappen und wischte den Fleck weg. Sie trug das Leergut in den Keller zu all dem anderen, ging zurück in die Küche und seufzte tief. Es sah immer noch schlimm aus. Trotzdem, den Abwasch würde sie später machen.

Leise stieg sie die Stufen zu ihrem Zimmer hinauf. Peter lag im Bett und schlief. Er war heute Morgen nicht aufgestanden und zur Schule gegangen. Mal wieder. Sie hatte ihn bei seiner Klassenlehrerin entschuldigt, die nur gleichgültig mit dem Kopf nickte.

Birte rüttelte ein wenig an ihrem Bruder. Peter grunzte und drehte sich auf die andere Seite. Sie beugte sich zu ihm hinunter und schnupperte an ihm: Er roch wie die Küche. Sie ballte die Fäuste und überlegte kurz, ins Bad zu laufen, den Eimer mit kaltem Wasser zu füllen und ihn ihrem Bruder über den Kopf zu gießen. Stattdessen öffnete sie auch hier das Fenster, sperrangelweit, ging nach unten und holte ihre Sachen aus der Schultasche.

Gerade hatte sie das Vokabelheft aufgeschlagen, da kam ihr Vater aus der Gärtnerei herein.

»Was machst du?«, fragte er ohne Interesse.

»Ich lerne«, sagte sie. »Morgen schreibe ich die Lateinarbeit.«

»Latein! Eine tote Sprache«, höhnte ihr Vater. »Mach besser den Abwasch, das ist sinnvoller.«

»Peter liegt oben im Bett«, sagte sie.

»Na und? Er ist krank. Also lass ihn schlafen.«

»Er ist aber gar nicht krank.«

»Was weißt denn du? Kümmer dich um deine Angelegenheiten«, schnauzte ihr Vater.

Birte zog den Kopf ein und steckte ihre Nase in das Buch. Am liebsten wäre sie aufgestanden und fortgelaufen, rüber zu Tante Anna. Aber Tante Anna gab es ja nicht mehr.

Nach dem, was mit Astrid geschehen war, hatte Birte wochenlang unter »Angstzuständen« gelitten. Das hatte jedenfalls der Arzt gesagt, als Großmutter mit ihr zusammen bei ihm vorstellig wurde. Sie konnte nicht mehr schlafen, und jedes Mal, wenn sie doch einschlief, war sie schweißgebadet aufgewacht, mit rasendem Herzen, alle Muskeln ihres Körpers verkrampft.

Der Arzt hatte ihr etwas verschrieben, Tropfen, zur Beruhigung. Danach wurde es besser, die Nächte waren kein Problem mehr, die Tage blieben eins. Stundenlang hockte sie allein in ihrem Zimmer und malte sich aus, was als Nächstes geschehen würde. Und dass etwas geschah, stand für sie außer Frage.

Als wider Erwarten nichts passierte, legte sich ihre Angst allmählich. Vollkommen verschwunden aber war sie nicht, sie wurde nur zu einem ständigen Begleiter, an den man sich so gewöhnt hatte, dass man ihn kaum noch bemerkte, auch wenn er direkt neben einem stand.

Ihr Vater zeigte wenig Verständnis. »Jetzt reiß dich endlich zusammen«, meinte er. »Es war ja nur deine Cousine. Stell dir mal vor, es hätte deinen Bruder erwischt!«

Ihren Bruder schien Astrids Unfall nicht weiter zu tangieren. Das machte Birte anfangs wütend. Wie konnte er einfach so weiterleben, kicken, essen, in die Schule gehen, als wäre nichts geschehen? Dann fiel ihr auf, dass Peter zwar tat, was er immer tat. Dass er aber dabei automatisch handelte, seltsam gefühllos, so als hätte er die Abläufe auswendig gelernt. Er kam ihr vor wie ein ferngesteuertes Auto oder eher noch wie eine Puppe, die von unsichtbaren Händen bewegt wird.

Wenn Birte versuchte, mit ihm zu sprechen, war er wortkarg. Wenn sie mit ihm spielen wollte, sagte er: »Lass mich. Hab keine Lust.«

Wenn sie abends im Bett lag und flüsterte: »Schläfst du schon?«, antwortete er nie, obwohl sie wusste, dass er genauso wach war wie sie. Einmal schlüpfte sie zu ihm ins Bett und kuschelte sich an ihn. Das hatte sie früher, als sie kleiner waren, auch manchmal getan. Peter stieß sie weg und zischte: »Hau bloß ab!«

Dem Vater fiel die Veränderung seines Sohnes nicht auf, natürlich nicht. »Nimm dir mal ein Beispiel an deinem Bruder«, sagte er oft zu Birte. »Wie fleißig der ist. Und wie artig. Man kann nicht immer nur Trübsal blasen. Siehste ja an deiner verantwortungslosen Mutter, wohin das führt …«

Nur Großmutter merkte auch etwas. Wenn sie bei ihr in der Küche saßen, die Köpfe über die Hausaufgaben gebeugt, sah Birte, dass Agnes Peter beobachtete. Jede seiner Bewegungen, das leiseste Seufzen, das kleinste Wippen des Fußes, der zarteste Wimpernschlag – alles registrierte sie mit Argusaugen. Und in ihrem strengen Gesicht stand dabei immer etwas, das Birte nicht genau benennen konnte. Vielleicht Kummer, ja, aber auch noch etwas anderes.

Sie bildete sich ein, dass sie mit Großmutter darüber sprechen könne. »Warum guckst du Peter immer so an?«, fragte sie deshalb eines Tages.

»Ich gucke Peter nicht an«, erwiderte Agnes. »Jedenfalls nicht mehr als dich.«

»Tust du wohl!«

Da ihre Großmutter daraufhin schwieg, wagte Birte einen weiteren Vorstoß. »Er ist irgendwie komisch. Findest du nicht?«

»Nein, das finde ich nicht«, sagte Agnes. »Und jetzt rate ich dir etwas, mein Fräulein: Du findest das auch nicht. Und du wirst deine merkwürdigen Gedanken schön für dich behalten. Haben wir uns verstanden?«

Das Fräulein nickte und trollte sich.

Eigentlich hatte Birte ihrer Großmutter anvertrauen wollen, dass Peter in der Silvesternacht schon so komisch war. Und dass sie glaubte, er könnte mit Astrid zusammen draußen gewesen sein, er hatte doch verfroren und nass am Ofen gesessen. Aber das behielt sie nun lieber für sich.

Mit Bosse sprach Birte natürlich auch nicht darüber. Der war ja noch viel zu jung dafür, und außerdem war er viel zu traurig. Nach dem Unglück hatte sie ihren Cousin erst auf Astrids Beerdigung wiedergesehen und sich fürchterlich erschrocken. Er war so blass und so klein, fast als wäre er geschrumpft. Und er hatte so doll geweint, dass auch Birte weinen musste. Tante Anna war dann am offenen Grab ohnmächtig geworden, und Bosse hatte sich heulend auf seine Mutter geworfen. Und Onkel Klaus war einfach weggegangen.

Als sich Birte ein wenig besser fühlte, beschloss sie, dass es höchste Zeit war, Bosse aufzumuntern. Zufällig hatte sie in der Werkstatt ein Gespräch zwischen Onkel Karl und Großmutter gehört, dem sie entnahm, dass Tante Anna richtig krank geworden war.

»Langsam sollte meine Schwägerin sich mal wieder auf die Reihe kriegen«, hatte Onkel Karl gesagt. »Sie hat schließlich noch einen Sohn, um den sie sich kümmern muss.«

»Sei still!«, hatte Großmutter ihn angefahren. »Und danke deinem Herrgott, dass du nicht weißt, wie es sich anfühlt, ein Kind zu verlieren.«

Birte lief also wieder öfter rüber, zu Tante Anna und Onkel Klaus. Mittagessen oder Pudding bekam sie allerdings nicht mehr, denn Tante Anna saß meist im Wohnzimmer, stumm, mit gefalteten Händen, und starrte die Wand an. Und Onkel Klaus arbeitete, noch mehr als früher.

Ausgiebig arrangierte sie mit Bosse seine Schlümpfe, sie sparte sogar ihr Taschengeld, um ihm einen neuen zu schenken. Und sie ließ sich auch dazu herab, Cowboy und Indianer zu spielen. Erst erinnerte Bosse sie an ihren Bruder, weil er so leblos war. Das gab sich aber bald, und wenn sie es schaffte, ihn zum Lachen zu bringen, lachte sie lauthals mit, so froh war sie darüber.

Irgendwann durfte sie auch wieder bei Bosse schlafen, in seinem Zimmer, das von Astrid blieb immer fest verschlossen. Sie krabbelte zu ihm ins Bett, legte ihre Arme um ihn und summte ein Nachtlied, das irgendwie in ihren Kopf geraten war und von dem sie nicht wusste, woher sie es kannte.

»Du musst aber wieder auf deine Matratze, bevor du einschläfst«, wisperte Bosse ihr beim ersten Mal zu.

»Warum denn? Das Bett ist doch breit genug für uns beide«, gab sie zurück.

»Weil, na ja, weil …« Er schniefte. »Weil, seit … Also, ich mach jetzt manchmal ins Bett. Pipi. Aber ich kann nichts dafür. Ich schlaf dann nämlich und merk das nicht.«

»Ist doch nicht schlimm«, flüsterte Birte.

Wenn sie am Morgen erwachten und im Nassen lagen, bat Bosse jedes Mal: »Aber bloß nichts Mama sagen! Und Papa auch nicht.«

»Logo«, sagte Birte dann.

»Schwör!«

»Ich schwör!«

Sie zog das Bettzeug ab, wusch es heimlich im Badezimmer aus und hängte es in Bosses Zimmer über die Heizung. Seine vollgepullerten Pyjamas stopfte sie in ihre Tasche, nahm sie mit nach Hause und steckte sie dort in die Waschmaschine.

Auch in der Schule machte Bosse manchmal in die Hose. Natürlich hätten ihn die Klassenkameraden deswegen gern gehänselt. Aber als Birte hörte, dass sie ihn einmal in der Pause »Hosenpisser« nannten, schnappte sie sich einen der Burschen und sagte ihren bewährten Spruch auf. »Ich brech dir alle Knochen.

Und erzähl's auch den anderen!« Seit dem Eklat mit der schönen Sybille hatte sie einen gewissen Ruf weg, das kam ihr jetzt zugute.

Überhaupt hatten die schrecklichen Ereignisse auch Vorteile, zumindest in der Schule. Bosse, Peter und sie umgab auf einmal der Nimbus der Unantastbaren. Die Lehrer waren besonders nett zu ihnen, zumindest eine Zeit lang, sogar Herr Sturm. Die Mitschüler betrachteten sie fast ehrfürchtig, es wurde gemunkelt, dass auf ihrer Familie ein Fluch läge. Es musste doch einen Grund geben für all das Unglück! Wahrscheinlich, dachte Birte schaudernd, haben sie Recht.

Nach einem halben Jahr erwachte Tante Anna aus ihrer Lethargie. Sie kümmerte sich um Bosse, sie sprach wieder mit Birte und Peter, sie ging einkaufen so wie früher und sie kochte. Aber etwas war anders. Sie lächelte nicht mehr. Ihr Mund war ganz hart geworden und dünn, wie ein Strich, mit lauter kleinen Falten drum herum. Immerzu presste sie die Lippen aufeinander, als ob dahinter Worte lauerten, die nicht herausdurften.

Birte hatte darauf gehofft, dass Tante Annas Trauer sich abschliff am Alltag und dass so etwas einkehrte wie Normalität. Und Birte hatte noch mehr gehofft. Nein, nicht dass sie Astrids Platz einnähme. Astrid war Astrid. Und Birte war Birte. Das sah sie ein. Aber dass sie wenigstens zum Teil eine Lücke füllen würde, das hatte sie sich schon vorgestellt.

Eine Tochter ohne Mutter. Eine Mutter ohne Tochter. Das passte zusammen, fand Birte. Da konnte doch die eine der anderen geben, was sie beide brauchten.

Manchmal trug sie Astrids rote Bluse, die war ihr kaum noch zu groß. Birte hatte einen ganz schönen Schuss in die Höhe gemacht, die Breite blieb leider. Deshalb zog sie immer ein T-Shirt drunter, so konnte sie die Bluse offen lassen, und es fiel nicht weiter auf, dass sie zu eng saß. Gedankenlos war sie einmal damit rübergegangen zu Bosse. Tante Anna erkannte die Bluse sofort, fing an zu weinen und sagte: »Zieh das bitte nicht an, wenn du zu uns kommst. Das ertrage ich nicht.«

Birte zog die rote Bluse nicht mehr an. Und auch ihre Hoffnungen, die unerwidert blieben, legte sie ab.

Mit der Zeit stritten sich Tante Anna und Onkel Klaus immer öfter. Sie versuchten es zu verbergen, aber natürlich hörten es Bosse und Birte, wenn die Stimmen hinter den geschlossenen Türen lauter wurden. Bosse bekam es jedes Mal mit der Angst. Also nahm Birte ihn an die Hand und ging mit ihm nach draußen in den Garten, Verstecken spielen.

Ihr Ablenkungsmanöver taugte nur eine gewisse Zeit. Bosse fing an, Fragen zu stellen: »Warum zanken die immer?«

»Ach, das hat nichts zu bedeuten«, sagte Birte und erklärte ihm, dass ihr Vater schließlich auch rumbrülle.

»Haben die sich nicht mehr lieb?«

»Quatsch, Streit kommt in den besten Familien vor«, meinte Birte. Das hatte sie irgendwo gelesen.

Bosse überzeugte das nicht, Birte konnte es ihm an der Nasenspitze ablesen. Sie nahm sich vor, der Ursache für den Unfrieden auf den Grund zu gehen. Die Gelegenheit bot sich bald. Eines Abends, Bosse war schon eingeschlafen, hörte sie wieder die erregten Stimmen aus dem Wohnzimmer. Sie stand auf und ging leise den Flur entlang. Vor der Stubentür blieb sie stehen und horchte. Erst hörte sie nur den Fernseher und dachte schon, dass sie sich geirrt hätte. Dann sagte Onkel Klaus sehr laut: »Du musst endlich damit aufhören, Anna. Das macht dich kaputt. Das macht uns doch alle nur kaputt.«

»Warum glaubst du mir nicht?« Tante Anna weinte. »Es war kein Unfall. Das spüre ich. Irgendetwas stimmt da nicht.«

»Das erzählst du jetzt schon seit Monaten. Und seit Monaten versuche ich, Verständnis für dich aufzubringen. Du hast dich da in etwas verrannt, Anna. Es war ein Unfall, ein schrecklicher Unfall.«

»Interessiert es dich denn gar nicht, was mit deiner Tochter passiert ist?«

»Meine Tochter ist erfroren!«, brüllte Onkel Klaus. »Als ob das nicht schon fürchterlich genug wäre! Sie ist tot, Anna, tot! Begreif das doch endlich. Und sie wird durch deine abstrusen Fantasien nicht wieder lebendig.«

»Lass uns noch einmal zur Polizei gehen, ein Mal noch, Klaus. Astrid wäre niemals allein bei diesem Sturm rausgegangen. Und schon gar nicht wäre sie in das Iglu gekrochen. Sie war ein so vernünftiges, kluges Mädchen …«

»Das haben wir doch schon Tausend Mal durchgekaut«, sagte Onkel Klaus, ein wenig ruhiger nun. »Und wir waren bei der Polizei. Es war ein Unfall. Ein Unfall, Anna, hörst du? Das haben dir auch die Polizisten gesagt.«

»Es war kein …«

»Lass es gut sein«, unterbrach Onkel Klaus seine Frau. »Ich kann nicht mehr. Ich halt das nicht mehr aus.«

Um Birtes Brustkorb hatte sich eine eiskalte Schlinge gelegt. Sie schnappte nach Luft, benommen stolperte sie zu Bosses Zimmer zurück. Auf dem Weg dahin streifte ihr Blick die Treppe zu Großmutters Wohnung. Die Tür war offen, und im Eingang stand Agnes, wie ein nächtliches Gespenst in ihrem hellgrünen Morgenmantel. Sie sah Birte nur an, ohne ein Wort. Und ihre Augen waren ganz groß, so als würde sie sich genauso fürchten wie Birte. Dann wandte sie sich um, ging hinein und schloss die Tür.

Das Frühstück am nächsten Morgen verlief schweigend, wie so oft in letzter Zeit. Birte hatte erst drauflosgeplappert und erzählt, dass sie mit Bosse zu Hagenbeck gehen wolle. Nach kurzer Zeit war auch sie verstummt.

Plötzlich hatte sich die Tür geöffnet, und Großmutter war eingetreten, ohne zu klopfen. »Wir beide haben gleich ein Hühnchen miteinander zu rupfen«, hatte sie zu Birte gesagt. »Wenn du aufgegessen hast, kommst du sofort nach oben. Allein.«

»Na, hast du was ausgefressen?«, hatte Onkel Klaus mit einem gezwungenen Lächeln gefragt.

»Ich … ich weiß nicht … Vielleicht was mit den Hausaufgaben …«, hatte Birte gestottert und ganz schnell in ihr Nutellabrötchen gebissen.

Nach dem Frühstück war ihr ein bisschen schlecht, und sie überlegte kurz, ob das ein Grund sein könnte, nicht zu Großmutter zu gehen. Es war keiner, das wusste sie natürlich. Also schlich sie mit hängendem Kopf nach oben. Agnes wartete in der Küche auf sie. »Setz dich«, sagte sie und musterte sie eine Weile schweigend. »Was hast du da gestern Nacht im Flur gemacht?«, fragte sie schließlich.

»Ich musste mal und deshalb …«

»Die Toilette ist auf der anderen Seite. Versuch nicht, mich für dumm zu verkaufen. Also, hast du etwa an der Tür gelauscht?«

»Ein bisschen«, krächzte Birte.

»Ein bisschen. So. Und was hast du gehört?«

»Fast gar nichts …«

»Was du gehört hast, will ich wissen!«

»Nur … nur, dass Tante Anna nicht glaubt, dass Astrids Tod ein Unfall war«, flüsterte Birte.

»Deine Tante Anna ist sehr traurig, und manchmal ist es so, dass Menschen krank werden vor lauter Traurigkeit und anfangen, sich Sachen auszudenken, die nicht wahr sind. Sie glauben, dass es die Traurigkeit besser macht. Aber das macht es nicht. Es macht alles nur noch schlimmer. Hast du das verstanden?«

»Aber es war ein Unfall, oder?«, fragte Birte leise.

»Natürlich war es ein Unfall. Solche Dinge geschehen. Und niemand ist dagegen gefeit, niemand. Auch Anna nicht. Sie wird das irgendwann begreifen.«

Birte nickte, obwohl sie es nicht glaubte.

»Auf jeden Fall hilft es niemandem, wenn dumme Gerüchte die Runde machen. Es schadet nur der Familie. Das, was du vergangene Nacht gehört hast, wird also niemals diese vier Wände verlassen. Du wirst mit niemandem darüber sprechen. Vor allem nicht mit Bosse. Und schon gar nicht mit deinem Vater. Du wirst es einfach vergessen. Ist das klar?«

»Ja.«

»Gut. Du kannst jetzt gehen.«

Birte stand auf und lief los.

»Warte!«

Birte stoppte abrupt und drehte sich um. Klaro, dachte sie resigniert, ich hab ja meine Strafe noch nicht bekommen.

Doch ihre Großmutter sagte nur: »Du bist ein starkes Mädchen, du bist klug und hast einen festen Willen. Anders als dein Bruder kannst du viel aushalten, vergiss das nie.«

Lange noch dachte Birte über das Gespräch mit ihrer Großmutter nach. Ihr Lob erfüllte sie mit Stolz. Agnes lobte selten. Umso bedeutungsvoller waren ihre Worte. *Starkes Mädchen. Klug. Fester Wille.* Nur was sie mit dem *viel aushalten* gemeint hatte, begriff Birte nicht so ganz. Es verursachte eher ein mulmiges Gefühl. Was sollte sie denn aushalten? Kam da etwas auf sie zu, von dem sie noch nichts ahnte?

Sie beschloss jedenfalls, den großmütterlichen Ermahnungen Folge zu leisten und das Erlauschte einfach zu vergessen. Das gelang ihr nach einer Weile auch. Sie ging aber nicht mehr so oft zu Tante Anna und Onkel Klaus. Stattdessen nahm sie nun Bosse mit zu sich.

Eine Zeit fast vollkommener Freiheit brach an, nur unterbrochen von kurzen Stippvisiten bei Agnes, die sich täglich die Hausaufgaben der Enkel zeigen ließ. Ansonsten konnten sie tun und lassen, was sie wollten. Birtes Vater scherte sich einen Dreck um seine Kinder. Er tönte zwar viel rum, dass Peter sein Bester sei, eben ganz der Papa. Wirklich um ihn kümmern tat er sich nicht. Tagsüber war er in der Gärtnerei zugange, abends ging er oft in die Kneipe an der nächsten Ecke.

Er hatte wohl auch ein »Techtelmechtel«, das zumindest hatte Onkel Karl geraunt. Birte hatte nur eine ungefähre Vorstellung davon, was das war. Aber ihr Vater, der sonst immer unzufrieden war, pfiff plötzlich morgens ein Lied im Bad und lächelte sie beim Frühstück manchmal an. Sie hatte zwar das Gefühl, er würde dabei durch sie hindurchsehen, aber das war besser als sein ständiges Gemotze. Eine Zeit lang trank er auch weniger. Es war ein Fortschritt, fand Birte.

Sie fühlte sich wieder sicherer in ihrem kleinen Kosmos aus Schule, Werkstatt, Gärtnerei und Elternhaus, in dem sie hin und her pendelte. Außerdem spürte sie auf einmal ein gewisses Sehnen in ihrer Brust, das weitere Ablenkung bot. Das Objekt ihrer Sehnsucht hieß Matthias Jensen, und es war völlig unerreichbar.

Matthias Jensen ging schon in die Zehnte, war also zwei Klassen über ihr und dazu noch der schönste Junge der ganzen Schule. Seine Augen waren so blau wie ein tiefer See und seine Haare, die er verwegen lang trug, weizenblond. Er war sehr groß für sein Alter und hatte schon richtig breite Schultern. Anders als die anderen Jungs trug er keine Karottenhosen, sondern original Levi's 501, die ihm irgendein Verwandter aus Amerika schickte und die am Po so eng saßen, dass man sich gar nicht hinzuschauen getraute.

In den großen Pausen schlenderte er mit lässiger Selbstverständlichkeit in die Raucherecke, die für ihn doch noch verboten war, und holte einfach die Marlboros aus seiner Hemdtasche. Er blies perfekte Kringel in die Luft und konnte sogar mit der Kippe im Mundwinkel reden. Stets war er umgeben von einer Schar weiblicher Anhänger, unter ihnen auch die schöne Sybille, die sich vor ihm kokett drehte und wendete und ihre glänzende Mähne nach hinten warf.

Birte beobachtete all das sehr genau, wenn sie sich in der Nähe herumdrückte und so tat, als wäre sie in ihr Buch vertieft. Und jedes Mal, wenn sie nach der Pause an der großen Glasfront der

Pausenhalle vorüberging und ihre plumpe Silhouette sah, die sich in den Fenstern spiegelte, zerplatzten die bunten Bilder in ihrem Kopf. Im Waschraum schaufelte sie sich Wasser in das erhitzte Gesicht und betrachtete wütend die Pickel, die auf ihrer fettigen Stirn sprossen. Nein, jemandem wie ihr schenkte Matthias keine Aufmerksamkeit.

Zudem war er ein Jensen, was ihre Schwärmerei vollends hoffnungslos machte. Er wohnte nur zwei Häuser weiter, trotzdem trennten sie Welten. Denn die Jensens und die Weisguts sprachen nicht miteinander, aus Prinzip. Der Ursprung dieser Animositäten lag so lange zurück, dass man ihn nicht mehr exakt benennen konnte. Birte wusste nur, dass es dabei um irgendein Grundstück in der Nachbarschaft ging, das Matthias' Opa gern für seine Kinder gekauft hätte. Agnes hatte es ihm vor der Nase weggeschnappt und ließ es einfach brach liegen. Und seitdem überzogen die Jensens die Weisguts mit Beschwerden und Anzeigen, mal wegen angeblich illegal entsorgten Schutts, mal wegen Ruhestörung, da Großmutter selbstverständlich auch sonntags in der Werkstatt arbeiten ließ. »Gestorben wird immer«, sagte sie dazu nur. »Auch am Wochenende.«

Trotz der Aussichtslosigkeit dieser Liebe träumte sich Birte stundenlang in ihre persönliche Version von *Romeo und Julia*, wenn sie in ihrem Zimmer auf dem Rücken lag und immer wieder *The Ballad of Lucy Jordan* hörte.

Bosse nervte sie ziemlich in dieser Zeit, weil er ständig ankam und was von ihr wollte, spielen, Hilfe bei den Hausaufgaben oder sonstige Nichtigkeiten. Und natürlich hatte der kleine Pupser kein Verständnis für ihre tiefen Seufzer oder tränenumflorten Blicke.

»Mann, was biste denn auf einmal so?«, wollte er wissen.

»Das verstehst du noch nicht«, sagte Birte.

»Oma sagt, du hast die Pubertät und dass das auch wieder weggeht«, meinte er und hakte misstrauisch nach: »Hast du etwa auch schon diesen Frauenkram?«

Ja, sie hatte diesen Frauenkram, und es war ganz schrecklich gewesen, eines Morgens aufzuwachen, mit diesem klebrig feuchten Gefühl da unten und niemanden zu haben, mit dem sie darüber sprechen konnte. Natürlich wusste sie rein theoretisch, was mit ihr los war, schließlich hatten sie das in Bio durchgenommen, auch wenn Birte kaum zuhören konnte, weil ihr das Thema so peinlich war.

Und deshalb wusste sie, dass sie jetzt Sachen brauchte, die in der Drogerie unter dem Begriff Hygieneartikel liefen. Aber es war undenkbar, dass sie einfach in den nächsten Budni ging, wo sie jeder kannte, um sich Derartiges zu besorgen. So stopfte sie sich Klopapier in die Unterhose, was eine ziemliche Schweinerei ergab und auch unangenehm roch.

Dann kam Großmutter, stellte ihr eine Tüte auf den Schreibtisch und sagte: »Gib mir Bescheid, wenn sie alle sind. Ich kaufe dir neue.«

Birte linste in die Tüte und wurde angesichts der Binden-Packung puterrot. »Danke«, stammelte sie.

»Schon gut«, sagte Agnes. »Du weißt hoffentlich, dass du nun schwanger werden kannst.«

Birte schaute beschämt zu Boden.

»Gut. Gib also auf dich Acht. Nicht, dass etwas passiert und wir es wegmachen lassen müssen. Besser, du redest vorher mit mir darüber und wir gehen zum Frauenarzt. Aber das hat ja zum Glück noch Zeit.«

Birte betete, dass sich die Erde auftun möge, um sie zu verschlingen. Sie starrte noch immer auf den Boden, als Agnes schon längst gegangen war.

Die Sache mit Matthias Jensen erledigte sich von selbst. Sie hatte begonnen, morgens früher aus dem Haus zu gehen, um ihn wie zufällig auf dem Schulweg an der nächsten Ampelkreuzung abzupassen. Nach einiger Zeit nickte er ihr freundlich zu, vor lauter Aufregung vergaß sie beim ersten Mal zurückzunicken und hoffte inständig, dass er sie nicht für eingebildet hielte. Beim nächsten Treffen brachte sie ein »Hallo« heraus, das er erwiderte.

Das Eis brach ihr Cousin, der schnell spitzgekriegt hatte, dass sie eher losging als sonst. Jeden Morgen lungerte er mit ihr zusammen an der Ampel herum, erstaunlicherweise ohne zu fragen, warum sie nicht weiterliefen. Kam Matthias, verwickelte er ihn schnell in ein Gespräch über Fußball, Comics oder die Schule und versah seine Bemerkungen gern mit einem »Oder, Birte?«, sodass sie sich schüchtern in die Unterhaltung einklinken konnte. Matthias fing sogar an, ihr Fragen zu stellen. Sie war selig.

Doch an einem Mittwoch, Birte würde diesen Tag nie vergessen, bog er um die Ecke. Hand in Hand mit der schönen Sybille, die Birte nur wissend anguckte, ein siegessicheres Blitzen in den Augen. Auf dem weiteren Weg ließ Birte sich absichtlich zurückfallen und trödelte, der Anblick des jungen Glücks war ihr unerträglich. Bosse blieb neben ihr, bohrte in der Nase und betrachtete interessiert den Popel, den er herauszog. »Weißte«, sagte er, »diesen Matthias find ich voll blöd. Tut immer so schlau, aber in echt hat der von nix ne Ahnung. Guck dir doch nur mal diese komischen Hosen an, die der anhat. Voll Panne!«

Birte lächelte grimmig. Genau. Und außerdem war er ein Jensen und sie eine Weisgut. Das passte sowieso nicht.

Ganze drei Monate suhlte sie sich in ihrem ersten Liebeskummer, malte sich aus, dass sie als Nonne ins Kloster ginge oder, besser noch, als Entwicklungshelferin nach Afrika, wo sie elendig und einsam an einer schlimmen Krankheit stürbe. Nur am Rande bemerkte sie, dass mit Bosse etwas nicht stimmte. Er war unruhiger als sonst und fing an, sich ohne Grund zu prügeln.

Eines Nachts stand er plötzlich im Vorgarten und schmiss Steine an ihr Fenster. Birte steckte sauer den Kopf raus. »Was machst du da?«

»Mama zieht aus«, sagte er heulend.

Und wirklich, am folgenden Wochenende parkte ein Umzugswagen in der Straße, und kräftige Männer trugen einige wenige Sachen aus Großmutters Haus. Tante Anna stand die ganze Zeit auf dem Bürgersteig, mit zwei Koffern, und wartete, dass sie fertig würden. Onkel Klaus ließ sich nirgendwo blicken.

Birte ging zögernd über die Straße und stellte sich zu ihr. Nervös begann sie, an einem Fingernagel zu knabbern, sie wusste nicht recht, was sie in so einem Moment sagen sollte.

»Weißt du, wo Bosse ist?«, fragte Tante Anna leise.

»Der hat sich versteckt«, flüsterte Birte. »Weil er so wütend ist.«

Tante Anna seufzte. »Tust du mir einen Gefallen?«, wollte sie wissen.

»Ja.«

»Sagst du ihm, dass ich ihn ganz doll lieb habe und sein Vater auch und dass das alles nichts mit ihm zu tun hat, gar nichts?«

»Ja.« Birte merkte, dass ihr die Tränen über die Wangen liefen, einfach so, sie konnte nichts dagegen tun.

»Und sag ihm bitte auch, dass ich ihn spätestens in zwei Wochen zu mir hole, wenn erst mal alles eingerichtet ist …«

Sie schaute ihre Tante erschrocken an.

»Mach dir keine Sorgen.« Tante Anna lächelte schief. »Wir ziehen ja nicht weit weg. Nur nach Langenhorn. Fünfzehn Minuten mit dem Fahrrad. Du kannst uns jederzeit besuchen kommen. Und auch bei uns schlafen.«

»Anna!« Großmutter war aus dem Haus getreten und kam auf sie zu. »Willst du es dir nicht noch einmal anders überlegen?«

»Da gibt es nichts mehr zu überlegen«, sagte Tante Anna traurig. »Keiner glaubt mir. Keiner von euch. So kann ich nicht weiterleben.«

Großmutter räusperte sich und warf Birte einen schnellen Blick zu. »Gut, ich respektiere deine Entscheidung. Und du sollst wissen, dass du immer zurückkommen kannst.«

»Danke«, sagte Tante Anna.

Schweigend sahen sich die beiden Frauen an. »Den Jungen hole ich dann in vierzehn Tagen, spätestens«, meinte Tante Anna schließlich.

Birte sah, dass sich das Gesicht ihrer Großmutter verhärtete. »Darüber haben wir doch schon gesprochen«, sagte Agnes. »Das ist völlig ausgeschlossen. Bosse bleibt bei seiner Familie.«

Tante Anna nahm ihre Koffer und schwankte kurz. Dann ging sie einfach fort.

GROSS HUBNICKEN, SEPTEMBER 1943

»Mama, du musst etwas essen, bitte!«, flehte Agnes.

»Aber ich habe überhaupt keinen Hunger, Liebes.« Ihre Mutter lächelte sie müde an und schob das Tablett mit dem Teller Hühnersuppe ein wenig von sich weg.

»Du musst! Damit du wieder zu Kräften kommst.«

»Ich esse später, versprochen. Und jetzt schick doch bitte die Jungen zu mir herauf. Ich habe Hermann versprochen, dass ich ihnen etwas vorlese.«

Agnes resignierte, hob das Tablett von der Bettdecke und trug es nach unten. Vorsichtig schüttete sie die Suppe in den Topf zurück, um nur ja keinen Tropfen zu vergeuden. Man musste sparsam sein in diesen Zeiten. Dann öffnete sie das Fenster und rief nach Hermann und Karl.

Begeistert stürmten die Jungs ins Haus, mit vom Wind geröteten Gesichtern, und wollten sofort nach oben stürzen. Agnes hielt beide am Kragen fest. »Einen Augenblick, die Herren!«, sagte sie streng. »Ihr wisst, dass es der Oma nicht gut geht.«

Hermann und Karl nickten artig.

»Deshalb dürft ihr sie nicht so anstrengen. Versprecht ihr mir das?«

»Ja, Mama«, riefen sie im Chor.

Nach einer Stunde fand Agnes, dass es nun genug wäre. Sie nahm die Kleine aus der Wiege auf den Arm, ging die Treppe hinauf und schaute durch die geöffnete Schlafzimmertür. Hermann und Karl waren, an die Großmutter gekuschelt, eingeschlafen. Ihre Mutter saß aufrecht im Bett, das Buch war auf ihre Brust gesunken, die sich stoßweise hob und senkte. Sie schaute mit leerem Blick aus dem Fenster. Ihre nackten Arme lagen matt auf der Decke, so weiß wie Schnee, von blauen Adern durchzogen.

Sie sieht aus wie eine Tote, dachte Agnes, und eine eiskalte Angst griff nach ihrem Herzen.

Hertas Leichnam hatte sehr schön ausgesehen. Agnes hatte ihr die besten schwarzen Kleider herausgesucht und es dem Bestatter überlassen, sie herzurichten. Noch nicht einmal das Loch in ihrem Kopf war zu sehen, er hatte gute Arbeit geleistet.

Auch der Arzt hatte seine Pflicht getan und auf dem Totenschein vermerkt, dass die Alte aufgrund eines Sturzes verstorben war, an einer Hirnblutung. Ein wirklich tragisches Unglück, ja, aber vielleicht auch ein wenig vorhersehbar und vor allem selbst verschuldet.

»Was musste sie auch nur so starrköpfig sein!«, hatte Agnes den Burdins unter Tränen berichtet. »Immer und immer wieder habe ich ihr gesagt, sie soll mit ihrer Hüfte nicht die Treppe steigen. Sie soll mir Bescheid geben, wenn sie etwas braucht. Ich hätte es ihr doch geholt! Warum hat sie mich denn nicht geweckt? Ach, wie soll ich das bloß Wilhelm erklären!«

Frau Burdin hatte sie tröstend in den Arm genommen. »Mach dir keine Vorwürfe«, hatte sie gesagt. »Du kannst doch nichts dafür. So war sie nun einmal, unsere gute Herta.«

Auch die Beerdigung war sehr schön gewesen, würdig. Auf dem Friedhof von Palmnicken wurde die Alte beigesetzt, in dem Grab, in dem schon ihr Mann lag. Das sparte den Stein, und Franciszek brauchte später bloß die Geburts- und Sterbedaten hinzuzufügen.

Alle Honoratioren des Ortes waren gekommen, und Agnes hatte während des Begräbnisses sehr genau beobachtet, ob jemand ihren Vater skeptisch ansah, ihm aus dem Weg ging oder ihm keinen Respekt bot. Nichts dergleichen war geschehen, und Agnes hatte zufrieden am offenen Grab gestanden, Hermann an der einen, Karl an der anderen Hand.

Auf der Trauerfeier hatte Helmut Burdin sie vertraulich beiseitegezogen. »Agnes, wenn du unsere Hilfe brauchst, dann scheue dich nicht und sag es nur. Du bist jetzt schließlich ganz allein.«

»Ich werde schon zurechtkommen, Helmut. Es muss ja weitergehen. Irgendwie. Und meine Eltern sind auch noch da, gleich nebenan«, sagte Agnes.

»Zum Glück«, seufzte Helmut Burdin. »Trotzdem, ich werde ab jetzt einmal in der Woche vorbeikommen und nach dir schauen, vorsichtshalber.«

Agnes lächelte tapfer. »Aber nur, wenn es deine Zeit erlaubt, Helmut. Ich danke dir. Wilhelm wird es sicher zu schätzen wissen, dass sein bester Freund sich so um seine Familie kümmert.«

Wilhelm hatte es nicht zur Beerdigung seiner Mutter geschafft, zu spät erreichte ihn die Nachricht von ihrem Tod. Dafür beklagte er in seinen Briefen, deren blaue Tinte an etlichen Stellen dramatisch verwischt war, mit großem Pathos den Verlust seiner »über alles geliebten Mutti«. Ausführlich sorgte er sich auch um die daheim Hinterbliebenen. »Wie sollst Du, mein kleines Frauchen, es denn nur schaffen ohne die Mutti? Und was werden die Kleinen tun ohne ihre liebe Omi? Jeden Abend schicke ich Euch meine Gedanken. Bald ist es so weit, dass Du wieder niederkommst. Und wenn es diesmal ein Mädchen wird, dann nennen wir es Herta, in ewigem Gedenken, das musst Du mir versprechen«, schrieb er und beschwor Agnes, »brav durchzuhalten. Es ist nur noch eine Frage der Zeit, bis die Bolschewiken am Boden liegen. Jetzt stürmen wir den Kaukasus und blasen den slawischen Untermenschen Pfeffer in den Hintern!«

Sonst hörte Agnes von der Ostfront durchaus Widersprüchliches. Hinter vorgehaltener Hand sprach man von großen Verlusten der deutschen Truppen, auch die kriegsversehrten Heimkehrer hatten wenig Gutes zu erzählen. Doch im Radio wusste man nur von Bodengewinnen zu berichten und dem unaufhaltbaren Vormarsch der deutschen Wehrmacht. Sogar Tante Irmchen aus Berlin, mit der Vater telefonierte, frohlockte, dass die Bombardements der Alliierten auf die Hauptstadt aufgehört hätten und dies sicher ein gutes Zeichen sei. Deshalb dächte sie auch überhaupt nicht daran, zu ihrem Bruder aufs Land zu ziehen.

In Groß Hubnicken gewann Agnes an Boden. Fast konnte sie nun schalten und walten, wie sie wollte. Natürlich, es fehlte ihr immer noch Wilhelms Vollmacht, um die Grundstücke in Kraxtepellen zu verkaufen oder den Vertrag mit dem polnischen Steinbruch zu kündigen. Aber im alltäglichen Geschäft war nun sie die Herrin, und keiner redete ihr mehr hinein. Mit Eifer und Geschick fälschte sie die Bücher, brachte Geld auf die Bank und in den Garten ihrer Eltern.

Dort entdeckte sie, dass noch jemand anderes fleißig war. Als sie eines ihrer randvollen Kästchen vergraben wollte, stieß sie auf einen kleinen Sack, gefüllt mit Bernstein. Sie brachte ihn in die Küche zu ihrer Mutter.

»Um Himmels willen!«, sagte ihre Mutter erschrocken und musste vor Aufregung husten, sie hatte sich immer noch nicht vollkommen von ihrer Lungenentzündung erholt. »Bring es gleich wieder zurück und versteck es gut.«

»Aber wo kommt es her?«

Die Mutter lächelte. »Nun, dein Vater hat sich von deinen vorsorglichen Maßnahmen inspirieren lassen …«

Der Weizen war fast reif, als Agnes ihr nunmehr drittes Kind gebar. Sie war in Sorge gewesen, wegen der beschwerlichen Schwangerschaft und weil das Baby so auf sich warten ließ, es war fast zwei Wochen überfällig. Doch dann, mitten in der Nacht, kam es, sie konnte Hermann gerade noch nach ihren Eltern schicken.

Endlich war es ein Mädchen, ein winziges Mädchen, zart und feingliedrig, mit pechschwarzen Haaren und einem tiefdunklen Blick, der sie zum Weinen brachte, als sie es zum ersten Mal in den Armen hielt. Und Agnes nannte ihre Tochter Martha, nach ihrer Urgroßmutter.

Einige Zeit nach Marthas Geburt bekam Agnes unerwarteten Besuch. Eine schwarze Limousine rumpelte über das Groß Hubnicker Kopfsteinpflaster und hielt vor dem Weisgutschen Hause. Agnes trat neugierig aus der Werkstatt und sah, wie ein uniformierter Chauffeur aus dem Wagen sprang und die hintere Tür aufhielt.

Heraus stieg Gertrud, ganz Dame von Welt, in einem schicken Kostüm und Mäntelchen mit Pelzkragen. Ein wenig naserümpfend ging sie auf die Freundin zu, die sich auf einmal schäbig und grob vorkam, in ihrem einfachen Kleid, das vom Steinstaub bedeckt war, mit ihren dreckigen Händen und dem Baby auf der Hüfte.

»Ach, Liebes, wie du aussiehst!«, rief Gertrud auch gleich zur Begrüßung und umarmte sie vorsichtig, als hätte sie Angst, sich bei der Berührung zu beschmutzen.

Agnes bat sie ins Haus, wusch sich schnell die Finger und setzte einen Kaffee auf. »Was führt dich denn in unseren entlegenen Winkel?«, fragte sie.

»Ja, freust du dich denn gar nicht, mich zu sehen?« Gertrud zog einen Schmollmund.

»Natürlich freue ich mich, sehr sogar! Aber warum hast du vorher nicht Bescheid gesagt? Dann hätte ich etwas vorbereiten können.« Agnes zwang sich zu einem Lächeln.

»Du hast dich so rargemacht und kaum von dir hören lassen. Da wollte ich dich einfach überraschen.«

»Das ist dir gelungen«, meinte Agnes trocken.

»Und außerdem möchte ich dir die Einladung persönlich überbringen, damit du gar keine Gelegenheit hast abzusagen!« Gertrud strahlte und holte aus ihrer Handtasche einen feinen Umschlag, mit dem sie aufgeregt durch die Luft wedelte.

»Was für eine Einladung?«

»Na, zu unserer Hochzeit natürlich. Was denn sonst!«

»Oh, ist es endlich so weit? Das freut mich für dich.«

Gertrud seufzte zufrieden. »Ach, es wird ein großartiges Fest mit allem Pipapo! Über hundert Gäste, alles, was in Königsberg Rang und Namen hat. Und es wird an nichts fehlen, schließlich hat Hans seine Verbindungen. Du kommst doch, oder? Und deine Eltern auch! Hans hat schon Zimmer reservieren lassen, im Parkhotel, für die Auswärtigen.«

»Ich weiß nicht«, meinte Agnes zögerlich. »Martha ist noch so klein, und hier ist immer so viel zu tun.«

»Du musst einfach kommen! Sonst kündige ich dir die Freundschaft!« Gertrud hatte scherzhaft drohend den Zeigefinger auf Agnes gerichtet. »Auch Hans wäre sonst ernsthaft beleidigt. Ich soll dir von ihm ausrichten, dass er eine Entschuldigung nicht akzeptieren kann. Wo ihr euch beim letzten Mal so gut verstanden habt!«

Agnes lief ein Schauer über den Rücken. »Ich sehe, wie ich es einrichten kann«, murmelte sie ausweichend.

Natürlich fuhr Agnes nach Königsberg zur Hochzeit, die Botschaft des Herrn Obersturmbannführers hatte sie wohl verstanden. Ebenso natürlich blieben ihre Eltern zuhause. Allein bei dem Gedanken, dass ihr Vater inmitten einer SS-Rotte weilen sollte, brach ihr der Schweiß aus.

Sie kleidete sich betont schlicht, ein grauer Rock, eine weiße Bluse; unter keinen Umständen wollte sie auffallen. Die Einladung, schon am Vorabend zu einem gemütlichen Beisammensein einzutreffen, hatte sie entschuldigend mit dem Hinweis auf das Baby abgelehnt. In aller Frühe bestieg sie den Zug, brachte ihre kleine Tasche ins Hotel und ging dann über die Münzstraße zum Standesamt im Königlichen Schloss.

Die Stadt kam ihr seltsam verändert vor, weniger vom Erscheinungsbild, mehr von ihrer Atmosphäre. Überall wimmelte es von Soldaten, viele forsch marschierend, einige mit Gesichtern so grau wie ihre Uniformen. Agnes lief schnell, die Augen mehr und mehr auf den Boden geheftet. Als sie den Münzplatz überquerte, hob sie wieder den Kopf und straffte sich.

Schon vom Weiten konnte Agnes sie erkennen, eine schwarze Menge, mit einigen braunen Sprenkeln darunter, die vor dem Eingang wartete. Vorsichtig näherte sie sich der Versammlung, ihr Blick suchte Hedwig, die sie am Rande entdeckte. Schnell ging sie zu ihr. »Und wo steckt das Brautpaar?«, fragte sie.

»Soll jede Sekunde eintreffen«, flüsterte Hedwig mit einem Augenzwinkern. »Wahrscheinlich planen sie den großen Auftritt.«

Da bog mit quietschenden Reifen und lautem Gehupe auch schon ein schwarzer Wagen um die Ecke, dem Braut und Bräutigam entstiegen. Im allgemeinen Vorwärtsgeschiebe hielt Agnes sich zurück, im Standesamt suchte sie sich mit Hedwig einen Platz in der letzten Reihe und bekam von der Zeremonie nicht allzu viel mit. Alles drängte wieder nach draußen, und unter einem Spalier aus hochgerissenen Armen schritten Hans und Gertrud auf den Vorhof, die *Sieg-Heil*-Rufe wollten kaum ein Ende nehmen.

Auch Agnes stellte sich nun an in der Reihe der Gratulanten, begrüßte auf ihrem Weg Gertruds Eltern, wurde im Geschiebe von Hedwig getrennt und fand sich wieder neben einem Herrn in schwarzer Uniform, der sie neugierig von der Seite anblinzelte und die Hacken zusammenschlug. »Standartenführer Eduard von Bieberstein!«, stellte er sich markig vor.

»Angenehm. Agnes Weisgut«, sagte Agnes höflich.

Sogleich wollte der Standartenführer wissen, in welchem Verhältnis sie zu den Vermählten stand, und als Agnes es ihm erklärte, fasste er vertraulich nach ihrem Ellenbogen. »Eine Freundin der Braut also«, sagte er. »Und ich bin ein Freund des Bräutigams. Da haben wir zwei schon eine Gemeinsamkeit gefunden, auf der sich sicherlich aufbauen lässt. Sie sind ohne Begleitung hier, Fräulein Weisgut?«

»Frau Weisgut«, verbesserte Agnes ihn. »Mein Mann kämpft in Russland.«

»Oh.« Der Griff am Ellenbogen wurde lockerer, und Eduard

von Bieberstein räusperte sich. »Löblich, löblich. Ja, so muss in diesen Zeiten ein jeder von uns …«

Was in diesen Zeiten ein jeder von ihnen musste, erfuhr Agnes gottlob nicht mehr, denn nun standen sie direkt vor Hans und Gertrud. Schnell stürzte sie sich auf die Freundin, überbrachte überschwänglich und mit vielen Küssen ihre Glückwünsche und hielt dann auch Hans ihre Hand hin. »Herr Wuschke, meine allerherzlichsten …«

»Ach was!«, rief der. »Liebe Agnes, warum denn so förmlich? Lassen wir doch das steife ›Herr Wuschke‹ und ›Sie‹. Außerdem ist heute mein Glückstag, und da ist Platz für Sentimentalitäten. Jeder darf mich gern einmal in den Arm nehmen.« Er zog sie zu sich. »Sogar eine wie du«, flüsterte er in ihr Ohr.

Alsbald zog man über den Schlosshof hinunter in die Kellergewölbe des Weinlokals Blutgericht, wo die mit frischem Tannengrün geschmückten Tische schon auf die Gäste warteten. Zu ihrer Bestürzung fand sich Agnes ganz vorne an der Tafel, direkt neben Eduard von Bieberstein.

Vor dem Essen wurden nun Reden geschwungen, zu Anfang erhob sich der Herr Standartenführer und nahm Gertrud feierlich in die SS-Sippengemeinschaft auf, betonte den Wert der Ehe für die Erhaltung des Volkes und ihre besondere Aufgabe als zukünftige Mutter. »Meine Ehre heißt Treue«, sagte er abschließend. »Dieses Wort gilt nun auch für dich, Gertrud, und du wirst ihm mit Freuden folgen.«

Gertrud, erhitzt und ergriffen vom Gesagten, nickte begeistert.

Das Festmahl zog sich über Stunden, es kostete Agnes zunehmend Mühe, Konversation mit ihrem Tischherrn zu halten, die Kameradschaftsgesänge rauschten in ihren Ohren; damit die Feier schneller verginge, ließ sie sich mehrmals vom Herrn Standartenführer zum Tanz führen. Und die ganze Zeit über, sie bemerkte es sehr wohl, behielt Hans Wuschke sie im Blick und prostete ihr ab und an lächelnd zu.

Eduard von Bieberstein zeigte sich interessiert an den Geschäften in Groß Hubnicken. »Aber wer verrichtet denn die schwere Arbeit, wenn Ihr Mann im Felde ist?«, fragte er.

»Nun, wir haben einen Polen«, sagte Agnes.

»Ah, einen Polen! Das ist gut. Aber eine deutsche Frau so ganz allein mit einem Polen ... Wo haben Sie ihn denn untergebracht?«

»In der Scheune natürlich«, sagte Agnes, die Franciszek längst erlaubt hatte, aus dem baufälligen Holzverschlag in den Anbau zu ziehen.

»Das ist gut, das ist sehr gut sogar. Man muss diesen Menschen den ihnen angestammten Platz zuweisen.«

»Schon allein, damit es nicht zu unschönen Verwicklungen kommt«, schaltete sich Hans Wuschke in das Gespräch ein und blickte dabei nachdenklich in die Luft. »Ich weiß nicht, ob du schon davon gehört hast, liebe Agnes, aber in letzter Zeit gab es vermehrt verbotene Kontakte zwischen deutschen Frauen und Zwangsarbeitern. Da müssen wir gnadenlos durchgreifen, gnadenlos!«

»Tatsächlich!«, sagte Agnes. »Davon ist mir aus Groß Hubnicken zum Glück nichts bekannt.«

»Das habe ich mir gedacht, liebe Agnes. Sonst hättest du es ja längst gemeldet.«

In den frühen Morgenstunden, als alle ordentlich angetrunken und einige Gäste schon nach Hause gestolpert waren, suchte auch Agnes das Weite. Sie verabschiedete sich vom Herrn Standartenführer, und man versprach sich, nach dieser so netten Begegnung in Kontakt zu bleiben. Sie drückte Gertrud und verließ schnell den Raum, Hans Wuschke stand in einer anderen Ecke ins Gespräch vertieft.

Noch einmal ging sie in die Toilettenräume, um sich kaltes Wasser über die Handgelenke laufen zu lassen. Als sie die Tür öffnete, stand der Herr Obersturmbannführer direkt davor und stierte sie an. Er schwankte.

»Oh!«, rief Agnes überrascht. »Die Örtlichkeit für die Herren ist weiter links.«

»Wolltest du einfach gehen, ohne mir Lebewohl zu sagen?«, fragte Hans mit schwerer Zunge.

»Du schienst beschäftigt. Ich wollte dich nicht stören«, sagte sie und war sofort auf der Hut. »Also auf Wiedersehen, Hans, und vielen Dank. Es war ein wunderbares Fest.«

Da drängte er sie unsanft an die Wand und schob ein Knie zwischen ihre Beine. »Das war es«, lallte er. »Und da wirst du mir doch einen Kuss zum Abschied nicht verwehren ...«

Sein Gesicht kam ihrem gefährlich nahe, sie roch seinen vom Wein gesäuerten Atem und stieß ihn von sich. Er geriet ins Stolpern, griff aber nach ihr und riss sie zu sich. »Was erlaubst du dir, du Judenflittchen?«, keuchte er an ihrem Hals.

»Hans!« Eduard von Bieberstein kam den schmalen Gang entlang.

Sofort ließ der Herr Obersturmbannführer von Agnes ab. Sie strich sich den Rock glatt und sagte mit fester Stimme: »Da hat der frischgebackene Bräutigam wohl ein wenig zu tief ins Glas geschaut und sich aus Versehen in der Frau geirrt.«

Hans Wuschke wankte ohne ein weiteres Wort in den Wirtsraum zurück. »Das ist mir recht unangenehm«, meinte Eduard von Bieberstein verlegen. »Für dieses ungehörige Verhalten kann ich mich nur in aller Form entschuldigen.«

»Ach was!« Agnes winkte ab. »Wir wollen von diesem kleinen Vorfall kein Aufheben machen. Und wir werden es nicht weitererzählen, schon gar nicht der Braut.« Sie zwinkerte dem Herrn Standartenführer zu. Erleichtert zwinkerte der zurück.

Das zahle ich dir heim, dachte Agnes, als sie die Treppe hinauf ins Freie lief, es kommt der Tag, da zahle ich dir das heim.

Zurück in Groß Hubnicken, führte ihr erster Weg in die Werkstatt. »Du wirst ab sofort wieder in der Scheune schlafen«, sagte sie zu Franciszek. »Es ist zu deiner eigenen Sicherheit.« Er nickte nur.

Danach setzte sie sich an den Schreibtisch in der Stube, mit Martha auf dem Schoß, und entwarf eilig einen höflichen und belanglosen Brief an Eduard von Bieberstein, den sie mit der Hoffnung schloss, er möge bald von sich hören lassen.

Der vierte Kriegswinter ging ins Land, und Agnes machte sich zunehmend Sorgen um die Gesundheit ihrer Mutter. Fortwährend hustete sie, ein trockenes, übles Husten, das ihr die Kraft raubte. Ihr Vater schickte einmal in der Woche nach dem Arzt. »Halten Sie sich nur schön warm«, war sein einziger Rat.

Wilhelm schrieb aus dem Kaukasus, dass der Führer persönlich nun das Oberkommando seiner Heeresgruppe übernommen habe, »und das kann doch nur eins bedeuten, mein liebes, kleines Frauchen: Wir marschieren endgültig auf den Sieg zu!«

Zwischen den Zeilen konnte Agnes aber auch lesen, dass er vom Heimweh geplagt wurde. Er beklagte sich, dass er ständig müde sei, »sogar unter dem heftigsten Granatfeuer kann ich die Augen kaum offen halten und will nur eins – zur Ruhe kommen. Vielleicht habe ich mir etwas geholt, dass ich mich so schwach fühle, den Wundbrand oder gar den Typhus. Vielleicht ist es aber auch nur die Sehnsucht nach Zuhause, nach Euch, die mich mürbe macht.«

Es war nicht so, dass Agnes Wilhelm schmerzlich vermisste. Aber immerhin war er ihr Mann und der Vater ihrer Kinder. Und sie brauchte endlich seine Vollmacht.

Sie wurde bei Helmut Burdin vorstellig. »Wilhelm ist jetzt schon so lange fort. Ihm steht längst wieder Urlaub zu. Kannst du da nicht irgendetwas tun?«, forderte sie.

»Ach, Agnes!« Helmut Burdin hob abwehrend die Hände. »Was soll ich denn tun? Der Führer braucht jeden Mann, da muss Persönliches zurückstehen.«

»Er hat Anspruch auf Urlaub«, beharrte Agnes. »Und wenn er vor lauter Erschöpfung krepiert, nützt es dem Führer auch nichts. Ich bitte dich, kümmere dich darum.«

Ihre Brieffreundschaft zu Eduard von Bieberstein vertiefte sie. Er unterhielt sie mit kleinen Anekdoten aus der Königsberger Gesellschaft; sie berichtete ihm von ihrem Alltag in Groß Hubnicken und erwähnte wie nebenbei die Sorgen um ihren Mann.

Sechs Wochen später stand Wilhelm vor der Tür, abgemagert bis auf die Knochen, die Haut von einem käsigen Weiß, die Augen tief in den Höhlen. Agnes erschrak, diesen kräftigen Mann so schwächlich zu sehen. Er fiel ihr in die Arme und begann zu weinen. »Ich päpple dich schon wieder auf«, versprach sie und glaubte, dass das Mitleid, das sie spürte, die alte Zuneigung wäre.

Sie schlachtete ein Huhn und kochte eine stärkende Suppe daraus. Sie musste ihm den Löffel zum Mund führen, so zitterte seine Hand. Zwei Tage lag er nur im Bett und schlief. Danach erholte er sich schnell. Und immerhin hatte er fast acht Wochen Urlaub bekommen – wegen Krankheit, wie es in seinem Soldbuch stand.

Kaum dass er wieder zu Kräften kam, hockte er sich über die Bücher und inspizierte auch auf das Genaueste die Werkstatt. Er fand weder da noch dort etwas, das er beanstanden konnte, und musste zugeben, dass der Pole anständige Arbeit leistete.

»Dein Freund Helmut hat ihn uns ja auch geschickt«, sagte Agnes. »Wir können froh sein, dass wir ihn haben.«

Wilhelm schüttelte betrübt den Kopf. »Wenn dieser verdammte Krieg doch schon gewonnen wäre«, murmelte er. »In was für Zuständen du leben musst. Unter einem Dach mit einem Polen!«

»Er wohnt doch in der Scheune«, sagte Agnes.

Wilhelm seufzte. »Trotzdem, es ist mir nicht wohl dabei.«

Wohl war ihm auch nicht bei den Nachlässen, die Agnes der Kundschaft immer noch gewährte. »Muss das wirklich sein?«, fragte er wieder und wieder.

»Es ist Krieg«, sagte Agnes. »Die Leute haben kein Geld mehr.«

Beiläufig brachte sie den polnischen Steinbruch zur Sprache. Doch Wilhelm beschied ihr erneut, dass er nicht daran dächte, den Vertrag zu kündigen. »Du weißt doch, ich stehe bei Hans im Wort. Agnes, mein Schatz, belaste dich doch nicht mit Dingen, die dich überfordern.«

»Ich finde aber, dass es nicht recht ist. Auf deutschen Gräbern sollten auch deutsche Steine stehen und keine polnischen«, sagte Agnes spitz.

Da meinte Wilhelm, er ließe sich diese Angelegenheit noch einmal durch den Kopf gehen. Dank etlicher Zärtlichkeiten unterschrieb er auch endlich die Vollmacht, mahnte aber: »Ich verlange, dass du jede Entscheidung wenigstens einmal mit Helmut Burdin besprichst. Es muss ein Mann ein Auge auf alles haben.«

»Ich verspreche es dir, hoch und heilig.« Agnes lächelte sanft. Einen Teufel werde ich tun, dachte sie.

Seine Söhne ließ er jeden Abend in der Stube Spalier stehen. Hermann musste aus der Schule berichten und ihm auch vorlesen, Karl präsentierte ihm die Steine, die er schon mit seinem kleinen Hämmerchen eifrig bearbeitete. »Prachtburschen!«, sagte Wilhelm jedes Mal. »Der Hermann wird einmal studieren, der ist zu Höherem berufen. Und Karl übernimmt den Betrieb.«

Seine Tochter beäugte er eher aus der Distanz. »Sie hat ja so gar nichts von mir«, stellte er fest. »Dieses schwarze Haar. Und sie ist schon ein wenig mickrig geraten, findest du nicht? Stimmt denn alles mit ihr?«

»Natürlich stimmt alles mit ihr«, empörte sich Agnes. »Sie ist ein bisschen klein, das mag sein. Aber sie fängt schon bald an zu laufen, schau doch nur, wie sie sich am Tisch hochzieht! Das konnten Hermann und Karl noch nicht in diesem Alter!«

»Nun ja.« Wilhelm hüstelte. »Wahrscheinlich kommt sie mehr nach deiner Familie. Vielleicht ist es ganz gut, dass du sie nicht nach Mutti benannt hast.«

Jeden Morgen sattelte er das Pferd, ritt nach Palmnicken zum Grab der Alten, um dort in stiller Andacht zu verharren. Kehrte er zurück, war sein Gesicht rot und aufgedunsen. »Was für ein Unglück!«, schluchzte er manchmal.

»Ja«, sagte Agnes dann schlicht und legte tröstend ihre Hand auf seine Schulter. »Das war es.«

Als Herr Goebbels seinen Deutschen den totalen Krieg versprach, kehrte der alte Kampfgeist in Wilhelms geschundene Glieder zurück. »Das muss gefeiert werden!«, verkündete er. »Lass uns ein paar Tage nach Königsberg fahren. Dann können wir mit Gertrud und Hans auf den Führer anstoßen.«

»Ach, was sollen wir in Königsberg!«, wehrte Agnes ab. »Es gibt daheim so viel zu tun. Und die Kinder! Mutter geht es nicht gut, das weißt du doch. Es wäre jetzt einfach zu viel für sie. Wir können auch mit Helmut feiern.«

Nein, in die alte Heimatstadt zog sie nichts mehr, für Agnes war sie nur mehr ein Ort der verblassenden Erinnerungen, bevölkert von schwarzen Dämonen.

Der Teufel schaute stattdessen bei ihnen vorbei. Überraschend kündigten Hans und Gertrud Wuschke ihren Besuch an, schon einen Tag später standen sie vor der Tür. Agnes nickte dem Obersturmbannführer zu und würdigte ihn keines weiteren Blickes. Die Herren zogen sich mit einer kurzen Entschuldigung – »Geschäfte, Geschäfte!« – sogleich in die Stube zurück, Agnes führte Gertrud in die Küche.

Erstaunt betrachtete sie die Freundin. Gut sah sie nicht aus, eher blass, und ihr Mund hatte einen Zug bekommen, als litte sie Schmerzen. Doch Gertrud gab sich ganz wie die Alte und plauderte munter und unnütz vor sich hin, bis Agnes ihre Hand ergriff. »Was ist mit dir?«, fragte sie.

Gertrud sackte ein wenig in sich zusammen, schaute sich nach der Küchentür um, ob sie auch verschlossen war, und flüsterte: »Ich glaube, ich kann keine Kinder bekommen. Wir probieren es schon seit Monaten. Und es passiert nichts.«

»Manchmal dauert es eben etwas«, sagte Agnes. »Das sollte dich nicht beunruhigen.«

»Bei dir hat es auch nicht gedauert! Immerzu bist du schwanger«, fuhr Gertrud sie an. »Hans besteht darauf, dass ich zum Arzt gehe und mich untersuchen lasse.«

»Aber das ist doch nicht schlimm. Er sorgt sich eben um dich.«

»Der sorgt sich nur um den Fortbestand des deutschen Volkes!« Gertrud lächelte bitter. »Nicht auszudenken, wenn der Arzt tatsächlich feststellt …«

»Vielleicht liegt es ja auch an ihm«, meinte Agnes und dachte, dass es eine höhere Gerechtigkeit gäbe, wenn jemand wie Hans Wuschke sich nicht vermehren könnte.

»Ausgeschlossen, an ihm kann es nicht liegen, sagt Hans.«

Draußen waren Schritte zu hören, und Gertrud presste die Lippen aufeinander.

»Gerti, kommst du? Wo steckst du denn?«, rief der Obersturmbannführer.

Zum Abschied umarmten sich die Freundinnen stumm.

»Ich kann mich auf dich verlassen, Wilhelm, es bleibt dabei«, sagte Hans Wuschke und blickte Agnes' Mann bedeutsam in die Augen.

»Natürlich«, murmelte Wilhelm. »Natürlich kannst du dich auf mich verlassen.«

»Wir hatten ja leider keine Gelegenheit, miteinander zu plaudern, liebe Agnes«, sagte der Obersturmbannführer. »Aber das«, er schnalzte mit der Zunge, »holen wir beim nächsten Mal nach.« Grob fasste er nach Gertruds Arm und zog sie zum Wagen.

Am Abend erklärte Wilhelm seiner Frau umständlich: »Vertrag ist Vertrag. Und Hans ist mir noch einmal mit dem Preis entgegengekommen. Es bleibt alles, wie es ist.«

»Wie du meinst«, sagte Agnes. Zieh du nur erst mal wieder in den Krieg, dachte sie, dann werden wir ja sehen.

Nachdem er genesen war, zog Wilhelm wieder in den Krieg. Agnes weinte ihm keine Träne nach. Aber sie stand schluchzend am Straßenrand, weil auch ihr Vater fortging, denn jetzt musste jeder Mann ran. »Es wird gut gehen«, sagte ihre bleiche Mutter. »Es wird sicher gut gehen. Er kommt wieder.«

Agnes bezog erneut ihre Stellung an der Heimatfront. Sie wandte sich an den Güterdirektor des Tagebaus, den alten Freund des Vaters. Man einigte sich schnell, auch weil sich der liebenswerte Mann der Familie verbunden fühlte. Zufrieden unterschrieb sie die Dokumente über den Verkauf der Weisgutschen Grundstücke und zahlte das Geld, abzüglich einer kleinen Provision, auf der Bank ein.

Sie traute sich jedoch nicht, den Vertrag mit dem Steinbruch sofort aufzukündigen. Erst einmal schrieb sie nach Polen und monierte, dass bei der letzten Lieferung viele der Steine schadhaft gewesen seien und kaum zur weiteren Verwendung getaugt hätten. Sie nahm sich vor, bei der nächsten Lieferung genauso zu verfahren, dann vielleicht schon in einem etwas schärferen Ton, um so den Weg für einen endgültigen Schlussstrich vorzubereiten.

Erneut erkrankte ihre Mutter. Der Arzt diagnostizierte eine allgemeine Schwäche, bedingt durch die Sorge um ihren Mann. Agnes quartierte sie kurzerhand im Schlafzimmer der Alten ein.

»Ach Kind, jetzt falle ich dir auch noch zur Last«, klagte ihre Mutter.

»Das tust du doch gar nicht«, widersprach Agnes. »Im Gegenteil. Es ist schön, dich im Haus zu haben.«

Dass diese Krankheit sie zutiefst erschreckte, ließ Agnes sich nicht anmerken. Die Mutter war nur noch ein Schatten, alle Farbe und Kraft waren aus ihrem Körper gewichen, es schien, als löste sie sich langsam auf.

Plötzlich blieb die Feldpost des Vaters aus. Zunächst versuchte Agnes, ihre Mutter und auch sich selbst zu beruhigen, dass die Briefe sich nur verspäteten oder verloren gegangen seien. Doch dann stand Helmut Burdin vor der Tür, mit ernstem Gesicht, und teilte ihnen mit, dass der Vater wahrscheinlich bei einer Schlacht in der Nähe des weißrussischen Witebsk in Kriegsgefangenschaft geraten sei.

»Es tut mir leid für euch«, meinte er. »In diesen Zeiten ist keine deutsche Familie gegen Schicksalsschläge gefeit. Aber ich bin mir sicher: Wenn der Russe geschlagen ist, kehrt dein Vater wohlbehalten nach Hause zurück. Und bis dahin heißt es: durchhalten, Agnes, durchhalten!«

»Er kommt nicht wieder«, sagte die Mutter. »Ich spüre ihn nicht mehr.«

»Du irrst dich!«, rief Agnes. »Natürlich kommt Papa wieder. Ich glaube ganz fest daran. Und du musst es auch, versprich es mir!«

Die Mutter nickte matt. Ihr Lebenswille jedoch erlosch. Den ganzen Tag lag sie nun im Bett und schaute blicklos aus dem Fenster. Sie aß kaum, und als Agnes einmal versuchte, ihr ein wenig Suppe einzuflößen, nahm sie ihr den Löffel aus der Hand und ließ ihn auf den Boden fallen. »Lass es gut sein, Kind. Ich mag nicht mehr.«

Drei Wochen später war die Mutter tot.

Agnes vereiste im Schmerz. Mechanisch verrichtete sie alle anstehenden Aufgaben; mechanisch trocknete sie Hermanns und Karls Tränen, die die Oma beweinten; wie eine Marionette stand sie auf dem Friedhof und schüttelte Hände. Als Franciszek wissen wollte, wie er das Grabmal gestalten solle, beschied sie ihm: »Das muss warten. Wir haben keinen passenden Stein.«

Wilhelm beklagte in seinen Briefen salbungsvoll den Verlust der Schwiegermutter. »Mein ärmstes Frauchen«, schrieb er, »erst die Mutti und nun das! Jetzt bist Du ganz allein, und ich mache mir die schrecklichsten Sorgen, wie Du zurechtkommst mit den Kindern. Nur gut, dass Dein Vater von alldem nichts ahnt! So kann er, wo auch immer er sein mag, dem Russen trotzig die Stirn bieten. Ich bin der festen Überzeugung, dass er alles tapfer überstehen wird, denn es steckt doch zum Glück eine gehörige Portion Deutsches in ihm.«

Wieso darfst du noch leben?, dachte Agnes. Zornig setzte sie sich an den Schreibtisch und verfasste die Kündigung an den polnischen Steinbruch.

Bei all ihrem Kummer und all der Arbeit blendete sie es aus, dass ihr Leib wieder anschwoll. Erst als es nicht mehr zu übersehen war und Helmut Burdin sie, mit einem misstrauischen Seitenblick Richtung Franciszek, auf ihren Zustand ansprach, nahm sie ihre vierte Schwangerschaft zur Kenntnis. Sie stellte sich vor den Ankleidespiegel, strich über ihren Bauch und seufzte. Nun gut, dachte sie, Leben geht und Leben kommt. Also noch ein Kind. Wilhelm wird es sicher freuen. Aber, so schwor sie sich, es wird sein letztes sein.

HAMBURG, MAI 2008

Alles sah anders aus. Martha erkannte die Stadt kaum wieder. Die Straßen waren so groß und die neuen Häuser so hoch. »Kannst du langsam fahren?«, bat sie ihre Tochter.

Diese Birte verringerte die Geschwindigkeit. »Alles gut?«, fragte sie.

Martha antwortete nicht. Sie fuhren am Stadtpark vorbei und an der City Nord, später auf die Borsteler Chaussee und auf die Kollaustraße, die immer noch, trotz der grünen Bäume, grau wirkte und öde. Birte bog in den Garstedter Weg ab und erneut rechts in das kleine Viertel, in dem Martha in einem früheren Leben gewohnt hatte. Und hier sah alles aus wie immer, fast. Sie kniff die Augen zusammen, weil sie plötzlich Angst hatte. Der Wagen stoppte.

»Sag mal, ist alles gut bei dir?«, wiederholte sich ihre Tochter.

»Ich weiß nicht«, sagte Martha. Sie standen vor der Gärtnerei. »Hier steige ich nicht aus.«

»Schon klar. Aber ich dachte, du willst vielleicht kurz einen Blick aufs Haus werfen.«

»Wohnt er noch da?«, fragte Martha.

»Ja, natürlich. Und Peter auch. Mit seiner Familie.«

»Welche Familie?«

»Dein Sohn ist verheiratet. Und er hat zwei Kinder. Wusstest du das nicht? Ich dachte, Großmutter hat dich auf dem Laufenden gehalten.«

Martha überlegte. »Vielleicht«, sagte sie. »Vielleicht habe ich es auch vergessen. Kannst du weiterfahren? Bitte.«

Das Auto rollte im Schritttempo.

»Guck mal, da drüben wohnt Onkel Karl.«

Martha sah auf einen weißen Flachdachbungalow, den es früher noch nicht gegeben hatte. Am Zaun hing ein Schild. »Marmor-Manufaktur Karl Weisgut – Steinmetzbetrieb«. »Oh«, sagte sie. »Wird jetzt hier gearbeitet?«

»Nein, den alten Betrieb gibt's natürlich auch noch. Aber den leitet Onkel Klaus«, erklärte Birte.

»Ach so«, sagte Martha und wunderte sich. Wurde hier so viel gestorben, dass es zwei Steinmetze ernährte?

Ihre Tochter fuhr weiter, um die Kurve herum, und dann hielten sie vor der alten Villa, die eine ganz andere Farbe hatte als in Marthas Erinnerung, ein mildes Graubraun.

»Da sind wir.« Ihre Tochter stieg aus und klappte ihren Sitz um, damit die beiden Männer hinauskonnten. »Nun komm endlich!«, rief sie Martha zu. »Agnes wartet.«

Martha wusste, dass sie keine Wahl hatte. Aber sie blieb abwartend auf dem Bürgersteig stehen, als die anderen zum Haus gingen und klingelten. Die Tür öffnete sich, und ihre Mutter trat heraus. Birte und Bosse beachtete sie nicht, aber sie nahm ihren Sohn in den Arm. Dann kam sie die Eingangsstufen herunter auf sie zu; Martha bemerkte, dass sie an einem Stock ging, obwohl sie so aufrecht und stolz war wie jeher.

Agnes blieb vor ihr stehen und schaute sie lange an. »Martha, mein Mädchen«, sagte sie schließlich und strich ihr behutsam über die Wange.

»Du musst nicht weinen, Mama«, sagte Martha leise. »Ich bin doch jetzt da.«

Ihre Mutter lächelte. »Ja. Und das ist gut. Sehr gut sogar. Willst du nicht hereinkommen?«

»Ich bin sehr müde. Ich muss erst einmal schlafen.«

»Natürlich. Ich habe schon die Gästezimmer für euch vorbereitet.«

»Nein«, sagte Martha. »Ich werde bei meiner Tochter wohnen. Aber ich besuche dich, später.«

Ihre Mutter nickte und lächelte immer noch. »Auch das ist sehr gut.«

»Was wirst du?«, rief diese Birte. »Ich glaube, es hackt!«

»Ich wohne bei dir.« Martha fand, dass sie sehr entschlossen klang.

»Und wovon träumst du nachts?«

Martha sah ihre Tochter erstaunt an. »Das weißt du doch. Das habe ich dir erzählt. Schlimme Dinge.«

Diese Birte verdrehte die Augen und tippte sich an die Stirn. Martha setzte sich schnell wieder ins Auto und schnallte sich an.

»Ey!«, schnauzte ihre Tochter von draußen. »Aussteigen, aber dalli. Du bleibst schön hier, wo du hingehörst!«

»Ich gehöre nicht hierhin«, meinte Martha. »Ich gehöre nach Hause.«

»Mann, Mann, Mann, geht der Mist jetzt wieder los?« Ihre Tochter brüllte fast.

»Birte!« Agnes' Stimme brachte alles zum Schweigen. »Wenn deine Mutter bei dir schlafen möchte, dann schläft sie bei dir! Dein Penthouse ist ja wohl groß genug, oder? Teuer genug war es jedenfalls, wenn ich mich recht entsinne.«

Birte machte ein mürrisches Gesicht, sagte aber nichts mehr.

»Wie weit bist du mit den anderen?«, fragte Agnes.

»Ich arbeite daran«, fauchte Birte. »Los, Bosse, komm! Wir verschwinden hier, bevor ich noch ausflippe.«

Dieser Bosse stieg in den Wagen, seine Mundwinkel zuckten verdächtig. So ein fröhlicher Junge, dachte Martha, nie verliert er seine gute Laune.

Nur einmal hatte er seine Fassung kurz verloren, als sich der weitere Fahrgast in Polen zu ihnen gesellte. »Ach, du heilige Scheiße …«, hatte ihr Neffe geflüstert und den anderen angesehen, als wäre ihm ein Geist erschienen.

»Das ist euer Onkel«, erklärte Martha. In Agnes' schwarzen Büchern hatte sie nämlich vor langer Zeit gelesen, dass Gregor ihr Bruder war.

Dieser Bosse machte nach ihrer Erklärung immer noch einen

verwirrten Eindruck. »Ich weiß«, stammelte er. »Aber ich dachte, dass er …, dass er …«

»Nun, offensichtlich hat er's überlebt. Hallo Gregor!«, sagte ihre Tochter nüchtern.

»Hallo«, erwiderte Gregor.

Diese Birte bestand darauf, sofort weiterzufahren. »Wir haben schon genug Zeit verloren.«

Im Auto war es erst sehr still gewesen, bis Martha zu summen begann. »Ah, ich kenne!«, rief Gregor und sang dann einfach mit. »*Ännchen von Tharau ist's, die mir gefällt, sie ist mein Leben, mein Gut und mein Geld …*«

Nach dem Lied versuchte ihr Neffe, ihren Bruder in ein Gespräch zu verwickeln. »Ich will ja nicht neugierig sein, aber was ist hier eigentlich los?«

Gregor schaute ihn verständnislos an.

»Also, ich meine, wo warst du all die Jahre? Und wieso tauchst du jetzt auf einmal wieder auf?«

»Ich war weg. Und jetzt ich fahre zu Mutter«, erwiderte Gregor ruhig.

»Super Antwort«, sagte diese Birte und schüttelte den Kopf.

»Ja, aber …«, begann dieser Bosse erneut.

Und Gregor unterbrach ihn. »Kann nicht sagen. Mutter wird erklären. Alles.«

Nur eine einzige richtige Pause hatten sie auf der langen Fahrt gemacht, kurz hinter Stettin, an einer Raststätte. Sie aßen polnische Würstchen und tranken sehr süßen Saft, der den Durst noch größer machte.

»Oh Mann«, seufzte die Frau, »ich könnte jetzt gut ein schönes kaltes Bier vertragen.«

»Du trinkst viel Alkohol«, sagte Martha, und es sollte eine Feststellung sein und kein Vorwurf.

»Jep. Liegt in unserer Familie, wahrscheinlich genetisch bedingt …«

»Ich trinke gar keinen Alkohol«, meinte Martha.

»Du vielleicht nicht. Aber alle anderen, die du verlassen hast.«

Nach dieser Bemerkung setzte sich Martha lieber zu Gregor und fragte flüsternd: »Ist es schön? Zuhause?«

Gregor lächelte, und es war ein Lächeln, das von ganz innen kam. »Ja. Sehr schön. Du wirst bald sehen.«

Nachdem sie Bosse abgesetzt hatten, fuhr der Sportwagen weiter bis in die Tiefgarage eines großen weißen Hauses an der Alster. Hier war es noch hübscher als bei ihrer Mutter, fand Martha und freute sich, dass es ihrer Tochter so gut ging. Sie nahm ihr Köfferchen und folgte ihr in die Wohnung.

»Zieh dir die Schuhe aus und stell sie bitte in den Schrank«, sagte Birte, als sie im Flur standen.

Martha gehorchte. Dann ging sie auf Strümpfen vorsichtig den Flur entlang und betrat ein riesiges Wohnzimmer. Schüchtern setzte sie sich auf das große Sofa, ganz vorn auf die Kante. Es war alles so sauber und aufgeräumt.

»Ich spring schnell unter die Dusche«, rief die Frau. »Brauchst du irgendwas?«

»Nein«, sagte Martha und blieb still sitzen, mit zusammengepressten Knien. Sie schaute sich um. Die Couch, der Tisch, die Stühle, die Schränke, alles war so hell und glänzend. Sie hatte es sich hier wärmer vorgestellt.

Als Birte aus der Dusche kam, hatte Martha ihre Position um keinen Millimeter verändert. »Ich muss noch mal ins Büro«, sagte ihre Tochter. »Was willst du so lange machen?«

»Ich weiß nicht.« Martha überlegte. »Vielleicht gehe ich spazieren.«

»Klingt nach nem Plan.«

»Und wie komme ich wieder herein, wenn ich fertig bin mit spazieren?«

Birte schrieb etwas auf einen Zettel und drückte ihn Martha in die Hand. »Pass auf, das ist der Türcode, den gibst du unten ein, wenn du ins Haus willst, und im Fahrstuhl noch mal. Schaffst du das?« Ihre Tochter sah sie zweifelnd an.

»Ich glaube schon.«

»Verläufst du dich auch nicht?«

»Nein. Und ich habe ein Telefon. Du kannst mich anrufen, wenn du mich vermisst.«

Die Frau schnaufte und murmelte etwas Unverständliches. »Falls du Hunger oder Durst bekommst, dahinten ist der Kühlschrank«, sagte sie dann. »Irgendwas findest du da sicher noch.«

»Soll ich einkaufen?«

»Nee, lass mal. Hast du überhaupt Geld?«

»Natürlich.« Martha stand auf, holte ihren Koffer und öffnete ihn. »Da. Schau.«

Ihre Tochter starrte auf die ganzen Scheine, die darin lagen. »Man kann nie wissen«, erklärte Martha.

Nachdem Birte gegangen war, wusch auch sie sich und zog sich ein frisches Kleid an. Gern hätte sie noch in die anderen Zimmer der Wohnung geschaut, aber das wagte sie nicht. Also verließ sie das Haus und ging ein wenig an der Alster entlang. Aber das wurde ihr schnell langweilig. Sie bog ab in einen Weg, der durch die Häuserreihen führte, und stand bald auf einer Geschäftsstraße. Sie beschloss, dass sie doch einkaufen würde.

Als ihre Tochter zurückkam, hatte Martha schon alles vorbereitet. »Gleich gibt es Kuchen«, sagte sie.

»Kuchen? Um die Uhrzeit?«, fragte diese Birte und lief ins Wohnzimmer. Dort blieb sie wie vom Donner gerührt stehen. »Wie sieht's denn hier aus?«, flüsterte sie.

»Schön, nicht?« Martha schaute sich stolz um. Sie hatte viele bunte Kissen gekauft, die sie überall verteilt hatte, sogar auf den Schränken. Auch eine große knallrote Tagesdecke, mit gelben Tupfern. Die hatte sie über das Sofa gelegt. Und zwei kleine Bilder mit Blumenmotiven, die noch auf dem Boden lagen. »Ich habe keinen Hammer gefunden«, meinte sie entschuldigend. »Sonst hätte ich sie schon aufgehängt.«

»Einen Hammer?«, brüllte die Frau. »Du wolltest Löcher in meine Wände schlagen?«

»Natürlich«, sagte Martha ruhig. »Für die Nägel.«

Die Frau setzte sich auf einen Stuhl und machte auf einmal einen sehr entkräfteten Eindruck. Martha ging zu ihr und legte ihr eine Hand auf die Schulter. »Der Kuchen ist gleich fertig. Der wird dir guttun.«

Nachdem sie gegessen hatten, und sie aßen den Kuchen ganz auf, bis auf das letzte Stück, fragte Martha: »Was machen wir jetzt?«

»Ich dachte, du bist müde und willst schlafen.«

»Ja. Wo kann ich denn schlafen?«

»Komm, ich zeig's dir.« Diese Birte ging durch den Flur voraus und öffnete eine der geschlossenen Türen. Dahinter war ein großer Raum, in dem ein weißer Schreibtisch stand, ein weißer Bürostuhl, zwei hohe weiße Schränke und sonst nichts weiter. »Mein Arbeitszimmer«, sagte ihre Tochter und klappte einen der Schränke auf, in dem sich ein Wandbett befand.

»Das ist aber praktisch!«, rief Martha, die so etwas noch nie gesehen hatte.

»Ich hol dir noch Decke und Kissen«, sagte die Frau und händigte ihr kurz darauf die Bettwäsche aus, die auch sehr weiß war.

»Darf ich mir ein paar von den neuen Kissen holen?«

»So viele du willst«, murmelte Birte. »Von mir aus auch alle.«

Martha schlief tief und traumlos und lange. Das erstaunte sie, als sie erwachte. Sie hatte erwartet, dass die Träume wiederkamen und auch die Kopfschmerzen, sobald sie in dieser Stadt war. Aber das war nicht geschehen. Sie hielt es für ein gutes Zeichen.

Sie stand auf und tappte mit nackten Füßen über das glatte Parkett. Auf dem Wohnzimmertisch fand sie eine Notiz. »Bin kurz im Büro. Gleich wieder da. Lass bitte alles so, wie es ist.«

Martha schaute sich um und sah, dass ihre Tochter die restlichen Kissen in einer Ecke säuberlich zu einem Turm gestapelt hatte. Die Tagesdecke lag jedoch noch auf dem Sofa. Sie nickte zufrieden und ging zur Küche. Dort blitzte und blinkte wieder alles. Diese Birte musste gestern in der Nacht noch aufgeräumt und geputzt haben. Sie war wirklich ein fleißiger Mensch.

Im Kühlschrank fand Martha eine Packung Eier, aber leider keinen Speck. Sie nahm eine Pfanne, die aussah, als wäre sie noch nie benutzt worden, goss reichlich Öl hinein und briet alle zehn Eier.

»Was machst du denn da schon wieder?« Diese Birte war plötzlich hinter ihr aufgetaucht. Martha hatte den Lift gar nicht gehört. »Frühstück«, sagte sie.

»Boah, die schwimmen ja im Fett!«, meinte ihre Tochter mit einem Blick auf die Eier.

»Ja, wie es sich gehört. Wenn du Brot hast, kannst du es auftunken.«

Die Frau schaufelte die Eier ohne Brot in sich hinein. »Ich brauche deine Hilfe«, sagte sie. »Du weißt, warum ich dich geholt habe?«

»Ja. Mama will etwas mit mir besprechen.«

»Genau. Aber nicht nur mit dir, sondern mit der ganzen Familie. Und da gibt's ein Problem. Deine Brüder haben sich gestritten. Und Karl weigert sich, mit Klaus an einem Tisch zu sitzen. Meinst du, du könntest ihn überreden?«

Martha richtete sich eifrig auf. »Natürlich«, sagte sie.

Nach dem Frühstück zog Martha sich ordentlich an und hörte dabei, wie die Frau fluchend in der Küche hantierte. Sie überlegte kurz, ob sie ihr helfen sollte, entschied sich aber dagegen.

Der Sportwagen brachte sie nach Niendorf; als sie an ihrem alten Haus vorbeifuhren, guckte Martha schnell zur anderen Seite. Dann hielten sie vor Karls Bungalow.

Die Tür ging auf, und ihr Bruder füllte den ganzen Rahmen. Immer noch war er groß und massig, aber sein früher rötliches Haar schimmerte nun weiß. »Birte!«, sagte Karl überrascht. »Was machst du denn hier?«

»Hallo, Onkel Karl«, sagte ihre Tochter, und bevor sie weitersprechen konnte, hatte Karl sie schon unterbrochen.

»Wenn du wegen dieser Sache hier bist, mit der Bosse mich seit Tagen nervt, kannst du gleich wieder gehen.«

Statt einer Antwort schob Birte Martha jetzt einfach nach vorn, direkt vor Karls Füße. Der stutzte einen Augenblick lang, dann öffnete sich sein Mund zu einem stummen Staunen.

»Guten Tag, Karl«, sagte Martha. »Ich bin da.«

»Martha, Mädchen«, stammelte ihr Bruder. »Was um alles in der Welt …«

Er umarmte sie so fest, dass sie glaubte, ihre Knochen müssten knirschen, und zog sie ins Haus. Umständlich bot Karl Martha einen Platz an, rannte weg, kam mit einem Teller voller Kekse zurück und machte einen recht aufgelösten Eindruck.

»Setz dich doch«, sagte Martha freundlich.

Karl ließ sich auf den Stuhl ihr gegenüber fallen und strich sich immer wieder durch sein schütteres Haar. »Mädchen, Mädchen«, rief er. »Gut siehst du aber aus, richtig gut. Nein, ich glaub's ja gar nicht. Nach all den Jahren …«

Martha nickte nur.

»Erzähl! Wie ist es dir ergangen? Ach, ich freu mich so! Warst du schon bei Mutter?«

Martha nickte wieder.

»Mädchen, Mädchen, du machst Sachen! Aber nun erzähl doch endlich!«

»Mama möchte mit uns sprechen«, sagte Martha. »Mit uns allen. Auch mit dir.«

Karl schnaufte. »Martha, Mädchen, es ist lange her, dass du weggegangen bist. Und es ist viel passiert seitdem. Vielleicht wirst du es nicht verstehen, aber ich kann nicht …«

»Karl!«, unterbrach sie ihren Bruder und nahm seine Hände sehr fest in ihre. »Ich weiß, was du getan hast.«

»Was?« Karl riss die Augen auf und schnappte nach Luft. Auf seiner Oberlippe bildeten sich winzige Schweißtropfen.

»Ich weiß, was du getan hast«, wiederholte Martha. »Ich weiß alles. Und du hast recht getan.«

HAMBURG, OKTOBER 1988

Birte klemmte sich die Post aus dem Briefkasten unter den Arm, rannte die vier Stockwerke hinauf und versuchte, drei Stufen auf einmal zu nehmen. Zwei Stunden war sie soeben durch den Stadtpark gelaufen, in hohem Tempo, bis sie vor Anstrengung fast kotzen musste. Zwei volle Stunden, durchgehend! Das hatte sie vorher noch nie geschafft.

Sie schloss die Haustür auf und trat in den winzigen Flur. Sie wohnte noch nicht lange hier, und jedes Mal, wenn sie hereinkam, durchströmte sie ein Gefühl tiefer Zufriedenheit. Ein Zimmer, Küche, Bad. Zweiunddreißig Quadratmeter. Der Platz war wirklich überschaubar. Aber es war ihre Wohnung, ihre ganz allein. Es war aufgeräumt, es war sauber, und niemand redete ihr hinein.

Großmutter hatte ihr diese Studentenbude in Barmbek besorgt. »Es wird Zeit, dass du endlich von zuhause ausziehst und dein eigenes Leben führst«, hatte sie gesagt und ihr den Schlüssel in die Hand gedrückt.

Birte wusste, dass sie schon längst hätte gehen sollen. Das Zusammenleben mit ihrem Vater war unerträglich, mit den Jahren war es immer schlimmer geworden. Er schaffte es zwar noch, die Gärtnerei am Laufen zu halten, das Haus aber ließ er verwahrlosen, und Birte war die Einzige, die sich irgendwie verpflichtet fühlte, seinen Saustall aufzuräumen.

Agnes hatte das Thema immer wieder auf den Tisch gebracht. »Du studierst jetzt. Und du musst dich auf dein Studium konzentrieren. Du brauchst mehr Ruhe.«

»Das geht dich nichts an«, hatte Birte geantwortet. »Ich bin erwachsen und fälle meine eigenen Entscheidungen.« Insgeheim wusste sie, dass Großmutter natürlich Recht hatte. Aber es gab ja noch Peter. Und auch wenn sie kein gutes Verhältnis zu ihrem Bruder hatte, mochte sie ihn nicht allein lassen. Zu groß war ihre Angst, dass er rückfällig werden könnte.

Doch dann hatte er Birgit kennengelernt und sich Hals über Kopf in das stille, farblose Mädchen verliebt. Sie waren sogar schon verlobt. Mit Anfang zwanzig, was für ein Schwachsinn, fand Birte. Wie konnte man sich nur so früh festlegen?

Aber Birgit schien Peter zu stabilisieren. Und Birte zog endlich aus.

Nach Tante Annas Auszug taten die Erwachsenen so, als wäre alles wie immer. Großmutter bestand sogar darauf, dass diese Angelegenheit nur eine vorübergehende Erscheinung wäre. »Hör auf zu heulen«, sagte sie zu Bosse. »Deine Mutter braucht ein wenig Zeit, und dann renkt sich schon alles ein.«

Bosse glaubte Großmutter, weil er ihr glauben wollte. Und während er darauf wartete, dass sich alles einrenkte, pendelte er zwischen Niendorf und Langenhorn hin und her. Birte begleitete ihn oft in das kleine Reihenhaus seiner Mutter, eine schmale Puppenstube mit drei Stockwerken, in deren Dachgeschoss ihr Cousin sein eigenes Zimmer hatte. Und anfänglich sprach Tante Anna jedes Mal davon, dass sie ihn nun bald ganz zu sich holen würde.

Aber das geschah nie. Es wurden viele ernste Gespräche geführt, hinter verschlossenen Türen versteht sich, und Birte schnappte merkwürdige Begriffe auf wie Sorgerecht oder Familiengericht, unter denen sie sich nichts vorstellen konnte, außer dass sie nach Ärger klangen. Nach etwa einem Jahr teilte Agnes Bosse mit, dass man zusammen mit Tante Anna entschieden hätte, den Status quo zu belassen. »Ein Umzug ist Unfug«, sagte sie. »Dann ist dein Schulweg viel zu lang. Du bleibst, wo du hingehörst. Und deine Mutter kannst du sehen, wann immer du willst.«

Der Einzige, der aus den jüngsten Vorfällen eine gewisse Befriedigung zog, war Birtes Vater. »Jaha«, lachte er böse, »es ist nicht alles Gold, was glänzt. Auch nicht bei den feinen Weisguts.« Beim Abendbrot ließ er sich gern darüber aus, dass es mit dem familiären Zusammenhalt »da drüben« wohl nicht allzu weit her sei und dass er Tante Anna gut verstehen könne. »Mit dem alten Biest würd ich's keinen Tag unter einem Dach aushalten!«, rief er. »Aber wir stehen zueinander und lassen uns nicht im Stich, was, Peter?«

Birte fand zwar, dass es um den familiären Zusammenhalt in ihrem Elternhaus auch nicht gut bestellt war, sagte aber lieber nichts dazu. Außerdem fragte sie sich, wann es ihrem Vater endlich auffiele, dass Peter heimlich an seine Schnapsvorräte ging.

Mit Onkel Klaus war neuerdings nicht mehr gut Kirschen essen. Bosse maulte, dass sein Vater eigentlich fortwährend schlechte Laune und an allem, insbesondere ihm, etwas auszusetzen habe.

Häufig kam es auch zu Streitereien in der Werkstatt. Bislang hatten die Brüder in relativer Eintracht zusammengearbeitet, vielleicht weil sie sich gut ergänzten – Karl, der Choleriker, und Klaus, der Sanftmütige. Birte hatte ihren jüngeren Onkel immer lieber gehabt, auch wenn sie das natürlich nie laut sagte. Denn der war stets für einen Spaß zu haben, auch im größten Trubel blieb er gelassen und fand freundliche Worte für die Kinder. Onkel Karl dagegen scheuchte sie gern mal über den Hof, wenn sie, wie er meinte, unnütz im Weg rumstanden, statt mit anzupacken.

Doch Onkel Klaus' Sanftmütigkeit schien aufgebraucht durch das ganze Unglück, das ihm widerfahren war. Auf einmal war er ähnlich aufbrausend wie der ältere Bruder und ging schon bei Nichtigkeiten an die Decke. Wenn die Kinder bei Großmutter im Büro saßen und Birte Bosse die Vokabeln abfragte, wurde es laut nebenan in der Werkstatt. Wie Birte dem Gebrüll entnehmen konnte, ging es dabei nicht nur um das alltägliche Geschäft, sondern zunehmend um die generelle Ausrichtung des Betriebes.

»Mensch, Klaus, überleg doch mal, was man alles aus Steinen machen könnte«, hörte sie Onkel Karl sagen. »Treppen, Skulpturen für den Garten …«

»Skulpturen!«, schimpfte Onkel Klaus. »Bist du auf einmal unter die Künstler gegangen? Wir sind Steinmetze und machen ehrliches Handwerk, nicht mehr und nicht weniger. Seit Generationen.«

»Genau, seit Ewigkeiten immer das Gleiche, immer nur Grabmäler«, polterte Onkel Karl. »Es ist längst Zeit für Innovationen. Dir fehlt doch nur der Mut!«

Die Vorstellung, dass ihre Familie sich einmal mit etwas anderem beschäftigte als mit dem Tod, fand Birte eigentlich sehr schön. Aber außer Onkel Karl und ihr sah das niemand so. Auch Großmutter meinte zur Geschäftsidee ihres Ältesten: »Schuster, bleib bei deinen Leisten.«

Die Spannungen in der Werkstatt blieben. Und dann ließ Onkel Karl die Bombe platzen. »Ich steige aus!«, verkündete er.

Onkel Klaus lachte erst, wenig später verging ihm das Lachen, da sein Bruder die Drohung wahr machte und nicht mehr in der Werkstatt erschien. Stattdessen verschanzte er sich in seinem Häuschen, einem schmucken Neubau nur zwei Straßen weiter, und brütete über seinen Plänen. Onkel Klaus regte sich fürchterlich darüber auf, dass sein Bruder ihn im Stich ließ und er die ganze Arbeit ja wohl kaum allein bewältigen konnte.

Birte hatte erwartet, dass Großmutter Onkel Karl zurückpfeifen würde. Aber sie hielt sich vornehm zurück. »Vielleicht ist es ganz gut, dass jeder sein Eigenes hat«, meinte sie zu Onkel Klaus. »Und wenn die Arbeit zu viel wird, dann stell eben jemanden ein.«

Das tat Onkel Klaus aber nicht, weil er wahrscheinlich hoffte, dass sein Bruder es sich anders überlegte und reumütig angekrochen käme. Zwei Monate später ging ein Raunen durch die Nachbarschaft. An Onkel Karls Zaun hing ein neues, glänzendes Schild: »Marmor-Manufaktur Karl Weisgut – Design aus Stein«.

»Ich bin ja mal gespannt, wie lange es dauert, bis der Herr Designer auf die Schnauze fällt«, höhnte Bosses Vater.

Er musste gar nicht so lange darauf warten. Nach einem Jahr zog Onkel Karl das Resümee, dass die konservative Kundschaft im Hamburger Stadtteil Niendorf noch nicht reif war für sein *Design aus Stein*. Deshalb strich er diesen Zusatz kurzerhand, besann sich auf seine Wurzeln und klopfte wieder Grabmäler.

»Dieser Sauhund!«, schimpfte Onkel Klaus. »Macht der eigenen Familie Konkurrenz! Direkt nebenan! Mutter, tu was!«

Agnes tat nichts. Im Gegensatz zu ihren sonstigen Gepflogenheiten saß sie das Problem aus, wohl wissend, dass die Seniorendichte im Viertel ausreichend war, um einen weiteren Steinmetz zu beschäftigen.

Obwohl beide Onkel ihr Auskommen fanden, entspannte sich ihr Verhältnis nicht. Zu gern hätte einer dem anderen die Meinung gesagt und noch lieber mit schlagkräftigen Argumenten unterstrichen. Nach einem unschönen Zwischenfall auf dem Friedhof, der mit einer blutigen Nase bei Onkel Karl und einem blauen Auge bei Onkel Klaus endete, war Großmutter doch eingeschritten. Birte glaubte zwar nicht, dass Agnes plötzlich die Pazifistin in sich entdeckt oder etwas dagegen hatte, dass ihre erwachsenen Söhne sich prügelten. Aber eine Trauergesellschaft, die unfreiwillig Zeuge der Hauerei geworden war, hatte sich bei der Friedhofsverwaltung beschwert. Und sofort war die Geschichte auch in der Nachbarschaft rum.

»Das ist geschäftsschädigend«, meinte Großmutter. Und Geschäft blieb nun einmal Geschäft.

Thomas rieb sich erneut die Hände ob dieser ganzen Zwistigkeiten. »Na, warten wir mal ab, wer als Nächstes die Biege macht«, sagte er genüsslich. »Viel ist von dieser tollen Familie ja nicht mehr übrig.«

Birte, die sich als Teil dieser Familie empfand und weniger ihrem Vater zugehörig, wagte tatsächlich Widerworte. »Wenn du dich nicht langsam mal um Peter kümmerst, ist von dem bald auch nichts mehr übrig.« Sie sah es ihrem Vater an der Nasenspitze an, dass er überlegte, mit der Bierflasche nach ihr zu schmeißen, und ging vorsichtshalber in Deckung. Doch letztendlich zuckte er nur mit den Schultern und tat so, als hätte er ihr gar nicht zugehört.

Ihr Bruder war ein echtes Problem. Mittlerweile ging er fast gar nicht mehr zur Schule, das Abi konnte er knicken. Dafür hatte er neue, dubiose Freunde gefunden, mit denen er sich herumtrieb.

Birte wusste nicht, wo er diese Typen gefunden hatte, aus Niendorf kamen sie sicher nicht. Sie waren allesamt älter als er, einer fuhr sogar schon Auto, einen uralten mattschwarzen Ford, der nun öfter vorm Haus stand. Sie rauchten, und sie tranken, und wenn Birte aus der Schule kam, lümmelten sie im Wohnzimmer auf dem Sofa herum, inmitten leerer Bierdosen, und guckten *Mad-Max*-Videos, die sie »voll geil, ey« fanden.

Birte beschwerte sich bei ihrem Bruder über diese ständige Belagerung.

»Du hast mir gar nichts zu sagen«, schnauzte er sie an. »Du bist doch nur neidisch, weil du überhaupt keine Freunde hast.«

»Auf solche Freunde kann ich verzichten!«, giftete sie zurück. Trotzdem, die Bemerkung gab ihr einen Stich. Denn nach wie vor war sie eine Außenseiterin; die streberische Dicke mit den komischen Klamotten, deren Mutter vor Ewigkeiten abgehauen war. Und dass ihr Bruder in Schule und Nachbarschaft mittlerweile als hoffnungsloser Fall galt, wertete ihren Status kein bisschen auf.

Sie versuchte ihren Vater davon zu überzeugen, dass Peter offensichtlich in schlechte Gesellschaft geraten war. »Was du nur immer hast!«, sagte Thomas. »Der Junge ist in einem Alter, da muss er sich die Hörner abstoßen. Das ist völlig normal.«

»Aber er schwänzt die Schule!«

»Na und? Das ist doch nur eine Phase. Kann ja nicht jeder seine Nase ständig in die Bücher stecken so wie du.«

»Und er trinkt!«

»Papperlapapp! Was heißt schon trinken? Ab und zu mal ein Bier hat noch niemandem geschadet!«

Birte gab die fruchtlose Diskussion auf. Als der alte Jensen jedoch Peter stockbesoffen und grölend auf dem Kinderspielplatz entdeckte und genüsslich die Polizei rief, hatte auch Großmutter die Faxen dicke und zitierte ihren Schwiegersohn zu sich. Danach verschwanden zumindest die unangenehmen Gäste. Peter ging einfach mit ihnen und war kaum noch zu Hause.

Natürlich war Birte froh darüber, dass endlich wieder Ruhe einkehrte und sie nicht mehr ständig den Dreck fremder Menschen wegputzen musste. Aber sie fragte sich auch, was ihr Bruder wohl den ganzen Tag machte mit seinen komischen Kumpeln. Die Antwort stand dann in Gestalt von zwei Polizisten vor der Tür, die ernst dreinblickten und ihren Vater sprechen wollten. Sie setzten sich mit ihm in die Küche, und als Thomas sie aufforderte, gefälligst zu verschwinden, stellte sie sich einfach in den Flur und spitzte die Ohren.

»In der näheren Umgebung gibt es seit einiger Zeit eine Serie von Einbruchsdiebstählen«, erklärte einer der Beamten. »Hauptsächlich werden elektronische Geräte gestohlen, aber auch Schmuck und Bargeld. Eines der Opfer hat den Verdacht geäußert, Ihr Sohn könnte daran beteiligt sein.«

»So ein Quatsch!«, regte sich ihr Vater auf. »Welcher Vollidiot behauptet denn so was? Peter ist ein anständiger Junge, der würde nie im Leben …«

»Da haben wir etwas anderes gehört«, unterbrach ihn der Polizist. »Wo steckt Ihr Sohn überhaupt?«

»Der wollte mit ein paar Freunden ins Schwimmbad«, log ihr Vater frech. »Spätestens zum Abendbrot ist er wieder zuhause, wie es sich gehört.«

»Gut. Sprechen Sie mit ihm, und kommen Sie bitte morgen um zehn Uhr mit ihm aufs Revier im Garstedter Weg. Wir haben ein paar Fragen.«

»Kein Problem«, meinte ihr Vater großspurig. »Dann wird sich ja spätestens morgen alles aufklären. Und diesem Vollidioten, der meinen Jungen denunziert hat, können Sie ausrichten, dass ich ihn anzeige! Wegen Verleumdung!«

Dazu sagten die Beamten nichts, sondern standen auf, verabschiedeten sich höflich und gingen. Und Birte fragte sich, wie ihr Vater es wohl schaffen werde, bis zum nächsten Morgen Peter aufzutreiben.

Irgendwie schaffte er es. Mitten in der Nacht zerrte er seinen volltrunkenen Sohn ins Haus. Als sie am nächsten Morgen zum Revier aufbrachen, hatte Peter immer noch eine mordsmäßige Fahne. Birte, die beschlossen hatte, ausnahmsweise auch einmal die Schule zu schwänzen, putzte stundenlang Bad und Küche, während sie darauf wartete, dass sie zurückkämen. Gegen Mittag waren sie endlich wieder da, Birte hörte sie, bevor sie die beiden sah, weil ihr Vater so laut pöbelte.

»Du Nichtsnutz!«, schrie er. »Nichts als Ärger hat man mit dir. Rauf auf dein Zimmer, und lass dich heute bloß nicht mehr blicken!«

Tja, ganz wie der Papa, dachte Birte und schlich Peter hinterher. Ihr Bruder mochte erst nicht erzählen, was bei der Polizei passiert war. Durch zähes Nachhaken gelang es Birte jedoch, ihm einige spärliche Informationen zu entlocken. Wieder und wieder hatten sie ihn zu den Einbrüchen befragt und wissen wollen, an welchen Tagen er sich wo aufgehalten hatte. Und sie hatten ihn damit konfrontiert, dass zwei seiner Freunde schon einschlägig vorbestraft waren. Nachweisen konnten sie Peter allerdings nichts, sonst hätten sie ihn kaum wieder laufen lassen.

»Und?«, fragte Birte. »Hast du was damit zu tun?«

Natürlich bekam sie keine Antwort, dachte sich aber ihren Teil.

In der folgenden Zeit war ihr Bruder wieder öfter zuhause, er besuchte sogar den Unterricht, gab dieses Projekt aber schnell auf, weil er komplett den Anschluss verloren hatte. Ihr Vater beobachtete den Sohn argwöhnisch und drohte fortwährend damit, ihm »die Seele aus dem Leib zu prügeln«, sollte er ihn bei einer erneuten Verfehlung erwischen. Das ständige Schuleschwänzen oder das andauernde Biertrinken gehörten offensichtlich nicht dazu.

An einem Sonntagabend verabschiedete sich ihr Vater mit dem Hinweis, er gehe »auf den Zwutsch«. »Wo steckt eigentlich dein Bruder?«, fragte er beim Gehen.

»Keine Ahnung«, meinte Birte. Sie hatte Peter am Morgen zuletzt gesehen, als er mit unbestimmtem Ziel aufgebrochen war. Sie freute sich, dass sie das Haus ganz für sich alleine hatte, machte es sich auf dem Sofa gemütlich mit Chips und Cola und guckte einen *Tatort* mit Schimanski, den sie heimlich verehrte. Genau so musste ein Mann sein, fand sie. Nicht viel reden, sondern handeln. Und wenn er mal sprach, verstand man ihn sowieso nicht, weil er so nuschelte.

Das Telefon klingelte, als es gerade am spannendsten war. Kurz war sie versucht, nicht ranzugehen, aber ein merkwürdiges Bauchgefühl ließ sie zum Hörer greifen. »Ja?«, fragte sie, die Augen immer noch fest auf den Fernseher gerichtet.

»ZAB Hamburg, Dr. Martens«, sagte eine männliche Stimme. »Mit wem spreche ich, bitte?«

»Birte«, antwortete sie verwirrt. »Birte Weisgut.«

»Sind Sie die Mutter von Peter Weisgut?«

»Ich ... ich ... bin die Zwillingsschwester«, stammelte Birte. Ihr Herz begann zu rasen.

»Ist denn ein Erziehungsberechtigter greifbar? Mutter? Vater? Irgendjemand?«

»N-nein ..., gerade nicht ...«

»Hmmm, das ist schlecht. Es müsste jemand kommen, der ihren Bruder hier abtransportiert.«

Birte wurde schwindlig. Im Geiste sah sie sich schon auf dem Weg ins Leichenschauhaus. »Wo ... wo ist er?«

»In der ZAB, der Zentralen Ambulanz für Betrunkene, Brennerstraße.«

»Lebt er noch?«

Die männliche Stimme lachte trocken. »Natürlich lebt der. Ihr Bruder war nur stinkbesoffen und kommt langsam zu sich. Er muss jetzt langsam mal die Zelle frei machen.«

»Okay«, sagte Birte und spürte eine Welle der Erleichterung. »Ich komme.«

»Gern. Aber es muss ein Erwachsener dabei sein.«

Birte zog sich rasch etwas Vernünftiges an, dann lief sie hinüber zu Großmutter. Sie hätte auch ihren Vater holen können, der hockte bestimmt in seiner geliebten Eckkneipe. Aber sie wusste, was ihrem Bruder dann bevorstand. Agnes war in diesem Fall ausnahmsweise das kleinere Übel.

Sie erklärte ihr kurz, was passiert war, und ihre Großmutter bestellte ein Taxi, ohne das Geschehene weiter zu kommentieren. Der Wagen brachte sie nach St. Georg, beim Aussteigen befahl Agnes dem Fahrer: »Warten Sie. Wir sind gleich wieder da.«

An einer Art Empfang musste Großmutter sich ausweisen, dann führte ein jovialer Sanitäter sie in einen schmalen, sterilen Gang, stoppte vor einer der Metalltüren mit Sichtklappen und öffnete sie. »N'büschen jung, um so betrunken zu sein, wennse mich fragen«, meinte er.

»Ich frage Sie aber nicht«, entgegnete Agnes, als sie die Zelle betrat.

»Ich sach's ja nur. Über zwei Promille. Andere in dem Alter hätten ne Alkoholvergiftung. Der trinkt öfter, glaubense mir.«

Großmutter schnaufte nur. Birte lugte über ihre Schulter. Der kleine Raum war weiß gekachelt, am Boden lag eine Matratze, auf der sich ihr Bruder zusammengerollt hatte. Seine Klamotten waren völlig verdreckt, und so wie es roch, musste er sich erbrochen haben. Als er ihre Geräusche hörte, drehte er sich um und schielte sie aus glasigen Augen an. »Wasmachihrhier?«, lallte er.

»Steh auf«, sagte Agnes kurz angebunden. »Wir bringen dich nach Hause.«

Sie nahmen ihn in ihre Mitte und schleppten ihn zum Taxi. Der Fahrer weigerte sich, Peter einsteigen zu lassen. »Der ruiniert mir ja die Sitze!«, sagte er.

Großmutter zückte ihr Portemonnaie und drückte ihm einen Hundertmarkschein in die Hand. »Das müsste reichen, um die Polster zu reinigen. Und jetzt lassen Sie uns einsteigen und fahren endlich los.«

Zuhause steckte sie ihren protestierenden Enkel in Onkel Klaus' Badewanne, brauste ihn mit dessen Unterstützung eiskalt ab und verscheuchte den staunenden Bosse aus seinem Bett, in das Peter sich legen musste.

»Ich komme mit rüber zu euch«, sagte sie danach zu Birte. »Wie warten jetzt auf deinen Vater.«

Kurz nach Mitternacht kam Thomas hereingetorkelt. »Hupsa«, rief er, als er seine Schwiegermutter in der Küche entdeckte. »Welch Glanz in meiner Hütte! Was willst du hier?«

»Der Junge säuft sich tot, wenn nicht bald etwas passiert«, sagte Agnes ohne Umschweife.

Thomas stierte sie an und blaffte in Birtes Richtung: »Geh nach oben, aber zackig.«

»Sie bleibt«, befahl ihre Großmutter. »Das Mädchen ist alt genug. Die weiß doch längst, was für einer ihr Vater ist.«

Als Antwort rülpste Thomas und grinste. Agnes verzog keine Miene. »Vielleicht bist du ein leidlich guter Gärtner. Als Ehemann und Vater hast du komplett versagt. Und als Mensch taugst du gar nichts, das habe ich nur zu spät begriffen. Aber jetzt ist Schluss. Ab sofort kümmere ich mich um Peter.«

»Einen Scheißdreck wirst du. Das ist mein Sohn, den wirst du nicht auch noch auf deine Seite ziehen«, brüllte Thomas.

Birte bekam Angst, ihre Großmutter jedoch blieb völlig ruhig. »Schrei hier nicht so rum, du Kretin. Ab sofort entscheide ich, was für die Kinder gut ist und was nicht. Das hätte ich schon längst machen sollen. Und wenn dir das nicht passt, dann weißt du, wo der Maurer das Loch gelassen hat. Karl hilft dir sicherlich gern beim Packen. Vergiss nie, unter wessen Tisch du deine Beine steckst.«

Agnes stand auf und wandte sich zur Tür. »Eins noch«, sagte sie. »Du wirst sofort eine Putzfrau einstellen. Es geht nicht an, dass Birte dir ständig hinterherwischt. Das Mädchen muss sich auf die Schule konzentrieren.«

Großmutter ließ Peter einweisen. Für ein halbes Jahr verschwand er in der Dietrich-Bonhoeffer-Klinik, einer Einrichtung, die sich auf süchtige Jugendliche spezialisiert hatte und in der Nähe von Cloppenburg lag. Am Anfang konnten sie ihn noch nicht einmal besuchen. Erst nachdem er den körperlichen Entzug überstanden und sich einigermaßen erholt hatte, durften sie zu ihm.

Thomas kam nur ein einziges Mal mit, danach weigerte er sich. »Ich schau mir nicht an, wie mein Sohn in dieser Klapsmühle vor die Hunde geht! Was soll er denn da? Ihr spinnt doch alle!«

Peter ging nicht vor die Hunde, stattdessen ging es ihm Schritt für Schritt besser, und als er wieder nach Hause kam, machte er zwar nicht den Eindruck, er sei ein neuer Mensch geworden, aber zumindest einer, der sein Leben in den Griff kriegen konnte. Kurz vor seiner Ankunft hatte Birte alle Alkoholika ins Gewächshaus geräumt.

»Was soll das denn?«, hatte ihr Vater sie angebrüllt. »Drehst du jetzt völlig durch?«

»Ich finde nicht, dass das alles direkt vor Peters Nase stehen sollte«, wandte sie ein.

»Unsinn! Wenn er nach diesem ganzen Aufwand immer noch nicht die Finger davon lassen kann, ist ihm sowieso nicht mehr zu helfen. Bring das zurück, sofort!«

Birte trug die Flaschen zurück und erzählte ihrer Großmutter von der kleinen Begebenheit. Am Nachmittag kam Onkel

Karl auf einen Sprung vorbei, danach schleppte Thomas seinen Schnaps freiwillig in die Gärtnerei und schloss die Flaschen in einem Schrank ein.

Peter ging auch wieder zur Schule, nicht mehr aufs Gymnasium, natürlich nicht, dort war er fehl am Platz. Aber Agnes hatte ihm einen Platz auf einer Gesamtschule besorgt, auf der er seinen Realschulabschluss nachholen konnte. Er schmiedete auch tatsächlich Zukunftspläne. Nach der Schule wollte er eine Ausbildung zum Gärtner machen – und danach vielleicht noch eine Lehre als Steinmetz anschließen. »Doppelt hält besser«, sagte er.

Birte fand diese Kombination zwar reichlich kurios, konnte sich aber gut vorstellen, auf wessen Mist diese Idee eigentlich gewachsen war. Sie selbst bereitete sich akribisch auf ihr Abitur vor und hatte sich fest vorgenommen, dass eine Eins vor dem Komma stünde. Wenn sie schon übergewichtig war, dachte sie, dann zumindest nicht unterbelichtet.

Großmutter hatte sie gefragt, ob sie sich etwas zum Taschengeld dazuverdienen wolle. »Ich kann im Büro gut Unterstützung gebrauchen«, sagte sie.

Birte willigte sofort ein, da ihr Vater sie denkbar knapp hielt, und ging nun dreimal in der Woche zu Agnes ins Büro. Sie hatte geglaubt, dass sie ein wenig bei der Buchführung des Betriebes helfen solle, mit Zahlen konnte sie nämlich richtig gut. Doch an ihrem ersten Arbeitstag knallte Agnes ihr einen dicken Ordner auf den Tisch und befahl: »Lies dich ein!«

Am Ende ihrer Lektüre war Birte nahezu in Ehrfurcht erstarrt. Sie hatte sich immer vorgestellt, dass ihre Großmutter wohlhabend war. Anders ging es ja gar nicht, ihr gehörten schließlich Werkstatt und Gärtnerei und die Wohnhäuser der Familie. Aber dass sie außerdem etliche Grundstücke besaß, Mietshäuser und Eigentumswohnungen, das hatte sie nicht geahnt.

»Du bist ja richtig reich«, entfuhr es ihr.

»Reichtum ist relativ«, sagte Agnes. »Und nur etwas wert, wenn er durch harte Arbeit erworben wurde.«

Birte beschloss, ab sofort genauso hart zu arbeiten wie ihre Großmutter, um es einmal mindestens genauso weit zu bringen. Sie wühlte sich durch Betriebskostenabrechnungen, schrieb Mahnungen an säumige Mieter und durfte, nachdem sie ihre Sache wohl gut machte, Agnes sogar begleiten, wenn sie leer stehende Wohnungen inspizierte.

»Ich werde nicht jünger«, sagte ihre Großmutter eines Tages zu ihr. »Irgendwann werde ich jemanden brauchen, der mir diese ganzen Sachen abnimmt. Aber es muss jemand sein, der sich auskennt. Und dem ich vertrauen kann.«

Der Hieb mit dem Zaunpfahl saß. Natürlich hatte Birte sich schon Gedanken gemacht, was sie nach der Schule anfangen würde. Studieren wollte sie, so viel war klar. Aber was? Da war ihre Vorstellung bislang diffus geblieben. Mal liebäugelte sie mit Jura, mal mit Medizin, auf alle Fälle sollte es etwas sein, das Renommee versprach, ein hohes Einkommen und damit verbundene Unabhängigkeit.

Nun kannte sie ihre Marschrichtung. Sie prügelte sich selbst durchs Abitur, am Ende stand eine 1,3 auf dem Zeugnis. »Na und«, sagte ihr Vater. »Wofür brauchst du das denn? Irgendwann heiratest du doch sowieso und kriegst Kinder.«

»Ich studiere Betriebswirtschaft«, sagte Birte stolz. »Und später handele ich mit Immobilien.«

Jetzt hatte sie sogar schon ihr Vordiplom in der Tasche. An der Uni hatte sie auch Freunde gefunden, mit denen sie sich regelmäßig traf. Hier war sie nicht mehr die unbeliebte Dicke, mit der keiner was zu tun haben wollte. Denn Birte hatte abgenommen, zehn Kilo waren schon runter, und weitere zehn sollten folgen.

Jeden Tag lief sie ihre Runden durch den Stadtpark, jeden Tag ging sie dabei an ihre Grenzen. Sie soff literweise Wasser gegen das ständige Hungergefühl, das sie plagte, und sie versagte sich alles, was ihren Erfolg auch nur ansatzweise gefährden konnte. Sie wusste, dass ihr neuer Lebensstil etwas von Selbstkasteiung hatte und dass sie von einem Extrem ins andere gefallen war. Aber dieses Extrem gefiel ihr besser, sie selbst gefiel sich auf einmal. Alles lief jetzt genau so, wie Birte es wollte. Das erste Mal in ihrem Leben spürte sie etwas Ähnliches wie Glück.

Sie warf die Post, hauptsächlich Prospekte, auf den Küchentisch und wollte sich gerade die Joggingschuhe von den Füßen streifen, als sie die bunte Postkarte entdeckte. »Grüße aus Helsinki«, war quer über die Bilder von historischen Gebäuden gedruckt. Komisch, sagte sie sich, kann mich gar nicht erinnern, dass irgendjemand in Finnland Urlaub macht. Sie drehte die Karte um.

»Mir geht es gut. Es ist sehr schön hier, nur das Wetter ist oft schlecht. Es regnet sehr viel. Aber das macht nichts. Wie geht es Dir? Viele Grüße, Martha.«

Birte ließ die Karte fallen, riss die Kühlschranktür auf und stopfte alles in sich hinein, was sie darin finden konnte. Dann ging sie in ihr kleines Bad und steckte sich den Finger in den Hals.

Warum jetzt?, dachte sie, als sie hustend und würgend und heulend über der Kloschüssel hing. Warum jetzt? Es war gerade alles so gut geworden.

GROSS HUBNICKEN, FEBRUAR 1945

»Wirst du wohl! Hermann, komm her, sofort!« Agnes lief durch den Schnee ihrem Ältesten nach bis in die Scheune. Dort fand sie den Burschen im hintersten Winkel zusammengekauert, die Knie trotzig mit den Armen umschlungen. Langsam ging sie auf ihn zu und hockte sich neben ihn. »Nun komm, mein Großer. Geh wieder ins warme Haus. Ich mache dir ein wenig Suppe heiß, und dann packst du deine Sachen.«

Hermann kniff die Lippen zusammen und schüttelte den Kopf. Dann wischte er sich mit dem Ärmel den Rotz von der Nase und brüllte: »Der Russe kommt nicht. Der kommt gar nicht, hat Onkel Helmut gesagt!«

Agnes reichte es. Mit eisernem Griff zog sie ihren Sohn am Arm über den Hof in die Küche zurück und setzte ihn dort unsanft auf den Schemel. Sie beugte sich zu Hermann hinunter, sodass sich ihre Nasenspitzen fast berührten. »Onkel Helmut lügt«, sagte sie leise und eindringlich. »Und Onkel Helmut ist längst weg. Du isst jetzt deine Suppe, und danach gehst du packen. Wir brechen auf, sobald es dunkel wird.«

»Ich will aber nicht fort von zuhause«, flüsterte Hermann.

»Das will keiner.« Agnes strich dem Jungen über den Kopf. »Aber wir haben keine Wahl. Wir müssen.«

»Kommt Grischa wirklich mit uns?«

»Natürlich kommt er mit. Er lässt uns nicht allein, das hat er dir doch versprochen.« Sie umfasste sein Kinn und hob seinen Kopf an. »Und sollst du ihn Grischa nennen?«

»Nein, Mama. Er heißt Gregor. Wie unser Kleiner.«

»Genau, wie unser Kleiner. So ist es brav, mein Großer. Und jetzt iss.«

Agnes stellte auch Karl und Martha einen Teller auf den Tisch und schöpfte allen die Kohlsuppe hinein. »Hilf deiner Schwester ein wenig mit dem Löffel, ja?«, bat sie Hermann und ging in die Werkstatt.

Dort war Grischa schon dabei, alte Kartoffelsäcke auseinanderzureißen und die Werkzeuge darin einzuschlagen. »Brauchst du Hilfe?«, fragte sie ihn.

Er schüttelte den Kopf.

»Gut. Ich gehe rüber und hole das Geld.«

Schnell lief sie zum Haus ihrer Eltern, drehte sich auf der Straße noch einmal um, ob sie jemand beobachtete, aber da war niemand. Sie schloss die Tür auf und trat in das kalte, dunkle Haus. In der Stube rückte sie das Sofa von der Wand, hob die losen Dielenbretter an, holte das Geld hervor und auch die kleinen Säckchen mit Bernstein, die ihr kluger Vater neben ihren Kistchen im Garten vergraben hatte. Vorausschauend hatte sie ihre Schätze vor dem ersten Schnee ins Haus geschafft. Zum Glück, es war ein lausiger Winter und der Boden steinhart gefroren.

Noch ein letztes Mal ging sie durch alle Zimmer, die Möbel hatte sie schon vor einiger Zeit mit Laken abgedeckt. In ihrem alten Reich setzte sie sich an ihre Frisierkommode und blickte aus dem Fenster über die Felder. Hell und unschuldig glitzerte der Schnee in der Nachmittagssonne.

In Palmnicken aber, da war der Schnee rot gewesen, getränkt vom Blut. Und an den Straßen hatten die Leichen der Frauen gelegen, zerschunden und nur in Lumpen gekleidet, dünne Bündel, denen man das Menschsein schon vor langer Zeit herausgeprügelt hatte. So viele waren es, dass Agnes sie nicht zählen konnte.

Da hatte sie es gewusst. Dass sie fortmussten. Die Heimat verlassen. Denn wo so etwas geschah, da konnte doch keine Heimat mehr sein.

Vier Monate war der Vater verschollen, drei Monate die Mutter tot, und Agnes richtete sich ein in einem Leben ohne Eltern, das in einem gleichbleibenden Rhythmus aus Arbeit, Haushalt und

Kindern dahinrann – nur unterbrochen von den immer trostloser werdenden Berichten aus dem Krieg und dem Rest des Deutschen Reiches.

Das Kind in ihr wuchs, und es nahm ihr etwas von ihrer Traurigkeit. Auch die Arbeit gab ihr Kraft und stahl ihr die Zeit zum Nachdenken. Es hatte etwas gedauert, Ersatz für den polnischen Dolomit zu finden. Aber schließlich hatte sie einen Steinbruch im schlesischen Striegau aufgetan, der ihr guten Granit lieferte. Agnes hatte erwartet, dass der SS-Obersturmbannführer sich wegen dieser Angelegenheit bei ihr melden würde. Doch nichts war geschehen, und sie dachte nicht weiter über die Sache nach.

Eines Abends kehrte sie von einem Besuch bei den Burdins aus Palmnicken zurück, mühsam wuchtete sie ihren schweren Körper vom Bock und ging langsam mit Martha auf dem Arm auf das Haus zu. Hermann und Karl waren schon vorausgelaufen. Zu spät bemerkte sie das dunkle Auto, das ein wenig abseits der Straße geparkt war. Zögerlich ging sie über den Hof und griff nach der Küchentür. Da löste sich ein Schatten aus einer dunklen Ecke und kam auf sie zu.

Hans Wuschke stand einen Augenblick lang schweigend vor ihr und betrachtete sie. Sein Blick glitt über ihren Körper, und seine Mundwinkel verzogen sich verächtlich. »Willst du mich nicht hineinbitten, Agnes?«, fragte er.

»Natürlich, Hans«, sagte sie beherrscht und lächelte. »Tritt bitte ein.« Sie öffnete die Tür und wandte sich an ihre Söhne. »Ihr geht artig nach oben und nehmt eure Schwester mit. Und dort bleibt ihr, bis ich euch rufe.« Dann wandte sie sich wieder ihrem ungebetenen Besuch zu. »Was führt dich denn so spät nach Groß Hubnicken?«

Der Obersturmbannführer setzte sich an den Küchentisch, lehnte sich zurück und schlug die Beine übereinander. »Als ob du das nicht wüsstest …«

»Kann ich dir etwas anbieten?«, fragte sie höflich. »Und wie geht es Gertrud?«

»Als ob es dich interessierte ...« Hans Wuschke lächelte kalt. »Aber da du schon danach fragst: Ich weiß nicht, wie es Gertrud geht. Und stell dir vor, es interessiert mich genauso wenig wie dich. Ich habe sie verlassen. Sie kann keine Kinder bekommen. Es ist ein Jammer, aber ich kann es nicht ändern.« Wieder musterte er sie eingehend. »Ist es nicht ungerecht, liebe Agnes?«, meinte er nach einer bleiernen Pause. »Das Pack pflanzt sich fort wie die Karnickel. Und der armen Gertrud bleibt die Mutterschaft verwehrt. Nun ja ...« Er seufzte.

»Es tut mir ehrlich leid für sie«, sagte Agnes.

»Das glaube ich dir sogar. Aber ich bin nicht gekommen, um mit dir über meine Ehe zu sprechen ...« Er sah sie abwartend an.

»Dann sag es doch, Hans«, meinte Agnes mit fester Stimme. »Warum bist du da?«

Mit einem Ruck löste er seine bequeme Haltung, sprang auf und haute krachend auf den Tisch. »Wie kannst du es wagen!«, brüllte er sie an. »Wie kannst du die Absprache, die ich mit deinem Mann getroffen habe, brechen?«

»Die Steine waren von schlechter Qualität«, sagte Agnes ruhig. »Sie taugen allenfalls zum Straßenbau, aber nicht für unsere Grabmäler.«

»Gibst du auch noch Widerworte, du ... du ...?« Hans' Stimme war nun gefährlich leise geworden, drohend kam er näher.

Hinter ihrem Rücken suchten Agnes' Hände nach einem Gegenstand, nach irgendetwas, mit dem sie sich verteidigen könnte. Sie fanden nichts. »Hans, beruhige dich«, bat sie. »Wir können doch vernünftig darüber reden ...«

»Reden willst du? Was glaubst du, wer du bist? Mit einer wie dir wird nicht geredet!«, zischte der Obersturmbannführer, kleine Speicheltropfen lösten sich von seinen Lippen.

Er stand nun direkt vor ihr, griff nach ihren Schultern und hielt sie fest. Plötzlich riss er sein Knie hoch und stieß es ihr in den Bauch. Agnes krümmte sich vor Schmerz und schrie auf.

»Wenn eine wie du nicht hören will, dann muss sie eben fühlen«, sagte Hans Wuschke und betrachtete sie zufrieden.

»Lass Frau in Ruhe! Sofort!«

Agnes hob den Kopf und sah, dass Franciszek auf einmal in der Küche stand, Wilhelms alte Repetierbüchse im Anschlag. Er zielte auf Hans Wuschkes Brust. Der trat gemächlich von Agnes zurück. »Wer ist das?«, fragte er, dann sah er das gelbe Quadrat mit dem schwarzen P auf Franciszeks Jacke und begann amüsiert zu grinsen. »Das jüdische Balg und der Polacke. Da haben sich die Richtigen gefunden!«, meinte er. »Und was habt ihr jetzt vor? Wollt ihr mich erschießen?«

Franciszek schüttelte den Kopf und bedeutete dem SS-Mann mit dem Gewehrlauf, die Küche zu verlassen. Hans Wuschke ging über den Hof zu seinem Wagen, gefolgt von dem Polen, der die Waffe nicht eine Sekunde sinken ließ. Er zielte immer noch, als die Rücklichter des Autos schon nicht mehr zu sehen waren.

»Warum hast du nicht abgedrückt?«, schrie Agnes ihn an.

»Nicht geladen.« Franciszek zuckte mit den Schultern. »Soll ich holen Arzt?«

»Nein, auf keinen Fall! Mir geht es schon wieder gut«, rief sie. »Du musst gehen, schnell.«

»Gehen. Wohin?« Franciszek schaute sie traurig an.

»Nach Hause, irgendwohin, ich weiß es nicht!« Agnes hatte schon eilig Vorräte aus der Speisekammer geholt und sie in ein großes Tuch gelegt, das sie zu einem Bündel zusammenband. »Am besten wird es sein, wenn du dich zuerst im Wald versteckst. Ich gebe dir so viel Proviant mit wie möglich, das wird für mindestens eine Woche reichen.«

Franciszek stand immer noch da, mit hängenden Armen. »Geh jetzt!«, schrie Agnes. »Pack alles zusammen, was du brauchst. Und beeil dich! Sie werden nicht lange auf sich warten lassen.«

Nachdem der Pole in der Dunkelheit verschwunden war, räumte Agnes die Küche auf und ordnete die Speisekammer so, dass auf den ersten Blick nicht auffiel, wie viel fehlte. Danach lief sie nach oben und weckte die Kinder, die schon eingeschlafen waren. Sie brachte sie hinüber in das Haus ihrer Eltern und legte sie alle drei in ihr altes Bett. »Hört gut zu«, flüsterte sie. »Heute Nacht kommt Besuch. Kameraden eures Vaters. Damit sie euch nicht stören, schlaft ihr hier. Habt ihr das verstanden?«

Hermann und Karl nickten, Martha schaute nur mit großen Augen.

»Gut. Wenn ihr morgen früh aufwacht, und ich nicht da bin, macht euch keine Sorgen. Ich bin unterwegs, weil ich etwas zu erledigen habe. Spätestens am Abend bin ich daheim. Und sollte mir etwas dazwischenkommen, schicke ich Onkel Helmut vorbei. Ihr braucht keine Angst zu haben.«

Nun schaute sie in drei aufgerissene Augenpaare. Sie lächelte beruhigend und strich den Kindern über die Köpfe. »Gut«, sagte sie. »Und jetzt schlaft schön.«

Sie ging zurück, kleidete sich aus, legte sich in ihr Bett und wartete. Als der Morgen langsam anbrach, hörte sie in der Ferne das Geräusch eines Motors. Sie schloss die Augen. Kurz darauf hämmerte es unten an der Haustür. Agnes ging die Treppe hinunter und rief: »Wer ist da?«

»Polizei. Machen Sie auf!«

Sie öffnete die Tür einen Spalt und lugte hinaus. Dort standen zwei Männer in grauen Anzügen. »Oh!«, tat sie überrascht und ließ die beiden eintreten.

Sie musterten Agnes kurz, die sich verlegen lächelnd über ihr Nachthemd strich. »Wo ist der Pole?«, fragte der eine barsch.

»Der Pole?« Agnes blinzelte erstaunt. »In der Scheune. Wahrscheinlich schläft er noch.« Sie zeigte ihnen den Weg hinaus und beobachtete durch das Küchenfenster, wie die Männer in die Scheune liefen. Nach fünf Minuten kamen sie heraus und zu ihr zurück.

»Abgehauen!«, sagte einer der Männer.

»Nein! Das kann nicht sein!«, rief Agnes. »Wo sollte er denn hin? Er muss doch gleich arbeiten …«

Die Polizisten schauten sie zweifelnd an. »Haben Sie gar nichts bemerkt?«, fragte der Zweite.

»Ja, wie denn? Ich habe doch geschlafen. Bis eben, bis Sie mich geweckt haben.«

Der Erste nahm sie unsanft am Arm und führte sie zur Treppe. »Ziehen Sie sich etwas an. Sie kommen mit. Wir haben Fragen an Sie.«

Die Fahrt nach Königsberg verlief schweigend. Agnes saß im Fond und bemühte sich, gelangweilt und nicht besorgt auszusehen. Man schaffte sie aufs Polizeipräsidium und setzte sie in einen kleinen schmucklosen Raum. Nur ein Schreibtisch stand dort, jeweils ein Stuhl davor und dahinter, der Führer stierte von der Wand. Man ließ sie schmoren, aber damit hatte sie gerechnet, und es machte ihr nichts aus.

Endlich ging die Tür auf, ein fremder Mann trat ein, auch er im grauen Anzug, und setzte sich. »So«, sagte er gedehnt. »Ihnen ist also der Pole weggelaufen. Aber vielleicht hängt das ja mit den Vorfällen der vergangenen Nacht zusammen …«

Er machte eine erwartungsvolle Pause. »Los, erzählen Sie endlich, Frau Weisgut!«

Agnes zog die Augenbrauen in die Höhe. »Das«, sagte sie, »ist eine sehr delikate Angelegenheit, die ich unmöglich mit Ihnen besprechen kann. Und jetzt informieren Sie bitte Herrn von Bieberstein, dass ich hier bin.«

»Was?« Im Gesicht ihres Gegenübers spiegelte sich eine Mischung aus Zweifel und Missbilligung.

Agnes guckte pikiert. »Standartenführer Eduard von Bieberstein. Der wird Ihnen sicher ein Begriff sein.«

»Selbstverständlich ist der mir ein Begriff«, bellte der Mann. »Aber was zum Teufel …«

»Bemühen Sie sich nicht weiter. Ich spreche ausschließlich mit Standartenführer von Bieberstein. Mit niemandem sonst«, sagte Agnes, ein wenig von oben herab. »Und während ich hier auf ihn warte, wäre es schön, ein Glas Wasser zu bekommen.«

Der Mann erhob sich und ging hinaus. Wieder musste Agnes warten, eine geraume Zeit diesmal, aber auch damit hatte sie gerechnet. Natürlich brachte ihr niemand ein Glas Wasser.

Der Mann kehrte zurück, gefolgt vom Standartenführer, der auf Agnes zuging. Sein Gesicht war nicht unfreundlich. Agnes lächelte herzlich. »Eduard, wie schön, dass Sie es einrichten konnten. Entschuldigen Sie, dass ich nicht aufstehe, aber Sie sehen ja …« Agnes lachte und strich sich über den Bauch.

Von Bieberstein schüttelte ihre ausgestreckte Hand und setzte sich hinter den Schreibtisch. »Agnes, Sie wollten mich sprechen?«

»Nun ja …« Agnes warf einen Blick zu dem Mann, der abwartend in einer Ecke stand. »Das möchte ich sehr gern, aber unter vier Augen, wenn es möglich ist.«

Der Standartenführer nickte dem Mann knapp zu, woraufhin der stirnrunzelnd das Zimmer verließ.

»Unschöne Geschichte, das mit Ihrem Polen«, leitete von Bieberstein nun die Unterredung ein. »Was ist denn da eigentlich genau passiert?«

Agnes seufzte tief und begann zu erzählen. Dass der Standartenführer ja wisse, dass sie Gertrud und Hans in tiefer Zuneigung verbunden sei. Und dass sie deshalb über den kleinen Zwischenfall auf der Hochzeit auch kein weiteres Wort verloren habe. Dass sie im Laufe der Zeit bei weiteren Begegnungen aber immer mehr das Gefühl gewonnen habe, Hans brächte ihr nicht nur freundschaftliche Sympathie entgegen. Dass sie ihn stets höflich, aber unmissverständlich in seine Schranken verwiesen habe. Dass seine Avancen trotzdem zunahmen, insbesondere seit der Trennung von Gertrud, und dass er nun gestern Abend, angetrunken, einfach vor der Tür gestanden und sie aufs Äußerste bedrängt habe, auch körperlich, wie von Sinnen sei er ihr vorgekommen. Und dass ihr polnischer Arbeiter, vermutend, ihr würde ein Leid angetan, sie zu verteidigen suchte und dann aus lauter Angst wohl weggelaufen sei.

Agnes seufzte erneut. »Ich mache mir arge Vorwürfe«, sagte

sie. »Ich hätte früher mit Ihnen darüber sprechen müssen. Dann wäre es gar nicht so weit gekommen. Aber ich wollte ja nicht, dass Hans Schwierigkeiten bekommt. Das möchte ich immer noch nicht, verstehen Sie, er machte so einen verzweifelten Eindruck wegen der Sache mit Gertrud …« Betrübt schüttelte Agnes den Kopf.

Der Standartenführer sah sie nachdenklich an. »Ja, ja, unser guter Hans. Schießt gern mal übers Ziel hinaus«, murmelte er. »Aber warum haben Sie die Situation nicht sofort aufgeklärt und den Polen in seine Schranken verwiesen?«

»Das habe ich mich hinterher auch gefragt!«, rief Agnes und rang mit den Händen. »Aber ich war so erschrocken, dass mir die Worte fehlten! Ich bin zurzeit in keiner guten Verfassung. Ich schrieb es Ihnen ja, der Verlust meiner Eltern … Nicht zu wissen, was mit meinem Wilhelm ist … Ach, es ist alles mein Fehler!« Nun weinte sie.

»Meine Liebe, bitte beruhigen Sie sich!« Eduard von Bieberstein stand auf, kam um den Tisch herum und nahm ihre Hände in seine. »Da ist aber auch viel zusammengekommen in letzter Zeit. Und Sie als Frau, so ganz allein … Diese Unannehmlichkeiten tun mir aufrichtig leid, Agnes. Aber schweren Anschuldigungen wie diesen muss die Gestapo nachgehen.«

»Das verstehe ich«, sagte Agnes milde und trocknete ihre Tränen. »Sie tun nur Ihre Pflicht.«

»Und dieser Pflicht ist nun Genüge getan. Sie haben ja alle meine Fragen hinreichend beantwortet. Mein Fahrer bringt Sie gleich nach Hause.« Der Standartenführer hustete kurz. »Ja, und Hans … Nun, den werde ich mir vornehmen. Da haben Sie nichts mehr zu befürchten, schon allein, weil er nächste Woche nach Stutthof versetzt wird.«

Agnes nickte. Sie hatte noch nie von diesem Ort gehört, hoffte aber, dass er weit, weit weg läge. Von Bieberstein geleitete sie hinaus, sie verabschiedete sich und ging mit gemessenen Schritten den Flur hinunter.

»Ach, eines noch!«, rief er ihr hinterher. »Sie wissen nicht, wo der Pole steckt?«

Agnes drehte sich ruhig um. »Aber nein! Sonst hätte ich es doch gesagt.«

»Gut, das lässt sich leider nicht ändern. Wir werden nach ihm suchen lassen. Ganz gleich, wie es dazu gekommen ist, ein Pole darf nicht die Hand gegen einen Deutschen erheben.«

Auf dem Rückweg nach Hause bat Agnes den Fahrer, kurz in Palmnicken zu halten, und ging zu Helmut Burdin. »Der Pole ist weggelaufen. Darum musst du dich nicht kümmern, ich habe schon Meldung gemacht. In Königsberg. Aber du musst mir einen neuen besorgen. Und zwar schnell.«

In Groß Hubnicken fand sie ihre Kinder immer noch in ihrem alten Schlafzimmer. Sie nahm die drei, die ihr freudig in die Arme fielen, mit nach Hause, kochte ihnen einen süßen Milchbrei und schaute ihnen beim Spielen zu. Sie bemerkte, dass sie plötzlich am ganzen Leib zitterte.

Mitten in der Nacht erwachte sie, gepeinigt von unbegreiflichen Schmerzen. Das Kind kam, Wochen zu früh. Sie gebar ihn ganz allein, den Jungen, und er schien gesund zu sein. Es reichte, wenn der Arzt morgen käme. Erschöpft legte sie den Säugling auf ihren Bauch und schlief wieder ein.

»Ich habe einen!« Gut gelaunt betrat Helmut Burdin Agnes' Küche.

»Was hast du?«, fragte Agnes irritiert.

»Einen neuen Arbeiter!«

»Das wurde auch Zeit. Der Betrieb steht schon viel zu lange still«, knurrte sie. »Wieder ein Pole?«

»Nein, leider.« Der Ortsvorsteher zuckte entschuldigend mit den Achseln. »Ein Russe, genauer gesagt ein Ukrainer. Nun ja, Slawe ist Slawe.«

»Das ist mir gleich«, sagte Agnes. »Hauptsache, er schafft ordentlich. Wo ist er?«

»Draußen auf dem Hof.«

»Gut.«

Sie ging hinaus, und da stand ein großer Mann mit dem Rücken zu ihr, schon vor der Werkstatttür. Sie betrachtete sein breites Kreuz und räusperte sich. Langsam drehte er sich um, sein Gesicht war fein geschnitten, mit hohen Wangenknochen, wilde schwarze Haare fielen ihm in die Stirn. Hochmütig schaute er sie aus dunklen Augen an.

Agnes bekam eine Gänsehaut, die sie sich nicht erklären konnte. Einige Sekunden maßen sie sich mit Blicken, dann ging Agnes wortlos an ihm vorbei und schloss die Werkstatt auf. Ebenso wortlos trat er ein und stellte sich auffordernd mitten in den Raum.

»Verstehst du mich?«, fragte Agnes.

Er nickte herablassend.

»Kannst du auch sprechen?«

»Ja, natürlich«, sagte er. Seine Stimme war tief und klar.

»Wie heißt du?«

»Grigorij.«

»Also gut, Grigorij, hier wirst du arbeiten. Wenn du dich nicht auskennst, dann sag es lieber gleich, bevor du Schaden anrichtest.«

»Ich kenne mich aus.«

»Wenn du fleißig und ordentlich bist, werden wir gut miteinander auskommen. Du hast hier nichts auszustehen, und du wirst auch ausreichend zu essen bekommen.«

Grigorij antwortete nichts darauf. Agnes' Irritation wuchs.

»Dahinten«, sagte sie schroff und zeigte auf die Scheune, »da wirst du schlafen. Wenn du mehr Decken brauchst, sag es mir. Auf dem Hof ist eine Pumpe, dort kannst du dich waschen. Willst du noch etwas wissen?«

»Nein.«

»Gut. Du kannst dir jetzt dein Lager bereiten. Und dann fängst du an zu arbeiten.«

Agnes ließ ihn einfach in der Werkstatt stehen und ging zurück in die Küche.

»Und?«, fragte Helmut Burdin. »Was glaubst du – taugt der was?«

»Wir werden sehen«, sagte sie. »Ich habe seit drei Wochen keinen Brief mehr von Wilhelm erhalten. Weißt du etwas?«

Helmut Burdin schaute bedauernd. »Nein. Aber gräme dich nicht. Es wird schon alles gut sein.«

Grigorijs Anwesenheit auf dem Hof verursachte Agnes eine fast körperlich zu spürende Aversion. Anders als Franciszek war der Ukrainer nicht sehr umgänglich. Er blieb auch in den folgenden Wochen wortkarg und hatte eine Aura des Unnahbaren. Manchmal meinte Agnes sogar, er blicke auf sie herab, so als wäre er etwas Besseres als sie. Ohne Zweifel war er ein stolzer Mann, und eigentlich hätte Agnes es würdigen müssen, dass sein Wille trotz der misslichen Lage ungebrochen schien, war sie doch eine ebenso stolze Frau. Doch es ärgerte sie, wenn er sie nahezu herablassend behandelte.

Nur die Kinder vermochten, ihn aus der Reserve zu locken. Nie reagierte er unwirsch auf ihre Fragen. Nie wimmelte er sie ab, wenn sie ihm ihr zerbrochenes Spielzeug unter die Nase hielten, damit er es reparierte. Mit unendlicher Geduld schnitzte er am Abend kleine Pretiosen aus Holz für sie. Überhaupt waren seine schlanken, langgliedrigen Hände überaus kunstfertig. An seiner Arbeit gab es rein gar nichts auszusetzen, sosehr Agnes auch danach suchte. Im Gegenteil, er schien ein Meister seines Fachs zu sein.

»Mama, Mama, schau, was Grischa für uns gemacht hat!«, riefen Karl und Hermann fast jeden Tag aufs Neue und zeigten ihre Schätze vor.

»Ihr nennt ihn Grischa?« Als sie diese Koseform das erste Mal hörte, schürzte Agnes die Lippen. »Hat er euch das erlaubt?«

»Natürlich, Mama!«, erklärte Hermann eifrig. »Er hat gesagt, dass eine deutsche Zunge viel zu ungelenk ist, um seinen Namen richtig auszusprechen. Also sollen wir ihn Grischa nennen.«

»So, hat er das?« Agnes klapperte lauter als beabsichtigt mit dem Geschirr.

Wenn sie am Morgen hinunter in die Küche kam, um den Kindern Milchsuppe zu kochen, war Grischa schon wach und wusch sich mit freiem Oberkörper an der Pumpe. Agnes zwang sich stets, den Blick abzuwenden, diese Nacktheit fand sie unerhört. Doch ihre Augen wanderten, ohne dass sie etwas dagegen tun konnte, immer wieder zu dem Schauspiel und glitten über den sehnig-schlanken und dennoch muskulösen Körper des Ukrainers. Und immer spürte sie dabei ein Ziehen im Unterbauch, das sie erschreckte und schnell als kleines, morgendliches Unwohlsein abtat.

Einmal fing der Mann ihren Blick auf und erwiderte ihn mit einem spöttisch-auffordernden Lächeln. Schnell wandte Agnes den Kopf ab und merkte, wie ihre Wangen heiß brannten. Später am Tag schalt sie ihn heftig wegen eines angeblichen Fehlers, der ihm bei der Arbeit unterlaufen war. Er widersprach ihr nicht, er lächelte nur wieder dieses Lächeln.

Manchmal, wenn sie ihm sein Essen in die Scheune brachte und er ihr den Topf abnahm, berührten sich ihre Finger, unabsichtlich. Und Agnes war es jedes Mal, als durchführe sie ein Stromstoß, schnell zog sie ihre Hände dann zurück.

Helmut Burdin erkundigte sich, wie es denn so laufe mit dem neuen Arbeiter und ob er sich anständig verhalte.

»Doch, doch«, sagte Agnes. »Ich kann nicht klagen, seine Arbeit ist gut. Zum Glück ist er schweigsam, sodass ich weiter nichts mit ihm reden muss. Weißt du eigentlich Genaueres über ihn?«

»Nicht viel«, antwortete Helmut Burdin. »Ist ein Aufständischer, hat gegen die verdammten Bolschewiken gekämpft.«

»Ja, aber warum ist er Zwangsarbeiter?«, fragte Agnes. »Dann steht er doch auf unserer Seite!«

»Ha, einen Dreck tut der! In den Untergrund ist er gegangen und Partisane geworden, gegen die unseren. Slawe bleibt eben Slawe, durchtrieben und falsch bis ins Mark. Der kann nur froh sein, dass wir ihn geschnappt haben. Der Russe macht ihn sofort einen Kopf kürzer!«

Einen Aufständischen beherbergte sie also unter ihrem Dach. Agnes begriff nicht recht, wie man gleichzeitig gegen die Sowjets und die Deutschen kämpfen konnte, entweder war man für die einen oder für die anderen. Es machte sie so neugierig, dass sie sich ein Herz fasste und Grigorij rundheraus danach fragte.

»Du bist ein Partisane«, sagte sie in der Werkstatt zu ihm.

»Ja.« Er sah sie abwartend an.

»Was bedeutet das? Auf welcher Seite stehst du?«

»Auf Seite von Ukraine. Wir sind unsere eigenen Herren. Nicht Stalin darf bestimmen und auch nicht dein Hitler.«

»Ja, das verstehe ich. Und es ist nicht mein Hitler«, entgegnete Agnes. »Über mich soll auch keiner bestimmen.«

»Ich habe schon gemerkt«, sagte Grigorij und lächelte sie das erste Mal offen an.

Nach ihrer kleinen Konversation entspannte sich ihr Verhältnis. Grigorij sprach immer noch kein Wort zu viel, aber seine Haltung war eine andere. Agnes hatte das Gefühl, dass er ihr nun von Gleich zu Gleich begegnete. Dass er den Menschen in ihr wahrnahm. Und sie ertappte sich bei der unsinnigen Hoffnung, dass er auch die Frau in ihr sah.

Weiter wartete sie auf ein Lebenszeichen von Wilhelm. Von der Front hörte man nichts Gutes, weder aus dem Osten noch aus dem Westen. Und schon gar nicht aus dem Reich. Der Feind rückte von allen Seiten näher. Tante Irmchen hatte geschrieben, sie war ausgebombt und nach Oberbayern evakuiert worden. »Da sitze ich nun hier auf diesem Bauernhof inmitten grüner Wiesen. Die Leute sind recht freundlich, und hätte ich nicht die

Bilder vom schrecklich zerstörten Berlin in meinem Kopf, die mich um den Schlaf bringen, so könnte ich mir vormachen, dass ich in den Ferien wäre.«

Auch in Groß Hubnicken, in Palmnicken, in Kraxtepellen, überall im Samland hatte der Krieg Einzug gehalten in die Familien. Kaum eine war da, die noch keinen Gefallenen zu betrauern hatte. Immer öfter ließ sich Agnes nun ihre Dienste von den Bauern in Naturalien bezahlen, sodass es den Ihren trotz der Rationalisierungen nur an wenig fehlte. Noch immer konnte sie kräftige Suppen kochen und auch Fleisch auf den Tisch bringen. Und noch immer war es, trotz allem, ruhig in Ostpreußen. Aber es war eine erstarrte Ruhe. Es war, als ob alle nur still auf das Unvermeidliche warteten.

Helmut Burdin übte sich weiterhin in Durchhalteparolen. »Uns kann doch überhaupt nichts geschehen«, wiederholte er sich gern. »Das Blatt wird sich bald wenden.«

Nichts konnte die Burdinsche Welt ins Wanken bringen, auch nicht, dass er wieder einmal vor Agnes' Tür stehen musste als Bote schlechter Nachrichten. »Du musst jetzt ganz tapfer sein, liebe Agnes«, sagte er und schluckte schwer. »Wir wissen es nicht genau, nur so viel, dass Wilhelms Einheit in einen Hinterhalt und unter Beschuss geraten ist. Es soll keiner überlebt haben. Ich kann dir kaum Hoffnung machen. Du musst davon ausgehen, dass dein Mann ehrenvoll für sein Vaterland gefallen ist.«

Fast unbewegt hatte Agnes die Nachricht aufgenommen, Helmut Burdin nahm an, dass sie unter Schock stand, und blieb noch eine ganze Weile neben ihr in der Küche sitzen, um tröstend auf sie einzuwirken. Nachdem er endlich gegangen war, horchte Agnes in sich hinein, ob sie einen Schmerz spürte. Aber da war keiner, nur ein leises Bedauern, nicht um ihretwillen und nicht um Wilhelms, sondern allein um ihrer Kinder willen. Nun würden sie ohne Vater aufwachsen, und Klaus, der noch ein Baby war, sollte ihn nicht einmal kennenlernen.

Das haben wir nun davon, Wilhelm Weisgut, dachte sie, von deinem Hitler. Du hast dein Leben verloren. Aber unseres wird weitergehen, irgendwie, das schwöre ich dir.

Sie rief Hermann, Karl und Martha zu sich und erklärte es ihnen. Karl und Martha schauten sie nur an, sie begriffen noch nicht, was es bedeutete, keinen Vater mehr zu haben, zumal sie ihren immer nur kurz gesehen hatten. Hermann weinte, ein wenig, und fasste sich wieder, als Agnes versprach, am Abend für alle Arme Ritter zu machen.

Als sie die Kinder ins Bett gebracht hatte, setzte sie sich auf die kleine Bank an der Hauswand und schaute in die Dämmerung. Nach einer Weile kam Grigorij aus der Scheune, ging langsam über den Hof und nahm neben ihr Platz. Erst schwiegen sie, aber es war kein unangenehmes Schweigen.

»Du bist nicht traurig«, stellte er schließlich fest.

»Nein«, antwortete Agnes. »Woher weißt du es?«

»Kinder haben gesagt. War dein Mann kein guter Mann?«

Sie überlegte kurz. »Ich glaube, er war ein Mann wie die meisten Männer. Nicht besonders gut und nicht besonders schlecht. Aber ich habe ihn nicht geliebt. Hast du eine Frau?«

»Nein.«

»Warum nicht?«

»Hat noch keine ausgehalten mit mir.« Grigorij lachte leise. »Warum hast du geheiratet, ohne Liebe?«

»Weil ich musste.« Agnes zögerte. Und dann erzählte sie es ihm, ohne nachzudenken; alles, was sie so lange in sich verborgen hatte, kam nun an die Oberfläche und quoll aus ihr heraus.

»Mutter tot, Vater weg. Alles war umsonst. Jetzt du bist ganz allein«, meinte Grigorij, als sie geendet hatte.

»Ich bin nicht allein. Ich habe meine Kinder. Und du bist da.«

»Ja«, sagte er, »ich bin da.«

Um sie herum versank die Welt in Trümmern, die Front kam näher und näher, schreckliche Propagandageschichten über die vorrückenden Russen machten die Runde. Agnes aber fühlte sich merkwürdig beschwingt, plötzlich kam ihr das Leben angenehm vor. Sie ertappte sich dabei, dass sie bei der Arbeit unabsichtlich vor sich hin summte, alle Tätigkeiten gingen ihr leicht von der Hand, es war, als würde eine geheimnisvolle Quelle sie mit neuer Kraft versorgen.

Sie hinterfragte ihren Zustand nicht, aber verbarg ihn. Verließ sie das Weisgutsche Anwesen, kleidete sie sich in Schwarz, wie es einer Witwe geziemte. Nach Palmnicken fuhr sie nur, wenn es sich nicht vermeiden ließ, Begegnungen mit den Burdins ging sie aus dem Weg, befürchtete sie doch, dass man ihr die fehlende Trauer ansähe. Aber natürlich ließ es sich Helmut Burdin nicht nehmen, vor der Tür zu stehen, um »nach dem Rechten zu schauen«. Stets klopfte er ihr am Ende seiner Besuche, bei denen sie sich erschöpft gab, mitfühlend auf die Schulter.

Immerhin erfuhr Agnes so aus erster Hand vom Verlauf des Kriegs und reimte sich nach den Berichten, die erheblich an Euphorie verloren hatten, zusammen, dass das Ende des Tausendjährigen Reiches eher vorzeitig eintraf. Nur einmal noch wurde Helmut vom völkischen Feuer ergriffen. Mit bebender Stimme erzählte er Agnes von der Errichtung des Schutzwalls, der an den Grenzen Ostpreußens entstehe. »So halten nur wir Deutschen zusammen!«, schwadronierte er begeistert. »Stell dir vor, Agnes, in diesen Wochen greifen Hunderttausende Freiwillige zur Schippe, um den Russen aufzuhalten!«

»Aber wer greift denn zur Schippe?«, wunderte sich Agnes. »Die Männer sind doch alle an der Front.«

»Du darfst nicht die tapferen Burschen von der HJ vergessen, Agnes! Unsere Jugend brennt für den Führer und ist zu allem bereit.«

»Ihr lasst Kinder Gräben schaufeln? Um die Rote Armee aufzuhalten?«

»Genau! Und diese Demonstration des Gemeinschaftswillens wird den Feind endgültig in seine Schranken verweisen, sagt unser Gauleiter.«

»Nun, dann haben wir ja nichts mehr zu befürchten«, meinte sie spitz.

»Genauso ist es, liebe Agnes, genau so!«

Das ausgeklügelte Grabensystem hielt allerdings die Briten nicht davon ab, Königsberg aus der Luft in Schutt und Asche zu legen. Nun also war er da, der echte Krieg, mitten in Ostpreußen. Auch in Groß Hubnicken war er zu spüren, ein unbestimmtes Beben des Bodens, das die Ähren auf den Feldern erzittern ließ; ein fernes Grollen der Geschütze, bei dem die Vögel kurz aufflatterten.

Agnes überlegte, was nun das Klügste wäre. Die Bewohner des Memellandes waren schon evakuiert worden, allen anderen jedoch war die Flucht unter Androhung hoher Strafen untersagt. Trotzdem begann sie Vorkehrungen zu treffen. In weiser Voraussicht verbarg sie ihr Erspartes im Haus der Eltern, sie begann auch, kleinere Beträge, die nicht weiter auffielen, von der Bank zu holen und unter die Dielenbretter zu stecken. Sie packte Kisten und Koffer mit dem Nötigsten, Decken, Kleidung, Eingekochtes, Besteck, und stapelte sie in der Scheune.

Bilder, Bücher, das gute Geschirr, alles, was ihr wertvoll erschien, aber schwerlich transportabel war, vergrub sie mit Grigorijs Hilfe im Garten der Eltern. Der Ukrainer stellte bei seiner neuen Aufgabe keine Fragen.

Es kostete Agnes einige Überwindung, doch eines Abends wollte sie es wissen. »Was wirst du tun, nach dem Krieg?«

»Ich weiß nicht. In Heimat ich kann nicht zurück, dort ich bin gesuchter Mann. Und hier ich bin Gefangener.«

»Aber wenn der Krieg aus ist, wirst du doch kein Gefangener mehr sein.«

»Wie kannst du wissen? Ich weiß nicht.«

»Falls wir von hier fortgehen, kommst du dann mit uns?«

»Die Deutschen werden nicht erlauben.«

»Das lass meine Sorge sein. Mir fällt schon etwas ein.«

»Gut. Wenn du willst, ich komme mit euch.«

»Ich will«, sagte Agnes.

Am übernächsten Tag nahm sie eine große Tasche, ging zu Fuß nach Palmnicken, setzte sich in den Zug und fuhr nach Königsberg. In der Kopernikusstraße war ein Lazarett, in das sie sich ohne weitere Umwege begab. Niemand beachtete sie in diesem Chaos aus Schmerzensschreien, Blutgeruch und Verzweiflung. Sie unterdrückte ihr Entsetzen und schritt langsam die Reihen der Verwundeten ab, bis sie einen entdeckte, der passen konnte. Sie setzte sich an das Bett und griff nach der Hand des Soldaten, der flach und stoßweise atmete. Er drehte seinen Kopf zu ihr und öffnete die Augen. »Wer bist du?«, flüsterte er.

»Niemand«, entgegnete Agnes, »nur eine Schwester, die hilft.«

Leise summte sie das *Ännchen* und hielt die Hand des Sterbenden, bis sein Atem ruhiger ging und er eingeschlafen war. Verstohlen blickte sie sich um, nahm seine Uniform, die ordentlich gefaltet unter der Pritsche lag, steckte sie in ihre Tasche und verließ das Lazarett.

Auf der Straße atmete sie immer noch flach, der Geruch der Dahinsiechenden war fast unerträglich gewesen. Da sie noch Zeit hatte, bis ihr Zug fuhr, beschloss sie, einen Spaziergang an der frischen Luft zu machen. Sie ging auf der Grünen Brücke über die Pregel, immer weiter, ganz durch Haberberg hindurch. In Rosenau passierte sie den alten Schlachthof und schlug einen Bogen nach Westen, um zum Bahnhof zurückzukommen. Sie kannte sich nicht gut aus in dieser Gegend, daher verlief sie sich ein wenig, aber ohne völlig die Richtung zu verlieren.

In einer Seitenstraße kam sie an düsteren Holzhäusern vorbei, die aussahen wie eilig zusammengezimmert. Zwei Soldaten traten aus einem der Eingänge, sie trugen Kartons, die sie achtlos auf der Ladefläche eines Pritschenwagens stapelten. Die beiden warfen Agnes einen scharfen Blick zu, und heiß durchfuhr sie der Gedanke an die Uniform in ihrer Tasche. Sie beschleunigte ihre Schritte, da nahm sie etwas wahr, ein Geräusch, kaum zu hören, aber trotzdem unverwechselbar.

Sie blickte über die Schulter zurück, die Soldaten standen am Wagen und redeten miteinander, einer von ihnen hatte sich eine Zigarette angezündet. »Was sind das für Gebäude?«, rief sie ihnen ohne weiteres Nachdenken zu.

»Eine Pflegestätte. Gehen Sie weiter. Sie haben hier nichts zu suchen«, sagte der mit der Zigarette im Mund barsch.

Schnell bog sie in die nächste Straße ein, plötzlich konnte sie ihren Herzschlag im Hals spüren. Sie blieb stehen und wartete einen Moment lang, dann schaute sie vorsichtig um die Ecke. Die Soldaten waren verschwunden. Sie lief zum Laster und horchte. Da war nichts. Mit tauben Fingern öffnete sie einen Karton. Und darin lag ein kleines Bündel toter Mensch.

Es schnürte ihr die Kehle zu, ihr Herz stolperte, und sie wollte davonlaufen. Doch sie hörte es wieder, dieses schwache Greinen. Sie öffnete weitere Kartons, überall Tote, bis sie ihn fand, den nackten Säugling, der noch lebte. Sie barg das winzige Menschlein unter dem Mantel an ihrer Brust, und dann rannte sie zum Bahnhof und stieg in den Zug.

Zuhause rief sie Grischa in die Scheune und hielt ihm die Tasche hin. »Zieh sie an«, sagte sie knapp, »ob sie passt.«

Er schlüpfte in die Uniform, und sie betrachtete ihn. »Gut. Die Hosenbeine sind etwas kurz. Aber wenn du sie in Wilhelms Stiefel steckst, wird es niemandem auffallen.«

Grischa sah sie an und sprang mit einem Satz auf, um sie festzuhalten, bevor ihre Beine wegsackten. Vorsichtig führte er sie zu einem Stuhl. »Was hast du?«, wollte er wissen.

Agnes knöpfte ihren Mantel auf und zeigte es ihm. Grischa schaute auf das Bündel. »Woher?«, fragte er.

»Da waren Baracken«, flüsterte Agnes. »Und ein Laster mit toten Kindern. Aber das hier lebt noch. Ich habe es mitgenommen, einfach mitgenommen.«

»Was ist mit Mutter?«

»Ich weiß es nicht.«

»Hat es Namen?«

Agnes überlegte kurz. »Ja«, sagte sie dann. »Es heißt wie du. Es heißt Gregor.«

Grischa lächelte. »Und wie willst du erklären, wenn es einer sieht?«

»Es wird keiner sehen. Und wenn doch, sage ich, dass es ein Findelkind ist, das vor der Tür lag.«

So erzählte sie es auch Hermann, Karl und Martha, die natürlich der Mutter glaubten. Und sie beschwor ihre Ältesten, es niemandem zu verraten. »Sonst nehmen sie es uns weg, und es muss in ein Heim, wo es nicht genug zu essen gibt. Das wollt ihr doch nicht.«

Agnes legte das Baby zu ihrem Jüngsten in die Krippe und stellte diese aus der Küche in das Wohnzimmer, dessen Tür sie nun immer verschlossen hielt. Sie hatte Klaus noch nicht abgestillt und hoffte, dass sie genug Milch hätte für beide. Sie täuschte sich nicht. Gregor wuchs und gedieh.

Der Herbst zog ins Land und mit ihm der Russe. Im Kreis Gumbinnen betrat er erstmals deutschen Boden. Zwar wurde er noch einmal zurückgeschlagen, doch machten grausige Geschichten die Runde, wie er mit den Einheimischen verfahren war. Die Bevölkerung verharrte in Angst, noch immer durfte keiner die Heimat verlassen, die Flüchtenden aus den Grenzgebieten wurden nur auf das Innere der Provinz verteilt.

Das Weihnachtsfest verlief in unheimlicher Stille, der Geschützdonner war verstummt, der Himmel frei von den nächtlichen Störfliegern, an die man sich schon gewöhnt hatte. Und Helmut Burdin faselte wieder einmal von den Erfolgen der deutschen Wehrmacht. Seine leeren Parolen glaubte er aber selbst nicht mehr. Drei Wochen nach Silvester waren er und seine Frau plötzlich verschwunden, ihr Haus fand man penibel aufgeräumt, die Möbel sorgfältig abgedeckt, den alten Hund mit gebrochenem Genick im Garten.

»Es ist bald so weit«, sagte Agnes zu Grischa. »In ein paar Tagen machen wir uns auf den Weg.«

»Wohin?«, fragte er.

»An der Küste entlang nach Pillau. Dort soll es jetzt Schiffe geben, für die Flüchtlinge.«

Grischa nickte.

Mitten in der Nacht schreckte Agnes hoch. Etwas hatte sie geweckt. Sie versuchte dieses Etwas einzuordnen, da hörte sie es wieder. Schüsse. Nicht in der Nähe. Und auch nicht viele. Aber Schüsse. Sofort stand sie auf, kleidete sich an und lief nach unten. Sie warf sich den schweren Wintermantel über und ging auf den Hof. Dort fand sie Grischa vor der Scheune. Er hatte es also auch gehört.

»Was ist das?«, fragte sie heiser.

»Ich weiß nicht.«

Sie standen angespannt nebeneinander und lauschten in die Nacht. Wieder fielen Schüsse, entfernt.

»Ich glaube, es kommt aus Palmnicken«, sagte Agnes. »Sind das die Russen?«

Grischa schüttelte den Kopf. »Zu wenig Lärm. Und nur Pistolen. Keine Geschütze. Soll ich gehen und schauen?«

»Nein, auf keinen Fall. Das ist zu gefährlich. Du darfst nachts nicht herumlaufen. Ich gehe. Bleib du bei den Kindern.«

Entschlossen lief sie los und kämpfte sich durch den Schnee. Immer wieder erklangen Salven, die langsam lauter wurden, zwischendurch war es so bedrückend ruhig, dass Agnes nur ihren eigenen Atem hörte. Durch die meterhohen Wehen brauchte sie eine Ewigkeit, bis sie endlich den Ortsrand erreichte, ihre Stiefel waren mittlerweile vollkommen durchnässt. Alles in Palmnicken war dunkel, in keinem der Häuser brannte Licht. Trotzdem hatte sie das Gefühl, dass die Bewohner wach waren. Dass sie hinter den geschlossenen Fenstern und Türen standen und warteten. Sie bog auf die Hauptstraße, die leer vor ihr lag, hörte erneut Schüsse aus nördlicher Richtung und folgte ihnen. Am Seeberg, der zum Strand führte, stoppte sie abrupt.

Vor ihr bewegte sich taumelnd eine endlose Reihe von Menschen, von Frauen, trotz der Eiseskälte nur notdürftig bekleidet, die meisten trugen nicht einmal Schuhe, sondern hatten Lumpen um ihre Füße gewickelt. Wie viele waren es? Hunderte? Tausende? Agnes vermochte es nicht zu sagen, ihr Verstand versagte angesichts dieser elenden Kolonne. Hier und da lagen Körper am Boden, die sich nicht mehr regten, die anderen stiegen über sie hinweg. Stumm trieb die Menge vorwärts, ohne Schreien, ohne Tränen. Die Nachhut des fürchterlichen Aufmarsches bildeten etliche Uniformierte, Gewehre im Anschlag.

Plötzlich löste sich eine gebeugte Gestalt aus der Masse und rannte auf die Bäume zu. Noch bevor sie den Rand des Wäldchens erreichte, hatte einer der Soldaten sie mit einem Schuss in ihren Rücken niedergestreckt.

Agnes wollte den Impuls unterdrücken, doch ihre Beine trugen sie schon zu der Frau, die am Boden lag. Sie kauerte sich neben ihr nieder, erkannte den gelben Stern an der Jacke und blickte dann in ihre angstgeweiteten Augen. Blut sickerte aus ihrem Mund, aber sie lebte noch. Die Frau versuchte etwas zu sagen, und Agnes kam mit dem Gesicht ganz nah an das ihre, um sie besser zu verstehen. »Meine Kinder«, vernahm sie, wie einen Hauch. Und dann wieder: »Meine Kinder.«

Hufgetrappel näherte sich, Agnes hob den Kopf und sah von vorn einen Reiter heranpreschen, der sein Pferd neben ihnen zum Stehen brachte. Unbewegt schaute der Reiter auf sie herab, griff an seinen Gürtel, entsicherte eine Pistole und schoss der Frau in die Stirn. Sofort verfärbte sich der Schnee um ihren Kopf herum, ein See aus dunklem Rot, der größer und größer wurde.

»So sieht man sich also wieder, liebe Agnes«, sagte Hans

Wuschke. »An deiner Stelle würde ich zusehen, dass ich nach Hause komme. Nicht, dass dir noch etwas geschieht.«

Später konnte Agnes sich nicht mehr erinnern, wie sie nach Groß Hubnicken zurückgelangt war, sie musste die ganze Strecke gerannt sein. Vor der Werkstatt war sie zusammengebrochen, und Grischa hatte sie ins Haus getragen. »Du bist ganz in Blut«, hatte er gesagt und ihr das Gesicht mit einem feuchten Lappen gewaschen. »Was ist?«

Sie konnte ihm kaum antworten, weil ihre Zähne unaufhörlich klapperten. »Sie … sie bringen Frauen um. Und es sind so viele, Grischa, so viele …«

Agnes schlief einen ganzen Tag und eine ganze Nacht. Dann stand sie auf, fand Grischa mit Klaus und Gregor auf dem Arm, Hermann, Karl und Martha zu seinen Füßen spielend, in der Werkstatt und sagte: »Heute Nacht brechen wir auf. Bereite alles vor. Ich muss noch einmal nach Palmnicken, dann helfe ich dir.«

Sie fuhr in den Nachbarort und brachte in Erfahrung, dass die Frauen, die man aus irgendwelchen Lagern bei Stutthof bis an die samländische Küste getrieben hatte, wohl tot waren. Was genau mit ihnen geschehen war, konnte keiner sagen, mochte keiner sagen. Überall in der Nachbarschaft jedoch war man damit beschäftigt, die restlichen Leichen, die die Soldaten nicht beseitigt hatten, von den Straßen zu schaffen. Zu ihrer Erleichterung hörte Agnes, dass die SS wieder abgerückt war.

Zuhause begann sie zu packen, Grischa lud Kisten und Koffer aufs Fuhrwerk, schweigend schauten die Kinder ihnen zu. Agnes hatte schon vor einiger Zeit mit Hermann und Karl darüber gesprochen, dass sie vielleicht fortgehen müssten, sie aber sicher Grischa mit sich nähmen. »Ihr dürft ihn dann nicht mehr Grischa nennen«, hatte sie ihnen wieder und wieder eingebläut. »Sein Name ist Gregor. Wenn ihr das vergesst, müssen wir alle sterben.« Sie wusste, dass sie ihren Söhnen damit Todesangst einjagte. Aber es ging nicht anders.

Sie hatte es sich genau ausgerechnet. Wenn sie sich dicht an der bewaldeten Küste hielten, sollten sie mit etwas Glück unentdeckt bleiben. Es waren rund dreißig Kilometer bis Pillau, brachen sie gegen Mitternacht auf, konnten sie am frühen Morgen dort sein. In Pillau selbst hoffte Agnes auf ein ordentliches Durcheinander, von überall her strömten schließlich Flüchtlinge in die Hafenstadt. Die Gefahr, dass man in diesem Chaos Papiere verlangte oder gar Befragungen anordnete, schien gering.

Ein letztes Mal aßen sie im Weisgutschen Hause zu Abend, alle gemeinsam am Küchentisch, stumm löffelten sie die Suppe. Danach wusch Agnes das Geschirr, stellte es ordentlich in die Schränke und räumte noch ein wenig auf. Ein letztes Mal ging sie durch alle Zimmer und überlegte, ob sie nichts vergessen hätte. Sie verschloss Werkstatt und Scheune, zog sich und den Kindern mehrere Schichten an Kleidungsstücken über, während Grischa in seine Uniform schlüpfte.

Mit langen Streifen, die sie aus einem Laken geschnitten hatte, verband sie ihm den Kopf, bis nur noch Mund und Augen herausschauten. Sie betrachtete ihn. »Nein, es fehlt etwas«, murmelte sie. Sie griff in eine Schublade, nahm ein Messer und schnitt sich in das Handgelenk. Sie tränkte den Verband mit ihrem Blut und war zufrieden.

Als sie aufbrachen, war am Himmel kein einziger Stern zu sehen. Grischa führte den Gaul am Zügel, Agnes saß auf dem Bock, die Kleinen am Körper. Martha kuschelte sich auf ihrem Schoß zusammen und schlief sofort ein. Karl, rechts neben ihr, hielt ihre Hand und schaute gespannt in die Dunkelheit. Sie drehte sich zu ihrem Ältesten um, der auf einer Kiste hockte. An Hermanns Körperhaltung konnte sie sehen, dass er immer noch bockig war. »Es wird alles gut werden«, raunte sie ihm zu. »Es ist ein großes Abenteuer, das wir jetzt unternehmen. Wie bei Winnetou.«

»Ein echtes Abenteuer?«, flüsterte Hermann zurück. »Darf ich dann Old Shatterhand sein?«

»Natürlich darfst du das. Du bist doch mindestens so tapfer!«

Hermann lächelte zaghaft.

Sie kamen nur langsam voran, das Fuhrwerk war bis in die letzte Ecke beladen, fast war es zu schwer für den alten Klepper. Anfänglich hielten sie bei jedem Geräusch, dem kleinsten Knacken eines Astes, dem leisesten Knirschen einer Eisscholle auf der See. Nach einer Stunde aber ließ ihre Anspannung langsam nach, und Grischa führte das Pferd entschlossener vorwärts.

Manchmal hörten sie vom fernen Himmel Motorengeräusche, Störflieger wohl, und jedes Mal gingen sie unter Bäumen in Deckung und warteten, bis alles wieder still war. Als sie etwa die Hälfte des Weges hinter sich hatten, machten sie Rast in einem Wäldchen, das sich bis tief zum Strand hinunterzog. Agnes verteilte ein wenig Proviant und Tee aus der Aluminiumkanne, der sogar noch warm war.

Plötzlich sprang Hermann auf, deutete aufs Meer und sagte: »Schaut mal da! Was ist das?«

Agnes kniff die Augen zusammen, starrte zur See und sah etwas auf dem Eis liegen, ein unförmiges Trumm. Noch bevor sie Hermann antworten konnte, war er schon vom Fuhrwerk herunter und rief: »Es ist bestimmt ein Schatz. Eine Kiste voller Gold.« Dann lief er einfach los.

Agnes schrie: »Bleib stehen! Bleibst du sofort stehen!« Dabei hielt sie Karl am Kragen fest, der es dem großen Bruder gleichtun wollte.

Hermann blieb nicht stehen, er rannte weiter auf seinen Schatz zu, mitten auf das Eis. Grischa, der die hintere Achse des Wagens kontrolliert hatte, kam nun hervor und setzte ihm nach. Doch Hermann hatte seinen Schatz schon erreicht, riss triumphierend die Arme in die Höhe und begann, an dem Trumm zu ruckeln und zu ziehen. Es gab einen Laut, der entfernt an zersplitterndes Glas erinnerte, ein hohes, singendes Knirschen, als die Eisscholle brach und sich senkte. Das Trumm geriet ins Rutschen und Hermann, der sich daran klammerte, mit ihm.

»Mein Kind!«, schrie Agnes. »Mein Kind!«

Das Letzte, was sie von ihrem Sohn sah, waren seine erstaunt aufgerissenen Augen und sein offener Mund, wie zu einem Oh geformt.

HAMBURG, MAI 2008

»Er ist ganz sicher nicht zuhause?« Martha wippte nervös vor der Haustür auf ihren Fußspitzen.

»Ganz sicher«, sagte ihre Tochter. »Das habe ich dir versprochen. Und nach allem, was ich von Peter gehört habe, hat Papa auch kein gesteigertes Interesse, dir zu begegnen.«

Martha nickte, obwohl sie nicht wirklich überzeugt war. Sie wusste, dass es nun an der Zeit war, ihren Sohn zu treffen.

»Ich gehe zu Peter«, hatte sie gestern, nach dem Besuch bei Karl, zu ihrer Tochter gesagt. »Aber den anderen musst du vorher wegschaffen.«

»Wegschaffen im Sinne von *für immer aus dem Weg räumen*?«, hatte ihre Tochter grinsend erwidert.

Martha hatte kurz darüber nachgedacht. Das wäre natürlich das Beste, aber das ging wohl nicht.

Und nun standen sie hier, schon einige Minuten, direkt vor dem alten Zuhause. Martha wippte noch ein wenig, dann gab sie sich einen Ruck und drückte auf die Klingel. Die Tür ging fast unmittelbar auf, so als hätte jemand schon dahinter gewartet. Vor ihnen tauchten zwei Kinder auf, ein Junge und ein Mädchen, das Mädchen musste älter sein, denn es war zwei Köpfe größer.

»Hallo«, sagte Martha. »Ich bin Martha.«

Die beiden musterten sie ungeniert von oben bis unten. Martha hatte sich besonders hübsch gemacht, ein buntes Blumenkleid angezogen, eine hellgrüne Strumpfhose und rote Schnürschuhe dazu. Sie wollte einen guten Eindruck hinterlassen.

»Hat's euch die Sprache verschlagen?«, fragte Birte, schob die Kinder beiseite und trat ins Haus.

»Guten Tag, Tante Birte«, sagten die zwei wie im Chor.

»Nennt mich nicht Tante. Das macht alt. Wo ist euer Vater?«

Zwei Finger hoben sich synchron und zeigten auf das Wohnzimmer. Aus der Küche strömte der Duft von frisch aufgebrühtem Kaffee, und jemand klapperte mit Geschirr. Martha zuckte zusammen. Birte fasste sie beruhigend am Arm. »Das ist nur Birgit. Jetzt komm schon.«

Martha ging voran und blieb im Türrahmen stehen. Das Wohnzimmer sah anders aus als früher. Die Wände waren in einem freundlichen Gelb gestrichen, die Möbel aus hellem Holz, das gefiel ihr. Es gab jetzt einen großen Esstisch in einer Ecke, auf dem eine weiße Tischdecke lag, es war zum Kaffee eingedeckt. Am Tisch stand ein schwerer Mann und hielt eine Stuhllehne mit beiden Händen fest umklammert. Seine dunklen Haare waren akkurat geschnitten, an den Schläfen waren sie grau. Sein Gesicht hatte etwas Schwammiges, so als würden die Konturen zerfließen. Er trug ein blaues Oberhemd, bis zum Hals geschlossen, das über dem Bauch leicht spannte, und eine graue Flanellhose mit scharfer Bügelfalte.

»Wer ist das?«, flüsterte Martha ihrer Tochter zu.

»Mann, was glaubst du denn? Das ist Peter, dein Sohn!«, zischte Birte.

»Hallo«, sagte Martha und trat einen Schritt vor. »Ich bin Martha. Du bist immer noch sehr dick.«

Hinter ihr sog Birte die Luft ein und versetzte ihr einen kleinen Stoß in den Rücken.

»Ja, nun, hallo«, meinte der Mann zögerlich. »Möchtest du dich nicht setzen?«

Martha setzte sich auf einen der Stühle, vorn auf die Kante, mit geschlossenen Knien. Auch der Mann, Birte und die Kinder nahmen Platz, und alle schauten sie schweigend an.

»Danke für die Einladung«, sagte Martha, die das Schweigen ungemütlich fand. »Es ist sehr schönes Wetter heute.«

Sie überlegte, was sie noch Angemessenes sagen könnte, da betrat eine kleine, unscheinbare Frau den Raum, ein Tablett mit Kaffeekanne und einer Erdbeertorte balancierend.

»Ich bin Birgit«, sagte die Frau, nachdem sie das Tablett vorsichtig abgestellt hatte, und schüttelte Marthas Hand. »Ich bin deine …, also …, ich bin Peters Frau.«

»Angenehm«, sagte Martha. »Kann ich ein Stück Kuchen haben?«

»Ja, äh, natürlich …«

Die Frau servierte allen die Torte und plapperte einfach in die Stille hinein, dass die Früchte in dieser Saison besonders aromatisch seien und dass sie schon zehn Gläser Erdbeer-Rhabarber-Marmelade eingekocht habe. »Wenn du Marmelade magst, gebe ich dir gern ein Glas mit. Selbst gemacht schmeckt sie doch am besten.«

»Birgit!«, sagte der Mann und räusperte sich. »Bitte tu mir einen Gefallen und halt den Mund.«

Die Frau verstummte. Der Mann räusperte sich erneut und blickte Martha das erste Mal in die Augen. »Was um alles in der Welt machst du hier?«, fragte er.

Martha überlegte, bis ihr eine passende Antwort einfiel. »Ich esse Kuchen. Und ich besuche dich.«

»Ich hab's dir ja gesagt«, meinte Birte zu ihrem Bruder und grinste schon wieder.

Der Mann schaute sie an, er schien etwas aus der Fassung geraten zu sein, er öffnete den Mund, schloss ihn, öffnete ihn erneut. »Ja, nun gut … Das ist …, das ist schon sehr … Ich weiß nicht, was ich davon halten soll. Und dass Papa das Haus verlassen muss, nur weil du plötzlich … Du könntest wenigstens fragen, wie es ihm geht …«

»Nein«, sagte Martha. »Das interessiert mich nicht. Er ist kein guter Mensch. Darf ich noch mehr Kuchen haben?«

Der Mann schüttelte den Kopf, füllte aber ihren Teller erneut. Die Frau ergriff über den Tisch hinweg seine Hand und drückte sie zärtlich. Dann erhob sie sich resolut. »Das war vielleicht kein besonders geglückter Anfang. Na ja, nach all der Zeit … Das ist ja auch schwierig … für alle Beteiligten. Martha, was hältst du davon, wenn ich dir ein paar Fotos zeige, damit du uns erst einmal besser kennenlernst?«

»Fotos?« Martha konnte sich nicht vorstellen, was die Frau meinte.

»Die Familienalben. Bilder von früher. Von unserer Hochzeit, von der Taufe der Kinder ...«

Nachdem die Frau einen ganzen Stapel an großformatigen Bänden angeschleppt hatte, setzten sie sich nebeneinander auf das Sofa und blätterten gemeinsam darin. Zu jedem Bild wusste die Frau sehr viel zu erzählen, Martha versuchte vergeblich, alles zu behalten, was sie erfuhr. Der Mann war an der Kaffeetafel sitzen geblieben, ebenso wie Birte, die gelangweilt in ihrer Tasse rührte und ab und zu einen verstohlenen Blick auf ihre Uhr warf. Die Kinder hatten sich längst verkrümelt.

Gerade als Martha dachte, jetzt müsste ihr gleich der Kopf platzen, meinte Birte: »Ich glaube, das reicht für heute. Ihr könnt ja beim nächsten Mal weiter Fotos gucken.«

Sofort stand Martha auf und streckte der verblüfften Frau ihre Hand hin. »Danke«, sagte sie. »Das war sehr nett. Ich komme bestimmt wieder.«

Der Mann, der die ganze Zeit kein einziges Wort mehr gesagt hatte, brachte sie zur Tür. »Schön ... schön, dass du da warst«, stotterte er. »Auch wenn ich nicht so richtig weiß, was das ... Egal. Vielleicht kannst du ja beim nächsten Mal ein wenig mehr von dir ... Weshalb du ...«

»Ja«, unterbrach Martha sein Gestammel. »Das mache ich. Und dann erzähle ich dir von Zuhause.«

Als sie im Auto saßen, sagte Martha zu ihrer Tochter: »Dein Bruder ist ein bisschen merkwürdig.«

»Tja.« Ihre Tochter schnalzte mit der Zunge. »Liegt irgendwie in der Familie.«

Birte fuhr sie zum Penthouse und brachte sie nach oben. »Du siehst ziemlich geschafft aus«, sagte sie. »Willst du dich ein bisschen hinlegen? Ich muss noch ein paar Stunden arbeiten. Wenn du dich ausgeruht hast, können wir ja nachher was zusammen essen.«

»Ich kann wieder einen Kuchen backen.«

»Bloß nicht!« Birte stöhnte. »Seit du hier bist, ist meine ganze Energiebilanz im Arsch. Kannst du mal was Anständiges machen, irgendwas Gesundes mit weniger Kalorien?«

»Eier mit Speck?«, fragte Martha.

Nachdem Birte ihr das Versprechen abgenommen hatte, auf keinen Fall irgendetwas in der Küche zu braten, zu kochen oder zu backen, war sie gegangen. Martha hatte sich tatsächlich hingelegt, sie war erschöpft. Die Begegnung mit so vielen fremden Menschen hatte sie angestrengt.

Sie hatte sich gefreut, Karl wiederzusehen, sehr sogar. Ihr großer Bruder. Immer hatte er sie beschützt, früher.

Birte hatte wissen wollen, was Karl denn getan hatte, damals, und warum er bei der Erinnerung daran angefangen hatte zu weinen. Aber das konnte Martha ihrer Tochter nicht sagen. Das stand ihr nicht zu. Das war Agnes' Aufgabe.

Morgen würde sie Agnes treffen. Sie wusste nicht, ob sie sich davor fürchten sollte. Sie hatte sich immer ein wenig vor ihrer Mutter gefürchtet. Sie war so streng gewesen. Aber sie hatte auch stets gewusst, was zu tun war. Und dann hatte sie es getan.

Nur einmal, da hatte Agnes sich geirrt. Als sie Thomas ausgesucht hatte. Auch deshalb hatte Martha gehen müssen. Aber sie hatte ihre Mutter angerufen, als sie weit genug weg war. Und Agnes hatte ihr keine Vorwürfe gemacht, nicht wegen des Geldes, das sie aus dem Safe genommen hatte, und auch nicht wegen der Bücher, die sie gestohlen hatte. Agnes hatte nur eine Frage gehabt. »Was ist mit deinen Kindern?«

Ihre Kinder. Es war doch etwas aus ihnen geworden, auch ohne Mutter, vor allem aus Birte. Sie musste sehr erfolgreich sein mit dem, was sie tat. Der schöne Sportwagen. Die schöne Wohnung. Das kam doch nicht von ungefähr, aber zufrieden war ihre Tochter nicht. Das spürte Martha.

Was sie von ihrem Sohn halten sollte, wusste sie noch nicht. Peter war anders als Birte. Nicht so stark. Nicht so zornig. Seinen Platz im Leben schien er jedoch gefunden zu haben. Diese Frau, Birgit, gehörte zu ihm. Und die beiden Kinder. Martha fiel ein, dass sie sich gar nicht nach den Namen der beiden erkundigt hatte. Bei ihrem nächsten Besuch musste sie das nachholen. Ob Peter zufrieden war? Sie würde Birte danach fragen.

Noch lange lag Martha auf ihrem Gästebett und schaute an die Decke. Bilder und Eindrücke wirbelten durch ihren Kopf, in die sie keine Ordnung bringen konnte. Aber die Stimmen sprachen nicht zu ihr. Und auch die Kopfschmerzen kamen nicht. Das war ein gutes Zeichen.

Sie musste geschlafen haben, eine ganze Zeit sogar, denn als sie die Augen öffnete, war es draußen schon dunkel. Durch die geschlossene Tür hörte sie Geräusche. Sie stand auf und fand ihre Tochter in der Küche, die kleine Pappboxen aus einer Tüte nahm und deren Inhalt in mehrere Schüsseln verteilte.

»Ich hab uns was zu essen mitgebracht«, sagte Birte. »Ich hoffe, du magst Sushi.«

»Was ist das?«

»Reisröllchen. Mit Gemüse. Und mit Fisch. Kommt aus Japan.«

»Du isst also doch Fisch«, stellte Martha fest.

»Ja, aber nicht, wenn er in Öl schwimmt.«

»Ist Peter zufrieden?«, fragte Martha unvermittelt.

Ihrer Tochter klappte der Mund auf, ein Stück Sushi fiel heraus. »Wie meinst du das?«

Martha überlegte. »Hat er ein gutes Leben?«

»Ich glaub schon. Jedenfalls macht er keinen unglücklichen Eindruck auf mich. Er hat Birgit, er hat die Kinder. Und das scheint genau das zu sein, was er sich immer gewünscht hat. Eine Familie. Hatte er ja früher nicht.«

Birte stand abrupt auf, ging zum Kühlschrank und holte eine Flasche Weißwein heraus. »Auch einen Schluck?«

Martha, die nie Alkohol trank, bejahte. Ihre Tochter schenkte ihnen beiden die Gläser bis oben hin voll und prostete ihr zu. Das machte Martha mutig. »Du hast aber keine Familie. Keinen Mann und keine Kinder. Wollte dich keiner?«

Birte verschluckte sich an ihrem Wein und wischte sich das Kinn ab. »Doch, mich wollten einige. Aber ich hab's nie lang genug ausgehalten mit ihnen. Und sie nicht mit mir. Anscheinend bin ich nicht in der Lage, eine Beziehung zu führen.«

Weil sie nicht wusste, was sie dazu sagen sollte, nippte Martha an ihrem Wein. Er war sehr sauer. Sie versuchte, nicht das Gesicht zu verziehen. »Das schmeckt lecker«, sagte sie.

»Mmh, ich seh's. Weißt du eigentlich, dass Peter als Jugendlicher getrunken hat?«

Martha dachte nach. »Nein«, sagte sie dann.

»Ich dachte, Großmutter hat dich auf dem Laufenden gehalten?«

»Sie hat immer nur die schönen Dinge erzählt.«

»Die schönen Dinge?« Birte lachte meckernd. »Gab's da welche?«

»Ja. Wie gut du in der Schule bist. Dass Peter eine Lehrstelle gefunden hat. Wie ihm das Gärtnern Spaß macht. Und dir das Studium. Dass der Betrieb gut läuft. Dass alle gesund sind.«

»Tja, ganz so heiter war's hier nicht. Deine Nichte ist erfroren. Deiner Schwägerin hat's das Herz gebrochen. Dein Sohn hat sich fast totgesoffen. Deine Brüder haben sich die Schädel eingeschlagen. Und deine Tochter …, lassen wir das …«

Martha nahm erneut einen Schluck aus ihrem Glas, einen großen diesmal. »Aber jetzt«, meinte sie vorsichtig, »jetzt ist doch alles gut.«

Ihre Tochter sagte nichts dazu, sondern schenkte sich Wein

nach. Stumm stocherten sie beide in ihren Reishappen herum. Martha merkte, dass das Getränk ihr zu Kopf stieg und dort ein wattiges Gefühl verursachte.

»Mama?«

Martha hob den Kopf und bemerkte, dass Birtes Unterlippe zitterte.

»Warum hast du uns verlassen? Ist es Papas Schuld? Ich meine, du musst doch irgendeinen Grund gehabt haben …« Birte brach ab.

»Dein Vater ist kein guter Mensch«, begann Martha, und ihr fiel auf, dass sie das heute schon einmal gesagt hatte. »Aber es war nicht seine Schuld. Mit meinem Kopf stimmt etwas nicht. Das war schon immer so. Seit ich denken kann. Da sind Stimmen drin gewesen, in meinem Kopf. Die haben mir gesagt, dass ich gehen muss. Dass dann die Schmerzen aufhören.« Sie sah ihre Tochter an, ob sie verstand.

Birte nickte.

»Und die Stimmen haben gesagt, dass ich nach Hause gehen soll. Und das habe ich auch fast geschafft. Dann bist du gekommen.«

»Sind die Stimmen böse deswegen?«

Martha horchte in sich hinein. »Nein. Sie sind still, eine ganze Weile schon.«

»Ist das gut, oder ist das schlecht?«

»Ich glaube, es ist gut.« Martha lächelte.

»Und wie ist es für dich, hier zu sein? Ist es schlimm?«

»Nein, gar nicht. Das habe ich erst bei dir gemerkt, das habe ich nämlich vorher nicht gewusst.«

»Was?«

»Wie ich dich vermisst habe.«

»Ich hab dich auch vermisst, Mama«, flüsterte Birte.

HAMBURG, MÄRZ 1997

»Nach allem, was Sie mir erzählt haben, liegt die Ursache Ihrer Beschwerden in Ihrer Familiengeschichte. Da sollten wir, ja, da müssen wir sogar tiefer gehen, viel tiefer …«

Ach was, dachte Birte, und für diese Erkenntnis zahle ich dir also ein Schweinegeld. Mit zusammengebissenen Lippen starrte sie den Therapeuten an, der entspannt in einem cognacfarbenen Sessel vor ihr saß, die Beine lässig übereinandergeschlagen. Und dann lächelte er es wieder, dieses milde Therapeutenlächeln.

Eine Zeile aus einem alten Song von Herbert Grönemeyer schoss ihr durch den Kopf. *Meine Faust will unbedingt in sein Gesicht. Und darf nicht.* »Ist mir schon klar, dass das was mit dem Verlust meiner Mutter zu tun hat«, sagte sie genervt. »Womit denn sonst?«

»Nein, nein!« Mahnend erhob er jetzt seinen Zeigefinger, wie ein Grundschullehrer. »Das meine ich nicht. Ich spreche von frühkindlichen Erlebnissen, an die Sie keine bewusste Erinnerung mehr haben, vielleicht sogar Geschehnisse in Ihrer embryonalen Phase. Da müssen wir ran! Wir dürfen es uns nicht so einfach machen.«

Birte verschränkte die Arme vor der Brust und schüttelte den Kopf. »Embryonale Phase! Was ist das denn für ein Quatsch?«

»Sehen Sie!« Nun zeigte er mit dem Zeigefinger direkt auf ihre Brust. »Da ist es wieder, ihr inneres, trotziges Kind! Das müssen wir an die Hand nehmen und führen! Ihm eine Richtung geben. Heraus aus der Dunkelheit und hinein ins Licht.« Er wackelte selbstgewiss mit dem Kopf. »Ich schlage vor, dass wir erst einmal dreißig Sitzungen veranschlagen. Das wird natürlich nicht reichen, ist aber ein Anfang …«

»Wissen Sie, was ich vorschlage? Dass Sie mich mal am Arsch lecken!« Birte stand auf und verließ die Praxis.

Ihre erste Therapie hatte sie begonnen, als sie an ihrer Diplomarbeit schrieb. Natürlich war ihr schon länger klar gewesen, dass etwas nicht stimmte. Dass es nicht normal war, wenn sie auf dem Boden vor dem Kühlschrank saß, willenlos alles in sich hineinstopfte, was ihr in die Hände fiel, und sich anschließend den Finger in den Hals steckte.

Angefangen hatte es mit der ersten Postkarte, die sie von Martha bekommen hatte. Nach ihrem überraschenden Anfall hatte Birte die »Grüße aus Helsinki« genommen und in den Mülleimer geschmissen. Später hatte sie die Karte wieder herausgeholt, sorgfältig sauber gewischt, und in den Schreibtisch gelegt, in einem Umschlag, damit ihr Blick nicht darauf fiel, wenn sie die Schublade öffnete.

Zwei Monate später war der nächste Gruß gekommen, Birte hatte ihn sofort ungelesen in den Umschlag gestopft, sich ihrem gewaltigen Hunger ergeben, um sich danach zu entleeren. Sie hatte sich den Mund abgewischt, war zum Telefon getaumelt und hatte ihren Bruder angerufen. »Können wir uns auf einen Kaffee treffen?«

Peter war viel zu erstaunt gewesen, um Nein zu sagen. Sie trafen sich nie auf einen Kaffee. »Was gibt's denn so Wichtiges, dass ich extra herkommen muss?«, hatte er gefragt, als er sich mit seinem gewaltigen Bauch an den Tisch in einer kleinen Kneipe des Grindelviertels zwängte.

Birte hatte erst herumgedruckst und ihm dann einfach den Umschlag zugeschoben. Er hatte ihn geöffnet, die Karten gelesen und zu schwitzen begonnen. »Was soll das?«

»Ich weiß es nicht. Ich dachte, du hättest vielleicht auch Post von ihr bekommen.«

Peter hatte den Kopf geschüttelt.

»Was machen wir denn jetzt?«

»Wieso wir?« Peter war aufgestanden. »Mir schreibt sie schließlich nicht.«

Birte wollte ihm hinterherlaufen, aber sie musste noch ihren Kaffee bezahlen, und als sie endlich auf die Straße trat, konnte sie ihn erst nirgends entdecken. Dann sah sie ihn. Er kam aus einem Kiosk gegenüber, eine kleine, in braunes Papier gewickelte Flasche in der Hand, die er hektisch aufschraubte.

Danach erzählte sie ihm nie wieder davon, wenn sie Post von Martha bekam.

Zum Glück schrieb ihre Mutter nicht oft, nur alle paar Monate, und Birte nahm es einfach hin, dass die dürren Zeilen von Fress-Brech-Attacken begleitet wurden. Insgeheim fand sie auch, dass es doch eine schöne Gelegenheit war, sich mal wieder richtig satt zu essen, ohne dass es irgendwelche Folgen zeitigte.

Nach wie vor kasteite sie sich bis zum Äußersten, joggte mindestens fünfmal in der Woche und zählte penibel jede einzelne Kalorie, die sie zu sich nahm. Immer zufriedener betrachtete sie nach dem Duschen ihren nackten Körper im Spiegel, die harten Muskeln, die straffe Haut. Endlich wurde sie zu dem Menschen, der sie so gern sein wollte. Zumindest äußerlich.

Bosse belächelte ihren Eifer. »Na, Cousinchen, mal wieder für die Olympiade trainiert?«, spottete er, wenn sie sich einmal in der Woche zum Mittagessen trafen, das für ihn eher ein spätes Frühstück war.

Auch er studierte, Politikwissenschaft und Soziologie, und Birte fragte sich, was um alles in der Welt man damit nur anfangen sollte. Sie vermutete, dass er es selbst nicht wusste und das Studium nur eine Tarnung für sein Lotterleben war. Er hauste mittlerweile in einer testosterongeschwängerten Vierer-WG auf St. Pauli, hatte die Freuden des Kiffens entdeckt und spielte Gitarre in einer Schrammel-Band, die erstaunlicherweise in versifften kleinen Kellerclubs auftreten durfte.

Bei seinen Gigs, die Birte ab und an besuchte, aus reiner Solidarität, nicht, weil sie die Musik mochte, staunte sie stets über die Wolke weiblicher Groupies, die Bosse umhüllte, sobald er von der Bühne stieg. »Was finden die nur an dir?«, rutschte es ihr einmal heraus.

Er klopfte ihr grinsend auf die Schulter. »Ich hab halt dieses unwiderstehliche Rockstar-Ding. Sex, Drugs und so'n Zeug, du verstehst?«

Nein, das verstand sie nicht. Bosse war immer noch ihr engster Vertrauter, aber als Typ, fand sie, hatte er so gar nichts. Ihr gefielen Männer, die groß waren, breitschultrig, mit dunklem Haar und dunklem Teint, gepflegt, gern im Anzug und nicht in löchrigen Jeans. Und natürlich mussten sie erfolgreich sein oder zumindest von einer Aura umgeben, die verhieß, dass sie es einmal werden könnten.

Luíz war so einer. Sie hatte ihn in einem Seminar an der Uni kennengelernt, ein brasilianischer Diplomaten-Sohn mit tadellosen Manieren, maßgeschneiderten Oberhemden, glänzender Zukunft und reizendem Akzent. Er hatte sie um Hilfe bei einer Hausarbeit gebeten, sie sollte sein Deutsch verbessern, das ihm mangelhaft erschien, und so waren sie ein Paar geworden.

Ihm zuliebe blondierte sie sich die Haare, ihm zuliebe meldete sie sich in seinem Fitnessstudio an, in dem er seinen makellosen Körper weiter perfektionierte. Und ihm zuliebe verbesserte sie nicht nur sein Deutsch, sondern schrieb bald seine Hausarbeiten. So hatte er mehr Zeit für sie.

Sie zog auch um, vom schäbigen Barmbek ins schickere Eppendorf. Wochenlang hatte sie Agnes bearbeitet, ihr eine neue Wohnung zu suchen. »Was stimmt auf einmal nicht mehr mit deiner Wohnung?«, hatte Agnes gefragt.

»Sie ist zu klein«, hatte Birte gesagt. »Zu weit weg von der Uni. Und außerdem ist sie nicht standesgemäß.«

»Nicht standesgemäß?« Agnes hatte eine Augenbraue in die Höhe gezogen. »Wo möchte Madame denn gern residieren?«

»Pöseldorf wär gut«, meinte Birte. »Jedenfalls so dicht wie möglich an der Alster.«

Zweieinhalb Zimmer, Altbau, mit Stuck an der Decke, am Eppendorfer Weg waren auch präsentabel, fand Birte. »Vielleicht stellst du mir den Grund deines gesellschaftlichen Aufstiegs einmal vor«, sagte Agnes, als sie ihr die Schlüssel überreichte.

»Klar, mach ich irgendwann. Wenn sich's ergibt«, erwiderte Birte leichthin. Nicht im Entferntesten dachte sie daran, den Grund ihrer Familie vorzustellen. Allein der Gedanke, der noble Brasilianer könnte auf ihren fetten Bruder, ihren prolligen Vater oder ihre grobschlächtigen Onkel treffen, jagte ihr Schauer über den Rücken. Nur Bosse kannte Luíz vom Campus.

»Und, was sagst du?«, hatte sie ihren Cousin ein wenig atemlos gefragt, nachdem er dem händchenhaltenden Paar das erste Mal begegnet war.

»Wozu?«

»Na, zu Luíz! Wie findest du ihn?«

»Ist das was Ernstes?«

»Ich glaub schon«, hatte sie gesagt und dabei ungewollt debil gekichert.

»Oha!« Bosse hatte sich verlegen am Kopf gekratzt. »Na ja, ich sag mal so: Pass ein bisschen auf …«

»Wie meinst du das?«

»Also, mir ist der einen Tick zu macho-macho. Der lässt wahrscheinlich nichts anbrennen.«

»Du spinnst!«

Doch Luíz ließ nichts anbrennen. In der Tat brannte sein südamerikanisches Feuer so hell, dass er es unter der Dusche löschen musste – mit einer echten Blondine. Birte erwischte die beiden in flagranti, schlug Luíz eines seiner schönen Oberhemden um die Ohren und zog sich eine Woche zum Fressen und Kotzen zurück.

Die Angewohnheit, die ihr Leben vorher nur sporadisch begleitet hatte, nahm nun einen festen Platz in ihrem Alltag ein und wurde zum Ventil. Wenn sie sich freute, wenn sie wütend war oder aufgeregt oder angestrengt, kam die Gier. Dann folgten der

Ekel über ihre eigene Willenlosigkeit, das Erbrechen und zuletzt die Scham.

Sie sprach mit niemandem darüber, natürlich nicht. Das war nichts, was sich für eine kleine Plauderei unter Freunden eignete. *Was ich gestern gemacht hab? Hey, ein Kilo Schokoladenpudding gegessen und dann ne Runde Kotzen gewesen. Und du?*

Bosse ahnte wohl etwas. Jedenfalls ließen seine dämlichen Bemerkungen über ihr Sportprogramm nach, und seine besorgten Fragen nahmen zu. Wie es ihr eigentlich gehe, ob alles in Ordnung sei, ob sie reden wolle, das Übliche.

»Mir geht es gut«, antwortete Birte immer nur.

Als es so weit war, dass sie die Lebensmittel gleich mit ins Bad nahm, um sie direkt neben der Kloschüssel zu verschlingen, beschloss sie, diese Angewohnheit wieder abzulegen. Da alle Welt mittlerweile zu Seelenklempnern ging, aus Gründen der Selbstoptimierung, ging Birte also auch.

Ihre Psychologin war eine schon etwas ältere Dame mit kurzen grauen Haaren, die freundlich durch ihre Brillengläser blinzelte und Birte an einen dicken Uhu erinnerte. Frau Dr. Berger neigte zu einem gesunden Pragmatismus. Das kam Birte entgegen, die ihr schon in der ersten Sitzung erklärt hatte, dass sie überhaupt nicht daran dächte, sich jahrelang auf irgendein Sofa zu legen, um das Unterste nach oben zu kehren. »Machen Sie einfach, dass das Kotzen aufhört.«

Frau Dr. Berger blinzelte. »Verhaltenstherapie«, entschied sie.

»Funktioniert wie?«

»Stellen Sie sich vor, Sie sind in einen reißenden Fluss gefallen. Sie brauchen jetzt nicht die Antwort auf die Frage: Wie bin ich hier reingekommen? Sondern: Wie komme ich heil wieder raus?«

Das leuchtete Birte ein, und mit der ihr eigenen Verbissenheit stürzte sie sich in die Arbeit. Leider kam sie nicht umhin, über ihre Familie zu sprechen. Dysfunktional lautete das Urteil der Psychologin. »Erzählen Sie mir mal was Neues«, meinte Birte.

»Ich weiß, dass Sie darüber nicht reden möchten. Aber irgendwann sollten Sie sich Ihrer Geschichte stellen. Wir kurieren jetzt erst einmal die Symptome, aber die Ursachen …«

»Genau«, sagte Birte. »Raus aus dem Fluss. Mehr will ich nicht.«

Als sie ihre Kotzerei im Griff hatte, bedankte sie sich bei Frau Dr. Berger und brach die Therapie ab. Sie brauchte keine Psychologin, um zu begreifen, dass ihre Verwandten alle einen Dachschaden hatten.

Ihr Studium schloss Birte mit Auszeichnung ab. Agnes gratulierte, überreichte ihr Geschäftsunterlagen und einen Scheck. »Dein Startkapital«, sagte sie. »Mach was daraus.«

Genau das hatte Birte vor. Sie besorgte sich ein winziges Ladengeschäft am Mittelweg, dessen horrende Miete in keiner Relation zu seiner Größe stand. Als sie an ihrem ersten offiziellen Arbeitstag ihr neues Reich betrat, betrachtete sie mit verbissener Genugtuung das brandneue Türschild: »Immobilien – Birte Weisgut«. Schlicht und schön, elegantes Understatement.

Dann legte sie los. Sie hätte es ruhig angehen lassen können, die Verwaltung von Großmutters Häusern war ausreichend Beschäftigung für den Anfang. Doch immer noch wütete dieser Hunger in ihrem Inneren. Sie hatte gelernt, mit ihm zu leben und ihm nicht nachzugeben. Jetzt wollte sie ihn mit beruflichem Erfolg füttern. Vielleicht brächte ihn das zum Schweigen.

Innerhalb kurzer Zeit gewann sie mehrere Kunden dazu, Immobilienbesitzer, die ihr die Betreuung ihres Eigentums anvertrauten. Birte arbeitete hart, Birte arbeitete viel, und sie war gut in dem, was sie machte. Die größte Befriedigung zog sie daraus, wenn sie die perfekten Mieter für eine ihrer Wohnungen gefunden hatte.

Grundsätzlich vereinbarte sie nur Einzeltermine für Besichtigungen. Das war zwar zeitintensiver, gab ihr aber die Möglichkeit, die Bewerber genau unter die Lupe zu nehmen. Sie musterte

Kleidung und Schmuck, taxierte die Körperhaltung, achtete auf die Sprache, versuchte sogar die Marke des Parfums oder After Shaves zu erschnuppern. Und jeden ließ sie ihren ausgeklügelten Fragebogen ausfüllen.

Wenn sie abends bei einem Glas Wein die Bögen auswertete, tauchte sie tief ein in das Leben dieser Menschen. Ausbildung, Einkommen, Arbeitgeber, Familienstand, letzter Wohnort – all diese Informationen und noch viele mehr lagen vor ihr. Und aus alldem schuf sie ein Bild, stellte sich vor, wie derjenige aufgewachsen war oder was diejenige in zehn Jahren machen würde. Welche Ängste hatten sie als Kinder gehabt? Welche Hoffnungen hegten sie heute? Ganze Geschichten spann sie um diese Fremden, bis sie ihr seltsam vertraut waren.

In einem weinseligen Moment erzählte sie Bosse einmal von ihrer Marotte. Der tippte sich an die Stirn und riet dazu, ihr eigenes Leben mit etwas anderem als Arbeit zu füllen. »Du kompensierst da was. Das ist dir doch hoffentlich klar.«

Es war ihr klar. Gerade wenn sie auf eines dieser aufstrebenden Paare traf, das zusammenziehen wollte. *Ja, wir wollen bald heiraten. Kinder? Jetzt noch nicht, aber später – sicher!* Dann spürte sie ihn besonders, ihren grässlichen Hunger. Vielleicht sollte ich das auch machen, dachte sie, einen Mann haben, eine Familie gründen. Insgeheim wusste sie aber, dass es für sie nicht infrage kam.

Bald nachdem Birte sich selbstständig gemacht hatte, heirateten Peter und Birgit. Es war so vorhersehbar gewesen wie das Amen in der Kirche. Peter hatte seine Ausbildung als Gärtner abgeschlossen und, auf Agnes' Geheiß, noch eine ganze Zeit lang in seinem Lehrbetrieb gearbeitet – »um mehr Erfahrungen zu sammeln«.

Dass er außerdem noch Steinmetz werden wollte, stand plötzlich nicht mehr zur Debatte. Birte vermutete, dass ihm das schlichtweg zu viel gewesen war. Ein großes Durchhaltevermögen hatte ihr Bruder noch nie bewiesen. Stattdessen also die Rückkehr in den sicheren Heimathafen.

Agnes setzte ihren Enkel kurzerhand als Geschäftsführer der Gärtnerei ein und ignorierte den tobenden Thomas. Bei einem von Birtes seltenen Besuchen im Elternhaus versuchte ihr Vater tatsächlich, sein Herz auszuschütten. »Das ist also der Dank!«, jammerte er. »Krumm und bucklig hab ich mich gemacht für sie. Mir müsste das alles längst gehören, mir!«

»Reg dich wieder ab«, sagte Birte. »Peter wird dich schon nicht vor die Tür setzen.« So blöd, wie dieses Weichei ist, fügte sie in Gedanken hinzu.

Tatsächlich gab Peter seinem Vater sogar einen förmlichen Arbeitsvertrag. Er schmiss Thomas noch nicht mal aus dem Haus, als Birgit zu ihm zog. Nein, er baute dem Alten das Dachgeschoss aus.

»Meinst du, dass das wirklich eine so gute Idee ist?«, hatte Birte ihren Bruder in einer ruhige Minute gefragt. »Warum schwimmst du dich nicht endlich mal frei von ihm? Das wär doch jetzt die ideale Gelegenheit.«

»Nein«, hatte Peter gesagt. »Das bin ich ihm schuldig. Er ist schließlich mein Vater.«

»Dem bist du gar nichts schuldig!«, hatte sie sich aufgeregt. »Was war er denn für ein Vater? Ein Scheiß-Vater war er!«

»Vielleicht hat er's einfach nicht besser gewusst. Aber zumindest war er da.«

Dazu hatte sie nichts mehr gesagt.

Die Hochzeit ihres Bruders war erbärmlich einfach, fand Birte. Nach einer nüchternen standesamtlichen Trauung, bei der niemand auch nur eine Träne vergoss, ging es zum Essen ins Schnelsener Hotel-Restaurant Zeppelin, das grauenvoll gutbürgerlich war. »Passt aber hervorragend zum Kleid der Braut. Schau dir doch nur mal diese Puffärmel an«, zischte Birte Bosse beim obligatorischen Empfangsprosecco ins Ohr.

Die Veranstaltung zog sich ewig, und während des mehrgängigen Menüs hatte Birte ausreichend Gelegenheit, das Brautpaar zu betrachten. Die unscheinbare Birgit in ihrem fürchterlichen Kleid. Der dicke Peter mit seinem schlecht sitzenden Anzug. Immer wieder griff ihr Bruder nach der Hand seiner Frau, so als müsste er sich vergewissern, dass sie wirklich da wäre. Und die Schwägerin strahlte ihn dann an, als könnte sie ihr Glück kaum fassen.

Birte spürte dabei ein leichtes Ziehen in der Herzgegend. Nein, die beiden hatten keinen Stil und keinen Geschmack. Aber sie hatten eindeutig etwas, das ihr fehlte. Als könnte er ihre Gedanken lesen, knuffte Bosse ihr freundschaftlich in die Seite. »Keine Bange«, flüsterte er, »du kriegst auch noch einen ab.«

Entschlossen begab sich Birte auf die Suche nach dem Richtigen, überzeugt davon, ihr Liebesleben könne sie ebenso generalstabsmäßig planen wie ihre Karriere. Wie eine Biene flatterte sie von Blüte zu Blüte, kostete hier vom Nektar, kostete dort, so recht wollte ihr keiner schmecken.

Entweder redeten die Männer ihr zu viel, oder sie redeten zu wenig. Mal waren sie nur schöne Hüllen, hinter deren glänzender Oberfläche sich ein gähnendes Nichts verbarg. Mal kreisten sie nur um sich selbst, fasziniert von der eigenen Nabelschau, und loteten ständig ihre innere Tiefe aus.

»Vielleicht solltest du mal dein Beuteschema ändern«, riet Bosse und schleppte sie nächtelang mit durch sein Revier. Doch die Kerle, die sie dort aufstöberte, waren von einer jungenhaften Lässigkeit, die sie albern fand.

In einem Akt der Verzweiflung verliebte Birte sich in José, den spanischen Kellner aus ihrer Pöseldorfer Lieblingsbar. Nach wenigen rauschenden Nächten bestieg sie mit ihm kurzerhand den nächsten Flieger, und sie heirateten in Las Vegas. Leider war sie dumm genug, diese Spielerei nach ihrer Rückkehr von den deutschen Behörden bestätigen zu lassen.

José richtete es sich komfortabel ein in ihrer Eppendorfer

Wohnung. Er war ein Nachtmensch und schlief gern aus. Verließ sie morgens das Haus, um zu arbeiten, lag er noch im Bett. Kam sie am Abend wieder, verschwand er in seine Bar. Dass sie sich kaum sahen, störte Birte nicht. Dass sie ihm hinterherräumen und -putzen musste, machte sie wahnsinnig.

Wenige Wochen nach der Eheschließung überraschte er sie mit der Erkenntnis, dass er zu Höherem berufen sei und die Kellnerei an den Nagel hänge. Er liebäugelte mit einem Studium der Kunst oder der Musik, auch eine Laufbahn als Regisseur konnte er sich vorstellen, aber darüber wollte er noch in Ruhe nachdenken.

»Klar«, meinte Birte. »Lass dir nur Zeit. Und beim Nachdenken kannst du gern ein bisschen aufräumen.«

José räumte nicht auf, José dachte nicht nach, José genoss lieber das Leben. Birte ließ sich von ihm dazu überreden, ihren alten Golf zu verkaufen und sich einen neuen Wagen anzuschaffen. »Du brauchst etwas Repräsentatives«, sagte José. »Wie sieht das denn aus, wenn du mit dieser Rostlaube vorfährst?«

Ihren Mercedes SLK fuhr sie allerdings nur selten, da José ihn beanspruchte, um seine Besorgungen zu machen. Irgendwann stellte sie mit einem Blick aufs Konto fest, dass er nicht nur ihren Wagen fuhr, sondern auch ihr hart erarbeitetes Geld mit vollen Händen ausgab. Als sie ihn deshalb zur Rede stellte, fand er sie »kleinlich«. Sie ging kurz in sich, dann bat sie ihn höflich um die Trennung.

Plötzlich entwickelte José einen Ehrgeiz, der ihm vorher eher fremd gewesen war. Er weigerte sich, auszuziehen, er weigerte sich, der Scheidung zuzustimmen, er nahm sich den teuersten Anwalt der Stadt. Der behauptete, dass sein Mandant völlig mittellos dastünde, weil er seiner Frau zuliebe den sicheren Job aufgegeben habe, und forderte erhebliche Unterhaltszahlungen.

Birte erwog kurz, Onkel Karl vorbeizuschicken, pumpte dann aber besser ihre Großmutter an und wurde den Spanier mit einer einmaligen Zahlung los, deren Höhe ihr Herzrasen verursachte.

»Ich hoffe, das war dir eine Lehre«, sagte Agnes.

»Bei Männern hast du ja nicht so'n richtig gutes Händchen«, sagte Bosse.

»Ihr könnt mich mal«, meinte Birte.

Sie arbeitete noch härter und länger, vor allem um ihre Schulden bei Agnes abzubezahlen, aber auch um künftig gegen etwaige Fehltritte zumindest finanziell abgesichert zu sein. Das Ziehen im Brustkorb blieb. Der Hunger blieb.

Sie beschloss, noch eine Therapie zu absolvieren, in der Hoffnung, sie könne von ihrem fatalen Männergeschmack geheilt werden. Der erste Psychologe, an den sie geriet, entpuppte sich als Quacksalber, der von embryonalen Phasen faselte. Der Zweite hörte ihr mehrere Sitzungen lang aufmerksam zu und setzte ihr dann das Messer auf die Brust. »Sie haben mir sehr anschaulich geschildert, was Ihnen in den vergangenen Jahren widerfahren ist. Wie kommt es, dass eine kluge Frau wie Sie sich mit traumwandlerischer Sicherheit Menschen sucht, die ihr nicht guttun?«

»Sagen Sie's mir. Deshalb bin ich hier.«

»Ich denke, Sie wissen es. Lassen Sie uns einmal über Ihre Familie reden.«

»Muss das sein?«

»Unbedingt. Sonst kommen wir nicht weiter. Wenn Sie an die Bezugspersonen aus Ihrer Kindheit denken: Welche partnerschaftlichen Beziehungen wurden Ihnen da vorgelebt?«

Sie dachte nach. Großmutter? War Witwe, immer schon, und es lag vollkommen außerhalb von Birtes Vorstellungskraft, dass Agnes einmal verliebt gewesen sein sollte. Onkel Klaus und Tante Anna? Geschieden. Unglücklich. Onkel Karl? Ein ewiger Junggeselle.

»Und Ihre Eltern? Sie haben noch gar nichts von Ihren Eltern erzählt. Warum nicht?«

»Mein Vater ist ein ausgemachtes Arschloch. Und meine Mutter ist verrückt. Außerdem ist sie vor etwa zwanzig Jahren abgehauen. Ich habe keinen Kontakt zu ihr.«

»Warum ist Ihre Mutter fortgegangen? Wissen Sie das?«

»Nein. Wie gesagt: Sie ist verrückt.«

»Haben Sie Ihrer Mutter verziehen?«

Birte schnaubte. »Nein, natürlich nicht.«

»Möchten Sie Ihrer Mutter gern verzeihen?«

»Was ist das denn für eine beknackte Frage? Nein, ich möchte ihr nicht verzeihen. Weil es unverzeihlich ist, was sie getan hat. Und können wir jetzt mal wieder zum Thema zurückkehren?«

»Sie sind sehr, sehr wütend«, sagte der Therapeut freundlich. »Ich möchte, dass wir uns diese Wut beim nächsten Mal genauer anschauen.«

Birte ging nicht mehr zu ihm. Sie sagte noch nicht einmal die Termine ab. Ihrer Mutter verzeihen? Eher würde sie wieder anfangen zu kotzen.

HAMBURG, APRIL 1952

»Ich bin wieder da!« Leichtfüßig war Agnes die Treppe zu der kleinen Wohnung hinaufgelaufen. Auch ihr Herz fühlte sich leicht an, jetzt, da sie endlich den Antrag eingereicht hatte. Danach hatte sie sich beeilt, nach Hause zu kommen. Noch waren die Kinder in der Schule, und sie wollte in Ruhe mit Grischa besprechen, was nicht für Kinderohren bestimmt war.

Er saß in der Küche und sah sie abwartend an, mit seinen dunklen, unergründlichen Augen. »Ich habe alles in die Wege geleitet«, rief sie ihm zu, als sie ihren Mantel an der Garderobe aufhängte. »Es wird wohl nicht allzu lange dauern, bis sie Wilhelm für tot erklärt haben. Es ist nur eine Formalie, es besteht ja kein Zweifel. Und dann können wir heiraten! Wenn du mich noch willst …« Sie lachte, aber es schwang ein wenig Angst mit.

Grischa streckte eine Hand nach ihr aus, sie ging zu ihm und schlang ihre Arme um seinen Hals. Nun würde alles gut werden. Nun würde sie alles hinter sich lassen. Die *verfluchte Judenbrut.* Das *Polacken-Pack.* Das *Russenliebchen.*

Sie würden den Betrieb umsiedeln, sie würden aus Ohlsdorf wegziehen und woanders neu beginnen, ein letztes Mal.

Wie sie den Hafen von Pillau erreicht hatten, wusste Agnes nicht mehr. Sie hatte nur noch wenige Bilder vor Augen. Den geöffneten Mund ihres Sohnes, seine geweiteten Augen. *Oh.* Sie wusste noch, dass Grischa aufs Eis gesprungen und zum Rand der Scholle gekrochen war, auf die das nachtschwarze Wasser schwappte. Sie sah, wie er sich, flach auf dem Bauch liegend, über den Rand beugte, Kopf und Arme ins Wasser steckte, hochkam und nach Luft schnappte, wieder und immer wieder.

Sie hatte nur dagestanden und sich nicht zu rühren vermocht, sie merkte, dass sie immer noch Karl festhielt am Kragen, der wie von Sinnen zappelte und schrie. Und sie hatte gehört, dass Martha weinte, irgendwo hinter ihr. Aber sie war nicht fähig gewesen, sich umzudrehen, ihre Muskeln hatten ihr nicht gehorcht, sie hatte nur auf die See gestarrt, auf das Loch im Eis, das immer größer wurde, weil die Schollen weiter auseinanderdrifteten.

Sie wusste nicht, wie viel Zeit vergangen war, bis Grischa sein Bemühen aufgab und zu ihr kam, der nasse Verband hing von seinem Kopf in Streifen herunter, sacht hatte er sie am Ellenbogen gefasst und zum Fuhrwerk geführt und ihr hinaufgeholfen. Er hatte den schreienden Karl auf den Arm genommen und auch die weinende Martha. So hatte er dagestanden. Und in seinen Augen hatte sie ihren Schmerz gesehen, den sie nicht spürte.

»Du brauchst einen neuen Verband«, hatte sie gesagt, aus einer der Kisten ein Tuch genommen und es zurechtgerissen. Dann hatte ihr Verstand ausgesetzt.

In Pillau kam sie wieder zu sich. Tausende von Flüchtenden hatten die kleine Stadt überrannt, alle drängten zum Hafen, zu den wenigen Schiffen, die sie in Sicherheit bringen sollten. Es war, wie Agnes es sich vorgestellt hatte, ein großes Chaos. Sie erfuhren, dass man anfangs versucht hatte, die Ankommenden in Listen zu registrieren und Seekarten auszugeben. Angesichts der Massen, die Tag für Tag herbeiströmten, hatte man dieses Unterfangen schnell ad acta gelegt.

Sie mussten achtgeben, dass sie im Geschiebe und Gedränge nicht getrennt wurden. Grischa, mit frisch verbundenem Kopf, trug immer noch Karl und Martha und befahl Agnes leise, sich an seiner Uniformjacke festzuhalten. Pferd und Fuhrwerk hatten sie in einer Straße, die zum Hafen führte, zurückgelassen, es war kein Durchkommen mit dem großen Wagen.

Grischa brachte sie zu einer Kaimauer, wo sie ein freies Plätzchen fanden und sich in der Eiseskälte niederließen. »Muss Sachen holen«, flüsterte er und wollte davonlaufen.

»Warte!«, sagte Agnes. »Nimm nur das Nötigste. Das Werkzeug. Und den schwarzen Koffer mit dem Geld. Den Proviant. Nicht mehr.«

Mit den Kindern kauerte sie sich in den Schatten der Mauer und wartete. Sie schaute sich um. Überall standen, saßen, lagen Menschen, verzweifelt und frierend, umgeben von ihren Habseligkeiten, die meisten still und in ihr Schicksal ergeben. Wenige Schritte von ihnen entfernt hockte eine Frau, die in einem merkwürdigen Singsang vor sich hin brabbelte und ihren Kopf gegen die Mauer schlug. »Mama, was macht die Frau?«, fragte Karl ängstlich.

»Ich glaube, sie ist traurig«, antwortete Agnes.

»Mama, wo ist Hermann?«

»Hermann ist jetzt beim lieben Gott«, sagte Agnes. »Du musst dir keine Sorgen um ihn machen. Ihm geht es gut.« Sie horchte in sich hinein und suchte nach ihrer Trauer. Noch immer spürte sie nichts.

Grischa brachte die Sachen herbei, und dann warteten sie, den ganzen Tag, die ganze Nacht und noch einen Tag, bis es ihnen gelang, auf ein Schiff zu kommen. Dicht an dicht standen sie inmitten der anderen an Deck. Als der Kreuzer ablegte, schaute Agnes zurück und sah, dass unzählige Koffer und Kisten im Hafenbecken schwammen.

Wie ihnen erst später gewahr wurde, hatten sie Glück und erreichten ohne Beschuss Gotenhafen, wo ähnliche Zustände herrschten wie in Pillau. Wieder hieß es warten, ewig warten, bis sie einen Frachter besteigen konnten. Erst an Bord erfuhren sie, dass die Fahrt nach Kiel gehen sollte.

Agnes konnte nicht sagen, wie viele Tage ihre Flucht gedauert hatte. Das Zeitgefühl war ihr verloren gegangen, Helligkeit und Dunkelheit verschwammen, sie waren eins, ein diffuser Nebel, der sich über alles gelegt hatte. Sie hatten wohl Hunger gelitten und Durst, es musste so gewesen sein, es gab ja kaum etwas an Bord. Aber sie wusste es nicht mehr.

Als sie in die Kieler Förde einliefen, lag dort Schiff an Schiff, dicht gedrängt, mit kleinen Beibooten wurden die Flüchtlinge an Land gebracht. Auch hier herrschte eine undeutsche Unordnung, ein Gerangel, ein Geschiebe, ein Gedränge. Wenige Soldaten standen der Ankunft der Massen hilflos gegenüber, keiner verlangte, Papiere zu sehen, keiner fragte nach Namen oder Herkunft.

Unbehelligt gelangten sie zu Fuß in die Stadt, die fast keine mehr war, überall in der unwirklichen Trümmerlandschaft irrten Menschen umher auf der Suche nach einem Unterschlupf. So also sieht der Krieg aus, dachte Agnes, als sie über Schutt und Geröll der zerbombten Häuser stiegen.

Die erste Nacht verbrachten sie in einem Luftschutzkeller, in den sie beim Aufheulen der Sirenen blindlings gestolpert waren. Grischa hielt Klaus und Gregor fest an sich gepresst, Agnes drängte sich dicht an ihn und umschlang Karl und Martha, die bei jeder Detonation ängstlich aufschrien. Die anderen um sie herum waren still, ihre Gesichter leer, schon abgestumpft durch all die Bomben, die ihre Stadt in Schutt und Asche gelegt hatten.

Nach dem Fliegerangriff traten sie ins Freie und schauten auf die Rauchschwaden, die über der Stadt hingen. »Wir müssen raus aus Kiel«, flüsterte Agnes.

»Wohin?«, fragte Grischa.

»Ich weiß es nicht. Aber ich habe meine Heimat nicht verlassen, um hier zu sterben.«

Sie marschierten aus der Stadt in Richtung Süden, mieden die asphaltierten Straßen, die von Truppentransporten bevölkert waren, und gingen auf kleinen Wegen vorwärts, immer weiter vorwärts. Weit und flach erstreckte sich das Land vor ihnen, endlose, winterlich brach liegende Felder unter einem dunklen Himmel. Bald schon konnten Karl und Martha nicht mehr, sie hatten Hunger, und sie hatten Durst. Grischa schmolz schmutzigen Schnee in seinen Händen, sodass sie wenigstens etwas trinken konnten. Abwechselnd trug er die beiden Großen auf seinen Schultern, in den Händen ihr Gepäck.

Am Nachmittag setzte ein eisiger Regen ein, sie suchten Schutz in einem kleinen Wäldchen und wurden dennoch bis auf die Knochen nass. »Wir gehen weiter«, sagte Grischa und trieb sie vorwärts, damit sie nicht vollkommen auskühlten. Schließlich entdeckten sie auf einer kleinen Kuppe ein Gehöft, das dunkel und verlassen dalag. Als sie sich den Gebäuden näherten, sahen sie, dass in einem ein schwaches Licht flackerte. Die Haustür öffnete sich einen Spalt, und eine Frau schaute misstrauisch heraus.

»Wir sind ausgebombt«, sagte Agnes mit fester Stimme. »Können Sie uns für eine Nacht beherbergen? Ich bezahle es Ihnen auch.«

Die Tür öffnete sich keinen Millimeter weiter. »Ausgebombt? Wo denn?«, fragte die Frau.

»In Kiel.«

»Sie hören sich nicht so an wie eine von hier …«

»Bitte!«, sagte Agnes und schob Martha und Karl nach vorn. »Lassen Sie uns hinein.«

Nun schwang die Tür auf, und die Frau bedeutete ihnen einzutreten. Sie drängten sich in die kleine Bauernküche, auf einem niedrigen Tisch flackerte schwach ein Kerzenstumpen. Die Frau musterte sie abwartend, dann deutete sie auf Grischa. »Und was ist mit dem? Ist der desertiert?«

»Nein«, sagte Agnes. »Das ist mein Bruder Gregor, er wurde an der Front verletzt, am Kopf. Er kann nicht mehr kämpfen.«

»Wer kann das noch«, murmelte die Frau und begann, aus einer Ecke Holzscheite zu holen, die sie im Herd einschichtete und entzündete. »Du musst deinen Kindern die nassen Sachen ausziehen, sonst werden sie krank. Ihr könnt bleiben, über Nacht. Morgen sehen wir weiter.«

Die Frau bereitete ihnen in einer winzigen Kammer ein notdürftiges Lager aus Stroh und kratzigen Decken. Sie gab ihnen auch etwas dünne Wassersuppe, die nach altem Kohl schmeckte. Gierig schlürften sie die trübe Brühe, dann gingen sie schlafen.

Als Agnes am nächsten Morgen aufwachte und aus der Kammer trat, saß die Frau am Tisch, so als hätte sie schon auf sie gewartet. »Setz dich«, sagte sie und zeigte auf einen Stuhl. »Jetzt sag es mir. Woher kommt ihr?«

Agnes zögerte nur kurz. »Aus Groß Hubnicken im Samland. Wir sind vor den Russen geflohen. Und wir haben fast alles verloren auf der Flucht, auch unsere Papiere.«

»So«, sagte die Frau und blinzelte. »Und dein … Bruder? Er ist nicht desertiert?«

»Nein, er ist verwundet, am Kopf. Deshalb kann er auch nicht sprechen«, wiederholte Agnes.

»So, er kann nicht sprechen. Kann er denn arbeiten?«

»Er kann arbeiten«, sagte Agnes schnell. »Und ich auch. Wir sind sehr tüchtig.«

»So.« Die Frau nickte. »Bald kommt das Frühjahr, die Felder müssen bestellt werden, die Scheune repariert. Ich bin allein, mein Mann ist gefallen.«

»Meiner auch«, sagte Agnes.

Es war eine stillschweigende Übereinkunft, die sie trafen. Die Frau stellte keine Fragen. Und Agnes und Grischa packten mit an auf dem Hof. Zu essen gab es nicht viel, nur Kartoffeln und Suppe. Aus Holz und Draht baute Grischa Fallen, die er im Wald aufstellte und in denen sich tatsächlich einige Kaninchen fanden, die sie schlachten konnten.

Da das Gehöft auf einem Hügel lag, sahen sie schon von Weitem, wenn sich jemand näherte. Es kamen nur selten Menschen vorbei, mal ein Nachbar, mal ein paar Soldaten auf der Suche nach Vieh, das sie beschlagnahmen konnten und nicht fanden. Und jedes Mal verschwand Grischa rechtzeitig in der Scheune und versteckte sich unter dem Stroh. Ihren Besuchern erzählte die Frau, dass sie Bekannte aus Ostpreußen aufgenommen hatte, eine Witwe mit ihren vier Kindern.

Die Arbeit auf dem Hof war hart und ungewohnt, am Abend tat Agnes jeder Knochen weh. Sie klagte nicht, sie schuftete verbissen weiter, setzte Kartoffeln, zog die Furchen für die Rüben und den Kohl mit der Hand, der Ackergaul war längst requiriert worden. Fast bis zum Umfallen arbeitete sie, dankbar, dass die körperliche Anstrengung jeden Gedanken an Hermann ausmerzte.

Nur manchmal, wenn sie abends vor der Tür stand und über das fremde Land blickte, zerrte und riss etwas in ihr, fraß sich durch ihre Haut bis tief in ihre Eingeweide. Einmal, als sie so dastand, kam die Frau. »Was ist mit dir?«, fragte sie.

»Hast du Kinder?«, erwiderte Agnes.

»Nicht mehr«, sagte die Frau und ging ins Haus.

Die Wochen zogen vorbei, und das Leben auf dem Gehöft war immer gleich, eine Abfolge aus Arbeit und Schlaf, untermalt von dem Grollen der Geschütze, das mal näher, mal ferner schien. Was mit dem Krieg geschah, davon wussten sie nichts auf ihrem kleinen Hügel. Die Frau besaß keinen Volksempfänger, und sie verließ auch nie den Hof.

Es war schon längst warm geworden und die Bäume sattgrün, als sich nach langer Zeit wieder ein Militärfahrzeug dem Hügel näherte. Grischa lief in die Scheune, Martha und Karl ins Haus. Agnes blieb mit Klaus und Gregor auf dem Arm abwartend an der Tür stehen, die Frau ging dem Wagen entgegen. Er hielt, Soldaten sprangen herab und umringten die Frau. Agnes hielt die Hand vor Augen, sie blickte gegen die Sonne und konnte nicht genau erkennen, was geschah. Die Soldaten, deren Uniformen ihr fremd vorkamen, umringten die Frau und redeten gestikulierend auf sie ein, dann stiegen sie zurück in das Auto und fuhren davon.

Langsam kam die Frau auf Agnes zu. »Der Krieg ist aus«, sagte sie. »Aus und vorbei.«

Sie hatten ihre Sachen gepackt, sie hatten sich ohne große Sentimentalitäten von der Frau verabschiedet, waren aufgebrochen und quer durch die Felder marschiert. Grischa ging voran, die Frau hatte ihm ein paar alte Kleidungsstücke ihres Mannes überlassen, die um seinen mageren Körper flatterten; seine Wehrmachtsuniform hatten sie verbrannt.

»Mama, gehen wir nach Hause?«, fragte Karl und schaute seine Mutter hoffnungsvoll an.

Agnes zuckte müde mit den Schultern. »Ich weiß es nicht, mein Schatz. Unser Zuhause ist doch so weit weg.«

Irgendwann erreichten sie eine Landstraße und sahen, dass sie nicht die Einzigen waren, die umherirrten. Unzählige Menschen waren unterwegs, Mütter und ihre Kinder, Verwundete, ehemalige Soldaten, alle scheinbar ohne Ziel, mit schleppenden Schritten. Sie reihten sich ein in diesen Strom und gingen einfach mit, und Agnes versuchte, von diesen Gestrandeten so viel zu erfragen wie möglich.

Sie erfuhren, dass Deutschland kapituliert und der Führer Selbstmord begangen hatte, dass die alliierten Sieger das Land besetzt hatten und Norddeutschland in englischer Hand war. Agnes dachte an die Soldaten auf dem Hof, es waren also Briten gewesen, sie wusste nicht, ob das gut war oder schlecht, sie registrierte nur, dass Grischa erleichtert aufatmete.

Und sie erfuhren, dass Flüchtlinge wie sie nicht frei waren in der Wahl ihres Aufenthaltsortes, dass man Passierscheine brauchte und meist ins Ländliche geschickt wurde, weil es in den zerbombten Städten schon zu wenig Wohnraum für die Einheimischen gab.

»Ich gehe nicht wieder auf einen Hof«, zischte Agnes Grischa zu, als sie eine Rast machten. »Ich bin keine Bäuerin.«

»Aber wohin du willst gehen? Und wie willst du schaffen ohne Erlaubnis?«, fragte er leise zurück.

»Mir wird etwas einfallen«, sagte sie.

Am Abend erreichten sie eine Stadt namens Neumünster. Es gab nur wenige Militärkontrollen, und sie schafften es, diese wenigen zu umgehen. Sie fanden Unterschlupf in einer hoffnungslos überfüllten Notunterkunft und auch eine Suppenküche, in der sie etwas trockenes Brot ergatterten. Sie legten die Kinder auf ihr Gepäck und betteten sich daneben auf den harten Boden. Agnes fand keinen Schlaf, all das unterdrückte Raunen, Flüstern und Stöhnen der Fremden um sie herum war ihr unangenehm.

Kaum dass es Morgen wurde, stand sie auf, rüttelte Grischa an der Schulter und wisperte ihm zu: »Du bleibst bei den Kindern. Ich schaue, wie wir von hier fortkommen.«

Sie ging durch die fremden Straßen, bis sie den Bahnhof fand. Dort gab es gleich mehrere britische Militärposten, die die Menschen kontrollierten. Eine ganze Zeit lang beobachtete Agnes das Geschehen und versuchte einzuschätzen, wie sie unbehelligt an den Soldaten vorbeikommen könnte. Doch die Kontrolle schien lückenlos zu sein. Sie überlegte kurz, dann fasste sie sich ein Herz und ging auf einen der Posten zu. »Wohin fahren die Züge von hier?«, fragte sie schüchtern.

»Kiel und Hamburg, aber nur für die Army.« Der Soldat sah bei seiner Antwort nicht einmal auf.

»Und wo kann ich Fahrkarten kaufen?«

Jetzt blickte der Soldat sie an, auffordernd, aber nicht unfreundlich. »Sie können keine Fahrkarten kaufen. Die Züge fahren nur für die Army. Wo möchten Sie denn hin?«

»Hamburg«, sagte Agnes schnell, weil sie auf keinen Fall zurück nach Kiel wollte.

»Haben Sie einen Passierschein?«

Sie schüttelte den Kopf.

»Woher kommen Sie?«

»Aus Ostpreußen. Ich bin geflohen, mit meiner Familie.«

»Können Sie sich ausweisen?«

Agnes schüttelte erneut den Kopf. »Wir haben auf der Flucht alles verloren.«

»Dann müssen Sie in ein Lager.«

»Aber meine Tante wohnt doch in Hamburg, die Schwester

meiner verstorbenen Mutter«, log Agnes. »Sie wird uns aufnehmen.«

Der Soldat schaute ihr nun direkt in die Augen, und Agnes versuchte, seinen Blick ohne jegliches Blinzeln zu erwidern. »Okay«, sagte er und nahm ein Formular. »Die Namen bitte.«

Agnes nannte sie ihm, er schrieb mit und stutzte. »Gregor, zweimal?«

»Ja, ich habe meinen Jüngsten nach meinem Bruder benannt.«

»Was hat Ihr Bruder im Krieg gemacht? War er bei der Wehrmacht?«

»Nein, mein Bruder ist kein Soldat. Er hat zuhause im Betrieb geholfen. Er ... er hat was am Kopf.«

Der Soldat füllte die Papiere aus, unterschrieb und drückte sie Agnes in die Hand. »Mit dem Zug kommen Sie nicht nach Hamburg. Vielleicht nimmt Sie ein Wagen mit. Viel Glück«, sagte er zum Abschied.

Sie rannte zurück, betrat keuchend den Schlafsaal und trieb Grischa zur Eile an. »Schnell, ich habe Passierscheine bekommen. Wir fahren nach Hamburg.«

»Warum?«

»Irgendwohin müssen wir doch. Und hier will ich nicht bleiben. Ich will in eine große Stadt. Da wird sich eher etwas finden für uns.«

Sie nahmen die Kinder und das Gepäck, verließen Neumünster, stellten sich an die Straße und hielten die Daumen heraus. Nach einer Stunde krabbelten sie auf die offene Ladefläche eines Lasters, der tatsächlich nach Hamburg fuhr. Agnes hielt ihr Gesicht in den Wind und spürte eine vage Hoffnung. Jetzt beginnt ein neues Leben, dachte sie.

In Hamburg war es noch schlimmer als in Kiel. Die Stadt war eine Wüste aus zerstörten Steinen, es gab kaum Wohnraum für die Einheimischen und schon gar nicht für die Flüchtlinge.

Sie kamen unter in einer ehemaligen Kaserne an der Max-Brauer-Allee. Unzählige Familien hausten dort, jede auf ein paar Quadratmetern, mit Wolldecken notdürftig abgetrennt von den anderen. Trotz des beengten Raums, trotz des Schmutzes und des Gestanks war es anfangs auszuhalten, weil sich niemand um sie scherte, weil jeder mit sich selbst beschäftigt war.

Die ersten Monate gelang es ihnen, sich ohne richtige Papiere durchzuschlagen. Sie stellten sich an in den langen Schlangen bei der Armenspeisung, weil es für Geld nichts zu kaufen gab. Agnes begann zu tauschen – Bernstein gegen Kartoffeln, Bernstein gegen Butter, Bernstein gegen Äpfel. Und nachdem der Zugverkehr wieder aufgenommen worden war, ging Grischa auf Hamsterfahrten ins Umland. Das war verboten, aber alle machten es, und oft genug drückten die Briten beide Augen zu.

Als immer mehr Menschen in die Stadt drängten, Tausende waren es wohl jeden Tag, Ostpreußen, Schlesier, Pommern und natürlich Hamburger, die während des Kriegs ihre Heimat verlassen hatten, schlug die Stimmung den Neuankömmlingen gegenüber um. Agnes bemerkte, dass man sie nun misstrauisch beäugte und ihnen aus dem Weg ging, so als hätten sie eine ansteckende Krankheit. Zudem wurde den Flüchtlingen aus dem Osten unterstellt, dass sie angebliche Privilegien genossen, weil die Briten sie mit Decken und Holzschuhen aus Militärbeständen versorgten. »Das Polacken-Pack nimmt uns alles weg« – so lautete bald die einhellige Meinung. Und dann gab es auch noch Grischa, der so fremdländisch aussah mit den hohen Wangenknochen und dem schwarzen Haar und der so merkwürdig sprach mit seinem schweren Akzent.

Agnes klapperte die Behörden ab, stundenlang stand sie an beim Wohnungsamt, nur um zu hören, dass es nichts gebe, für niemanden, dass sie froh sein solle über ihre Pritsche in der Kaserne, schließlich müssten andere auf der Straße schlafen. Doch damit wollte sie sich nicht zufriedengeben. Wieder wechselten einige Bernsteine den Besitzer, und Agnes erstand ein dunkelblaues Kleid, zu groß zwar, da sie so abgemagert war, aber durchaus vorzeigbar. Sie wusch sich sorgfältig, bürstete ihr Haar, bis es glänzte, kleidete sich an und machte sich dann auf den Weg. Vor dem Hotel Vier Jahreszeiten blieb sie stehen und sprach sich einen Augenblick lang Mut zu. Schließlich betrat sie die Eingangshalle und ging zum Empfang. »Ich möchte einen Verantwortlichen sprechen, bitte«, sagte sie zu dem britischen Soldaten, der dort stand.

»Verantwortlich? Für was?« Der Mann sah sie fragend an.

»Einen Verantwortlichen eben. Jemanden, der etwas zu sagen hat. Einen Offizier«, entgegnete Agnes.

Der Soldat lachte leise. »Das ist leider nicht möglich.«

»Warum? Hier ist doch Ihr Hauptquartier, oder?«

»Ja, aber Sie können nicht einfach so hereinkommen. Unsere Offiziere sind alle beschäftigt.«

»Dann warte ich.«

»Das wird nichts nützen. Es hat keiner Zeit für Sie.«

Agnes drehte sich um und setzte sich auf einen Sessel an einer kleinen Sitzgruppe, von der aus sie den Empfang gut im Blick behalten konnte. Sie wartete, mit durchgedrücktem Rücken, die Knie fest geschlossen, die Hände in ihren Schoß gelegt. Ab und an warf ihr der Soldat einen Blick zu und schüttelte belustigt den Kopf. Ansonsten beachtete sie keiner der umhereilenden Uniformierten. Nach fünf Stunden stand sie auf und ging erneut zum Empfang. »Auf Wiedersehen«, sagte sie zu dem Soldaten. »Morgen komme ich wieder.«

Vier Tage lang spielte sie dieses Spiel, am fünften kam, kaum dass sie ihre Position auf dem Sessel bezogen hatte, der Soldat auf sie zu. »Lieutenant Colonel Brighton wartet auf Sie. Folgen Sie mir.«

Agnes ging hinter dem Mann her, schweigend. Ihr Begleiter klopfte kurz an einer Tür, öffnete sie, ließ Agnes eintreten und ging. Sie befand sich in einem wohnzimmerähnlichen Raum, an der Längsseite stand ein Schreibtisch und hinter dem Schreibtisch ein Mann, mit dem Rücken zu ihr, der aus dem Fenster blickte.

Nun drehte er sich um, er war vielleicht vierzig Jahre alt, hatte schütteres braunes Haar und einen akkurat rasierten Schnauzbart. Zwischen seinen Augenbrauen war eine steile, tief eingegrabene Falte, er musterte sie unwillig. »Was wollen Sie?«, fragte er unfreundlich.

»Ich brauche Ihre Hilfe«, sagte Agnes ruhig. »Darf ich mich bitte setzen?«

Er deutete auf den Stuhl vor seinem Schreibtisch.

»Ich brauche eine Wohnung«, begann Agnes. »Für mich und meine Familie. Und wir benötigen neue Papiere. Wir haben auf der Flucht aus Ostpreußen alles verloren. Außerdem möchte ich einen Betrieb eröffnen. Wir sind Steinmetze. Auch dafür brauche ich sicher eine Genehmigung. Und eine Werkstatt, die suche ich auch.«

Der Lieutenant sah sie fassungslos an. »Soll ich Ihnen das alles noch auf dem Silbertablett servieren?«, fragte er dann.

»Nein, ich kann es bezahlen. Aber ich brauche Dokumente. Sonst kann ich kein neues Leben beginnen.«

Der Mann sprang auf, stützte sich mit den Händen auf dem Schreibtisch ab und beugte sich drohend vor. »Ein neues Leben beginnen?«, schnauzte er sie an. »Haben Sie sich schon einmal gefragt, wie viele Leben die Deutschen ausgelöscht haben? Was erlauben Sie sich! Und was glauben Sie, wer Sie sind, dass Sie Ansprüche stellen?«

Auch Agnes war nun aufgestanden. »Ich bin Agnes Weisgut«, sagte sie laut. »Ich komme aus Ostpreußen. Meine Urgroßmutter war Jüdin. Meine Eltern haben jahrelang in Angst gelebt. Mein Vater ist in Russland verschollen, meine Mutter an gebrochenem Herzen gestorben. Mein Mann, der ein verdammter Nazi war, ist im Krieg gefallen. Mein ältester Sohn ist auf der Flucht ertrunken. Und ich brauche neue Papiere.«

Für einen Moment schien die Zeit stillzustehen, und sie sahen sich nur an, der Lieutenant und die Ostpreußin, fast erwartete Agnes, dass er sie rausschmeißen würde. Stattdessen seufzte er tief und setzte sich wieder. »Haben Sie einen Nachweis für Ihre Herkunft?«

»Nein. Aber es wird sicher noch etwas geben. In Königsberg. Ich lüge Sie nicht an.« Agnes stand immer noch.

Der Lieutenant schaute zu ihr auf und nickte. »Kommen Sie in einer Woche wieder. Dann sehen wir weiter.«

Sechs Tage später saß Agnes erneut vor ihm. Er schob ihr ein Stück Papier und einen Füllfederhalter über den Tisch. »Notieren Sie bitte alle Mitglieder Ihrer Familie, auch das Geburtsdatum.«

Agnes tat, wie ihr geheißen. Den kleinen Gregor machte sie noch etwas jünger, damit es nicht auffiele. Sie zögerte kurz, und dann schrieb sie auch Grischas richtigen Namen dazu. Nachdenklich betrachtete der Lieutenant den Zettel. »Wer ist das?«, sagte er und tippte mit dem Stift auf Grischas Namen.

»Ein Ukrainer. Er hat während des Kriegs für mich gearbeitet. Als Steinmetz.«

»Ein Zwangsarbeiter?«

»Ja.«

»Und er ist mit Ihnen geflohen?«

»Ja.«

»Warum?«

»Weil er weder von den Nazis noch von den Sowjets umgebracht werden wollte. Er ist ein Nationalist und hat als Partisane gekämpft, bis die Deutschen ihn verhaftet haben.«

»Und er ist immer noch bei Ihnen?«

»Ja.«

»Er sollte aber in einem Lager sein. Für Displaced Persons.«

»Warum?«

»Damit er zurückgebracht werden kann in seine Heimat.«

»Das geht nicht. Die Russen werden ihn erschießen. Und ich brauche ihn. Er ist Steinmetz. Ohne ihn kann ich den Betrieb nicht führen.«

Der Lieutenant seufzte, tiefer noch als bei ihrer ersten Begegnung. »Okay. Ich kümmere mich um die Papiere. Wir sehen uns wieder.«

Agnes bedankte sich und wandte sich zum Gehen.

»Frau Weisgut?«

Sie drehte sich um.

»Wenn wir uns wiedersehen, gibt es keine neuen Familienmitglieder mehr. Haben wir uns verstanden?«

»Das haben wir«, sagte Agnes und lächelte.

Tatsächlich verschaffte Lieutenant Colonel Brighton ihnen alle erforderlichen Papiere. Sie bekamen auch trotz Zuzugssperre eine offizielle Aufenthaltsgenehmigung, da Grischa Handwerker war und sich auf Anraten ihres britischen Mentors beim Arbeitsamt für den Wiederaufbau der Stadt meldete. Eine Wohnung hatten sie nach wie vor nicht, aber zum Winter konnten sie in eine neu errichtete Siedlung von Nissenhütten an der Volksparkstraße ziehen. Das halbrunde Wellblechkonstrukt bestand aus nur einem Raum, den sie sich mit einer fünfköpfigen Hamburger Familie teilen mussten. Aber es war schon ein Fortschritt, fand Agnes.

Ihre neuen Mitbewohner, eine verhärmte Frau mittleren Alters mit drei halbwüchsigen Söhnen und zwei kleineren Töchtern, waren ihnen von Anfang an nicht wohlgesinnt. Der Winter war fürchterlich, und der Lieutenant hatte Agnes zum Einzug einen Sack Kohle vor die Tür stellen lassen. »Warum bekommt ihr Kohlen?«, fragte die Nachbarin.

»Es ist ein Geschenk«, erklärte Agnes und dachte, die Frau würde sich freuen, weil der kleine Ofen schließlich den gemeinsamen Raum heizte.

»Hast du was angefangen mit einem von diesen Briten?«

»Nein«, erwiderte Agnes und sah, dass die Frau ihr nicht glaubte.

»Er sieht ganz anders aus als seine Geschwister. Er ist so dunkel«, sagte die Nachbarin ein anderes Mal, als sie die Wolldecke, die das Zimmer trennte, einfach beiseitegeschoben hatte und Agnes beobachtete, wie sie Gregor wickelte.

»Er kommt mehr nach seiner Großmutter, die anderen nach ihrem Vater«, meinte Agnes schnell.

»Ach. Wo ist er denn, der Vater?«

»Mein Mann ist gefallen. In Russland. Und deiner?«

Die Nachbarin antwortete nicht.

Draußen an der Wasserpumpe schob sie Agnes einfach beiseite und drängte sich vor. »Die Deutschen zuerst, dann die Polen«, sagte sie.

»Ich komme aus Ostpreußen.«

»Sag ich doch, Polin. Und jetzt mach Platz.«

Natürlich gingen in der Siedlung die Läuse um, auch Karl und Martha erwischten sie. Agnes rasierte den beiden kurzerhand die Köpfe. Fast jede Familie war von der Plage betroffen, auch die Brut der Mitbewohnerin. »Das haben wir nur den Polacken zu verdanken«, krähte sie. »Das Dreckspack hat die Viecher angeschleppt.«

Agnes beschloss, die Frau zu ignorieren, was nahezu unmöglich war, da man zusammen hauste. War die Mitbewohnerin anwesend, so unterhielt sie sich nur flüsternd mit Grischa und den Kindern, damit sie nichts mitbekam. Doch an den leichten Bewegungen der Wolldecken konnte Agnes sehen, dass sie dahinter stand und lauschte.

Sie hatten zwei Pritschen in ihrem Teil des Raumes, eine links an der Wand, die andere rechts. Links schliefen Grischa und Karl, auf der anderen Seite Agnes und die Kleinen. Jede Nacht lugte die Frau durch den Vorhang, um zu kontrollieren, wer welchen Schlafplatz bezogen hatte. »Ich erwisch euch noch. Eines Tages erwisch ich euch!«, zischte sie manches Mal.

Agnes wusste, dass es sich nicht schickte, mit einem Mann das Zimmer, ja, das Leben zu teilen, mit dem sie nicht verheiratet war. Sie scherte sich nicht drum. Schließlich teile ich nicht das Bett mit ihm, fand sie und missachtete das kleine Sehnen, das sich bei dem Gedanken daran durch ihre Brust zog. Nach wie vor begegneten Grischa und sie sich nur freundschaftlich, eher wie Bruder und Schwester. Nur manchmal, wenn er aufmunternd ihre Schulter berührte oder flüchtig ihre Hand drückte, ahnte sie, dass da mehr sein könnte zwischen ihnen als bloße Kameradschaft. Doch sie verbot sich jegliches Gefühl. Es reichte, dass sie die »Polackin« war. Sie musste nicht auch noch ein »leichtes Mädchen« sein.

Tagsüber räumten sie die Trümmer weg, eine schier endlose Plackerei für einen Stundenlohn von etwa siebzig Pfennig. Jedoch schufteten sie nicht fürs Geld, sondern für die verdoppelte monatliche Fettration, die ihnen wegen der Arbeit zustand. Abends fielen sie erschöpft auf ihre Pritschen, immer mit knurrendem Magen. Hatte es während des Kriegs noch geheißen, dass niemand Hunger leiden müsse, machte nun ein neues geflügeltes Wort die Runde. »Niemand muss hungern, ohne zu frieren.«

Agnes konnte wenigstens Karl und Martha zur Schwedenspeisung des Roten Kreuzes schicken, wo sie täglich eine warme Suppe bekamen, oft sogar mit Fleischeinlage, die ihnen an der Ausgabestelle in ihre leeren Konservendosen geschöpft wurde und sofort aufgegessen werden musste. Von Zeit zu Zeit suchte sie Lieutenant Colonel Brighton auf, für ein Schwätzchen, wie sie vorgab. Nie verließ sie ihn ohne eine Schachtel britischer Zigaretten in ihrer Handtasche, die härteste Währung auf dem Schwarzmarkt.

Karl ging mit Grischa Kohlen klauen. Am Eilbeker Bahnhof standen die offenen Güterwaggons mit der kostbaren Fracht, der Junge kletterte auf die Tender und warf, so viel er in die kleinen Finger bekam, herunter, der Mann stopfte die Beute in einen Sack, und sie flohen, wenn die Militärpolizei anrückte. Auch schlugen sie heimlich Holz im Niendorfer Gehege, doch selbst hier lauerten die Briten und schossen in die Bäume, um die Diebe zu vertreiben.

Nach dem Hunger und der Kälte schlichen die Krankheiten in die Hütten, allen voran der Typhus, wie die Fliegen starben die entkräfteten Menschen. Auf den Baustellen sortierte Agnes brauchbare Steine aus, Grischa schaffte sie beiseite. Zuerst boten sie es in der Siedlung an – ein Grabmal gegen Butter, Eier oder Speck. Und bald kamen die Menschen auch von weiter her für das traurige Tauschgeschäft, schnell hatte sich herumgesprochen, wie gut Grischa arbeitete. »Sich am Leid der anderen bereichern«, schimpfte die Nachbarin. »Dass ihr euch nicht schämt!«

»Halt endlich dein Schandmaul«, entgegnete Agnes. »Du bist doch nur neidisch.«

Neidisch war nicht nur die Nachbarin, auch andere missgönnten ihnen ihre kleinen Erfolge und dass sie einigermaßen zurechtkamen, weil Agnes eine Meisterin im Organisieren war und Grischa so fleißig. Sie waren eben keine von hier, keine waschechten Hamburger, und das ließ man sie spüren. Da konnte Agnes die Kinder noch so drillen, anständiges Hochdeutsch zu sprechen – kein *Bowke*, kein *Pacheidel*, keine *Toffle* durfte es mehr geben –, sie blieben doch die aus dem Osten.

Das änderte sich auch nicht, als es langsam aufwärtsging für alle. Als sie endlich die Nissenhütte verlassen konnten und eine Mietwohnung bekamen in einem roten Backsteinbau, auf der Grenze zwischen Barmbek und Ohlsdorf, an der Fuhlsbüttler Straße. Auch die neuen Nachbarn sahen sie scheel an, diese Frau, die ihnen stets ein wenig zu stolz und unbeugsam vorkam, und diesen großen Mann, der so wildes schwarzes Haar hatte. Diese Kinder, vor allem der Kleinste, der so dunkel geraten war. Das Getuschel ging um, sobald sie eingezogen waren.

Aber wenigstens hatten sie nun eine Wohnung, in die sie sich zurückziehen konnten, winzig zwar, aber allein ihr Reich. Agnes begann sogleich mit dem Dekorieren, eine Ecke ihres einzigen Zimmers trennte sie durch einen Vorhang ab und bestimmte sie als Spiel- und Schlafstätte für die Kinder, sie besorgte Tisch und

Stühle, die sie vor die Kochnische stellte. »Unser Speisesaal«, sagte sie zu Grischa.

Anfangs schliefen sie auf dünnen Matratzen auf dem Boden, weil sie noch keine Betten hatten, Grischa links an der Wand und Agnes rechts. Und die Toilette draußen auf dem Flur mussten sie sich teilen mit der ganzen Etage. Trotzdem war sie zufrieden wie schon lange nicht mehr. Denn sie hatten nicht nur eine Wohnung, sie hatten auch wieder einen Betrieb. Ganz in der Nähe, beim Ohlsdorfer Friedhof, hatte Agnes ihn entdeckt und sofort Erkundigungen über die heruntergekommene Werkstatt eingezogen. Der alte Besitzer war in Frankreich durch eine Granate zu Tode gekommen und seine Tochter froh, aus dem simplen Steinverschlag nebst Inventar ein wenig Gewinn zu schlagen. Agnes war von ihrem Ersparten auch nach der Währungsreform genug übrig geblieben, um auch diese zweite Miete zu zahlen.

Ordnungsgemäß meldete sie ein Gewerbe an und dachte, sie würden damit durchkommen. Die ersten Wochen waren sie damit beschäftigt, die Werkstatt herzurichten, sodass man einigermaßen darin arbeiten konnte. Im Gerümpel fand Agnes eine große Holzplatte. »Steinmetzbetrieb Weisgut & Partner«, schrieb sie mit schwarzer Farbe auf weißem Grund darauf und stellte das provisorische Firmenschild gut sichtbar an den Eingang.

Nur einen Tag stand es dort, da hämmerte es schon am frühen Morgen an der schiefen Holztür, und ein bulliger Kerl erklärte ihnen, dass es genug Steinmetze rund um den Ohlsdorfer Friedhof gebe, sie ihre Sachen packen und gefälligst verschwinden sollten. »Konkurrenz belebt das Geschäft«, beschied Agnes ihm.

Eine Woche später bekamen sie erneut Besuch. Ein gewichtiger Mann, der sich als Abgesandter der Handwerkskammer vorstellte, begehrte den Meisterbrief zu sehen, und als sie keinen vorzeigen konnten, verfügte er, dass sie die Werkstatt binnen weniger Tage zu räumen hätten. »Da könnte ja sonst jeder kommen«, sagte er. »Wir lassen es nicht zu, dass das gute deutsche Handwerk von irgendwelchen ausländischen Subjekten infiltriert wird.«

Agnes machte sich sofort auf den Weg ins Vier Jahreszeiten. Als Lieutenant Colonel Brighton ihr grimmiges Gesicht sah, seufzte er schwer. »Sagen Sie bitte nicht, dass Sie schon wieder für irgendjemanden Ausweise brauchen«, meinte er matt.

»Diesmal verhält sich die Sache etwas anders«, begann Agnes und erzählte ihm von dem Vorgefallenen.

Der Lieutenant führte einige Telefonate auf Englisch, während derer seine Stirnfalte immer tiefer wurde. »Nun«, sagte er schließlich, »es ist kompliziert. Um es einfach zu machen: Sie brauchen einen Meister für Ihren Betrieb.«

»Mein Mann war doch Meister.«

»Aber Ihr Mann ist gefallen.« Er dachte einen Augenblick lang nach. »Ist der Tod Ihres Mannes offiziell bestätigt?«, fragte er dann.

»Ich … ich weiß nicht«, erwiderte Agnes. »Ich habe damals nur die Auskunft vom Ortsgruppenleiter bekommen.«

»Aber Sie haben Ihren Mann noch nicht für tot erklären lassen?«

»N-nein …«

»Das ist gut. Schlecht ist, dass Sie keine Unterlagen über den alten Betrieb haben.«

»Doch!«, sagte Agnes schnell. »Ich habe noch eine Vollmacht von ihm, dass ich die Werkstatt führen darf und zeichnungsberechtigt bin.«

Lieutenant Brighton sah sie streng an. »Haben Sie mir nicht erzählt, Sie hätten alles verloren, auf der Flucht?«

»Fast alles …«

»Manchmal habe ich den Eindruck, dass Sie mich anschwindeln …«

Agnes hüstelte verlegen. »Das könnte ich gar nicht«, beteuerte sie. »Wo Sie uns immer helfen und so gut zu uns sind.«

Auch dieses Mal fand der Brite eine Lösung. Agnes ging zuerst zum Deutschen Roten Kreuz, meldete Wilhelm als vermisst und stellte einen Suchantrag. Mit diesem Beleg und ihrer Vollmacht besorgte Brighton ihr eine Ausnahmegenehmigung für die neue Werkstatt. »Ihr Geschäftspartner muss seinen Meister machen. Sobald er den erlangt hat, können Sie Ihren Mann für tot erklären lassen, wenn Sie es denn möchten, und den Betrieb zusammen führen.«

Grischa war mit dieser Lösung nicht einverstanden, das konnte Agnes ihm an der Nasenspitze ansehen, aber sie hatten keine Wahl. »Es ist doch nur vorübergehend«, sagte sie. »Und du kannst dich auf mich verlassen. In drei Jahren gehört dir auch mit Brief und Siegel alles zur Hälfte.«

Als Agnes das Schild wieder an die Tür stellte, spürte sie, dass sie dabei beobachtet wurde. Sie drehte sich langsam um. Auf der gegenüberliegenden Straßenseite stand der bullige Kerl. »Ihr bekommt hier keinen Fuß auf den Boden!«, rief er ihr zu.

»Das werden wir ja sehen«, murmelte sie, lächelte ihm zu und unterdrückte die kindische Regung, ihre Zunge herauszustrecken.

Alle sahen es. Der Steinmetzbetrieb Weisgut & Partner machte die besten Preise und die schönsten Steine. Ja, er wurde von einem zweifelhaften Russen und seinem Liebchen geführt, aber die Leute mussten sparen, so schauten sie darüber hinweg. Und gestorben wurde in diesen Nachkriegsjahren ohnehin recht ordentlich, bald war das Auftragsbuch voll, und Agnes rieb sich die Hände.

Ab und an ließ sie sich beim Roten Kreuz blicken, pflichtschuldig, um sich über den Fortgang ihres Suchantrags zu erkundigen; wenn man mit den Schultern zuckte und um Geduld bat, heuchelte sie ein wenig Kummer. Einmal aber blieb sie stehen, zögerlich. »Kann ich noch etwas für Sie tun?«, fragte die müde Dame hinter dem Schreibtisch.

»Ich … ich möchte einen weiteren Antrag stellen«, sagte Agnes. »Es geht um meinen Vater.«

Vier Wochen dauerte es, bis sie einen Brief bekam. Man bedauerte, ihr mitteilen zu müssen, dass ihr Vater tot sei. Und dass wohl irgendeine Art von Fehler oder Irrtum vorliege, ihr Vater habe nie als vermisst gegolten, sein Tod sei den Behörden schon im Krieg hinlänglich bekannt gewesen. Er sei in Weißrussland gefallen, seine sterblichen Überreste von den Kameraden auf dem Feld begraben worden.

Agnes ließ den Brief sinken und setzte sich zitternd an den Tisch. Ihre Mutter hatte es damals gleich geahnt. Aber warum nur hatte Helmut Burdin es nicht gesagt? Hatte er es selbst nicht besser gewusst? Oder gar einen letzten Rest falsch verstandenen Anstands besessen und die Mutter schonen wollen?

Am Abend, als die Kinder hinter ihrem Vorhang verschwunden waren, sprach sie lange mit Grischa über die alten Zeiten, erzählte von ihren Eltern und was für ein feiner Mann ihr Vater gewesen war. Sie weinte um ihn und um die Mutter, und diese Tränen mischten sich mit jenen über Hermanns Verlust.

Grischa nahm sie in den Arm, sie barg ihr Gesicht an seiner Schulter, sie spürte seinen Halt, und neben ihrer Trauer gab es auch Geborgenheit. Als ihre Tränen versiegt waren, hob sie ihren Kopf. Sie küssten sich, das erste Mal, und Agnes fand, dass es aufregend und zugleich vertraut war.

Ihre Liebe musste gar nicht wachsen, sie war ja schon da gewesen, die ganze Zeit. Und nun, da sie es einander eingestanden, hatte Agnes das Gefühl, dass diese Liebe selbstverständlich, dass sie richtig war.

Vor den Nachbarn – und auch vor den Kindern – hielten sie ihr Verhältnis verborgen, so gut es eben ging. Sie berührten sich nicht in der Öffentlichkeit oder solange die Kinder wach waren, sie waren sachlich miteinander und warfen sich höchstens verstohlene Blicke zu. Dafür gehörten die Nächte ihnen, Stunden in der Dunkelheit, in denen sie sich alles sagten und in denen Agnes erstaunt feststellte, dass das Liebemachen auch für Frauen tatsächlich wunderbar sein konnte.

Und Pläne schmiedeten sie für ihre Zukunft. Grischa sollte seinen Meister machen, und dann würde Agnes Wilhelm für tot erklären lassen. Sie würden heiraten in aller Stille und in einen anderen Stadtteil ziehen, wo sie keiner kannte und es kein Gerede gab. Sie würden nichts mehr verbergen müssen. Sie würden ein ganz normales Ehepaar sein.

Nun war es endlich so weit. Seit einem halben Jahr hatte Grischa seinen Meisterbrief in der Tasche. Er hatte sie gedrängt, sofort den Betrieb in Ohlsdorf zu schließen, noch bevor sie etwas anderes gefunden hatten. Agnes hatte kategorisch abgelehnt. »Das ist nicht klug«, hatte sie zu Grischa gesagt. »Wir werden erst unsere Aufträge abarbeiten und in dieser Zeit einen neuen Standort finden. Auf die paar Tage kommt es nun wirklich nicht mehr an.«

Grischa hatte widerwillig zugestimmt. Aus den paar Tagen waren ein paar Monate geworden, in denen seine Laune stetig sank. Dann hatte Agnes das perfekte Haus gefunden, eine alte Villa in Niendorf mit ausreichend Grund und Boden und in der Nähe des Neuen Friedhofs. Der Bau war in keinem guten Zustand, zugegeben, aber der Besitzer, ein freundliches altes Männchen hoch in den Achtzigern, wollte ihnen mit dem Preis gehörig entgegenkommen, wenn sie ihm eine Leibrente zahlten.

Und nun war auch der Antrag eingereicht. »Du kannst ja schon einmal anfangen zu packen«, sagte Agnes lachend zu Grischa, als er sich vom Tisch erhob.

Er lächelte. »Jetzt ich gehe arbeiten«, erwiderte er und drückte sie fest zum Abschied. »Bis nachher.«

Fröhlich klapperte Agnes mit dem Geschirr, setzte die Kartoffeln auf und deckte den Mittagstisch. Kurz darauf stürmten schon die Kinder herein. »Wie eine Horde Elefanten«, schimpfte sie halbherzig, zauste allen durch die Haare und schickte sie zum Händewaschen. Als sie am Tisch saßen, redeten sie durcheinander, und Agnes musste sie mehrmals ermahnen, nicht mit vollem Mund zu sprechen. Nach dem Essen beugten sie sich über ihre Hausaufgaben, und sie widmete sich dem Abwasch.

»Mama, darf ich aufstehen?«, fragte Karl »Ich muss mal.«

»Geh nur«, sagte sie. »Aber trödel nicht und verschwinde nicht auf dem Hof zum Spielen. Erst die Algebra!«

Karl nickte und flitzte. Es dauerte, bis er wiederkam, Agnes hatte ihn schon im Verdacht, der Versuchung eines Fußballspiels erlegen zu sein. Doch plötzlich stand er wieder im Zimmer.

»Karl, jetzt setz dich schon. Sonst wirst du nie fertig.«

»Mama, da ist ein Mann«, flüsterte er und wirkte ängstlich dabei, ihr großer Junge, der sie schon fast um einen Kopf überragte. »Vor unserer Tür. Der will dich sprechen.«

»Ich habe dir schon tausendmal gesagt, du sollst keine Fremden ins Haus lassen!«, sagte Agnes unwirsch.

»Ich habe ihn nicht hereingelassen. Er stand schon auf der Treppe. So als ob er auf etwas wartet.«

Agnes trocknete sich die Hände ab und ging zur Wohnungstür. Sie öffnete sie einen Spalt und lugte hinaus, in der Erwartung, einen Hausierer abwimmeln zu müssen. Eine gebeugte, ausgemergelte Gestalt trat hervor, schäbig gekleidet, mit einem noch schäbigeren Rucksack in der Hand. »Guten Tag, Agnes«, sagte die Gestalt mit einer vertrauten Stimme. »Ich bin wieder da.«

Ihr Verstand weigerte sich zu begreifen, was sie sah.

»Willst du mich nicht hereinbitten – in unser neues Zuhause?«, fragte Wilhelm, ihr Mann, während er sie beiseiteschob, um einzutreten.

HAMBURG, MAI 2008

»Ich habe Schuld auf mich geladen«, sagte Agnes und blickte sie an, ihre Familie, jeden Einzelnen von ihnen.

In die gute Stube hatte sie gebeten, jenen Raum, der besonderen Anlässen vorbehalten war und den sie im Alltag selten betrat. Höchstens um Staub zu wischen und die Überdecken auf den Polstern zurechtzuzupfen, damit sie auch ja nicht ausblichen vom Licht, das durch die Fenster fiel. Alle Möbelstücke waren schwer und dunkel, unbequem und viele Jahrzehnte alt; sie rochen seltsam, nach Politur und Vergangenheit. Doch sahen sie aus wie neu, da sie so gut wie nie benutzt worden waren.

Und hier saßen sie nun vor ihr und rutschten ungemütlich auf den harten Stühlen und Sesseln hin und her. Ihre Söhne Karl und Klaus, jeweils in einer anderen Ecke des Zimmers und einander verbissen ignorierend; Klaus denkbar schlecht gelaunt und ahnungslos, Karl angespannt, fast ängstlich wirkend.

Ihre Tochter Martha, in der Mitte, summend und mit den Beinen wippend. Daneben ihr Sohn Gregor, ruhig und gleichmütig, wie es seiner Art entsprach.

Links von Martha ihre Enkelkinder Birte und Bosse, die ihren Blick neugierig erwiderten, etwas abseits daneben Peter, die Augen auf den Boden geheftet. Dahinter in zweiter Reihe, wo sie hingehörten, Anna, Birgit mit den Kindern und natürlich Thomas.

»Heute will ich euch von meiner Schuld erzählen«, fuhr Agnes fort. »Und dass ihr es gleich wisst: Ihr sollt mir nicht vergeben, ich brauche keine Vergebung. Aber ihr sollt verstehen. Nicht mehr und nicht weniger.«

Sie schwieg, es kostete sie Überwindung, weiterzusprechen, jetzt, da es so weit war. Ihr Mund war plötzlich trocken, sie nahm einen Schluck Wasser aus dem Glas, das vor ihr stand. Ihre Augen suchten einen Punkt an der gegenüberliegenden Wand, den sie fixieren konnten. Als sie ihn gefunden hatte, wandte sie ihren Blick nicht mehr davon ab, spürte aber, dass die anderen sie fragend anblickten. So begann sie endlich zu erzählen.

»Ich war noch keine achtzehn Jahre alt«, sagte sie. »Ein flatterhaftes Ding mit Tausend Flausen im Kopf. Was ich alles vorhatte! Was ich alles werden wollte! Das könnt ihr euch gar nicht vorstellen …« Sie brach ab und lachte leise. Die Anwesenden entspannten sich etwas ob dieses heiteren Einstiegs. Auch das konnte sie förmlich spüren. Dann fuhr sie fort. Und dann lachte keiner mehr.

Vor zwei Tagen war Martha zu ihr gekommen. Martha, ihr Mädchen. Birte brachte sie und kam auch noch mit nach oben, in Agnes' Küche. Abwartend hatte sie sich an die Vitrine gelehnt, mit ihrem undurchdringlichen Gesichtsausdruck, so als könnte sie ihre Mutter nicht alleine lassen.

»Ich danke dir«, sagte Agnes zu ihr, und Birte sah sie erstaunt an, es kam nicht oft vor, dass Agnes sich bedankte. »Aber jetzt kannst du gerne gehen. Du hast bestimmt noch zu tun. Und wir haben viel zu besprechen. Stimmt's, Martha?« Sie blinzelte ihrer Tochter zu, und die erwiderte tatsächlich ihr Zwinkern.

Birte stieß sich von der Vitrine ab. »Na dann«, meinte sie. »Ich hol dich heute Abend wieder ab, Martha.« Sie polterte die Treppe hinunter, es klang beleidigt.

Martha hatte sich schon an den Küchentisch gesetzt, wie ein erwartungsvolles Kind ganz vorn auf die Stuhlkante, wackelte mit den Knien und summte eine Melodie. Agnes erkannte sie sofort. Das *Ännchen.*

»Ich mache uns erst mal einen Kaffee«, sagte Agnes, stand auf und füllte die Kanne mit Wasser, hantierte mit Kaffeepulver, Tassen, Milch und Zucker. »Und?«, fragte sie beiläufig. »Gefällt es dir bei Birte?«

»Oh ja!« Martha strahlte. »Birte ist ein gutes Mädchen. Und sie ist immer so fleißig und ordentlich.«

Agnes lächelte. »Ja, das ist sie. Du kannst stolz sein auf deine Tochter.«

»Und sie ist so hübsch. Warum hat sie keinen Mann? Peter hat ja auch eine Frau.«

Agnes räusperte sich und beschloss, das Thema zu wechseln. »So ist halt manchmal das Leben. Aber erzähl doch mal, hast du schon etwas von Hamburg gesehen?«

»Ich bin an der Alster spazieren gegangen. Und Birte war mit mir am Jungfernstieg, einkaufen. Im Stadtpark waren wir auch.«

»Sehr schön. Und es gibt noch mehr zu entdecken …«

»Vielleicht«, sagte Martha. »Aber wir haben nicht mehr so viel Zeit. Wir müssen nach Hause fahren. Oder kommst du etwa nicht mit?«

»Du hast meine Notizbücher gelesen«, stellte Agnes fest, statt die Frage zu beantworten.

»Ja. Ich weiß, was du getan hast. Und Karl.«

Ruhig schaltete Agnes die Maschine an, ruhig drehte sie sich um und setzte sich wieder zu ihrer Tochter. »Ich musste es tun, Martha. Ich musste euch beschützen.«

»Ja. Aber es hat die Dinge durcheinandergebracht, in meinem Kopf.«

»Ich weiß, mein Kind. Aber ich konnte doch nicht ahnen, dass du …« Agnes brach ab und fasste nach Marthas Hand. Einen Moment lang lauschten sie beide dem Blubbern der Kaffeemaschine.

»Gregor hast du damals nicht beschützt.«

»Doch, das habe ich, Martha. Und ich habe mich all die Jahre um ihn gekümmert, soweit es in meiner Macht stand. Genau wie um dich. Ich habe ihn nach Hause geholt, als ich es konnte. Und ich habe es ertragen, dass er wieder fortgegangen ist. Genau wie ich es ertragen habe, dass du fortgegangen bist.« Agnes merkte, dass sie böse geklungen hatte, und es tat ihr leid.

»Ich musste fortgehen«, sagte Martha trotzig.

»Das weiß ich doch. Ich wollte dir keinen Vorwurf machen.«

Martha nickte. »Ich musste fortgehen«, wiederholte sie, nun sanfter. »Da waren die Stimmen. Und da war Thomas. Thomas ist böse.«

Agnes seufzte. »Ich habe einen Fehler gemacht, Martha. Du hättest ihn niemals heiraten dürfen. Ich habe nicht gesehen, wie er wirklich war. Thomas ist ein schwacher Mann. Und dass er sich nicht durchsetzen konnte, dass er nichts zu sagen hatte, das hat ihn innerlich aufgefressen.«

»Warum hast du ihn nicht weggeschickt?«

»Ich weiß es nicht. Ich habe einfach den richtigen Zeitpunkt verpasst. Und plötzlich warst du verschwunden. Da konnte ich es nicht mehr. Peter hat seinen Vater gebraucht.«

»Schick ihn jetzt weg!« Martha sah Agnes bittend an.

»Er ist ein alter, gebrochener Mann, der niemandem mehr etwas tun kann. Auch dir nicht. Und wo sollte er denn hin?«

»Schick ihn weg«, beharrte Martha.

»Nein. Das würde Peter auch nicht zulassen.«

»Ist Peter wie Thomas?«, fragte Martha.

Agnes dachte über diese Frage nach. »Nein, aber Peter ist anders als Birte«, sagte sie schließlich. »Vielleicht hat er die Schwäche seines Vaters geerbt, das mag sein. Und als Kind, da … da hat er eine Dummheit begangen …«

Agnes verstummte und überlegte, ob sie es Martha erzählen konnte, ob Martha es wohl verstand. Sie hatte nicht vorgehabt, es jemals irgendjemandem zu erzählen. Es war ein Geheimnis, das zumindest sie mit ins Grab nehmen wollte. Und stand es ihr überhaupt zu, es zu verraten? War es nicht Peters Angelegenheit, ganz allein?

»Kinder machen dumme Sachen«, sagte Martha in ihr Schweigen. »Erwachsene auch.«

Genauso ist es, dachte Agnes und sprach weiter. Davon, dass Astrid gestorben war, damals in dem Winter, nachdem Martha fortgegangen war. Dass sie elendig erfroren war und sich niemand erklären konnte, was sie im Schneesturm in dieses verdammte Iglu getrieben hatte. Dass Anna nicht glauben wollte, dass es ein Unfall war. Und dass auch sie selbst von einer Ahnung geplagt wurde.

Und dann hatte Peter sich so sehr verändert. Es war, als hätte das Kind jeglichen Halt verloren. Als wäre es über einen Abgrund getreten und würde immer und immer tiefer fallen. Sie hatte versucht, mit ihm zu reden, sie hatte ihm auf den Kopf zugesagt, dass etwas nicht stimmte. Er hatte sich verweigert, bockig, stumm, steinern. Schließlich hatte sie ihn in diese Anstalt bringen müssen, um ihn wenigstens von der Sauferei zu kurieren. Und als sie ihn dort besuchte, war es schließlich aus ihm herausgebrochen.

Wie er mit Astrid in der Silvesternacht heimlich draußen geblieben war. Wie wütend er auf sie war, weil sie ihn vorher schon getriezt hatte und dann noch seine Mütze klaute und davonlief. Und er hinter ihr her, aber natürlich war sie schneller gewesen, und das hatte ihn noch mehr gewurmt. Die tolle Astrid, so klug, so sportlich, so begabt. So wie er niemals sein würde.

Hinten auf der Wiese hatte er sie endlich eingeholt. Er sah gerade noch, wie sie seine Mütze ins Iglu warf und den Eingang schnell mit Schnee zuschaufelte. Als er herankeuchte, hatte sie ihn ausgelacht. Er war so voller Zorn gewesen, dass er weinen musste. Da hatte es ihr wohl leidgetan, sie hatte den Eingang wieder frei gebuddelt und war in das eisige Loch gekrochen, um ihm die Mütze zurückzugeben. Und er hatte gegen das Iglu getreten, wieder und wieder.

Auf einmal war etwas ins Rutschen geraten, die Quader hatten sich voreinander geschoben, sodass der Eingang versperrt war. Er hatte sich noch auf die Knie fallen lassen und angefangen zu graben und an den Schneesteinen zu rütteln. Von drinnen hatte Astrid geschrien wie am Spieß. »Mach doch was! Mach doch endlich was, du blödes, kleines Arschloch!«, schrie sie. »Warte, bis ich hier rauskomme. Dann kannst du richtig was erleben!«

Er war einfach weggegangen, zurück ins Haus. Sollte die dumme Schnepfe doch alleine graben, die konnte doch sowieso immer alles besser!

Als sie nicht kam, hatte er Angst gekriegt. Aber er hatte nichts gesagt, weil er noch mehr Angst davor hatte, ausgeschimpft zu werden und Schläge zu kassieren von seinem Vater. Deshalb hatte er sich eingeredet, dass seine Cousine sich nur versteckte, irgendwo im Haus, und ihn damit noch weiter ärgern wollte.

Und dann war es zu spät gewesen, um etwas zu sagen.

»Das war eine große Dummheit«, meinte Martha.

»Ja«, erwiderte Agnes und fühlte einen leichten Schwindel. »Aber Peter war noch ein Kind. Er hatte es nicht mit Absicht getan. Es war einfach ein großes, fürchterliches Unglück. Und deshalb weiß es auch keiner. Außer mir.«

»Klaus kann Peter verzeihen. Immer noch«, sagte Martha.

»Ach, Martha, mein Mädchen, Peter hat seinen Platz gefunden im Leben, und das war schwer genug für ihn. Jetzt hat er seine Birgit und die Kinder, und es geht ihm gut. Und genau so soll es bleiben. Und deshalb wirst auch du mit niemandem darüber sprechen. Niemals. Hast du das verstanden?«

»Ja«, sagte Martha. »Und Birte? Hat sie auch ihren Platz gefunden?«

Agnes schluckte und antwortete nicht. Schnell stand sie auf, um den Kaffee zu holen, der sicher schon bitter geworden war. Sie schwankte, der Schwindel hatte sich verstärkt, und sackte auf ihren Stuhl zurück.

»Bist du krank, Mama?«

»Nein«, seufzte Agnes. »Nur alt. Und ein wenig müde vielleicht.«

»Wir sollten nach Hause fahren. Dann kannst du dich ausruhen.«

»Ja«, sagte Agnes, »das sollten wir. Hab noch ein wenig Geduld, mein Mädchen. Wir fahren bald.«

Agnes wusste, dass Gregor alles vorbereitet hatte. Gregor, ihr verlorener Sohn, den sie genommen und den sie weggegeben hatte. Bei Fremden war er aufgewachsen, in einem fremden Land. Auch das hatte sie sich bis heute nicht verziehen, dass sie ihn nicht rechtzeitig zurückgeholt hatte. Dass sie gewartet hatte, und als sie endlich ihre Entscheidung fällte, war es zu spät gewesen.

Doch Gregor hatte auch Glück gehabt. Die Fremden waren gut zu ihm gewesen und hatten ihn aufgenommen wie ihr Kind. Und immer hatten sie Agnes geschrieben und berichtet von ihm, sodass sie sich ein Bild machen konnte von ihrem Sohn. Als er älter wurde, hatte er selbst geschrieben, in diesem merkwürdigen Deutsch, das über die Jahre stetig schlechter wurde. Trotzdem hatten sie einander verstanden und waren sich nah gewesen.

Nur seine Brüder hatten ihn nicht verstanden und nicht mehr erkannt, als er zurückkam. Vielleicht wollten sie ihn nicht mehr erkennen, weil sie Angst hatten, dass er ihnen wegnahm, was ihnen zustand. Dabei stand es auch Gregor zu, und es war genug für alle da. Dafür hatte Agnes gesorgt.

Also war Gregor erneut gegangen, viel zu stolz war er gewesen, um die Missachtung der Brüder zu ertragen. Agnes hatte es Karl und Klaus nicht verziehen, dass sie ihn vertrieben hatten, den Sohn, der nicht ihr leiblicher war, aber den sie so sehr liebte, weil er sie an ihre Zeit mit Grischa erinnerte, eine Zeit des Glücks.

Gregor jedoch trug seinen Brüdern nichts nach. Auch der Mutter nicht, die nicht seine leibliche war, aber die er so sehr liebte, weil sie ihn einst gerettet und niemals vergessen hatte. Und deshalb war er zurück in die Heimat gefahren und hatte alles vorbereitet für Agnes' Rückkehr. Nun war es fast so weit.

Zwei Stunden hatte sie zu ihrer Familie gesprochen. Fast ohne Pause, nur manchmal hatte sie trinken müssen, weil ihre Kehle so kratzte und die Stimme versagte. Die Wahrheit hatte sie ihnen erzählt, ihre Wahrheit. Wie sie zu der wurde, die sie heute war. Wie alles begonnen hatte und wo ihr Ursprung lag. Ihrer aller Ursprung.

Sie hatte ihnen erzählt von all ihren Fehlern, von all dem Leid und den Toten. Stumm hatten sie dagesessen, fast regungslos, und die Geschichte über sich ergehen lassen.

»Ich wollte, dass ihr versteht, wer ihr seid«, sagte Agnes. »Damit ich meinen Frieden machen kann.« Sie fühlte, wie der Schwindel, den sie die ganze Zeit in Schach gehalten hatte, erbarmungslos in ihr hochkroch. Noch immer gab keiner einen Laut von sich. Sie löste ihre Augen von dem Punkt an der Wand und schaute reihum.

Karl hielt seinen Kopf gesenkt, die Schultern gebeugt, unablässig knetete er seine Hände. Klaus hatte sich sehr gerade aufgerichtet und starrte über die Köpfe der anderen hinweg auf seinen Bruder. Fassungslosigkeit lag in seinem Blick, aber auch Mitleid.

Gregors Kopf war zum Fenster gewandt, als gäbe es draußen etwas Besonderes zu beobachten. Er griff nach Marthas Hand, die wieder zu summen begonnen hatte, ihre Beine waren nun still.

Auch in der hintersten Reihe tat keiner einen Mucks oder eine Regung, wie Statisten warteten sie darauf, dass einer der Hauptdarsteller sich rührte und ihnen vielleicht ein Stichwort lieferte.

Peter atmete so schnell, als hätte er einen Dauerlauf hinter sich, auf seiner Stirn glänzte der Schweiß. Und Bosse saß einfach nur da, mit geöffnetem Mund und geweiteten Augen, in denen es verdächtig glänzte.

Erst zum Schluss wandte sich Agnes ihrer Enkelin zu, der Protagonistin im vorerst letzten Kapitel ihrer Geschichte. Und sie sah in Birtes Gesicht genau das, was sie erwartet hatte. Unglauben, Wut, Trauer. Sie sah das Verstehen in Birtes Augen, nicht das Verzeihen.

HAMBURG, OKTOBER 2001

Gemeinsam, fast Schulter an Schulter, gingen sie die Treppe hinunter, die aus dem Amtsgericht am Sievekingplatz ins Freie führte. Draußen auf dem Bürgersteig gaben sie sich förmlich die Hand. »Ich wünsche dir alles Gute«, sagte Birte hölzern.

»Das weiß ich«, meinte Carsten und schaute sie forschend an. »Ich wünsche mir, dass du endlich glücklich wirst. Und ich glaube immer noch daran, dass wir es gemeinsam werden könnten, wenn du nur …«

»Lass es gut sein«, unterbrach sie ihn.

Er zog die Schultern hoch, nickte ihr noch einmal zu, und dann ging er. Birte schaute ihm nach, dem Mann, der seit zehn Minuten ihr Exmann war. Sie merkte erst, dass sie zu weinen begonnen hatte, als eine Träne auf ihre Hand tropfte. Wie ein Kind wischte sie sich mit dem Ärmel über die Augen und auch den Rotz von der Nase, ging um das Gebäude herum auf den Parkplatz, stieg ins Auto und fuhr direkt ins Büro.

Hinten in der kleinen Küchenzeile brühte sie sich einen starken Kaffee auf und goss sich einen Cognac ein. Sie stellte sich ins Bad und prostete ihrem Spiegelbild zu. »Scheiß auf die Liebe!«, sagte sie laut.

Sie hörte das leise Klacken der Eingangstür, entfernte mit einem Kleenex schnell die schwarzen Ränder unter ihren Augen setzte ein gewinnendes Lächeln auf und ging nach vorn. Dort stand Großmutter, auf ihren Stock gelehnt. »Und?«, fragte Agnes. »Wie ist es gelaufen?«

»Problemlos«, meinte Birte knapp.

»Wie geht es dir?«

»Ich komm schon klar, mach dir mal keine Sorgen.«

»Er war nicht der Richtige für dich«, sagte Agnes. »Es ist

besser so, glaub mir.« Wie zur Bestätigung stieß sie ihren Stock mehrmals auf den Boden und verschwand.

Nein, Carsten hatte überhaupt nicht ihrem Beuteschema entsprochen. Er war kein südländischer Typ und trug auch keine Maßanzüge. Er war ein Hamburger Jung mit hellbraunen Haaren und blauen Augen, groß und dünn, seine Haltung ein ewiges Fragezeichen. Anfänglich hatte er sie an Bosse erinnert.

Er war ihr sozusagen vor die Füße, besser gesagt vor die Reifen gefallen, eines Tages, als sie in ihrem Audi TT um die Ecke bog. Wie aus dem Nichts war plötzlich dieser Fahrradfahrer aufgetaucht, hatte noch zu bremsen versucht und dann einen Satz quer über ihre Motorhaube gemacht. Erschrocken hatte sie angehalten und die Autotür geöffnet. Und da lag er, direkt vor ihr auf der Straße, rieb sich mit verzerrtem Gesicht den Arm. »Alter Schwede, du fährst ja einen ganz schönen Stiefel!«

»Sind Sie verletzt? Soll ich einen Krankenwagen rufen?«, hatte sie gefragt, irritiert, weil er sie sofort duzte.

»Nee, geht schon. Aber weißt du was? Einen Kaffee und einen Cognac könnte ich auf den Schreck gut vertragen. Du zahlst.«

Also hatte sie ihn ins nächste Café eingeladen, diesen merkwürdigen Typen in seinem groß karierten Flanellhemd, erleichtert darüber, dass ihm weiter nichts passiert war und er nicht die Polizei gerufen hatte. Sie hatten eine halbe Stunde geplaudert, über lauter Belanglosigkeiten, dann hatte Birte einen Termin vorgeschoben, um aufbrechen zu können. Zum Abschied hatte sie ihm ihre Karte in die Hand gedrückt. »Falls noch etwas sein sollte«, hatte sie gesagt. »Ein Schaden am Fahrrad oder so. Ich komme natürlich dafür auf.«

»Alles klar. Ich meld mich bei dir«, hatte er erwidert und ihr fröhlich nachgewinkt.

Eine Woche später rief er sie an. »Rad läuft wieder«, erklärte er. »Nix Dramatisches, nur ein paar neue Speichen. Ich bin ja kein großer Freund von Bargeldtransfers. Was hältst du davon, wenn wir einfach zusammen essen gehen, und dann sind wir quitt?«

Sie stimmte zu, widerwillig zwar, aber mit dem Gefühl, dass sie es ihm schuldig war.

»Prima!«, sagte er. »Ich such uns mal was Schönes und geb dir dann Bescheid.«

Eigentlich erwartete sie, dass er irgendeine schäbige Pizzeria vorschlug oder eine stillose Gastro-Kneipe. Stattdessen schickte er eine SMS: »Übermorgen, 20 Uhr im Nil. Ich freu mich.«

Das Nil war schick, sie aß gerne dort. Das werden aber verdammt teure Speichen, dachte sie und wunderte sich über seinen guten Geschmack.

Zwei Tage später schlüpfte sie in ein kleines Schwarzes, nicht um den Holzfäller zu beeindrucken, sondern weil sie im Nil auf Kundschaft treffen könnte, und machte sich auf den Weg. Langsam schritt sie durch das Restaurant, Ausschau haltend nach großen bunten Karos, da hörte sie ihn oben von der Empore ihren Namen rufen. Sie ging die Treppe hoch und stellte angenehm überrascht fest, dass auch er sich in Schale werfen konnte.

Zum Aperitif bestellte er Champagner und wählte einfach für sie beide das Vier-Gänge-Menü aus. In Gedanken rechnete Birte schon die Zeche zusammen und bekam schlechte Laune. »Du scheinst zu wissen, was gut ist«, sagte sie trocken zu ihm.

»Klar!« Er strahlte sie an. »Nur das Beste für den kleinen Carsten. Das hat meine Mutter immer gesagt. Ich weiß, der Laden ist ein bisschen snobby und die Klientel mehr so na ja, aber das Essen ist fantastisch, wirst schon sehen.«

»Ich kenne ›den Laden‹«, sagte Birte gedehnt, die sich hier durchaus zur Klientel zählte. »Trotzdem, danke für den Hinweis.«

Während des Essens fragte er sie aus. Was sie beruflich mache, wo sie wohne, ob sie alleine lebe und so weiter. Sie antwortete einsilbig, sie hatte nicht vor, allzu viel von sich preiszugeben, schließlich würde sie diesen unverschämten Kerl mit etwas Glück nie wiedersehen. »Du bist nicht gerade gesprächig«, seufzte er beim Dessert.

»Ist nicht meine Art«, meinte Birte. »Ich lass dann mal die Rechnung kommen.«

»Nehmen wir noch einen Absacker?«

»Nee, ich muss morgen früh raus.«

Die Kellnerin kam, er nahm ihr die Rechnung aus der Hand und schob seine Kreditkarte über den Tisch. Als er Birtes verwunderten Gesichtsausdruck sah, lachte er sie aus. »Was hast du denn gedacht? Dass ich mich von dir einladen lasse? Der kleine Carsten ist von seiner Mutter auch außergewöhnlich gut erzogen worden und weiß, was sich gehört.«

»Ich glaub, ein Absacker geht noch«, sagte Birte grinsend.

Fürchterlich abgestürzt waren sie in dieser ersten Nacht, von Bar zu Bar gezogen, bis sie beide kaum noch laufen konnten. Irgendwann setzte Carsten sie in ein Taxi. »Du hast genug. Ich ruf dich an.«

Und das tat er, gleich am nächsten Tag.

So hatte es angefangen mit ihr und Carsten. Birte stellte schnell fest, dass seine Ähnlichkeit zu Bosse wirklich nur rein äußerlich war. Carsten wusste genau, was er wollte. Nach dem Abitur hatte er eine Tischlerlehre begonnen und danach Architektur studiert. Mit einem Studienfreund hatte er sich nach kurzer Zeit in einer Festanstellung selbstständig gemacht, die ersten Jahre waren hart gewesen, wie er erzählte, aber sie hatten es geschafft und sich einen Namen erworben.

Birte hatte sich vorgestellt, dass er sicherlich in einem cleanen, teuren Loft wohnen würde, mit Sprossenfenstern, hohen Decken, Betonfußboden und nur wenig Möbeln, irgendwo in Ottensen oder Altona. Als er sie das erste Mal zu sich einlud, musste sie mit der Fähre nach Finkenwerder übersetzen. Carsten holte sie am Anleger ab und deutete auf den Gepäckträger seines Fahrrads.

Sie kam sich ein bisschen vor wie ein Kind in den Ferien, dahinten auf dem Rad, auch die Umgebung war danach mit ihren hutzeligen Fachwerkhäuschen und sattgrünen Weiden. Vor einer besonders windschiefen Kate, direkt an einem kleinen Kanal gelegen, hielt er an.

Beim Eintreten musste Birte den Kopf einziehen, drinnen herrschte eine heimelige Unordnung. Designstücke konkurrierten um den Platz mit Flohmarktmobiliar, Zeitschriftenstapel lagen im Weg und auch Scheite für den Kamin, es war eng und dämmrig und roch nach gutem Holz. Birte ließ sich auf einen Ohrensessel plumpsen und fühlte sich geborgen und zuhause.

Dieses Gefühl stellte sich immer ein, wenn sie in Carstens Nähe war. Es dauerte eine Weile, bis sie sich eingestand, dass sie sich verliebt hatte. Nicht Hals über Kopf wie früher, sondern nach und nach, je besser sie diesen Mann kennenlernte, der so geerdet war und so robust, so wenig elitär und abgehoben, so klar und so verlässlich.

Auch Bosse mochte ihn, die beiden verstanden sich auf Anhieb. »Mensch, Birte, Volltreffer!«, meinte ihr Cousin. »Endlich mal nicht so ein oberflächlicher Vollidiot. Versau das bloß nicht.«

»Hab ich nicht vor, du Arsch«, sagte sie und glaubte fest daran, dass es diesmal etwas werden könnte mit ihr und dem Glück. Sie erzählte sogar Agnes von Carsten.

»Ich hatte mir so etwas gedacht«, sagte ihre Großmutter und lächelte eines ihrer seltenen, liebevollen Lächeln. »Du hast dich verändert in letzter Zeit. Er scheint dir gutzutun, dieser Carsten.« Das war ohne Zweifel ein Ritterschlag, da Agnes vorher noch nie mit einem von Birtes Männern einverstanden gewesen war, und Vorschusslorbeeren waren es obendrauf, weil sie Carsten noch gar nicht kannte.

Er stellte Birte seinen Eltern vor, ein gemütliches Ehepaar, das in einer kleinen Altbauvilla in der Wrangelstraße auf der Hoheluft lebte. Birte fand die beiden reizend, besonders, weil sie so liebevoll und warmherzig miteinander umgingen. Das war etwas, was sie aus ihrer Familie nicht kannte.

»Wann lerne ich denn deine Mischpoke kennen?«, fragte Carsten irgendwann.

»Bosse kennst du doch«, sagte Birte ausweichend.

»Klar, aber was ist mit den anderen? Dein Vater? Dein Bruder? Und diese sagenumwobene Agnes? Auf die bin ich echt neugierig.«

Carsten kannte Birtes Biografie, dass ihre Mutter abgehauen, ihr Vater ein Totalausfall und ihr Bruder reichlich komisch war. Sie hatte ihm alles erzählt und hoffte, dass er nicht urteilen würde, dass er sie um ihrer selbst willen liebte. Sogar von ihrer Kotzerei wusste er, von ihren Therapien und der ihr attestierten Bindungsunfähigkeit. Trotzdem wollte er sie haben, was Birte ganz erstaunlich fand. Als er ihr einen Antrag machte, sagte sie Ja.

Sie lud Carsten und sich in ihr Elternhaus zum Kaffee ein. Tatsächlich ging alles gut. Birgit, gerade zum zweiten Mal schwanger, hatte Kuchen gebacken, Peter war für seine Verhältnisse recht aufgeräumt gewesen, ihr Vater hatte ein frisches Hemd angezogen. Und Carsten hatte, wie es seine Art war, völlig unbefangen drauflosgeredet.

»Ich weiß gar nicht, was du hast«, sagte er hinterher. »Die sind doch eigentlich ziemlich nett.«

»Findest du?«, erwiderte Birte mit sarkastischem Unterton, freute sich aber insgeheim.

»Finde ich. Und das will ich übrigens auch.«

»Was willst du?«

»Eine Familie. Kinder.«

»Oh, okay«, sagte sie und spürte ein nervöses Flattern in der Magengegend. »Klar, irgendwann …«

Der Anstandsbesuch bei Agnes dagegen verlief anders als erwartet. Birte war nervös, zwar gab sie immer vor, völlig unabhängig von der Meinung anderer zu sein, aber auf die ihrer Großmutter legte sie entscheidenden Wert.

Sie entspannte sich, als sie das große Wohlwollen in Agnes' Augen sah, die Carstens stürmisches Händeschütteln mit einem feinen Lächeln über sich ergehen ließ. »Sie sind also Carsten«, sagte sie. »Ich habe schon viel von Ihnen gehört.«

»Und ich erst von Ihnen!«, erwiderte er und führte Agnes galant zu ihrem Sessel.

Fast zwei Stunden unterhielten sich die beiden angeregt, Agnes verzichtete auf ihren üblichen, inquisitorischen Fragenkatalog und war ehrlich interessiert an Carstens beruflicher Tätigkeit. »Meine Enkelin hat Ihnen sicher erzählt, dass ich ein paar Immobilien besitze«, sagte ihre Großmutter schließlich. »Tatsächlich trage ich mich gerade mit dem Gedanken, eines meiner Mietshäuser von Grund auf zu sanieren. Wäre das ein Auftrag für Sie?«

Birte fand, dass es besser wohl nicht laufen könnte, und Carsten sagte spontan zu. »Das ist ganz klar ein Auftrag für ›Kretschmar & Beckstein‹.«

Birte sah, dass ihre Großmutter zusammenzuckte. »Für wen bitte?«, fragte Agnes nach und beugte sich vor, als würde sie schlecht hören.

»›Kretschmar & Beckstein‹, unser Architektur-Büro.«

»Und Sie sind der Herr Beckstein?«

»Nee«, lachte Carsten. »Ich bin der Herr Kretschmar. Carsten Kretschmar. Meine Mutter steht auf Alliterationen.«

»Ihre Familie kommt aus Hamburg?« In Agnes' Stimme lag eine kleine Schärfe, und Birte wunderte sich, was wohl plötzlich in sie gefahren war.

»Die meiner Mutter schon«, erklärte Carsten, dem der Stimmungsumschwung entgangen war, offenherzig. »Die Familie meines Vaters stammt allerdings aus Ostpreußen und Schlesien. Nach dem Krieg ist mein Opa in Hamburg gestrandet und hat sich hier eine neue Existenz aufgebaut.«

»So, aus Ostpreußen also«, sagte Agnes, fast mehr zu sich selbst. »Lebt Ihr Großvater noch?«

»Nein. Er ist schon vor meiner Geburt gestorben, ein Autounfall.«

»Sie sehen ihm nicht ähnlich?« Agnes' Frage klang eher wie eine Feststellung.

»Nee, überhaupt nicht. Ich komme mehr nach meiner Mutter. Mausfarben und unscheinbar, wie Oma immer sagte.«

Birte bemerkte, dass Agnes ihren Stock mit beiden Händen umklammerte, sodass ihre Knöchel weiß hervortraten. Mit einem leisen Ächzen wuchtete die alte Frau sich hoch. »Es hat mich gefreut, Sie kennenzulernen«, sagte sie steif. »Und jetzt werden Sie mich entschuldigen.« Ohne eine weitere Erklärung verließ sie die Stube.

»Was war das denn?«, empörte sich Birte, als sie unten auf der Straße vorm Haus standen.

»Wieso? War doch total nett«, meinte Carsten.

»Diese merkwürdigen Fragen, die sie dir gestellt hat. Und dann steht sie einfach auf und geht. Die hat doch nicht mehr alle Tassen im Schrank.«

»Ach was!« Carsten nahm sie beruhigend in den Arm. »Also ich finde, deine Großmutter ist eine bemerkenswerte Frau. Und alte Leute sind halt manchmal ein bisschen wunderlich. Die kannst du nur so nehmen, wie sie sind.«

Am nächsten Tag fuhr Birte wieder nach Niendorf, allein, und fand Agnes im Büro der Werkstatt. »Was sollte dieser Auftritt gestern?«, fragte sie anstelle einer Begrüßung.

»Ich weiß nicht, was du meinst.« Agnes blickte sie unbeteiligt an.

»Du weißt genau, was ich meine. Warum warst du so unfreundlich? Ich will diesen Mann schließlich heiraten, da kann ich ja wohl erwarten …«

»Er taugt nichts, dieser Carsten Kretschmar.«

»Was?«

»Er taugt nichts. Er ist nicht der Richtige für dich. Es wird nicht gut gehen mit euch. Den Auftrag ziehe ich übrigens zurück. Sag ihm das. Und bring ihn nicht mehr her.«

Birte zeigte ihrer Großmutter einen Vogel und verließ wutschnaubend und Türen knallend das Büro. Carsten erzählte sie nichts von dem Gespräch, sie wollte ihn nicht verletzen. Aber Bosse zog sie ins Vertrauen.

»Ach, mach dir mal keinen Kopf«, sagte er. »So ist sie eben, unsere Agnes. Wahrscheinlich macht sie sich nur Sorgen um dich. Bist schließlich ihr kleiner Liebling. Die beruhigt sich schon.«

Das tat Agnes mitnichten. Sie weigerte sich, Carsten noch einmal zu sehen, und sie weigerte sich auch, mit Birte darüber zu sprechen. »Du kennst meine Meinung zu diesem Thema«, beschied sie ihrer Enkelin. »Mehr habe ich nicht dazu zu sagen.«

Natürlich wunderte Carsten sich irgendwann, dass Birte auf einmal so wortkarg wurde, wenn das Gespräch auf ihre Großmutter kam. »Was ist eigentlich los?«, wollte er wissen.

»Keine Ahnung. Aus irgendwelchen Gründen hat sie beschlossen, dich nicht zu mögen«, erklärte Birte, weil sie es ihm ja doch eines Tages sagen musste. »Es tut mir echt leid. Ich weiß nicht, was in sie gefahren ist. Nimm's bitte nicht persönlich.«

»Und wenn ich einfach mal zu ihr fahre? Mit einem Strauß Blumen unter dem Arm? Ich weiß doch, wie viel dir an ihr liegt.«

»Bloß nicht!«, sagte Birte.

Er hörte nicht auf sie, das hätte sie sich denken können. Als sie eines Abends die kleine Kate betrat, saß er im Dunkeln auf dem Sofa. »Wie war dein Tag?«, fragte sie ihn.

»Beschissen«, antwortete er. »Ich war bei deiner Großmutter.«

»O Gott! Und?«

»Sie hat mich erst gar nicht ins Haus gelassen. Und dann hat sie ständig mit diesem Stock vor meiner Nase rumgefuchtelt. Sie hat mir sogar Geld geboten, wenn ich mich von dir trenne. Unfassbar. Und weißt du, was sie gesagt hat, bevor sie mir die Tür vor der Nase zugeschlagen hat? Dass ich böses Blut habe und elendig krepieren soll …«

»O Gott …«

Carsten seufzte. »Hast du schon mal die Möglichkeit in Betracht gezogen, dass sie dement wird?«

»Hmm, das würde so einiges erklären …«, murmelte Birte, die genau wusste, dass Agnes völlig klar war im Kopf.

Fortan klammerten sie das Thema aus. Trotzdem blieb bei ihnen beiden ein Unbehagen zurück, ein kleiner Stachel, der unbemerkt, aber unablässig in winzigen Dosen sein Gift verströmte.

Sie heirateten, natürlich heirateten sie, schließlich liebten sie sich, daran konnte niemand etwas ändern. Sie feierten ein rauschendes Fest im Nil, das dank Agnes' Abwesenheit überaus harmonisch und fröhlich verlief. Ihren Schwiegereltern erklärte Birte kurzerhand, dass ihre Großmutter zu gebrechlich sei, um an der Hochzeit teilnehmen zu können.

Birte zog zu Carsten nach Finkenwerder, behielt aber ihre Eppendorfer Wohnung. »Na, willst dir wohl einen Fluchtweg offen halten«, neckte er sie.

»Quatsch. Aber wenn's bei mir im Büro mal später wird, hab ich nicht so nen langen Weg zum Pennen.«

Begegnungen mit Agnes konnte sie schlecht vermeiden, schließlich verwaltete sie ihre Häuser. Als sie sich nach der Hochzeit das erste Mal trafen, holte Birte tief Luft. »Ich werde mit dir nicht über Carsten sprechen. Niemals«, erklärte sie. »Und ich will von dir kein einziges schlechtes Wort über ihn hören. Sonst war's das mit uns, und du kannst zusehen, wer sich um deine verdammten Häuser kümmert.«

Agnes öffnete den Mund, um etwas zu sagen, schloss ihn aber wieder.

Fast ein ganzes Jahr lang lief es gut mit ihrer Ehe. Keiner versuchte, den anderen zu ändern, sie ließen einander Freiräume und waren sich trotzdem nah. Sie stritten auch, aber nur über die üblichen Kleinigkeiten, die der Alltag so mit sich brachte, niemals über Grundsätzliches, das ihr Fundament erschüttert hätte.

Dann wurde Carstens Kinderwunsch immer stärker. Und immer öfter drängte er sie, die Pille abzusetzen. »Lass uns endlich eine Familie gründen«, bat er.

»Wir sind doch eine Familie, du und ich«, sagte sie und fand ihn auf einmal ein wenig spießig. »Außerdem haben wir noch alle Zeit der Welt, uns hetzt doch keiner.«

»Du wirst nicht jünger«, nörgelte er. »Deine biologische Uhr tickt.«

»Ich glaube, bei dir tickt's!«

Sie erfand Ausreden und Ausflüchte, warum der richtige Zeitpunkt noch nicht gekommen sei. Mal schob sie ihren Beruf vor, in dem sie erst dies und das erreichen wollte. Mal beschwor sie ihre Zweisamkeit, die sie so lange wie möglich genießen sollten. Mal pochte sie auf ihre Freiheit, die sie aufzugeben noch nicht bereit war.

»Meine Güte«, sagte Carsten, »das Leben ist doch nicht vorbei, wenn man ein Kind bekommt.«

»Sicher?«, fragte Birte und dachte an ihre Schwägerin.

»Es verlangt keiner von dir, dass du deinen Job aufgibst. Du machst ein Jahr Babypause, und dann finden wir schon eine Lösung. Krippe, Kindermädchen, was weiß ich. Und mich gibt's schließlich auch noch!«

»Ein Jahr Pause?« Birte sah Carsten entgeistert an. »Bist du irre?«

Bald stritten sie fast täglich über dieses Thema. Birte schob öfter Überstunden vor und schlief in Eppendorf. Das Finkenwerder Häuschen kam ihr jetzt reichlich beengt und düster vor, als ob ihr dort die Luft zum Atmen fehlte. Außerdem störte sie Carstens notorische Unordnung, die sie einmal so charmant gefunden hatte.

»Wir müssen ernsthaft miteinander reden«, setzte er ihr schließlich die Pistole auf die Brust. »Ich weiß, dass du versuchst, mir aus dem Weg zu gehen. Aber das löst keine Probleme.«

»Welche Probleme? Ich hab nämlich keine. Du hast eins«, fuhr Birte ihn an.

»Ja, das habe ich. Ich möchte nämlich ein Kind, von mir aus auch zwei oder drei. Das habe ich dir immer gesagt. Und ich bin davon ausgegangen, dass Kinder auch zu deiner Lebensplanung gehören.«

»Tun sie«, murmelte Birte. »Aber eben noch nicht jetzt …«

»Ach, hör auf«, sagte Carsten traurig. »Ich glaube, du möchtest gar kein Kind. Weil dir das nämlich fürchterliche Angst macht. Du hast Angst, als Mutter zu versagen, so wie deine Mutter versagt hat. Du weißt ja gar nicht, was das ist, eine richtige, normale Familie, weil deine so kaputt ist. Schau dir doch nur mal deine merkwürdige Großmutter an, die …«

»Halt den Mund!«, brüllte Birte ihn an. »Und wage es nicht, schlecht über Agnes zu reden. Was weißt du denn schon? Meine Großmutter hat mich aufgezogen, sie war immer für mich da, und nicht nur für mich, sie hat alles für ihre Familie getan!«

»Ich glaube, deine Vorstellung von Familienzusammenhalt ist ziemlich krank«, sagte Carsten ruhig. »Vielleicht solltest du noch mal über eine Therapie nachdenken.«

»Spar dir dein scheiß Psychogelaber!« Birte verließ die Kate und blieb eine ganze Woche lang in Eppendorf, in der sie jede Nacht fürchterliche Albträume hatte von missgestalteten Säuglingen, die in Strömen von bösem Blut schwammen.

Sie kehrte zurück nach Finkenwerder und entschuldigte sich bei ihrem Mann. »Gib mir noch ein wenig Zeit«, sagte sie. »Du hast Recht. Ich habe echt Schiss vor diesem Familiending. Aber ich krieg das schon noch klar, irgendwie.«

Carsten gab ihr Zeit. Und ritt auch nicht mehr ständig auf dem Thema herum. Doch sie merkte, dass es ihn weiterhin beschäftigte. Und sie wusste, dass sie rein gar nichts klarkriegte.

Sie quälte sich noch ein halbes Jahr, dann reichte sie die Scheidung ein.

»Willst du wirklich so schnell aufgeben? Liebst du mich nicht mehr?«, fragte Carsten.

»Nein«, log sie. »Es tut mir leid. Aber ich glaube, wir sind einfach zu verschieden.« Und du hast etwas Besseres verdient, dachte sie.

Einen Tag nach ihrer Scheidung stand Agnes nochmals in ihrem Büro am Mittelweg.

»Was ist denn mit dir los?«, knurrte Birte. »Senile Bettflucht, oder was?«

»Werd bloß nicht frech, Fräuleinchen. Sonst überleg ich's mir anders.«

»Was überlegst du dir?«

»Bevor du deine unerklärliche Liebe fürs Landleben und dieses grauenvolle Finkenwerder entdeckt hattest, wolltest du dir doch eine Eigentumswohnung kaufen ...«

»Ja, und?«

»Ich habe da von einem besonderen Objekt gehört ...«

»Wo denn?« Birte heftete die Augen auf ihre Unterlagen und versuchte, nicht allzu interessiert zu klingen.

»Direkt an der Alster. Zweihundertdreißig Quadratmeter. Vierter Stock. Penthouse.«

Birte lachte lauthals los. »Wie soll ich mir das denn leisten? Das wird unerschwinglich sein ...«

»Nun ja, es hat durchaus seinen Preis. Aber ich könnte dir finanziell unter die Arme greifen. Ein Kredit, keine Zinsen, nur Tilgung.«

»Nein, danke.« Birte verschränkte die Arme vor der Brust. »Ich fühl mich ganz wohl in Eppendorf.«

Ihre Großmutter legte ihr einen Umschlag auf den Tisch. »Schlüssel und Adresse«, sagte sie. »Schau's dir an. Und denk drüber nach.«

Selbstredend schaute Birte es sich an, gleich nachdem Agnes gegangen war. Und selbstredend war das Penthouse ein Traum. Langsam schritt sie durch die Räume, zum Schluss legte sie sich flach auf den Pitchpine-Boden des Wohnzimmers und zählte bis hundert. Dann griff sie zu ihrem Handy und rief Agnes an. »Ich kaufe es.«

»Gut. Ich besorge das Geld von der Bank.«

»Ich weiß, dass du das nur machst, weil es dir leidtut.«

»Mir tut nichts leid«, sagte Agnes. »Warum sollte es auch?«

HAMBURG, NOVEMBER 1963

Keuchend stützte Agnes sich an einer Hauswand ab. Kurz war ihr schwarz geworden vor Augen, nachdem sie aus Versehen mit dem Mann zusammengestoßen war. Sie hatte beim Gehen nach unten auf den Bürgersteig geguckt, um ihr Gesicht vor Wind und Regen zu schützen, den Mantelkragen hochgeschlagen, das Kopftuch tief in die Stirn gezogen. Erst als sie gegen ihn stieß, hatte sie aufgeschaut.

»Entschuldigung«, hatte der Mann gesagt und war weitergeeilt, ohne ein Erkennen in seinem Blick.

Sie aber hatte ihn sofort erkannt, dieses Gesicht konnte sie nicht vergessen, auch wenn mittlerweile fast zwei Jahrzehnte vergangen waren. Sie versuchte, ihre Atmung zu beruhigen, und folgte ihm, mit einigem Abstand. Er stemmte sich gegen den Wind und hielt nun seinen Hut auf dem Kopf fest, damit der Sturm ihn nicht fortblies. Eilig schritt er den Eppendorfer Weg entlang, überquerte die Hoheluftchaussee und bog die zweite Querstraße links ab. Agnes rannte nun, sie hatte Angst, ihn zu verlieren. Als sie um die Ecke schoss, ein Blick auf das Schild verriet ihr, dass sie in der Wrangelstraße war, sah sie, dass der Mann den gepflegten Vorgarten einer Villa betrat. Dann verschwand er aus ihrem Blickfeld.

Langsam ging sie an dem Haus vorbei und starrte auf den Postkasten, der am Zaun davor hing. »Hans und Marianne Kretschmar« stand dort. Kretschmar. So hieß er nicht. Sie wechselte die Straßenseite, stellte sich unter einen Baum und behielt die Villa im Blick. Vielleicht hatte sie sich geirrt, sie wollte sichergehen.

Es wurde schon dunkel, und sie war völlig durchnässt, als sich die Tür der Villa erneut öffnete und der Mann herauskam, um den Briefkasten zu leeren. Eine kleine Außenlampe strahlte direkt in sein Gesicht.

Er war es. Es gab überhaupt keinen Zweifel. Ihr Herz galoppierte in einem rasenden Tempo, der Angstschweiß brach ihr aus. Warum, dachte sie, kann mich diese elende Vergangenheit nicht in Ruhe lassen? Ist das Schicksal? Oder nur ein Zufall?

Schicksal hin, Zufall her, sie wusste, was sie nun zu tun hatte. Den Weg zur nächsten Polizeiwache legte sie im Laufschritt zurück.

»Du bist tot«, hatte Agnes gesagt und den Mann angestarrt, der sich ächzend am Küchentisch niedergelassen hatte. Fürchterlich sah er aus mit seinem kahl rasierten Schädel und den hohlen Wangen, in seiner schmutzigen, zerlumpten Kleidung. Als er in die Wohnung trat, waren die Kinder aufgesprungen und hatten sich um die Mutter geschart. Karl hatte sich halb vor sie geschoben, so als wollte er sie beschützen. Sie fasste nach seiner Schulter und zog ihn ein wenig zurück.

Wilhelm, ihr Mann, musterte den hoch aufgeschossenen Burschen und lächelte. »Na, mein Junge, weißt wohl gar nicht, wer ich bin.«

Karl schüttelte den Kopf.

»Ich bin dein Vater, mein Junge«, sagte Wilhelm und wandte sich zu Agnes. »Wie du siehst, lebe ich noch.«

»Aber … aber …«, stammelte Agnes. »Helmut Burdin hat gesagt, du wärst gefallen. In Russland.«

»Das hab ich mir so manches Mal gewünscht, im Lager, dass sie mich erschossen hätten. Alles besser, hab ich gedacht, als dieses Elend. Aber ich bin wieder da. Ich habe es überstanden.«

Agnes nickte und rang sich ein Lächeln ab. Dann schob sie Karl zur Tür und sagte laut: »Geh in den Keller und hol Holz für den Ofen, damit es dein Vater warm hat.«

Karl wollte losflitzen, sie hielt ihn fest. »Lauf, Karl«, flüsterte sie in sein Ohr. »Lauf, so schnell du kannst, in die Werkstatt zu

Grischa. Sag ihm, wer da ist. Und sag ihm, dass er auf keinen Fall herkommen darf.«

Sie setzte sich zu ihrem Mann und legte die Hände flach auf den Tisch. »Wilhelm«, sagte sie, »magst du es mir erzählen? Was dir geschehen ist?«

Und Wilhelm erzählte. Dass er auf dem Rückzug vor den Russen in Gefangenschaft geraten war. Dass man ihn und die wenigen Kameraden, die wie er den Angriff überlebt hatten, verschleppt hatte, erst in ein Sammellager und dann weiter ins westsibirische Stalinsk, wo er im Steinkohlebergbau schuften musste. Dass die Gefangenen in riesigen Baracken hausten, zusammengepfercht wie Vieh. Dass viele der Gefangenen starben, weil sie trotz der schweren körperlichen Arbeit nicht ausreichend zu essen bekamen. Dass man sie auch geschlagen hatte, wenn sie aufbegehrten, und sie ständig demütigte.

Wie man es in den Wald hineinruft, dachte Agnes und sagte: »Du hast es überlebt, Wilhelm. Und das ist es, was zählt.«

»Ja, ich habe es überlebt. Freust du dich denn gar nicht, Agnes?«

»Natürlich freue ich mich. Mir ist nur der Schreck in die Glieder gefahren. Aber du hast sicher Hunger. Ich mache dir etwas zu essen.« Agnes stand auf und ging zum Herd.

»Wie ist es euch ergangen?«, fragte ihr Mann. »Und wo ist Hermann?«

Agnes drehte sich um. »Hermann ist tot, Wilhelm. Er ist auf der Flucht gestorben. Wir haben fliehen müssen und alles verloren. Aber auch wir haben es überstanden, wie du siehst. Und es geht uns nicht schlecht. Ich habe sogar den Betrieb wieder aufgebaut.«

»Ich habe es gesehen«, sagte Wilhelm, und in seiner Stimme war eine gewisse Heimtücke. »Das Schild. ›Steinmetzbetrieb Weisgut & Partner‹ …«

»Ja, ich habe einen Gesellen eingestellt. Ohne ihn wäre es nicht gegangen.«

»Einen Gesellen also. Woher hast du ihn?«

»Er ist mit uns geflohen. Er ist Ukrainer.«

»Ein Russe also.«

Agnes sagte nichts dazu und stellte Wilhelm einen Teller hin. Gierig begann er, die Kartoffeln in sich hineinzuschaufeln. Dabei starrte er die Kleinen an, die immer noch verängstigt im Zimmer standen. »Was ist das für einer?«, fragte er und deutete mit der Gabel auf Gregor. »Von den Nachbarn?«

»Nein«, sagte Agnes ruhig. »Er ist ein Findelkind. Er hat im Krieg seine Eltern verloren. Ich habe ihn als meines angenommen. Er heißt Gregor. Gregor Weisgut.«

Wilhelm schnaufte und schob sich noch mehr Kartoffeln in den Mund. Dann stand er auf. »Ich bin müde, Agnes, sehr müde. Ich werde jetzt schlafen. Sorg dafür, dass die Kinder ruhig sind. Und später wirst du mir meine Werkstatt zeigen.«

Agnes nahm die Kleinen und verließ mit ihnen die Wohnung. Draußen im Hausflur fand sie Karl, der auf der Treppe hockte, den Kopf zwischen den Knien verborgen. »Karl, was machst du hier?«, wisperte sie.

Der Junge hob den Kopf und sah sie aus verweinten Augen an. »Ist er es wirklich, Mama?«

Sie nickte stumm.

»Ich habe ihn nicht erkannt, Mama. Ich habe meinen Vater nicht erkannt.«

»Das ist nicht schlimm, Karl. Er wird dir deshalb nicht böse sein. Du hast ihn nicht erkennen können. Und jetzt nimm deine Geschwister mit auf den Hof zum Spielen. Geht nicht nach oben.«

Agnes rannte zur Werkstatt, als wären Tausend Teufel hinter ihr her. Schwer atmend riss sie die Tür auf. Grischa saß mitten im Raum auf einem Schemel und schaute sie an. Sie stürzte auf ihn zu, und er nahm sie in die Arme. »Was sollen wir tun?«, fragte er.

»O Gott«, stöhnte Agnes, »ich weiß es nicht, Grischa. Ich weiß es wirklich nicht.«

»Soll ich gehen?«

»Nein!«, schrie sie. »Du darfst nicht gehen. Ich werde mit Wilhelm sprechen, wenn er sich erst eingelebt hat. Es wird sich alles finden. Es hat sich immer alles gefunden, irgendwie.«

Mit Wilhelm war jedoch nicht zu sprechen.

Grimmig inspizierte er den Betrieb, hatte hier etwas auszusetzen und dort, zum Schluss wendete er sich Grischa zu, den er nicht beachtet hatte und der hoch aufgerichtet in einer Ecke stand.

»Für einen Gesellen hast du deine Sache nicht schlecht gemacht«, sagte Wilhelm zu ihm.

»Ich bin schon ein Meister. Wie du«, entgegnete Grischa.

»Hier gibt es nur einen Meister.«

In der ersten Zeit nach seiner Rückkehr musste Wilhelm Grischa dennoch alle Arbeit überlassen. Er war zu geschwächt für die schwere körperliche Anstrengung im Betrieb, und er erholte sich nur langsam. In der Nacht ging sein Atem rasselnd, meist hatte er üble Träume und warf sich hin und her.

»Du musst zum Arzt gehen«, sagte Agnes zu ihm. »Du musst dich untersuchen lassen. Bestimmt verschreibt er dir etwas, damit du zu Kräften kommst.«

»Ich brauche keinen Arzt«, erklärte ihr Mann. »Es gibt nur eine Medizin, die mir hilft.« Und dann schickte er Karl, ihm Bier und Schnaps zu holen, damit er besser schlafen konnte.

Grischa war in die Werkstatt gezogen und hatte dort sein Lager aufgeschlagen; Agnes verbrachte die Nächte hinter dem Vorhang bei ihren Kindern und überließ Wilhelm ihr Bett. Sie redeten nicht über das, was vorher gewesen war. Doch natürlich ahnte Wilhelm, dass Grischa und sie wie Mann und Frau zusammengelebt hatten. Es konnte ja nicht verborgen bleiben. Agnes sah ihren Mann oft mit den Nachbarn im Plausch, die ihm einiges steckten und mit zufriedener Häme registrierten, dass beim »Russenliebchen« wieder Zucht und Ordnung Einzug hielten.

Nur einmal brachte Wilhelm es zur Sprache. »Was gewesen ist, ist gewesen, und du kannst es nicht mehr rückgängig machen«, sagte er zu ihr. »Du hast es ja nicht besser gewusst, du hast ja geglaubt, ich sei tot. Trotzdem war es nicht richtig, was du getan hast. Aber ich mache dir keinen Vorwurf, und sicher kann ich dir auch irgendwann vergeben.«

»Ich brauche deine Vergebung nicht«, erwiderte Agnes ruhig. »Ich habe nichts Unrechtes gemacht.«

Nachts, wenn ihr Mann, betäubt vom Alkohol, in seinen unruhigen, aber dennoch tiefen Schlaf gefallen war, schlich Agnes sich hinaus und in die Werkstatt. Dort führte sie mit Grischa die immer gleichen Gespräche.

»Du musst dich trennen von ihm.«

»Ich weiß«, sagte sie. »Das werde ich. Lass uns nur warten, bis er wieder ganz gesund ist und allein zurechtkommt. Dann müssen wir uns nicht vorwerfen.«

Doch mittlerweile wusste sie, dass eine Trennung kaum infrage kam. Sie hatte sich erkundigt und war auch bei Lieutenant Colonel Brighton um Hilfe vorstellig geworden. Diesmal hatte er nichts für sie tun können. Sie würde alles verlieren, einfach alles, was sie sich mühsam aufgebaut hatte. Der Betrieb gehörte schließlich Wilhelm. Nach einer Scheidung stünde ihr nichts zu, schon gar nicht, wenn sie ihren Mann wegen eines anderen verließe. Und sie kannte Wilhelm gut genug, um zu wissen, dass sie dann nichts mehr zu erwarten hatte, keine Güte und schon gar kein Geld.

»Wir fangen noch einmal an, von vorn«, sagte Grischa immer wieder.

»Wir haben zu hart gearbeitet und zu viel durchgemacht, um alles aufzugeben. Ich werde nicht auf das verzichten, was eigentlich uns zusteht«, erwiderte Agnes dann. »Es muss eine andere Lösung geben.«

Grischa fand diese Lösung. Er ging, bevor Wilhelm ihn hinausschmeißen konnte. »Ich habe Unterkunft gefunden«, sagte er zu Agnes. »Und Arbeit auch. Ich werde warten auf dich. Aber du musst treffen Entscheidung.«

Agnes wusste, dass er nicht anders konnte. Dass er viel zu unbeugsam war, um die Gehässigkeiten und Demütigungen ihres Mannes zu ertragen. Sie hatte es geahnt, trotzdem brach ihre Welt zusammen. Wilhelm sah es mit Genugtuung.

Überhaupt, so schien es, hatten der Krieg und die Gefangenschaft einen anderen Menschen aus ihm gemacht, aber keinen besseren. Vielleicht war es auch nur so, dass all das Leid, das ihm widerfahren war, nun das Schlechte, das schon immer tief in ihm gelegen hatte, an die Oberfläche schwemmte. Und kaum dass der verhasste Konkurrent verschwunden war, begann Wilhelm, sich seines nächsten Feindes zu entledigen.

Er war streng zu seinen Kindern, aber nicht unfreundlich. Den kleinen Gregor aber triezte er, wo er nur konnte. Beim Essen schlug er ihm mit dem schweren Löffel auf die Finger. »Benimm dich anständig und schmatz nicht so!«, schnauzte er. Er zog ihn am Ohr quer über den Hof, wenn Gregor seiner Meinung nach zu wild gespielt hatte. Er ließ ihn seine Schuhe putzen, jeden Tag, stundenlang. »Sie glänzen immer noch nicht. Mach es gefälligst ordentlich, du missratenes Zigeunerblag.«

»So lass ihn endlich in Ruhe«, bat Agnes.

»Was hängst du eigentlich so an ihm?«, fragte Wilhelm. »Meinen Hermann hast du krepieren lassen. Aber ums Zigeunerkind, da sorgst du dich!«

Als Gregor einmal aus Versehen eine Flasche Bier fallen ließ und sie auf dem Boden zerbrach, da schlug Wilhelm ihn und ließ ihn auf nackten Knien durch die Scherben kriechen, damit er die Schweinerei sauber machte. »Das Zigeunerkind kommt weg«, verkündete er am nächsten Tag, bevor er in die Werkstatt ging. »Ich werde diese Missgeburt nicht länger durchfüttern.«

Eilig packte Agnes ein paar Sachen zusammen und brachte den Kleinen zu Grischa, der in einer Nissenhütte lebte, in der Nähe des Hafens, wo er Kohlen schaufelte. Grischa stellte keine Fragen. Er nahm ihr nur das weinende Kind ab und barg es in seinen Armen. »Ich warte auf dich«, sagte er zum Abschied. »Immer noch.«

»Wo ist er?«, fragte Wilhelm am Abend.

»Er ist weg«, antwortete Agnes.

»Gut. Langsam begreifst du, wer der Herr im Haus ist.«

Natürlich hielt der Herr im Haus überhaupt nichts davon, nach Niendorf zu ziehen, und zerschlug Agnes' Pläne. »Diese Ruine wolltest du kaufen, du einfältiges Ding?«, höhnte er. »Da kannst du mein Geld gleich zum Fenster hinauswerfen!«

»Es ist auch mein Geld«, sagte Agnes. »Ich habe es erarbeitet.«

Auch das nahm er ihr übel. Dass sie mittlerweile so geschickt war im Geschäftlichen und er nur schwer Fuß fasste im neuen Leben. Körperlich war er nach einigen Monaten wieder gut beisammen, sodass er den ganzen Tag arbeiten konnte. Er hatte sich geweigert, einen neuen Gesellen einzustellen, der ihm half. Stattdessen nahm er Karl aus der Schule, obwohl der noch so gerne lernen wollte. »Du hast genug gelernt«, entschied er. »Du wirst bei mir in die Lehre gehen.«

Die Buchführung aber musste er Agnes überlassen, er konnte sich schlecht konzentrieren, das Lesen verursachte ihm Schmerzen hinter den Augen, er hatte kleine Aussetzer, während derer er regungslos dasaß mit stumpfem Blick und offenem Mund. Agnes glaubte, dass auch sein Kopf etwas abbekommen habe im Krieg oder im Lager.

Der Betrieb lief dennoch gut, denn den Steinmetz, den hatte man Wilhelm nicht austreiben können. Und auch Karl stellte sich nicht dumm an, es lag ihm im Blut. Um die Kundschaft kümmerte sich Agnes, sie führte die Gespräche und Verhandlungen, weil Wilhelm es nicht mehr konnte. Sein Gedächtnis ließ ihn im Stich, und schnell geriet er mit anderen in Streit, weil er argwöhnte, dass sie ihn hintergehen wollten; bald haftete ihm der Ruf an, ein Choleriker zu sein, mit dem man sich besser nicht anlegte.

»Reiß dich ein wenig zusammen!«, fuhr Agnes ihn nach einem seiner Wutanfälle in der Werkstatt an. »Sonst bleibt uns noch die Kundschaft weg.«

Er stieß sie rüde beiseite, versuchte aber fortan, seine Ausbrüche im Zaum zu halten.

Nachdem der kleine Gregor als Prellbock weggefallen war, konzentrierte Wilhelm seine Bösartigkeiten auf die leiblichen Söhne. Nichts konnten ihm Karl und Klaus recht machen, undankbar schalt er sie und dumm und faul – und wunderte sich, dass sie ihm aus dem Weg gingen. »Weint ihr etwa dem Russen hinterher, ihr Verräter?«, brüllte er. »Das werde ich euch austreiben!« Und dann hagelte es Backpfeifen und Hiebe mit dem Ledergürtel.

Martha dagegen, dieses stille, ruhige Mädchen, das nach der Flucht noch stiller wurde, war sein Liebling. Artig las sie ihm vor, bereitwillig ging sie an seiner Hand. Jeden Morgen kämmte er ihre langen, dunklen Locken und band sie zu hübschen Zöpfen, und sie hielt still, obwohl es sicherlich ziepte. Er kaufte ihr Kleidchen, weiß und rosa, mit Rüschen und Volants, und schwarze Lackschühchen dazu. »Wie eine echte Prinzessin siehst du aus«, schmeichelte er ihr, wenn sie sich vor ihm drehte.

Und Agnes, die sah, wie sehr er seine Tochter liebte, hoffte, dass vielleicht noch etwas Gutes in ihm war.

»Bald rede ich mit Wilhelm, ich versprech's«, sagte sie zu Grischa, den sie heimlich besuchte. »Er wird es schon noch einsehen, dass ich nicht bei ihm bleiben kann. Und ich bring ihn auch dazu, mir etwas von unserem Geld zu geben.«

»Wir brauchen Geld nicht«, meinte Grischa stets. »Wir schaffen auch so.«

Doch Agnes ließ sich nicht beirren. »Dieses Geld gehört uns. Und es gehört den Kindern. Es ist unsere Zukunft.«

So vertröstete sie ihn, ein ums andere Mal, obwohl sie sah, dass seine Augen immer trauriger wurden. Als sie eines Tages in die schäbige Hütte kam, war Grischas Platz leer. Auf der kahlen Pritsche fand sie einen Brief.

»Ich habe nicht mehr ausgehalten«, schrieb er, »ich kann nicht ertragen dieses Leben, Leben ohne Dich. Ich habe getroffen jemand, der mich und Gregor bringt nach Osten und beschafft auch Ausweis, und ich habe gute Arbeit. Dort ist sicher für mich, musst keine Sorgen haben. Ich schicke Adresse. Und ich warte auf Dich.«

Agnes ließ den Brief sinken. Weinen konnte sie nicht, stattdessen spürte sie Hass in sich aufsteigen. Hass auf Wilhelm – aber auch auf sich selbst, weil sie zu lange gezögert und Grischa vertrieben hatte.

Voller Verzweiflung wartete sie wochenlang auf ein Lebenszeichen von ihm, täglich passte sie den Postboten ab, damit nichts in Wilhelms Hände geriete. Und endlich schrieb Grischa ihr und sie erfuhr, dass er bis nach Rumänien gezogen war.

»Habe gute Papiere und Arbeit und kleine Kammer zu schlafen noch besser. Und ist nah an Heimat, ich fühle nicht so allein. Gregor geht gut, aber vermisst Mutter. Wir beide vermissen. Ich warte auf Dich.«

»Ich werde mich scheiden lassen«, erklärte Agnes Wilhelm an diesem Tag vor dem Schlafengehen. »Es tut mir leid. Ich kann nicht länger mit dir zusammenleben.«

Sie hatte damit gerechnet, dass er sie anbrüllen, ja, sogar schlagen würde, sie hatte sich innerlich dagegen gewappnet und sich gesagt, dass sie es schon aushielte. Aber Wilhelm blieb ruhig, viel zu ruhig. »Meinst du etwa, damit habe ich nicht gerechnet?«, fragte er kalt. »Mach es ruhig und sieh, was dich dann erwartet. Du bist eine Ehebrecherin, du hast versucht, mir ein Kuckuckskind unterzuschieben. Die Nachbarn werden es schon bezeugen. Mir ist es recht, wenn ich dich endlich los bin, du Dirne. Aber dir wird gar nichts bleiben. Kein Pfennig und auch nicht die Kinder. Dafür sorge ich.«

Wortlos kroch Agnes hinter den Vorhang und legte sich angezogen zwischen die Kleinen. Stundenlang fand sie keinen Schlaf. Dir werde ich es zeigen, dachte sie, mir wird schon etwas einfallen.

Sie tat so, als ob sie sich fügte. Sie ging ihrem Leben nach wie immer, sie arbeitete, sie sorgte für die Kinder und versuchte, die Jungen vor den Handgreiflichkeiten des Vaters zu schützen. Einmal, als Wilhelm den Gürtel schwang, ging sie dazwischen. Da holte er aus und schlug ihr einen blutigen Striemen ins Gesicht. »Mama, nein!«, schrie Karl und wollte sich auf den Vater stürzen.

Agnes hielt ihn zurück. Wilhelm sah seinen Sohn drohend an. »Wage es, die Hand gegen deinen Vater zu erheben! Wage es, und ich prügle dir die Seele aus dem Leib. Und deinem Bruder gleich dazu.«

Die Nachbarn, denen Agnes am folgenden Tag auf der Treppe begegnete, schauten verlegen weg, als sie ihr Gesicht sahen. Agnes erkannte Mitleid in ihrem Blick. Hilfe boten sie ihr keine an, nur getuschelt wurde wieder.

Grischa schrieb sie nichts von den Zuständen in Hamburg, von ihrer Angst und Verzweiflung, sie berichtete von den Kindern und ihren Fortschritten, vom Betrieb und allerlei Belanglosigkeiten, seitenlange Briefe schrieb sie, die doch nichts sagten, und es quälte sie. Lange dauerte es immer, bis die Antworten kamen, die kürzer und kürzer ausfielen. Und dann kamen keine Antworten mehr.

Erst wartete Agnes noch mit vager Hoffnung und redete sich ein, dass vielleicht ein Brief verloren gegangen sei, dass Grischa keine Zeit habe, um zu schreiben. Immer neue Gründe erfand sie für das Ausbleiben der Post. Nach Monaten ohne ein Wort von ihm musste sie es sich eingestehen: Sie hatte ihre Liebe verloren. In ihr tat sich eine Dunkelheit auf, die alles verschlang.

Und Nacht für Nacht presste sie ihren Kopf in das Kissen, damit niemand sie weinen hörte.

Wilhelm merkte wohl, dass sie an etwas litt. Sie sah schlecht aus, mit dunklen Schatten unter den Augen und einer ungesunden Blässe. »Bist du krank?«, fragte er.

»Es ist nichts«, sagte sie. »Lass mich.«

Doch er ließ sie nicht. Er versuchte ihre Schwäche auszunutzen und gab sich freundlich, brachte Blumen mit oder Konfekt. Er lobte ihr Essen und sogar ihre Arbeit. Sie ließ sich nicht darauf ein. Wenn er getrunken hatte, und er trank gern schon tagsüber, machte er anzügliche Bemerkungen. Eines Abends wollte er sie gar in die Arme nehmen und küssen. Sie riss sich von ihm los. »Rühr mich nicht an!«, schrie sie. »Nie wieder!«

»Du bist meine Frau«, sagte er. »Ich hole mir schon noch, was mir zusteht.«

Nach wie vor verwöhnte er Martha über alle Maßen. Er überhäufte die Tochter mit Geschenken, einmal brachte er ihr einen Lippenstift mit und malte ihr den Mund an. »Wie eine feine Dame siehst du aus«, lächelte er. »Wie eine ganz feine Dame.«

Agnes wischte ihr den Mund ab. »Sie ist ein Kind und keine Frau.«

Abends legte er sich mit Martha auf sein Bett und sang ihr etwas vor. »Ach, schlaf doch ruhig beim Papa«, meinte er manchmal. »Hinterm Vorhang ist's doch viel zu eng.«

»Der Vater macht so komische Geräusche«, sagte Klaus eines Morgens beim Aufwachen zu ihr.

Sie riss den Vorhang zurück und sah, wie Wilhelm sich an Martha rieb. Sie sprang auf und riss das Kind von ihm weg. »Was tust du?«, brüllte sie.

Er schaute sie mit glasigen Augen an. »Ich bin eben ein Mann. Ich habe meine Bedürfnisse.«

In der folgenden Nacht legte Agnes sich zu ihm und war ihm zu Willen. Es änderte nichts. Immer noch betrachtete er Martha, wie ein Vater eine Tochter nicht betrachten sollte.

So musste Agnes eine Entscheidung fällen, und jetzt fiel sie ihr nicht mehr schwer. Sie wusste, dass sie Hilfe brauchen würde bei ihrem Vorhaben, und zog Karl ins Vertrauen. Und sie wusste auch, dass sie Unmögliches verlangte von ihrem Sohn. Er aber zögerte nicht. »Ja, Mama«, sagte er leise, dieser große, starke Kerl, der doch immer noch ein Kind war. »Wir machen es so, wie du sagst.«

Am übernächsten Abend schickte Wilhelm seinen Ältesten zum Schnapsholen. »Bring dem Vater zwei Flaschen mit«, sagte Agnes. »Er arbeitet hart genug.« Sie erwiderte den Blick ihres Mannes nicht, damit er nicht misstrauisch würde. Karl kam und stellte die Flaschen auf den Tisch. Wilhelm begann sofort zu trinken. »Willst nicht mal mit mir anstoßen?«, fragte er Agnes, die an der Spüle den Abwasch machte.

»Na gut«, sagte sie. »Aber nur einen.«

Sie nahm das Glas, prostete ihm zu und nippte. Er stürzte seines in einem Zug herunter. Sie füllte ihm nach. Sie nippte. Und immer wenn sein Glas leer war, schenkte sie neu ein. Bald schon konnte sie die zweite Flasche öffnen. Nach drei Stunden sank Wilhelms Kopf auf die Tischplatte. Sie stieß ihn an, vorsichtig erst, dann stärker, er rührte sich nicht mehr.

Agnes gab Karl ein Zeichen, der hinter dem Vorhang gewartet hatte, und öffnete leise die Wohnungstür. Im Hausflur war es still und dunkel. Karl hatte den Vater schon auf die Beine gestellt. Nun legte jeder von ihnen einen Arm Wilhelms um seine Schulter, und gemeinsam schleppten sie ihn langsam die Treppe hoch. Auf dem Trockenboden, wo die Kinder oft Verstecken spielten, empfing sie eine klamme Kälte. Sie gingen durch die Leinen mit schlaffer Wäsche hindurch, bis zu dem großen hölzernen Pfeiler in der Mitte des Raumes, und setzten Wilhelm an der Wand ab. Er rutschte ein wenig zur Seite.

Agnes langte hinter eine der großen Kisten, die überall herumstanden, und holte den kräftigen Strick hervor, den sie am Vortag geknüpft und versteckt hatte. Sie zog eine Kiste unter die

Querstrebe des Pfeilers, stellte sich darauf und warf das Seil über den Balken. Die Schlinge baumelte in der Luft, das andere Ende schlang Karl um den Pfeiler.

Sie wuchteten Wilhelm vom Boden hoch, keuchend und stumm, und auf die Kiste, legten die Schlinge um seinen Hals und zogen sie fest. Karl hielt seinen Vater in den Armen, es sah fast liebevoll aus, während Agnes das Seil festzurrte und ordentlich am Pfeiler verknotete. Sie nickte Karl zu, und er ließ Wilhelm los, der nun von dem Strick aufrecht gehalten wurde und sacht hin- und herschwang.

Einen Augenblick lang betrachteten sie ihn noch, wie er so merkwürdig dastand, dann schob Agnes mit Kraft die Kiste unter seinen Füßen weg. Sein schwerer Körper sackte nach unten, es dauerte eine Weile, bis er nicht mehr zappelte und krampfte und still in der Luft hing.

Agnes blickte ihren Sohn an, sie sah kein Erschrecken in seinem Gesicht und auch keine Traurigkeit, eher gleichgültig beobachtete er den Toten. Sie legte ihre Hand in seinen Nacken und spürte, dass er ganz heiß war.

Die Stille, die sie umgab, hatte etwas Andächtiges, und umso mehr erschraken sie, als sie aus einer Ecke ein Geräusch vernahmen. Gleichzeitig sahen sie sich um und entdeckten Martha, die in einer Truhe hockte und mit leeren Augen auf den Vater schaute.

»Martha, Mädchen, was machst du hier?«, schrie Agnes entsetzt.

»Verstecken spielen«, flüsterte Martha und blickte weiter auf den Mann, dem die Augen hervorgequollen waren und die Zunge blauschwarz aus dem Mund hing. Dem Speichel von seinem Kinn troff, in Tropfen auf den Boden, und der wohl auch eingenässt hatte, unter ihm schimmerte eine dunkle Lache.

Agnes sprang zu der Truhe, hob ihre Tochter heraus und drehte ihr das Gesicht zur Wand. »Hast du nicht gesehen, wie sie fort ist?«, fragte sie Karl.

»Nein, Mama, nein.« Er rang mit den Händen. »Ich habe es nicht gemerkt. Ich habe doch nur auf den Vater geachtet.«

Sie trug Martha hinunter in die Wohnung, legte sie neben den schlafenden Klaus und küsste ihre Stirn. »Schlaf weiter, mein Mädchen«, sagte sie. »Du hast nur schlecht geträumt.«

Die Polizei hörte sich kurz in der Nachbarschaft um und hatte dann keine Fragen mehr. Man wusste nichts Gutes über Wilhelm Weisgut zu berichten. Ein Heimkehrer, der mit dem Erlebten nicht zurechtkam, der dem Alkohol und der Schwermut verfallen war und zu Gewaltausbrüchen neigte. Nun hatte er die Gewalt gegen sich selbst gerichtet. Man sprach der Witwe sein Bedauern aus und legte den Fall zu den Akten, es gab nicht einmal eine offizielle Untersuchung.

Agnes horchte flüchtig in sich hinein, ob sie ihr Gewissen drückte. Aber außer dem tiefen Gefühl der Befreiung spürte sie nichts. Sie brachten Wilhelm unter die Erde, still und schnell. Karl schlug den Stein für seinen Vater. Agnes betrachtete das schlichte Grabmal und sagte: »Das hast du sehr gut gemacht, mein Junge.«

Niemand weinte, als sie Wilhelm zu Grabe trugen, auch Martha nicht. Martha zeigte überhaupt keine menschliche Regung in den ersten Wochen nach dem Unglück und zog sich in eine katatonische Starre zurück. Sie weigerte sich zu laufen und zu essen, und Agnes musste sie füttern wie ein Baby. Das wird wieder, dachte Agnes, die Zeit wird's richten. Doch der Zustand ihrer Tochter besserte sich nur wenig, es war, als hätte ihr Verstand angesichts des Gesehenen kapituliert.

Unmittelbar nach dem Selbstmord ihres Mannes schrieb Agnes einen Brief an Grischa, in dem sie ihm erklärte, dass sie endlich frei sei, und ihn inständig bat, mit dem kleinen Gregor zurückzukehren. Sie sollte noch viele solcher Briefe schreiben, ohne eine Antwort von ihm zu bekommen. Ernsthaft überlegte sie, nach Rumänien zu reisen und die beiden selbst zu suchen.

Aber das war schon nicht mehr möglich, längst befand man sich wieder in einem Krieg, wenn auch nur dem Kalten. Der Eiserne Vorhang war zugezogen, die Grenzen zum Osten hin so gut wie unpassierbar.

Trotzdem musste es ja weitergehen, irgendwie. Agnes fuhr mit vager Hoffnung nach Niendorf und hatte Glück. Der alte Knabe hockte immer noch in seinem baufälligen Haus, er hatte in der Zwischenzeit keinen Käufer gefunden, vielleicht weil er ein wenig eigen war und seinen Besitz nicht »Hans und Franz« überlassen mochte. Aus einem unbestimmten Grund hatte er einen Narren an Agnes gefressen, schnell wurden sie sich einig und besiegelten ihren Handel bei einem Gläschen Kümmel.

Ohne Probleme und auch ohne Lieutenant Colonel Brighton, der inzwischen in seine Heimat zurückversetzt worden war, erwirkte Agnes eine neue Ausnahmegenehmigung, die ihr erlaubte, die Werkstatt als Inhaberin weiterzuführen. Die Handwerkskammer setzte ihr eine großzügige Frist, in der sie einen Betriebsleiter suchen und einstellen sollte.

Sie fand einen Meister, der sich schon aufs Altenteil zurückgezogen hatte, den sie aber überreden konnte, noch einmal den Fäustel zu schwingen, bis Karl so weit war, um zu übernehmen. Und noch immer hatte sie die Hoffnung nicht aufgegeben, dass Grischa und Gregor eines Tages einfach vor der Tür stünden. Bis dahin, so schwor sie sich, würde sie fleißig sein und für die Ihren sorgen, sodass Grischa stolz auf sie sein könnte, wenn er käme.

Die neue Umgebung empfing sie zwar nicht mit offenen Armen, auch in Niendorf waren sie die Zugezogenen und Agnes keine Frau, die sich bei einem Schwätzchen auf der Straße mit den anderen gemein machte. Aber die Nachbarn erkannten es an, dass sie die alte Villa herrichten ließ und dass sie hart arbeitete. Nach einiger Zeit galt sie als ehrbare Witwe, die es wahrscheinlich nicht immer leicht gehabt hatte im Leben, gerade mit ihrer minderbemittelten Tochter.

Agnes war es gleich, was die Leute redeten, solange niemand schlecht über ihre Kinder sprach. Nun galt Martha eben als wunderlich, dagegen konnte sie nichts tun, die Tochter war es schließlich auch. Dafür waren die Söhne gut geraten, so hoffte Agnes wenigstens.

Doch zu einer Zeit, als Klaus schon mit den Mädchen poussierte, machte sein älterer Bruder noch immer keine Anstalten, sich eine Frau zu suchen. Stattdessen kannte Karl nur die Arbeit und zog höchstens am Wochenende mit den jungen Kerlen aus der Nachbarschaft los, um ein Bier zu trinken. Anders als die anderen trank er wirklich nur eins und lag vor Mitternacht in seinem Bett.

Eines Tages forderte Agnes rundheraus: »Karl, du solltest eine Familie gründen. Du bist längst in dem Alter.«

Doch er zuckte nur mit den Schultern und sagte nichts dazu. Sie zerbrach sich den Kopf, was mit ihm nicht stimmte, und kam zu keinem Ergebnis. Also sprach sie ihn noch einmal darauf an, an einem Tag, als sie nur zu zweit in der Werkstatt waren.

Er ließ sein Werkzeug fallen und schaute zu Boden. »Es tut mir leid, Mutter«, sagte er. »Ich werde nicht heiraten. Und ich werde keine Kinder bekommen.«

»Papperlapapp«, meinte Agnes unwirsch. »Was redest du denn da?«

Nun blickte er ihr in die Augen. »Ich habe zu viel Angst, dass ich bin wie er.«

Sie erschrak. Nie zuvor hatten sie darüber gesprochen, was sie zusammen in jener Nacht getan hatten und warum sie es getan hatten. Agnes hatte geglaubt, dass Karl, dieser kräftige Bursche, mit einem ebenso robusten Naturell gesegnet war. Er kommt darüber hinweg, hatte sie sich gesagt, es hat ihm nicht geschadet.

Sie ging auf ihren Sohn zu und legte ihm eine Hand auf die Schulter. »Du bist nicht wie er, Karl.«

Er schüttelte nur stumm den Kopf. Und sie wusste, dass er Recht hatte. Karl war seinem Vater nicht nur äußerlich ähnlich, auch er hatte diesen Hang zum Cholerischen.

»Nein, Mutter, du irrst«, sagte er traurig. »Ich bin genau wie er. Es tut mir leid.«

»Dir muss nichts leidtun, Karl. Es ist alles meine Schuld.« Sie nahm ihren Sohn in den Arm und barg ihren Kopf an seiner breiten Brust, damit er ihre Tränen nicht sah. Vielleicht, dachte sie, ist es wirklich besser so.

Eines Tages kam endlich ein Brief aus Rumänien. Voller Freude riss Agnes den Umschlag auf und starrte dann auf die fremde Handschrift. In einem altmodischen und sehr holprigen Deutsch schrieb ihr ein Radu Kirculescu, dass er lange gezögert habe, ihre Briefe zu öffnen. Dass er sich aber letztendlich dazu entschlossen habe in der Hoffnung, auf Angehörige von Grigorij Tabereanu, genannt Grischa, zu stoßen. Nun habe er die traurige Pflicht, sie davon zu unterrichten, dass Grigorij Tabereanu verstorben sei, schon vor fast einem Jahr, er sei bei einem Unwetter im Gebirge ums Leben gekommen. Seinen Sohn Gregor Tabereanu, der nun Gregor Jagate heiße, habe man zu einer Familie gegeben, die ihn an Kindes statt angenommen habe. Er bedaure zutiefst, ihr diese Mitteilung machen zu müssen. Aber sie habe ein Recht darauf zu erfahren, was geschehen sei.

Agnes ließ den Brief sinken. Sie merkte, dass sie, obwohl sie auf einem Stuhl saß, schwankte. Taumelnd erhob sie sich und ging zu Boden, wie in einem Furor schlug sie mit ihren Fäusten auf die Holzdielen, bis ihre Fingerknöchel bluteten. So fand Karl seine Mutter, erschrocken rief er Klaus herbei, und gemeinsam brachten sie Agnes in ihr Bett. Drei Tage lang wurde sie von einem hohen Fieber geschüttelt. Die Kinder, auch Martha, saßen an ihrem Lager und hielten abwechselnd ihre Hand.

Nach dem dritten Tag stand sie auf und zog sich an, sie ging in ihr Büro, setzte sich an den Schreibtisch und schrieb an Radu Kirculescu. Erst bedankte sie sich für seine mitfühlenden Worte, dann erklärte sie, dass sie die Mutter des kleinen Gregors sei, unter widrigen Umständen von ihrem Kind getrennt, und sie nun darauf bestehen müsse, ihren Sohn nach Hause zu holen. Sie brachte den Brief zur Post. Sie wandte sich an die Behörden und legte die Papiere von Gregor Weisgut vor, die sie sorgsam aufbewahrt hatte. Eine Geburtsurkunde konnte sie allerdings nicht nachweisen. Nach monatelangem Hin und Her stand es fest: Einen Gregor Weisgut gab es nicht mehr. Es gab nur noch einen Gregor Jagate, adoptierter Sohn der Familie Jagate und somit rumänischer Staatsbürger, noch nicht einmal mit deutschen Wurzeln. Und natürlich lieferten die Behörden in Bukarest kein rumänisches Kind an die Deutschen aus. So weit käme es noch!

Das Einzige, was Agnes gelang, war, die Adresse der Familie Jagate ausfindig zu machen und ihr zu schreiben. So entstand über die Jahre ein reger Briefwechsel, und sie wusste zumindest, dass es Gregor gut ging.

Aber niemals vergaß sie ihren Schmerz. Und auch die Sehnsucht verging nicht nach diesem Kind, das sie genommen und wieder verloren hatte.

Auch jetzt, als sie von der Wrangelstraße zur Polizei lief, musste sie plötzlich an Gregor denken. An Grischa und an Hermann. Und an die, die an allem die Schuld trugen und weiterleben durften.

Mit kalter Wut im Herzen betrat sie die Wache und stellte sich an den Empfang. Ein älterer Beamter kam herbeigeeilt und guckte sie vorwurfsvoll an. »Sie tropfen alles voll.«

Agnes blickte an sich herab. Ihre Kleidung klebte an ihrem Körper, sie nahm das Kopftuch ab und strich sich die nassen Strähnen aus dem Gesicht. »Ich möchte Anzeige erstatten«, sagte sie.

»So, so. Weswegen denn, gute Frau? Hat man Ihnen die Handtasche gestohlen?«

»Wegen Mordes«, sagte Agnes.

Mit grimmiger Zuversicht verließ sie zwei Stunden später das Revier. Sie hatte alles zu Protokoll gegeben, was sie wusste. Dass er sie gequält und bedroht hatte. Dass er Offizier bei der SS gewesen war. Dass er Dienst in einem Konzentrationslager geleistet hatte. Dass er eine Jüdin erschossen hatte, vor ihren Augen. Und dass sich dieser Mann nun Hans Kretschmar nannte, obwohl er doch Hans Wuschke hieß.

Sie erwartete, dass ein Verfahren eröffnet würde und dass man sie als Zeugin lud. Als nichts dergleichen geschah, ging sie erneut aufs Revier, nur um zu erfahren, dass das Verfahren gegen Hans Kretschmar eingestellt worden war. »Wie kann das sein?«, rief sie schockiert.

»Was weiß ich.« Der Polizist zuckte gelangweilt mit den Schultern. »Da müssen Sie die Staatsanwaltschaft fragen.«

Das tat Agnes. Bei Gericht kämpfte sie sich durch die verschiedenen Zuständigkeiten, bis sie endlich einen Termin bei einem gewissen Dr. Hebebrandt erhielt. Der Staatsanwalt, ein korpulenter Mittsechziger mit schwarzer Hornbrille und pomadigem Haar, empfing sie mit jovialem Augenzwinkern und laschem Händedruck. »Was kann ich für Sie tun, Gnädigste?«

»Es geht um Hans Kretschmar alias Hans Wuschke, wohnhaft in der Wrangelstraße. Ich habe ihn angezeigt wegen Mordes, und nichts ist passiert. Wie kann das sein?«

»Nun …« Dr. Hebebrandt räusperte sich und schlug eine Akte auf, die direkt vor ihm lag; er wusste also durchaus, was er für sie tun konnte. »Das Verfahren wurde eingestellt. Die Beweislage ist nicht ausreichend. Außer Ihnen gibt es keine weiteren Zeugen.«

»Ja, aber das reicht doch!«

»Nein, Gnädigste. Es steht Aussage gegen Aussage. Herr Kretschmar konnte den Vernehmungsbeamten glaubhaft machen, dass es sich anscheinend um eine Verwechslung handelt.«

»Aber er hat seinen Namen geändert. Das ist Beweis genug …« Agnes rutschte unruhig auf ihrem Stuhl hin und her.

»Ein Beweis wofür? Es gibt zahlreiche Gründe, seinen Namen zu ändern, meist persönlicher Natur und ohne dass eine Straftat vorliegt.«

»Das kann nicht sein«, stammelte Agnes, »dass er davonkommt. Er war bei der SS.«

Der Staatsanwalt nahm kurz seine Brille ab und rieb sich die Nasenwurzel. Er seufzte. »Ach, wer damals nicht alles dabei war! Es ging ja gar nicht anders. Und natürlich hat auch Herr Kretschmar das Entnazifizierungsverfahren durchlaufen, mit einwandfreiem Leumund übrigens. Aber das ist doch längst vergangen, da müssen wir einen Schlussstrich ziehen, vergessen, vergeben und nach vorn schauen.«

»Nach vorn schauen …«, wiederholte Agnes stupide. Ihre Stimme zitterte.

»Genau, und das sollten Sie auch tun«, sagte der Staatsanwalt und erhob sich.

In den folgenden Tagen dachte Agnes unentwegt darüber nach, ob sie es wohl könnte: vergessen, vergeben und nach vorn schauen. Und sie versuchte es. Sie versuchte, Hans Wuschke aus ihrem Kopf und ihrer Seele zu vertreiben, einen Schlussstrich zu ziehen, einfach zu vergessen, dass es ihn gab. Es ist gleich, ob er lebt, sagte sie sich, er hat doch mit unserem Leben nichts zu tun. Und wenn es einen Gott gibt, dann wird Gott ihn zur Rechenschaft ziehen. Der Gedanke an diesen Gott und an die Rache ließ sie nicht mehr los, sie beschaffte sich sogar eine Bibel und las darin, jedoch ohne Erleichterung oder Erkenntnis zu finden.

Plötzlich hatte sie eine Idee. Sie suchte sich die Adresse aus dem Telefonbuch heraus, und ohne lange nachzudenken, machte sie sich auf zur Hohen Weide. Dort stand sie vor der Synagoge, einem imposanten Neubau, modern und kalt, fast verließ die Entschlossenheit sie wieder. Sie fasste sich ein Herz und ging auf den Eingang zu, vor dem ein Mann stand, der einem Wachposten ähnelte.

»Kann ich etwas für Sie tun?«, fragte er.

»Ich … ich möchte mit dem Rabbiner sprechen«, bat sie.

»Worum geht es denn?«

»Um eine Frage des Glaubens. Und der Gerechtigkeit«, sagte Agnes schnell. »Es ist wirklich wichtig. Für mich.«

»Sie sind Jüdin?«

»Nein, aber meine Urgroßmutter war eine«, sagte Agnes.

Der Mann verschwand im Inneren des Gotteshauses und kehrte nach zwei Minuten zurück. »Der Rabbi ist beschäftigt. Aber der Gabbai, sein Stellvertreter, kann Sie empfangen.«

Agnes nickte und betrat die Synagoge, das Innere war hell und schlicht. Ein Mann kam ihr auf dem Mittelgang entgegen und begrüßte sie freundlich. »Lassen Sie uns Platz nehmen«, sagte er und deutete auf die vorderste Bankreihe. »Wie kann ich Ihnen helfen?«, wollte er wissen, als sie nebeneinandersaßen.

»Vielleicht können Sie mir eine Frage beantworten …«

»Ja?«

»Können Sie verzeihen?«

»Ja, das kann ich. Das kann jeder Mensch.«

»Ich kann es nicht.«

»Warum können Sie es nicht?«

Und Agnes erzählte es ihm. Ihr ganzes bisheriges Leben breitete sie vor ihm aus, und fast erschien es ihr wie eine Beichte. Geduldig hörte er ihr zu, wie sie von Hermann, Grischa, Gregor, auch Wilhelm berichtete. Und von Hans Wuschke. »Es darf nicht sein, dass er davonkommt. Das kann Gott nicht wollen«, endete sie.

»›Du darfst nicht rächen‹, heißt es bei Moses«, antwortete der Gabbai. »Und es heißt auch: ›Der Herr möge ihr Blut rächen‹. Die Rache ist also Gott vorbehalten und nicht dem Menschen. Aber der Mensch kann verzeihen.«

Einen Moment lang schwiegen sie, dann bedankte Agnes sich bei ihm. »Das habe ich gern gemacht«, sagte er. »Aber ich ahne, dass Sie mit meiner Antwort nicht zufrieden sind.«

Agnes ging und sah, dass der Wachposten gewartet hatte, drinnen vor der Tür. Er brachte sie hinaus und raunte unvermittelt: »Manchmal ist Vergebung nicht der richtige Weg und auch nicht der einzige.«

Agnes blinzelte irritiert. Hatte er etwa gelauscht?

»Und manchmal muss der Mensch Gottes Werkzeug für die Vergeltung sein.«

Agnes schaute forschend in sein Gesicht.

»Sie sind sicher, dass Sie nicht verzeihen können?«, fragte er nun.

»Ich bin sicher. Denn es wäre nicht Recht«, entgegnete sie mit leiser Stimme.

»Dann«, sagte er und drückte ihr ein kleines Stück Papier in die Hand, »rufen Sie diese Nummer an.«

Mit pochendem Herzen saß sie zuhause vor dem Telefon. Sie lauschte, ob die Kinder in der Nähe waren und sie hören konnten. Aber es war still. Langsam drehte sie die Wählscheibe.

»Ja?«, meldete sich eine männliche Stimme.

»Ich ... ich ... habe Ihre Nummer bekommen. Vor der Synagoge ...«, stotterte sie.

»Der Name?«, forderte die Stimme.

»Agnes. Agnes Weisgut«, beeilte sie sich zu sagen.

»Wirklich eine Frau? Kein Mann?« Die Stimme klang verwundert.

Da verstand sie. »Doch, natürlich ein Mann«, sagte sie. »Hans Kretschmar, hieß früher Hans Wuschke. In der Wrangelstraße.« Dann legte sie auf.

Zwei Wochen später fand sie einen Zeitungsausriss, den jemand in der Nacht unter der Werkstatttür hindurchgeschoben haben musste. Es war eine Todesanzeige aus dem *Hamburger Abendblatt*.

»Wir trauern um unseren geliebten Ehemann und Vater Hans Kretschmar, der so grausam durch einen Verkehrsunfall aus unserer Mitte gerissen wurde. Der Herr ist sein Hirte.«

Der Herr möge ihr Blut rächen, dachte Agnes, nahm den Besen und fegte die Werkstatt. Dabei begann sie zu tanzen.

SINJAVINO, AUGUST 2008

Angestrengt blickte Agnes aus dem Fenster, als der Wagen die kleine Anhöhe hinauffuhr.

Gleich waren sie da.

Den Hang hinab, eine Kurve, über die kleine Brücke. Noch eine Kurve, einen Hügel wieder hinauf – und sie lag vor ihr, die Ostsee, silbrig und schimmernd, glatt und unbewegt.

Jetzt war es nicht mehr weit.

Das Auto rumpelte über die schadhafte Straße und schoss in den Wald, dessen Blätterdach sich über ihnen schloss und Licht und Sonne schluckte.

Noch zweihundert Meter.

Der grüne Tunnel spuckte sie wieder aus, vor ihnen die weiten Felder und endlich auch das Dorf, Groß Hubnicken, das lange schon nicht mehr Groß Hubnicken hieß, sondern Sinjavino.

»Halt an. Ich möchte jetzt zu Fuß gehen. Bitte«, sagte sie.

Gregor zog unwillig die Augenbrauen hoch, fügte sich aber ihrem Wunsch und ließ den Wagen am Feldrand ausrollen. Bevor er das Fahrzeug umrunden und ihr die Tür öffnen konnte, hatte sie sich schon ächzend hochgezogen und war ausgestiegen. Er bot ihr seinen Arm. Sie schüttelte den Kopf, fasste ihren Stock fest mit der rechten Hand und horchte. Es war sehr still. Langsam ging sie in die Stille hinein, die staubige Dorfstraße hinunter.

Ein erschöpftes Schweigen hatte die gute Stube ausgefüllt. Agnes wusste, dass sie der Familie mit ihren Erinnerungen viel zugemutet hatte, vielleicht zu viel. Sie hatte vorher überlegt, ob sie ihnen die Wahrheit besser in mehreren Häppchen, verteilt auf mehrere Tage, verabreichen sollte. Sie hatte sich dagegen entschieden. Ein Aufwasch. Kurz und schmerzvoll.

Da noch immer keiner ein Wort sagte, was Agnes nur Recht war, griff sie nach ihrem Stock und stieß ihn mehrmals auf den Boden. *Pock-pock*. Das unüberhörbare Zeichen dafür, dass die Versammlung beendet war.

»Der große Tag der Wahrheit also«, hörte sie da eine Stimme. Sie wandte ihren Kopf und sah, dass Peter aufgestanden war. »Dann ist es wohl an der Zeit, dass ich euch auch etwas erzähle.«

»Nein!«, sagte Agnes.

»Doch«, sagte ihr Enkel. »Auch ich will meinen Frieden. Aber im Gegensatz zu dir brauche ich dafür Vergebung.« Und dann begann Peter, der sonst kein Mann großer Worte war, zu berichten, umständlich und ausschweifend. So als hätten sich die Worte im Laufe der Jahre in ihm angesammelt und wären immer mehr und mehr geworden.

Er hatte sein Geständnis kaum zu Ende gebracht, da war Klaus schon aufgesprungen und hatte sich mit einem unheimlichen Brüllen auf den Neffen gestürzt. Martha aber hatte sich vor ihren Sohn gestellt und ihren Bruder festgehalten, der doch viel stärker war als sie.

»Du kannst vergeben«, hatte Martha zu Klaus gesagt. »Du kannst es ihm vergeben.«

Und Klaus hatte tatsächlich abgelassen von Peter. Wie ein großes, verwundetes Tier war er durch den Raum getaumelt. Karl hatte ihn am Arm genommen und seinen kleinen Bruder hinausgeführt.

Auch Tante Anna hatte sich erhoben und war zu Peter gekommen. »Du armer Junge«, hatte sie geflüstert, kurz ihre Hand auf seinen Kopf gelegt, dann war sie gegangen.

Alle waren sie gegangen, jeder für sich gefangen in den Gedanken, die das an diesem Tag Gehörte ausgelöst hatte. Und jeder von ihnen hatte es verstanden. Wie alles zusammenhing. Was ihre Familie ausmachte. Was sie zusammenhielt und gleichzeitig trennte. Und vielleicht, dachte Agnes, als sie ihnen nachsah, vielleicht kann man doch irgendwann verzeihen, wenn man nur erst einmal verstanden hat.

Als sie am darauffolgenden Morgen wie immer hinunter in die Werkstatt ging, saß Klaus schon dort und arbeitete, verbissen und stumm. Sie schritt an ihrem Sohn vorbei in ihr Büro, setzte sich an den Schreibtisch, legte ihre Hände flach auf den Tisch und wartete. Es dauerte keine fünf Minuten, da stand er in der Tür.

»Warum hast du es mir nie gesagt?«, fuhr er sie an. »Meine Ehe ist deshalb vor die Hunde gegangen.«

»Deine Ehe ist gescheitert, weil deine Tochter gestorben ist. Weil ihr nicht mit dem Verlust fertiggeworden seid, du und Anna«, erwiderte Agnes. »Die Wahrheit hätte Astrid nicht wieder lebendig gemacht und auch eure Ehe nicht gerettet. Aber dein Schmerz hätte sich in Hass verwandelt. Du hättest angefangen, Peter zu hassen. Das konnte ich nicht zulassen.«

Klaus schwieg eine ganze Weile. »Und Karl ..., und du ...«, hob er an.

»Dein Vater hat sich an Martha vergangen, und er hat euch die Seele aus dem Leib geprügelt«, fiel sie ihm ins Wort. »Es waren andere Zeiten damals. Keiner hätte mir geholfen. Also habe ich mir selbst geholfen.«

Klaus dachte einen Augenblick lang nach, dann nickte er wortlos und ging zurück in die Werkstatt.

Ein paar Tage nach der Zusammenkunft rief Agnes ihre Enkel zu sich. »Ich fahre nach Hause. Bald«, verkündete sie ihnen. »Und ich möchte, dass ihr mitkommt.«

Bosse überlegte nicht lange, er sagte sofort Ja. Peter schüttelte den Kopf. »Ich muss hierbleiben. Es sähe sonst aus wie eine Flucht. Onkel Klaus wird zu mir kommen, bestimmt. Und wenn er kommt, dann muss ich da sein.«

Sie brummte nur etwas. Es klang wie eine Zustimmung.

Birte war stumm geblieben und blickte demonstrativ an ihrer Großmutter vorbei.

»Und? Was ist mit dir?«, fragte Agnes sie direkt.

Ihre Enkelin zuckte mit den Schultern und schaute sie immer noch nicht an. »Was soll ich denn da?«, meinte sie. »Und was willst du da eigentlich? Warum zieht es dich an einen Ort, an dem du so viel Leid erfahren hast?«

Birte Weisgut, das kluge Kind, dachte Agnes. Genau diese Frage hatte sie sich wieder und wieder gestellt, als die Sehnsucht nach der Heimat in ihr immer größer wurde und sich nicht mehr unterdrücken ließ.

»Weil dort alles angefangen hat«, erklärte sie nun. »Weil meine Mutter dort begraben ist. Weil meine Kinder dort geboren wurden. Weil ich dort Grischa getroffen und Gregor gefunden habe. Weil es nicht nur Leid gab, sondern auch Glück. Eben darum.«

»Zurück zu den Wurzeln«, sagte Birte, und es klang nicht ansatzweise ironisch.

»Ja. Meine Wurzeln. Und eure.«

»Okay.« Ihre Enkeltochter rieb sich mit den Händen über die Augen und sah sie endlich an. »Ich bin dabei.«

Gregor war schon unmittelbar nach dem Familientreffen abgereist. Es gab in der alten Heimat einiges vorzubereiten für ihre Ankunft. Agnes hatte ihm gesagt, was zu tun war. So wie sie ihn schon vor Jahren beauftragt hatte, ein Haus zu kaufen. Leicht war es nicht gewesen und mit vielen bürokratischen Hürden verbunden, schließlich gehörte die Heimat jetzt zu Russland. Aber mit der ihr eigenen Hartnäckigkeit und erheblichen Zuwendungen an etliche Beamte hatte sie ihr Ziel erreicht.

Agnes hatte dieses Haus noch nie gesehen, sie hatte es blind erworben und Gregor vertraut. Er hatte Fotos gemacht, die er ihr zeigen wollte. Sie hatte abgelehnt. »Erzähl mir davon«, bat sie stattdessen.

Und so hatte er berichtet, dass das Haus direkt oberhalb eines Sees lag, der aus einer gefluteten Bernsteingrube entstanden war und kristallklares Wasser hatte, mit türkisfarbenem Schimmer und feinweißem Sand. Zu ihrem kleinen Hof mit mehreren Nebengebäuden gehörten auch ordentlich Grund und Boden mit Gemüsebeeten, Obstbäumen und einem Meer aus Blumen.

Mehrmals im Jahr fuhr Gregor zu dem Gehöft, um nach dem Rechten zu schauen; während seiner Abwesenheit hielten Natalia und Nikolai, ein Bauerspaar aus der Nachbarschaft, das Anwesen in Schuss. Agnes hatte gefallen, was sie hörte, und sie war sich sicher, dass Gregor eine gute Wahl getroffen hatte.

Nun war es endlich so weit, nur eine Tagesreise trennte sie noch von ihrem Ziel. Sie hatten die Visa besorgt, und Agnes hatte für Martha, Birte und Bosse Flüge nach Kaliningrad gebucht, wo Gregor die drei am Flughafen abholen sollte.

»Was ist mit dir?«, hatte ihre Enkelin verwirrt gefragt.

»Ich reise allein. Und ich reise mit dem Zug. So wie früher«, hatte Agnes ihr beschieden.

Natürlich hatte es deswegen eine erhebliche Aufregung gegeben, weil die anderen fanden, dass sie zu alt für eine derartig beschwerliche Unternehmung war. »Papperlapapp«, hatte Agnes gesagt. »Ich setze mich in Berlin in die Bahn und steige in Königsberg aus. Was soll daran denn beschwerlich sein?«

Birte hatte ihr einen Vogel gezeigt, aber nicht länger interveniert. Sie wusste, dass es zwecklos war.

Klaus und Karl hatten zumindest darauf bestanden, die Mutter nach Berlin zu bringen, als ob sie Angst hätten, dass sie sonst in den falschen Zug stiege. Da sie seit Jahrzehnten das erste Mal wieder einer Meinung waren, ließ Agnes sie gewähren. Auf die leicht verschnupfte Frage, warum sie eigentlich nicht gebeten worden waren mitzufahren, entgegnete sie knapp: »Ihr habt erst andere Dinge zu regeln, unter euch. Wenn das erledigt ist, könnt ihr kommen.«

Der Abschied am Bahnsteig war kurz ausgefallen, ganz nach Weisgutscher Art. Doch als der Zug sich in Bewegung setzte, war Agnes aufgestanden und hatte sich dicht ans Fenster gestellt, damit sie so lange wie möglich ihre Söhne sehen konnte, wie sie dastanden, Schulter an Schulter.

Knapp achtzehn Stunden hatte ihre Fahrt gedauert. Genug Zeit, um ihren Gedanken nachzuhängen, um sich vorzustellen, wie es Martha wohl gefiele, dieses Zuhause, von dem sie so lange geträumt hatte. Zweifel hatte Agnes keine gespürt, nur eine kleine Aufregung, ein wenig Angst, aber auch die Gewissheit, dass sie das Richtige tat. Ob ihre Tochter nun in einem litauischen Wald hauste oder an dem Ort, den sie für ihre Heimat hielt, war gleich. Wichtig war nur, dass sie zurechtkommen würde. Und dass es nun Birte gab in ihrem Leben, die da wäre, wenn sie nicht zurechtkäme.

Eigentlich hatte sie vorgehabt, mit dem Zug bis nach Palmnicken zu reisen. Aber diese Verbindung gab es schon lange nicht mehr. So hatte Gregor sie in Kaliningrad abgeholt, und als sie durch die Straßen fuhren, hatte sie gesehen, dass es auch sonst nichts mehr gab, was ihr bekannt vorkam. Erst als sie die Stadt verlassen hatten und auf der Landstraße waren, sah sie Vertrautes. Die gewundenen Alleen. Die weiten Felder. Und immer wieder marode Gebäude, an denen zum Teil noch deutsche Aufschriften prangten, verblasst zwar, aber deutlich zu erkennen.

Nun ging sie langsam weiter und weiter über das alte Kopfsteinpflaster. Fast sah Groß Hubnicken so aus, wie sie es kannte, und doch war es ganz anders. Viele Häuser zerfallen, schmutzig und grau. Links ein alter Bauernhof, rechts das Logierhaus Just, Fenster und Türen mit Brettern vernagelt. Dazwischen aber auch Gebäude, die sie nicht kannte, neu und frisch gestrichen.

Schon von Weitem erblickte sie ihr Elternhaus. Als sie daran vorbeiging, freute sie sich, dass es so gut erhalten war, sogar den weißen Zaun davor gab es noch. Im gepflegten Vorgarten hockten zwei kleine Mädchen und starrten sie mit offenem Mund an. Agnes blieb stehen und nickte den beiden freundlich zu. Ihr gefiel der Gedanke, dass hier offenbar eine Familie mit Kindern wohnte. So sollte es sein, dachte sie und spürte, wie bei der Erinnerung an ihre Eltern die Trauer in ihr aufstieg. Kurz überlegte sie, ob sie klingeln und darum bitten solle, dass man sie einmal ins Haus ließe. Aber sie hatte Angst, dass die Gefühle sie überwältigen könnten.

Schnell setzte sie ihren Weg fort und gelangte zum Weisgutschen Grundstück. Wohnhaus und Werkstatt existierten nicht mehr. Aus Gestrüpp und Unkraut lugten lediglich klägliche Mauerreste hervor. Agnes fand es nicht schade drum. Im Gegenteil, dass Hertas und Wilhelms Besitz dem Erdboden gleichgemacht worden war, erfüllte sie mit einer gewissen Genugtuung.

Direkt neben den Weisguts hatten früher die Hütten der Tagelöhner gestanden. Auch sie waren verschwunden, hier aber war ein zweistöckiges weißes Haus gebaut worden, dessen Eingang direkt an der Straße lag und sperrangelweit offen stand. Im Vorbeigehen lugte sie hinein und sah, dass sich drinnen ein kleiner Krämerladen befand. Hinter der Wursttheke stand eine beleibte Frau, die bei Agnes' Anblick erschrak. Es kamen wohl nicht oft Fremde nach Sinjavino, wie schon damals nur wenig Fremde nach Groß Hubnicken gekommen waren. Agnes war es recht. Sie würde also ihre Ruhe haben.

Am Ende der Straße schloss Gregor zu ihr auf und bog nach rechts auf einen sandigen, unbefestigten Weg, an dessen Ende ein großes, mit Maschendraht bespanntes Tor den Durchgang verhinderte. Er öffnete das Tor und machte eine kleine Verbeugung. Zögerlich und mit klopfendem Herzen betrat Agnes das Grundstück. Und dann atmete sie auf.

Es war noch schöner, als Gregor es beschrieben hatte. Überall waren üppige Blumenbeete angelegt, in denen es verschwenderisch blühte. Kleine Kieswege führten kreuz und quer hindurch. Agnes erkannte Pflaumen-, Kirsch- und Apfelbäume, ganz am

Ende stand sogar ein Gewächshaus, hinter dem es gackerte. »Du hast Hühner gekauft«, stellte sie erstaunt fest.

Gregor lächelte nur und ging durch die Beete zu einem leuchtend gelb und grün getünchten Holzhaus. »Hier du wirst wohnen«, sagte er.

Agnes betrachtete das Haus und spürte, wie ihr Herz ganz leicht wurde. »Und wie gefällt es Martha?«, fragte sie.

»Sehr«, antwortete Gregor.

»Wo sind denn eigentlich die Kinder?«, wollte sie nun wissen.

»Unten. Am Wasser. Komm.« Er führte sie um das Haus herum zu einer Bank im Schatten. Mit einem leisen Stöhnen ließ Agnes sich darauf nieder und schloss erschöpft die Augen. Gierig sog sie die frische Luft durch die Nase ein. Und es roch genau so, wie es riechen sollte: nach Erde, nach Gras und nach Weizen.

Als sie ihre Augen wieder öffnete, blickte sie direkt auf den See. Auf dem See tanzte ein Boot. Und in dem Boot saßen Birte, Bosse und Martha. Sie lachten und winkten ihr zu. Träumte sie das nur? Langsam hob sie eine Hand zum Gruß, da verschwand das Boot unter den Bäumen am Ufer.

Nun schoben sich andere Bilder vor ihre Augen.

Herta, wie sie dalag am Fuß der Treppe.

Hermann, wie er im Meer ertrank.

Wilhelm, wie er mit den Beinen zappelte.

Sie merkte, dass sie ihre Lider wieder zusammengepresst hatte, und zwang sich, in das Licht zu blinzeln. Die Bilder verblassten. Der See lag immer noch vor ihr, ruhig und einsam. Gregor saß neben ihr und nahm ihre Hand.

So viele Leben, dachte Agnes, so viele Tote. Bald bin ich dran. Aber so war es gut, so konnte es enden.

DANK AN …

… Freunde und Familie für Zuhören und Zuspruch, insbesondere an meine Kinder für Verständnis und Geduld mit einer in den Schreibphasen recht geistesabwesenden Mutter.

… Sabine Langohr und die Keils, ohne die dieses Buch nicht möglich gewesen wäre. Endlich ein richtiges Zuhause!

… Marion Kohler von Penguin für die inspirierende Zusammenarbeit und ihre klugen Gedanken.